ZHONGGUO XIAOSHUO
100 QIANG

中国小说100强（1978—2022）

碧色寨

范稳 著

北京联合出版公司
Beijing United Publishing Co.,Ltd.

图书在版编目（CIP）数据

碧色寨 / 范稳著. -- 北京 ：北京联合出版公司，2023.9

（中国小说100强）

ISBN 978-7-5596-7066-3

Ⅰ.①碧… Ⅱ.①范… Ⅲ.①长篇小说－中国－当代 Ⅳ.①I247.5

中国国家版本馆CIP数据核字(2023)第118010号

碧色寨

作　　者：	范　稳
出 品 人：	赵红仕
出版监制：	张晓冬　范晓潮
责任编辑：	刘　恒
特约编辑：	和庚方　刘沐雨
封面设计：	武　一

北京联合出版公司出版
（北京市西城区德外大街83号楼9层　100088）
北京兴星伟业印刷有限公司印刷　新华书店经销
字数197千字　650毫米×920毫米　1/16　20.5印张
2023年9月第1版　2023年9月第1次印刷
ISBN 978-7-5596-7066-3
定价：58.00元

版权所有，侵权必究
未经书面许可，不得以任何方式转载、复制、翻印本书部分或全部内容。
本书若有质量问题，请与本公司图书销售中心联系调换。
电话：010-65868687

中国小说100强（1978—2022）丛书

编委会

丛书总策划

  张　明　　著名出版人
  张　英　　资深媒体人

编委主任

  吴义勤　　中国作协副主席
  　　　　　中国小说学会会长

编　委

  吴义勤　　中国作协副主席、中国小说学会会长
  宗仁发　　《作家》杂志主编
  谢有顺　　中山大学教授、中国小说学会副会长
  顾建平　　《小说选刊》副主编
  张　英　　资深媒体人
  文　欢　　作家、出版人

总　序

"中国小说100强"（1978—2022）是资深出版人张明先生和腾讯读书知名记者张英先生共同策划发起的一套大型文学丛书。他们邀请我和宗仁发、谢有顺、顾建平、文欢一起组成编委会，并特邀徐晨亮参与，经过认真研讨和多轮投票最终评定了100人的入选小说家目录。由于编委们大多都是长期在中国文学现场与中国文学一路同行的一线编辑、出版家、评论家和文学记者，可以说都是最专业的文学读者，因此，本套书对专业性的追求是理所当然的，编委们的个人趣味、审美爱好虽有不同，但对作家和文学本身的尊重、对小说艺术的尊重、对文学史和阅读史的尊重，决定了丛书编选的原则、方向和基本逻辑。

从文学史的角度来说，1978年以后开启的新时期文学是中国当代文学的黄金时代，不仅涌现了一批至今享誉世界的优秀作家，而且创造了许多脍炙人口的文学经典，并某种程度上改写了20世纪中国文学史的版图。而在中国新时期文学的经典家族中，小说和小说家无疑是艺术成就最高、影响力最大的部分。"中国小说100强"（1978—2022）就是试图将这个时期的具有经典性的小说家和中国小说的经典之作完整、系统地筛选和呈现出来，并以此构成对新时期文学史的某种回顾与重读、观察与评判。呈现在读者面前的这套丛书是对1978—2022年间中国当代小说发展历程的一次全面、系统的整体性回顾与检阅，是中国当代文学经典化的重要成果，从特定的角度集中展示了中国新时期文学在小说创作方面的巨大成就。需要说明的是，与1978—2022年新时期文学繁荣兴盛的局面相比，100位作家和100本书还远远不能涵盖中国当代小说的全貌，很多堪称经典的小说也许因为各种原因并未能进入。莫言、苏童、余华等作家本来都在编委投票评定的名单里，但因为他们已与某些出版社签下了专有出版合同，不允许其他出版社另出小说集，因而只能因不可抗原因而割爱，遗珠之憾实难避免，而且文学的审美本身也是多元的，我们的判断、评价、选择也许与有些读者的认知和判断是冲突的，但我们绝无把自己的标准强加于别人的意思。我们呈现的只是我们观察中国这个时期当代小说的一个角度、一种标准，我们坚持文学性、学术性、专业性、民间性，注重作家个体的生活体验、叙事能力和艺术功力，我们突破代际局限，老、中、青小说家都平等对待，王蒙、冯骥才、梁晓声、铁凝、阿来等名家名作蔚为大观，徐则臣、阿乙、弋舟、鲁敏、林森等新人新作也是目不暇接，我们特别关注文学的新生力量，尤其是近10年作品多次获国家大奖、市场人气爆棚的新生代小说家，我们禀持包容、开放、多元的审美立场，无论是专注用现实题材传达个人迥异驳杂人生经验、用心用情书写和表现时代精神的现实主义作家，还是执着于艺术探索和个体风格的实验性作家，在丛书里都是一视同仁。我们坚信我们是忠实于自己的艺术理想、艺术原则和艺术良心的，但我们并不认为自己的角度和标准是唯一的，我们期待并尊重各种各样的观察角度和文学判断。

当然，编选和出版"中国小说100强"（1978—2022）这套大型丛书，除了上述对文学史、小说史成就的整体呈现这一追求之外，我们还有更深远、更宏大的学术目标，那就是全力推进中国当代文学"经典化"的历程和"全民阅读·书香中国"建设。

从1949年发端的中国当代文学已经有了70多年的发展历程，但对这70多年文学的评价一直存在巨大的分歧，"极端的否定"与"极端的肯定"常常让我们看不到当代文学的真相。有人认为中国当代文学达到了前所未有的高度和水平。王蒙先生在法兰克福书展上就说：中国当代文学现在是有史以来最繁荣的时期。余秋雨、刘再复甚至认为中国当代文学的成就远远超过了现代文学。也有人极端否定中国当代文学，认为中国当代文学都是垃圾。他们认为现代文学要远远超过当代文学，中国当代文学连与现代文学比较的资格都没有。比如说，相对于鲁（迅）、郭（沫若）、茅（盾）、巴（金）、老（舍）、曹（禺）这样大师级的人物，中国当代作家都是渺小的侏儒，根本不能相提并论，两者比较就是对大师的亵渎。应该说，与对中国当代文学的肯定之声相比，对当代文学的否定和轻视显然更成气候、更为普遍也更有市场。尽管否定者各自的角度和出发点不同，但中国当代作家、作品与中外文学大师、文学经典之间不可比拟的巨大距离却是唱衰中国当代文学者的主要论据。这种判断通常沿着两个逻辑展开：一是对中外文学大师精神价值、道德价值和人格价值的夸大与拔高，对文学大师的不证自明的宗教化、神性化的崇拜。二是对文学经典的神秘化、神圣化、绝对化、空洞化的理解与阐释。在此，我们看到了一个非常有趣的悖论：当谈论经典作家和文学大师时我们总是仰视而崇拜，他们的局限我们要么视而不见要么宽容原谅，但当我们谈论身边作家和身边作品时，我们总是专注于其弱点和局限，反而对其优点视而不见。问题还不在于这种姿态本身的厚此薄彼与伦理偏见，而是这种姿态背后所蕴含的"当代虚无主义"。这种"虚无主义"的最大后果就是对当代作家作品"经典化"的阻滞，对当代文学经典化历程的阻隔与拖延。一方面，我们视当下作家作品为"无物",拒绝对其进行"经典化"的工作,另一方面又以早就完全"经典化"了的大师和经典来作为贬低当下泥沙俱下的文学现实的依据。这种不在同一个层面上的比较,不仅毫无意义,而且只能使得文学评价上的不公正以及各种偏激的怪论愈演愈烈。

其实,说中国当代文学如何不堪或如何优秀都没有说服力。关键是要进行"经典化"的工作,只有"经典化"的工作完成了才有可能比较客观地对当代的作家作品形成文学史的判断。对当代的"经典化"不是对过往经典、大师的否定,也不是对当代文学唱赞歌,而是要建立一个既立足文学史又与时俱进并与当代文学发展同步的认识评价体系和筛选体系。当然,我们也要承认,"经典化"问题是一个非常复杂的问题,并不是凭热情和冲动一下子就能完成的,但我们至少应该完成认识论上的"转变"并真正启动这样一个"过程"。

现在媒体上流行一些对于中国当代文学经典化冷嘲热讽的稀奇古怪的言论,其核心一是否定中国当代文学有经典、有大师,其二是否定批评界、学术界有关"经典化"的主张,认为在一个无经典的时代,"经典"是怎么"化"也"化"不出来的,"经典化"是一个实实在在的"伪命题"。其实,对于文学,每个人有不同的判断、不同的理解这很正常,每一种观点也都值得尊重。但是,在"经典"和"经典化"这个问题上,我却不能不说,上述观点存在对"经典"和"经典化"的双重误解,因而具有严重的误导性和危害性。

首先,就"经典"而言,否定中国当代文学早就不是什么新鲜事,对当代文学的虚无主义态度在很多人那里早已根深蒂固。我不想争论这背后的是与非,也不想分析这种观点背后的社会基础与人性基础。我只想指出,这种观点单从学理层面上看就已陷入了三个巨大误区:

第一个误区,是对经典的神圣化和神秘化的误区。很多人把经典想象为一个绝对的、神圣的、遥远的文学存在,觉得文学经典就是一个绝对的、乌托邦化的、十全十美的、所有人都喜欢的东西。这其实是为了阻隔当代文学和"经典"这个词发生关系。因为经典既然是绝对的、神圣的、乌托邦的、十全十美的,那我们今天哪一部作品会有这样的特性呢?如果回顾一下人类文学史,有这样特性的作品好像也没有。事实上,没有一部作品可以十全十美,也没有一部作品能让所有人喜欢。在这个问题上,我们应该明确的是,"经典"不是十全十美、无可挑剔的代名词,在人类文学史上似乎并不存在毫无缺点并能被任何人所认同的"经典"。因此,对每一个时代来说,"经典"并不是指那些高不可攀的神圣的、神秘的存在,只不过是那些比较优秀、能被比较多的人喜爱的作品而已。从这个意义上说,当今中国文坛谈论"经典"时那种神圣化、莫测高深的乌托邦姿态,不过是遮蔽和否定当代文学的一种不自觉的方式,他们假定了一种遥远、神秘、绝对、完美的"经典形象",并以对此一本正经的信仰、崇拜和无限拔高,建立了一整套关于中国当代文学的伦理话语体系与道德话语体系,从而充满正义感地宣判着中国当代文学的死刑。

  第二个误区,是经典会自动呈现的误区。很多人会说,是金子总是会发光的。但对文学来说,文学经典的产生有着特殊性,即,它不是一个"标签",它一定是在阅读的意义上才会产生意义和价值的,也只有在阅读的意义上才能够实现价值,没有被阅读的作品没有被发现的作品就没有价值,就不会发光。而且经典的价值本身也不是固定不变的。如果一个作品的价值一开始就是固定不变的,那这个作品的价值就一定是有限的。经典一定会在不同的时代面对不同的读者呈现出完全不同的价值。这也是所谓文学永恒性的来源。也就是说,文学的永恒性不是指它的某一个意义、某一个价值的永恒,而是指它具有意义、价值的永恒再生性,它可以不断地延伸价值,可以不断地被创造、不断地被发现,这才是经典价值的根本。所以说,经典不但不会自动呈现,而且一定要在读者的阅读或者阐释、评价中才会呈现其价值。

第三个误区，是经典命名权的误区。很多人把经典的命名视为一种特殊权力。这有两个层面的问题：一，是现代人还是后代人具有命名权；二，是权威还是普通人具有命名权。说一个时代的作品是经典，是当代人说了算还是后代人说了算？从理论上来说当然是后代人说了算。我们宁愿把一切交给时间。但是，时间本身是不可信的，它不是客观的，是意识形态化的。某种意义上，时间确会消除文学的很多污染包括意识形态的污染，时间会让我们更清楚地看清模糊的、被掩盖的真相，但是时间同时也会使文学的现场感和鲜活性受到磨损与侵蚀，甚至时间本身也难逃意识形态的污染。此外，如果把一切交给时间，还有一个前提，那就是对后代的读者要有足够的信任，要相信他们能够完成对我们这个时代文学的经典化使命。但我们对后代的读者，其实是没有信心的。我们今天已经陷入了严重的阅读危机，我们怎么能寄希望后代人有更大的阅读热情呢？幻想后代的人用考古的方式对我们这个时代的文学进行经典命名，这现实吗？我不相信后人对我们身处时代"考古"式的阐释会比我们亲历的"经验"更可靠，也不相信，后人对我们身处时代文学的理解会比我们亲历者更准确。我觉得，一部被后代命名为"经典"的作品，在它所处的时代也一定会是被认可为"经典"的作品，我不相信，在当代默默无闻的作品在后代会被"考古"挖掘为"经典"。也许有人会举张爱玲、钱钟书、沈从文的例子，但我要说的是，他们的文学价值早在他们生活的时代就已被认可了，只不过很长时间由于意识形态的原因我们的文学史不谈及他们罢了。此外，在经典命名的问题上，我们还要回答的是当代作家究竟为谁写作的问题。当代作家是为同代人写作还是为后代人写作？幻想同代人不阅读、不接受的作品后代人会接受，这本身就是非常乌托邦的。更何况，当代作家所表现的经验以及对世界的认识，是当代人更能理解还是后代人更能理解？当然是当代人更能理解当代作家所表达的生活和经验，更能够产生共鸣。因此，从这个角度来说，当代人对一个时代经典的命名显然比后代人更重要。第二个层面，就是普通人、普通读者和权威的关系。理论上，我们都相信文学权威对一个时代文学经典命名的重要性，权威当然更有价值。但我们又不能够迷信文学权威。如果把一个时代文学经典的命名权仅仅交给几个权威，那也是非常危险的。这个危险表现在什么地方呢？就是几个人的错误会放大为整个时代的错误，几个人的偏见会放大为整个时代的偏见。我们有很多这样的文学史教训。在这个问题上，我们既要相信权威又不能迷信权威，我们要追求文学经典评价的民化、民主性。对一个时代文学的判断应该是全体阅读者共同参与的民主化的过程，各种文学声音都应该能够有效地发出。这个时代的文学阅读，最理想的状态应该是一种互补性的阅读。为什么叫"互补性的阅读"？因为一个批评家再敬业，再劳动模范，一个人也读不过来所有的作品。举个例子：现在我们一年有5000部以上的长篇小说，一个批评家如果很敬业，每天在家读二十四小时，他能读多少部？一天读一部，一年也只能读三百部。但他一个人读不完，不等于我们整个时代的读者都读不完。这就需要互补性阅读。所有的读者互补性地读完所有作品。在所有作品都被阅读过的情况下，所有的声音都能发出来的情况下，各种声音的碰撞、妥协、对话，就会形成对这个时代文学比较客观、科学的判断。因此，文学的经典不是由某一个"权威"命名的，而是由一个时代所有的阅读者共同命名的，可以说，每一个阅读者都是一个命名者，他都有对经典进行命名的使命、责任和"权力"。而作为一个文学研究者或一个文学出版者，参与当代文学的进程，参与当代文学经典的筛选、淘洗和确立过程，更是一种义不容辞的责任和使命。说到底，"经典"是主观的，"经典"的确立是一个持续不断的"过程"，"经典"的价值是逐步呈现的，对于一部经典作品来说，它的当代认可、当代评价是不可或缺的。尽管这种认可和评价也许有偏颇，但是没有这种认可和评价，它就无法从浩如烟海的文本世界中突围而出，它就会永久地被埋没。从这个意义上说，在当代任何一部能够被阅读、谈论的文本都是幸运的，这是它变成"经典"的必要洗礼和必然路径。

总之，我们所提倡的"经典化"不是要简单地呈现一种结果，不是要简单地对一个时代的文学作品排座次，不是要武断地指出某部作品是"经典"，某部作品不是"经典"，不是要颁发一个"谁是经典"的荣誉证书，而是要进入一个发现文学价值、感受文学价值、呈现文学价值的过程。所谓"经典化"的"化"实际上就是文学价值影响人的精神生活的过程，就是通过文学阅读发现和呈现文学价值的过程。可以说，文学的经典化过程，既是一个历史化的过程，更是一个当代化的过程。文学的经典化时时刻刻都在进行着，它需要当代人的积极参与和实践。因此，哪怕你是一个对当代文学的虚无主义者，你可以不承认当代文学有经典，但只要你还承认有文学，你还需要和相信文学，还承认当代文学对人的精神生活具有影响力，你就不应该否定当代文学经典化的重要性。没有这个"经典化"，当代文学就不会进入和影响当代人的生活，就失去了存在的意义。每一个人，哪怕你是权威，你也不能以自己的好恶剥夺他人阅读文学和享受文学的权利。

从这个意义上说，当代文学的经典化当然是一个真命题而不是一个伪命题。在一个资讯泛滥的时代，给读者以经典的指引是文学界、出版界共同的责任，而这也是我们编辑出版这套书的意义所在。

最后，感谢张明和张英先生为本套书付出的辛劳，感谢北京立丰天文化传播有限公司、北京金圣典文化有限公司的资金支持，感谢全体编委和北京联合出版公司各位编辑，感谢所有对本套丛书的出版给予大力支持的作家和他们的家人。

是为序。

吴义勤

2022年冬于北京

目 录
Contents

引　子＿＿1

第一章　蟒蛇年＿＿8

第二章　穿山甲年＿＿29

第三章　四脚蛇年＿＿47

第四章　马鹿年＿＿73

第五章　猿猴年＿＿108

第六章　豹子年＿＿145

第七章　岩羊年＿＿170

第八章　鳄鱼年＿＿201

第九章　水獭年____240

第十章　虎年____268

尾　声____309

引　子

卡洛斯兄弟背着简单的行囊赶到克里特岛的伊腊克林港时，天上正下着淅淅沥沥的小雨。地上泥泞不堪，到处是污秽。两个乞丐坐在船票售票处外的台阶上，向往来的行人兜售一双看上去有六成新的靴子。这靴子和他们身上的装束打扮相比，只会让人感到它不是偷的，就是从死人脚下扒拉下来的。

"去远方发财的人们啊，脚上一定要有一双崭新的靴子。"一个乞丐高声叫卖道。他脸上的皮肤被地中海的风雨侵蚀得比岛上的公共马车道还坑洼不平。

兄弟俩中小的那一个，几乎还是一个少年，他被乞丐手里的靴子吸引住了。"哥，给我买双靴子吧。"

大卡洛斯正在看售票处外面墙上去远东的船票价格，即便是下等舱，也让他在心里盘算了半天，把口袋里的一小卷德拉克马（希腊货币）攥得紧紧的。

"哥，我的两只靴子都进水了。"小卡洛斯继续说。

"那就在里面洗脚好了。"大卡洛斯站在售票窗口前，开始掏口袋。

"敢把世界踩在脚下的年轻人，你一定要善待自己兄弟的脚啊！"那个满脸疙瘩的乞丐幽灵一般站在了大卡洛斯的面前。

大卡洛斯推开了递到面前的靴子，"我善待我兄弟的肚皮，就对得起我的老爹了。滚一边去！"

"上帝保佑你的老爹，也保佑你兄弟的肚皮！少爷，给几个子儿吧。这张去远东的船票会让尊贵的少爷敲开东方的财富之门，那里遍地的黄金多得人们都懒得弯腰下去捡哩。上帝的财富埋藏在东方，谁跨过了大海，谁就有远大前程。"这是个饶舌的乞丐，大约是乞丐王国的外交大臣。

这话有点说到大卡洛斯的发财梦里了，他买到船票后，把一个硬币放到乞丐肮脏的手掌上。"伙计，前程是不可知的，强悍的是命运。"

这是1902年夏末，卡洛斯兄弟登上从马赛启程、途经希腊克里特岛伊腊克林港、驶往印度支那的大型邮轮"澳大利亚人"号，他们此行的目的地本来是新加坡，但正如大卡洛斯所说，强悍的命运将要把两兄弟带到一个做梦也梦不到的地方。

那一年大卡洛斯还不到二十岁，身高却将近两米，硕大的头颅和宽阔坚实的肩膀，有着与他的年龄不相称的成熟、世故和一颗坚硬狂野的心，而他的兄弟大约在十四或者十六岁之间。不要说他这个当兄长的搞不清楚，就是他们的父亲也不知道。老卡洛斯在生命的最后岁月回到了故国希腊，两手空空，只带回了这个同父异母的弟弟，那是老卡洛斯在欧洲各国到处流浪、遍地播种的结果。小卡洛斯出生在马其顿，母亲快死时他才第一次见到自己的父亲。面对父辈闯荡天下的失败，大卡洛斯不甘心自己的家族在寂寂无名中一代又一代地把酒鬼、流浪汉、走私犯、农夫这样的称谓续写下去。终于因他这些年来从克里特岛贩运私酒到土耳其，受到警察缉捕，才不得不带着兄弟远走他乡。老卡洛斯那时已经病入膏肓，躺在床上起不了身，这个老流浪汉只能用自己苍凉失败的人生经验为儿子们送行：

"去吧，走得越远越好。世界是个大赌场，现在轮到白种人坐庄，最好是去到一个没有白人的地方，你们就可以当老爷了。"老卡洛斯在新加坡还有一个远房堂弟，多年以前他欠老卡洛斯一份情。"这份情债可以让你们在他那里找到一碗饭吃。"这便是老卡洛斯留给两个儿子唯一的遗产。

船驶离伊腊克林港时，两个年轻人伏在船舷边向故乡告别。克里特岛是地中海里的一个岛，地中海也不过是这个星球上的一片海，它可不能阻断两个具有远大志向的年轻人的前程。兄弟俩那时的心情一半是对未来的迷惘，一半是对前程的希望，而对他们毫无生气、贫穷凋敝的故乡，他们几乎没有一丝眷念。刚刚出门远行离开家乡的年轻人，故乡在心间还没有重量，要等到他们白发苍苍、满脸沧桑的皱纹时，故乡才会沉重得让人在夜晚睡不着觉。因此，当小卡洛斯问"哥，我们还会回来吗？"时，大卡洛斯看着地中海远方的天际线，自信地说：

"你没有听到那个乞丐说什么吗，上帝的财富埋藏在东方。你回来干什么？"他努力想遥远东方的神秘财富应该如何描述，富丽堂皇的宫殿？基督山伯爵的藏宝洞？阿里巴巴的咒语下訇然打开的财富之门？或者在一个智慧老人紧闭的嘴唇后面？

这些猜想真是让人比眺望远方的大海还心旷神怡，也比一个乞丐渴望得到的一片面包还令人垂涎。大卡洛斯指指头顶的船舱，说："每一条狗都有出头那一天，等我们发了大财、当了老爷，我们就买头等舱的船票，手臂上挽着漂亮的东方妞。让克里特岛上那些狗娘养的家伙们看看，是谁家的孩子出人头地了。"

小卡洛斯被这动人的描述打动了，"哥，听说东方女人皮肤很深，是橄榄油色的。我喜欢。"

大卡洛斯不无怜爱地看着他还不谙世事的兄弟，"嗯，你得先买一双漂亮的靴子，才能打动那些东方女人的心。"

"澳大利亚人"号是一艘人满为患的奇怪邮轮，说是难民船吧，它又搭载了梦想家、暴发户、商人、军官、冒险家、虚张声势的绅士和矫揉造作的小姐；但它肯定不是皇家游轮，因为船上虽然有一个印度支那的总督，却只有两名随从。不过邮轮过了苏伊士运河、进入到红海时，总督保罗·贝尔先生便迫不及待地开始履行自己的角色，因为他要去殖民的地方是一片比法国更大的土地，三个人显然是不够的。

地理大发现四百多年后，远东在欧罗巴人眼里还是意味着两个永不消散的美梦——殖民和财富。拜航海和工业革命之赐迅速富强起来了的西方大国，政府内阁里大都专设有殖民部，他们总是匆匆忙忙地向世界各地派出自己的总督和殖民官员，有时仓促得来不及考察他们的品行和履历。不过在欧洲人看来，被殖民的地方大多属偏远蛮荒未开化之地，许多人还生活在茹毛饮血的原始社会，巴黎的大街上随便找一个流浪汉，都可以驯服这些野蛮人，并在他们身上打上欧罗巴的印记。他们什么都需要欧洲人调教，从信仰到穿着，从喝一杯咖啡到修一条铁路。欧洲列强可以凭借坚船利炮给中国输入鸦片，同样也可以在满足自身利益的前提下，在它的土地上修一条铁路，用火车头撞碎古老中国自我封闭了数千年的大门。

在这个早上，餐厅还有乘客在用早餐。法国政府派往印度支那的总督大人穿上华贵笔挺的总督制服，佩戴镏金的剑和各式勋章，让弗朗索瓦先生拎出一只大皮箱，餐厅侍者已经收拾出两张大桌子，桌子后面摆上三张椅子，殖民招募工作便开始了。

弗朗索瓦先生是印度支那铁路公司的项目经理，受派遣随贝尔总督前往印度支那协调滇越铁路的修建工程。行前他对自己的使命忧心忡忡，不知道如何应对人手奇缺、势单力薄的局面。根据他掌握的资料，这条铁路将是"印度支那与中国大陆这两大板块的连接线，它将直接把中国云南置入法国的殖民势力范围之内，"当然，还包括云南后面的四川、广西、贵州以及更广袤的土地。这条长度为800多公里的铁路将有3000多座桥梁和隧道，从安南（越南）海防一直延伸到云南府昆明，完成从海平面到云南高原的艰难爬升，整个工程预计将耗资7000多万金法郎。这是一项世界纪录的浩大工程，是疯子才会想得出来的计划。但是，法国人刚刚用钢铁建成了世界上最雄伟的建筑物——埃菲尔铁塔，他们也同样可以用钢铁征服云南高原。因此，在疯狂扩张殖民的时代，在赢得工业化进程先机的法兰西帝国，这样的计划就显得合乎时宜了。面对庞大而衰败的中华帝国，法国人的老冤家英国人也没有闲着，他们正在计划从缅甸修一条进入云南的铁路。因此法国政府的殖民官员当时有句时尚的话："赶在英国佬的前面。"

总督大人的卫兵兼仆人图勒下士摇响了手中的铃铛，餐厅里安静下来，那是一种因为诧异带来的宁静，许多客人嘴里还嚼着火腿肠。

"女士们先生们，请安静！我，法兰西第三共和国政府派驻印度支那总督保罗·贝尔，向你们问候早安！我很抱歉打搅了大家良好的胃口，但我这里有4000个职位，期待着各位梦想家来应聘。如果你们能如实告诉我，你们的特长和所受教育的情况，我将竭力为各位的美好未来提供保证。"

餐厅里开始骚动起来，许多人以为还在梦里。弗朗索瓦先生打开了那只大皮箱，里面一摞摞的空白表格很快就被一抢而空。有人问保罗·贝尔：

"大人，你是要我们去开荒种地吗？"

总督回答道："不，是去当殖民者。那里不缺廉价的劳动力，缺欧洲人的脑子。"

人们很快就填好了表格，在弗朗索瓦先生面前排起了长队，他负责初审，合格者再在总督大人面前复审。大卡洛斯也抢了两张表格，但在填写时却犯了难，不单是有些问题因为他识字不多而不知道该怎么填写，就是他知道的，自己的经历也乏善可陈，总不能填写往土耳其贩运私酒吧。小卡洛斯在他身后畏畏缩缩地说：

"哥，我们还是去新加坡吧。我们可不是当殖民者的料。"

贩运私酒的经历给了大卡洛斯勇气，他对兄弟说："你看看前面那些挤破了脑袋的家伙，哪个不是欧洲社会的下流胚，他们比咱们好不了多少。"

不过那天弗朗索瓦先生和他的上司贝尔总督似乎不是为同一个政府服务的官员。排在卡洛斯兄弟前面的是一个看上去很有教养的荷兰人，弗朗索瓦先生过目了他的表格，满意地点点头，让他站到贝尔总督大人前面试。总督问他："你打算如何去面对那些人数众多、又缺乏教养的中国人呢？"

荷兰人回答道："告诉他们上帝是仁慈的。"

贝尔总督又问："你是一名神父吗？"

他答道："不，先生。我原是阿姆斯特丹郊区的一名乡村教师，我的叔叔是神父。这些年我们一起在爪哇岛为上帝服务，可是在那里我们经常做着对方的工作，他办学校，我告诉本地土族人上帝的仁慈。"

总督大人撇了撇嘴，"先生，我很遗憾。你还是回爪哇岛上去为上帝服务吧。"

荷兰的乡村教书先生不甘心,争辩道:"尊敬的大人,我想尝试一种新的工作,请给我一次机会,听说中国人的灵魂也亟待拯救。"

总督大人不耐烦了,说:"噢,他们需要的,不是你说的那种拯救。下一个。"

本来大卡洛斯连站在贝尔总督大人面前的资格都没有,因为弗朗索瓦先生发现他的表格中不仅很多地方是空白,连自己的故乡克里特岛的地名都拼写错了,他当时就在大卡洛斯的表格上批了个"0",还嘀咕了一句,"家乡的名字都写不全的人,如何能代表自己的国家。先生,请另谋高就吧。"可贝尔总督一下就相上了这个大块头,他用手指冲大卡洛斯勾了勾,"你,站过来。"

弗朗索瓦先生忙把大卡洛斯零分的表格递给总督大人,还对他耳语道:"这种人,不是流浪汉就是海盗,我可不想让他给法国政府丢脸。"

但贝尔总督似乎没有听见,他问大卡洛斯:"嗨,傻大个,当一百个中国人站在你面前,你如何去教化他们呢?"

大卡洛斯对这次求职已经不抱什么希望了,更对这些装腔作势的法国佬心存抵触。他不顾起码的礼节回答了考官的问题。

"听说他们比格列佛王国的小矮人高不了多少,对付这种劣等人,我把我的肌肉展示给他们看就够了。要是他们敢撇一撇嘴,吹声口哨什么的,我就走进这群小矮子中,用我的靴子像踢蚂蚁窝一样,踩扁了这帮狗娘养的。"

弗朗索瓦先生皱起了眉头,贝尔总督却笑了,他用笔在表格得分栏的"0"前加了一笔,"0"分便变成了最高分"10"分。

"祝贺你。我们需要你这种不讲规矩的家伙。"他对大卡洛斯说。

第一章　蟒蛇年

"澳大利亚人"号邮轮驶进海防的码头时，船上的人们欢呼雀跃，终于来到传说中神秘富饶的东方了，每一个人都有哥伦布当年抵达新大陆时的狂喜和希望。对大多数两手空空到远东来冒险淘金的乘客们来说，他们还漂泊在大海中时，就谋得了一份做梦都没有想到的工作。被印度支那铁路公司属下的滇越铁路法国公司招聘的人们，一下船就有专人接送，每人分配到一辆人力车，由一个头戴竹斗笠的本地人健步如飞地拉到一个空旷的营地。在踏上东方这片神秘的土地前，他们中的大部分人两手空空，身份只比一个难民好一点，现在他们却找到了做上等人的感觉。

"看啊，咱们的老爹说得真是没有错，在一个没有白种人的地方，任何一个欧洲人都是老爷。"大卡洛斯对他兄弟说。

铁路公司给每个新招聘的雇员提供一个小房间和一个仆人，他们将在这里接受简单的培训，包括如何管理中国人和一些汉语对话。他们被告知，法国铁路公司即将把铁路修进去的地方在中国的云南省，那里是一个物产丰沛、气候宜人的地方。盛产铁、锡、煤、铜和黄金，人们甚至在下河游泳时都会被河滩上的黄金绊倒，土族人饲养大象、孔雀、蟒蛇和老虎，森林遮天蔽日，河川壮美广袤。姑娘们有许多的情人，她们并不在意自己孩子的父亲是谁，一些中国女人残酷地从小把脚紧紧裹住，使它们变成一双尖尖的没有脚趾的怪物，那是为了满足东方男人奇怪的性欲，因此她们情愿牺牲自己行走的方便。那里的许多地方还相当于欧洲的中世纪，滇越铁路法国公司将在这个连公共马车都还没有过的原始之地，直接让中国人享受到火车卧铺车厢带给他们的舒适和尊贵。

小卡洛斯在面试时没有过关，贝尔总督认为他的年龄太小，其实主要还是他那副羸弱的模样，让总督大人认为这不足以威慑需要管理的劳工。不过大卡洛斯到了安南后跟他上面的主管说，我只有这一个兄弟，让他跟着我当帮手吧。主管说，只要是欧洲人，一个儿童也可以管一群仆人。你兄弟给我管两百人都没有问题。

小卡洛斯始终对自己将要履行的职责心有余悸，更没有当老爷的心理准备，他说："我们连正规的教育都没有受过，怎么教那些中国佬修铁路呢？"

"靠这个。"大卡洛斯挥了挥手里的一根长约一米的手棍，那是铁路公司发给每个受训雇员的。这些天，他们像警校的学生一样，在一个殖民地警官的教导下，学习如何使用它。

事实证明，法国殖民当局的总督大人慧眼识才，印度支那铁路公司属下的滇越铁路法国公司需要的，就是大卡洛斯这种展示肌肉便可震慑一群中国劳工的蛮汉，况且他们还给这些被招聘的"工地主任"配备了手枪和手棍，作为他们拳头和暴力的延伸。整条铁路线上从世界各地招募来的洋人"工地主任"虽然只有千余名，却要面对二十多万中国劳工。不过铁路公司不仅有当时世界上最大胆的设计家、最优秀的工程师——请想想法国人刚刚建成的埃菲尔铁塔、最雄厚的资金来源、最浪漫的想象力、最疯狂的占有欲，还有这些无所不能的"工地主任"。当然，也不仅仅是因为他们有枪和手棍，还因为他们中有美国的牛仔、法国的无政府主义者、葡萄牙的海盗、意大利的通缉犯、奥地利的骗子、德国的伪币制造者、英国的失业工人。像卡洛斯兄弟这样的私酒贩运者，算是比较良好的个人履历了。俩兄弟到了工地后，一个有了英雄用武之地的感慨，一个产生了身陷格列佛王国的迷惑——这是一个什么样的国家啊？这是一群什么样的人啊？

自从这些外国人进入中国境内以来，他们不但没有看到传说中的浪漫和富饶，自己倒成了在乡间大地上四处蔓延的瘟疫。民生凋敝，穷困显而易见，凡是有人居住的地方，都散发出令人难以忍受的臭味和不忍多看的贫穷。土族人以为他们的国家再次遭到了入侵，纷纷像受到惊吓的鸟儿一样飞到深山密林中躲藏起来。离安南边境不远的重要城镇蒙自县城，两个汉族士绅家庭的女人吞鸦片自杀，因为她们宁死也不愿被传闻中的洋鬼子玷污了清白，家族里的男人们为她们的义举建造了两座贞节牌坊，看上去像巴黎的凯旋门，只是它更具东方特点。铁路公司的洋人雇员们在谈论这个传闻时，百思不得其解。有个家伙说：

"如果她们不能反抗，何不学会享受呢？我会带给她们全新的快乐。我敢打赌和我睡过觉后她们就不会想到死了。"

另一个稍有思想的人说："具有讽刺意味的是，她们愿意为连面都没有见到过的'强奸犯'捍卫贞洁去死，而我们本来是要带给这些可敬的女士们文明。"

大卡洛斯在这场闲谈中为大家提供了土族人畏惧他们到了何种地步的佐证。一天他在一条狭窄的山道上，迎面碰到一个农妇，他正想向她问路，但这个中国女人把他当成了老虎，不，可能是比老虎更可怕的某种东西——魔鬼或者强奸犯。

"上帝啊，我还一句话都没有说，她便退到了岩壁上，把脸像鸵鸟一样埋藏起来，浑身发抖，仿佛她一丝不挂地被我看见了。我相信，那时她恨不能钻进岩石里去。还他妈的说中国女人浪漫多情呢，谁能在三天之内找到一个敢和我们打情骂俏的娘们儿，我赌一百皮阿斯特（法国殖民当局在越南发行的货币）。"

一个炎热的下午，卡洛斯兄弟被派到自己的工程段，当他们看见一大群衣衫褴褛、萎靡不振的中国人时，小卡洛斯还以为来到了一个难民营。他问："这就是我们的工人？"

大卡洛斯似乎比他的弟弟更容易适应中国的环境，他跳下马来说："你以为他们是曼彻斯特的工人阶级吗？拿好你的手棍，在需要抽他们的时候，就不要心痛你的仁慈。"

大卡洛斯在走进那群劳工时，感到一阵阵的臭味都快要把他熏倒了。他发现了臭味的源头，他用手棍敲打着一个劳工身上笨重的棉袍。"你，你，还有你们，都把这身臭不可闻的破烂玩意儿扔到火堆里去烧掉。狗娘养的，这么热的天，穿这么多怎么干活？"

那些中国劳工呆呆地望着他，就像一群无路可退的绵羊面对一条嗜血的狼。大卡洛斯敲敲这个的头，又抽抽那个的身子，但都像打在一根根木头上。工地上的气温至少在35℃以上，大卡洛斯都弄出一身汗了，还不能令这些呆头呆脑的中国劳工脱下他们身上的厚重棉袍——这是什么服装啊，像个麻布口袋似的从上身兜到脚踝，圣女的睡袍吗？大卡洛斯掏出了腰上的手枪，他准备给他们一点厉害瞧瞧。

"住手！你还算是欧洲的文明人吗？"人群后忽然传来一个法国女人的声音。卡洛斯兄弟循声望去，看见一个戴白盔帽、穿长裤工装、脚蹬长筒马靴的白种女人从人群后面走了出来，仿佛是一个降落在苦难人间的天使，翩然出现在混乱、冷漠、蛮荒、艰辛异常的施工现场。

"新来的工地主任，是吗？很高兴认识你们。我是这个工段的医务士露易丝。"

"噢，露易丝小姐，很荣幸为您效劳。"大卡洛斯先是满脸惊愕，随即立刻堆上了笑容。自从在马赛登上"澳大利亚人"号以后，他还没有见到过如此漂亮的欧洲女人，更没有在欧洲见到过如此装束的尊贵女士。难道小姐们穿长裤工装已经成为欧洲的一种新时尚了？

"他们是从中国的北方征召来的，走了三千多公里的路，昨天才被送到这里，没有人有一身多余的衣服。"露易丝说。她的嗓音沙哑，神态也略显疲惫，但一点也不影响她光彩照人的美。

"那就让他们这样干活吗？工具在哪里？谁来告诉他们，铁路应该怎么修？"大卡洛斯问。

露易丝耸耸肩，"都说中国人的手是万能的，他们吃苦忍耐的能力可以和'约伯的耐心'相媲美。也许，这就是我们的指望。罗马城不是一天修建起来的，何况一条铁路呢。那边有两箱消毒药水，你要负责分发给他们，你先让他们把这块场地平整出来，搭建几座工棚，然后用药水喷洒。不然瘟疫流行起来，就没有人给你干活了。"

大卡洛斯根本没有听见这个欧洲女子说了些什么，只是一味地点头称是。他的目光已经深陷在露易丝蓝色的眼珠里了。

"请注意，必须跟他们讲清楚，这消毒药水不是可以入口的饮料。前天下面一个工段的两个劳工把分发给他们的黄色炸药当糕点吃进肚子里了。"

这句话卡洛斯兄弟都听明白了,大卡洛斯发出山洪爆发般的笑声,"上帝啊!这可是我来工地上听到的最有趣的事情了。"

"有趣?两个劳工都没有救过来。你认为这很好笑吗?"

露易丝说完就走,刚走了几步又回头对大卡洛斯说:"请务必牢记,不能让他们喝生水,这是中国人的坏习惯,你有责任监督他们。我希望你能善待这些中国劳工,不要忘记一个基督徒的宽容和仁慈。是基督徒吗?"

"是……"大卡洛斯底气不足地说。

这个看上去气质高贵的女子说话有着不容置疑的力量。大卡洛斯在将来的日子里永远也没有想明白,她为什么要来到这里,把自己的一生奉献给这条铁路?她应该出入巴黎的高级社交场所,或者在某家干净整洁的医院里,像天使一样在病房里飞来飞去,而不是和他们这帮肮脏、粗鄙的男人混在一起。天使总是在人们最绝望时出现。上帝知道,大卡洛斯那时在心里感谢了他。尽管大卡洛斯那时还是一个很久以来都不进教堂忏悔的恶棍,但在上帝无所不在的计划中,恶棍更需要拯救。

工程在乱哄哄的局面中展开,这些中国劳工真的就像是从格列佛的小人国里招募来的,他们中最高的也高不过大卡洛斯的肩膀,多数人似乎只到他的腰胯间,大卡洛斯认为他们一点也不可爱,脑后拖着长长的辫子,看不出颜色的棉布长袍又脏又臭,虱子一抓一把,令人生厌,让大卡洛斯随时有一把将他们拎起来——不是一个,而是三五个——远远扔出去的欲望。不过他得管理手下的这三百个"中国猪"好好干活,驱赶他们像猿猴一样爬上陡峭的悬崖上去打眼放炮,用铁锹、钢钎、扁担、箩筐、手推车、十字镐以及炸药向大山要路。数个工作日下来，大卡洛斯不得不承认，这些中国劳工忍受苦难和艰辛劳作的毅力惊人，尽管在诸如教会他们吊在悬崖上打眼放炮、安放炸药这样危险的工作时，经常闹出人命，但没有人敢违抗他的命令。

宁静的山谷被惊吓得瑟瑟发抖，飞禽走兽纷纷逃亡，古老的大树被伐倒时，发出强烈的抗议，但没有人理会。山神不明白自己身上坚固了亿万年的磐石为什么会被炸得遍体鳞伤，沉睡了数百年的阴魂被从古墓里挖掘出来，赶到空荡荡的河沟里，或者抛撒到古道边，灌木丛中，没有人在乎他们的哀号。夜晚来临时，都可以看见暮色苍茫中的鬼影幢幢。人们不得不在每一座工棚外面燃起一堆堆的篝火，以抵御这些孤魂野鬼找上门来申冤。劳工们干了一天的活儿，早就累得散了架，他们几十个人挤在一个工棚内，吃完简单的晚饭倒头便睡。但是有的人在沉睡中和四处游荡的阴魂迎头撞上，身子羸弱的人便被死神裹挟走了。第二天他们的工友醒来，发现身边的人再也起不来了。

劳工们大都来自中国北方的天津、山东、河北、河南等地，他们是赤贫的农民，被两块大洋骗到南国的热带丛林中开山修路，水土不服是自然的事。不要说这些北方人，就是云南本地的劳工，在这将近40℃高温的河谷湿热气候下，也难以适应。蚊虫、虱子、跳蚤、毒蛇、蚂蟥、野蜂，都是许多劳工从来没有过的梦魇。有一次小卡洛斯涉水过一条小溪，到上岸时，他发现自己的高筒马靴上全是一层肉乎乎的东西，就像他的靴子不见了，腿上的肉全翻在了外面。仔细一看才让他比丢了靴子更恐慌，原来靴子上密密麻麻地沾满了蚂蟥，正拼命地往他腿上爬，他连下手解开靴子扣的地方都没有。

这还不算最恐怖的，一天小卡洛斯手下的五个劳工在施工中捅到了一个大马蜂窝，愤怒的马蜂飞腾起来，朝敢向它们的领地挑战的人发起攻击，小卡洛斯看见五个劳工眨眼就成了一个个的"蜂人"，他们抱头鼠窜,在地上打滚,不到三分钟的时间,挣扎便停息了。待人们把他们抢回来时,每个人的头都肿得有一个篮球那么大。

"这是什么鬼地方啊?除了盛产石头和大大小小的野兽,就是死亡。"小卡洛斯有一天在受到劳工们的集体抗议后,到他哥哥面前哀叹道。昨天一个复炸的哑炮已经夺走了两个劳工的生命,今天又遇到这样的倒霉事儿了,劳工们再也不听小卡洛斯的使唤,哪怕他举起了手棍,但得到的是一阵讥笑。

那时,小卡洛斯还是一个未满十八岁的少年,面对大量涌来的劳工,铁路公司的人手就吃紧了。小卡洛斯虽然身体纤瘦、嘴上没毛,但也要管三百多号劳工。工地上的洋人工头大都是些大胡子,这似乎是他们的标志和某种时尚,而中国劳工的下巴几乎都是光光的,看上去孱弱而稚嫩,实际上许多劳工还都是些和小卡洛斯一般大的孩子。卡洛斯兄弟各负责一个相邻的施工段,而大卡洛斯超群的能力差不多包揽了他兄弟的工作。

"他们敢嘲笑你?"大卡洛斯问。

"是。"他兄弟羞愧地说,"和被炸得飞起来相比,我的手棍只是给他们搔痒。"

大卡洛斯觉得该给他生性怯弱的兄弟上一课了。"跟我来,看我怎么对付这帮'中国猪'。"

那群罢工的劳工大约有二百来人,有站着的有蹲着的,有的手里拿着工具,有的将双手揣在宽大的袖子里。气氛显得很紧张,仿佛那一眼没有爆炸的哑炮不在山岩上,而是隐藏在这群人中。谁要是一不小心,挑起了一颗火星,只有上帝知道这群本来就命如蚂蚁的劳工们会不会举起手里的十字镐——他们一人一镐,就足以让卡洛斯兄弟成肉酱了。

大卡洛斯让他兄弟站在后面,把枪掏出来,然后自己向那群沉默的人走去。他故意把脚下的石子踢得四散飞溅,阴鸷犀利的目光只盯着第一个敢迎着他的眼睛看的人,在这个人稍有些张皇时,大卡洛斯上前一把揪住了他的衣襟,把他凭空提了起来。

"是你笑话你的工地主任吗?"他厉声问,胡须下的大嘴就像狮子的血盆大口。

"不……不是……"那人紧张地说。

"那么告诉我,是谁?"大卡洛斯在空中摇晃着他。

"我……我不知道。"

"好吧,哑炮什么时候爆炸我也不知道,排哑炮有你一个。"大卡洛斯把这劳工扔在一边,又顺手抓起来一个,"回答我,是你笑话你的工地主任吗?"

这人瘦得几乎是一根竹竿,一看就是个鸦片烟鬼。大卡洛斯知道,工地上的许多劳工都把他们那点可怜的工钱拿来吸鸦片了。自从他们染上这一恶习以后,便以此来抵御劳作的疲倦和死亡的威胁。

"不是我,是他——"鸦片烟鬼尖声叫道,用手指着人群中一个看上去比较粗壮的汉子。

大卡洛斯已经可以确认了,但他为了显示自己的淫威,为了让他弟弟看明白如何制服这些一盘散沙的中国人,他又抓起了一个,"是他吗?",他有些得意地求证。

"是他。"被攥在他手里的人老实地说。

他把这两人都放下来,抽出腰间的枪,指着那个壮汉说:"站出来。"

其实不用壮汉自己站出来,他身边的人都溜到一边去了,将他形单影只地置身于大卡洛斯的枪口之下。他显得有些迷惑,又有些愤懑和委屈。"不是我一个人在笑。"他说。

"哈哈，你们当这是在看马戏啊？"大卡洛斯开心极了，"还有谁，给我指出来。"

壮汉犹豫不决地用手指点了三个人，大卡洛斯用眼光就让他们老老实实地站在死亡的边缘上了。他用一种魔鬼的力量，把四个敢于嘲笑他兄弟和那个不肯出卖伙伴的人的辫子都拴在一起，然后命令他们去排哑炮。中国人独特的辫子还有这个被利用的功效，是大卡洛斯在滇越铁路工地上的一大发明。"你们真该感谢你们的皇帝，"大卡洛斯嘲笑道，"瞧这辫子多结实啊，都可以拉动火车了。"

"哥，排哑炮一个人就够了，何必让那么多人去担风险呢？"小卡洛斯用希腊话说。

"噢，我亲爱的兄弟，你得让他们知道，一个欧洲人是不能被讥笑的。"

所幸的是，那天的哑炮顺利地排除了。五个辫子拴在一起的劳工灰头土脸地下来后，他们的辫子却再也不能解开，除非用斧子劈断大卡洛斯结的魔鬼结。但是身体发肤，受之父母，宁可砍头，也要留发，这是大清的律令。他们一起去上工，一起去排哑炮，一起回到工棚里睡觉，一起在梦里思念遥远的家乡。一个在梦中向亲人哭诉自己的遭遇，其余四个人也泪水潸潸，一个在掌钢钎时被砸中了手臂，另外的人便一起喊痛。共同面对过生死的人，便有相通的心灵，他们就像五个连体的孪生兄弟，与自己的屈辱和苦难纠结在一起。直到有一天，一块巨大的岩石从山坡下轰隆隆地滚下来，施工场上所有的人都四散逃命，五个连体兄弟被砸中了三个，那个魔鬼结才终于被扯断，有个人的头皮都被撕下来了，长长的乌黑头发挂在树枝上迎风飘零，仿佛一面黑色的招魂旗幡。活下来的两个劳工，捧着自己参差不齐的发辫，痛哭失声，仿佛一个女人失去了自己的贞洁。

　　铁路线从边境小镇河口沿着南溪河谷向中国的腹地进入，就像一条巨大的蟒蛇，日以继夜地啃吃着曾经秀美的山川。南溪河谷海拔并不高，但是相对高差很大，山势陡峭、植被茂盛、古木参天。遮天蔽日的热带雨林里人的视线看不透三米远，劳工们常常要动用砍刀才能开辟出一条道路来。这条河谷两边的山上居住着瑶族人和彝族人，连他们也不敢轻易下到河谷底来；汉族人远走异邦的马帮，宁愿翻山越岭、绕道而行，也不愿和河谷里的魔鬼打照面。在天气阴霾的日子里，人们在山上可以听到河谷底的巨蟒和魔鬼搏杀的呐喊，搅得整条河谷腥风血雨、秽气弥漫。传说中有一种巨蟒口中喷出来的毒瘴之气，不要说离不开一口新鲜空气的人们，就是花草树木，一沾上它立即就枯萎了。

　　但滇越铁路法国公司的设计者们不相信这些。他们的线路只有从南溪河谷经过，才能一步一步地爬上那片资源丰饶的高原。他们相信，火车的轰鸣，将震慑住那些鬼神的呐喊，钢铁的车轮，将碾碎传说中的巨蟒身躯。

　　工地主任中有个叫汤姆的美国牛仔，是个和大卡洛斯身胚一样巨大的家伙。他们是牌友，但大卡洛斯在牌桌上总斗不过他。这个家伙赌资雄厚，舍得下注，总是在给人感觉已经输光了一月的薪水时，忽然像变戏法似的摔出大把的皮阿斯特。

　　"法国殖民当局的印钞厂都开到你的工棚里来了。"一天大卡洛斯在输光了所有的钱后，不甘心地说。

　　但汤姆误解了他的意思，他衔着烟斗、点着手里的钞票，"伙计，在你还没有学会用穷人嘴边的最后一口面包和命运赌博以前，你赢不了我的。"

大卡洛斯恍然大悟,原来这老赌棍在克扣中国劳工本已微薄的工资。那时整个铁路工程被划分为若干工程段,工地主任上向各工程段的承包商负责,下监督中国劳工完成每天的工程进度。本来铁路公司和大清政府签订的用工协议中,规定支付给劳工的薪酬依工种不同,以"计件"付与,大致在每天每工约0.7元至1元皮阿斯特之间。各包工段的承包商往往把铁路公司核定下来的劳工工资以劳务保险的名义克扣一部分,如果被像汤姆这样的工地主任再剥一层皮,大卡洛斯估计他手下的劳工,每天就只有0.5元甚至0.35元的报酬了,而他一月的进账,则可以增加一百到两百皮阿斯特,约是他实际收入的50%。

"狗娘养的,看来那帮勤劳的野蛮人不拿那么高的薪水,也照样干得欢。"大卡洛斯抱怨道,只感到自己是法国铁路公司最傻的工地主任。

"快乐有限,伙计。今天这里是他们的地狱,我们的天堂;明天他们上天堂,我们下地狱。"汤姆在自己的靴子帮上轻轻地磕着他那大号烟斗,一烟锅烟灰撒落在地上,他说,"人不过是这些燃尽的烟灰罢了,短暂的燃烧,永久的熄灭。"

但汤姆有一次磕烟灰时却选错了地方。那天他在溽热的工地上想找块凉快点的地方歇息一下,刚好不远处有棵大榕树,他就一屁股坐在榕树下一根粗壮的树根上吸烟斗。在吸完一锅烟后,他没有像往常那样在自己的靴子帮上抖烟灰,而是随手磕在身边的树根上。在磕到第四下时,一股冬天才会有的彻骨寒风席卷了他。汤姆惊讶地发现这根足有人大腿粗的树根弯曲着立了起来,就像一棵会复仇的树,一下就把他缠绕住了。汤姆惊恐地大叫,但怎么也挣脱不出来。赶过来帮忙的劳工们惊愕地看见，一张血盆大口高悬在汤姆的头顶，一条传说中才可见到的巨大蟒蛇，噩梦一般横亘在人们的面前。

谁也不敢上前一步了，所有的人只是张大了嘴发呆。那蟒蛇慢慢盘曲收缩自己的身子，将它的猎物挤压得眼珠子都快爆出来了。

有个劳工飞奔去找来了大卡洛斯，但这个在中国劳工面前从来都不惧鬼神的蛮汉，竟然也惊得一屁股坐在地上，只能眼睁睁地看见巨蟒将汤姆一口口吞下去。它先衔住了他的腿，鼓起腮帮往脖子里吸，就像一个无赖强行进到别人的餐厅里，面对满屋子人的惊愕和一桌佳肴，竟然能厚颜无耻地细嚼慢咽，并吃得津津有味。

"卡洛斯，救我！"汤姆在巨蟒的口里高喊。

"谁能把他拉出来，我多付一周的工钱。"大卡洛斯说。

"卡洛斯，你这狗娘养的葛朗台，快开枪打这杂种！"汤姆的整个下半身都在巨蟒的口里了，仿佛有双巨大的手攥住他的脚往下拽，他的双手在地狱的边缘徒劳地挥舞。

"一个月的工钱，谁去？"大卡洛斯提高了嗓门说。那天他不是没有带枪，而是他颤抖的手无法从枪套里掏出枪来。

有个胆大的劳工拿了一根长竹竿，向还在巨蟒口中挣扎的汤姆伸了过去，想把他拉出来，但巨蟒呼出一阵腥臭的热风，将前来救援的人刮到了对面的岩壁上，连四周的树叶都立马枯萎了。

这个赌桌上的高手这一次彻底投错了注，他很快就没入巨蟒口中，人们还能听见他的惨叫从巨蟒的腹中传来，他在里面拳打脚踢、殊死抗争，试图从黑暗的深渊中逃出来。有片刻人们甚至看见他挣扎着爬到巨蟒的大口边了，就像一个在沼泽地里向上攀缘的人。他向人间喊：

"卡洛斯，你还差我账哩……"

大卡洛斯已经缓过神来，拔出手枪不断向巨蟒射击，子弹就像打在一根古树桩上，枪子儿弹跳一下便飞走了。但巨蟒也被大卡洛斯的枪弹打恼了，它吐出一口黑气，河谷里顿时遮天蔽日，瘴气弥漫，伸手不见五指，大白天也需要点灯，工地上连续三周没法开工。

巨蟒吐出的黑气带来了南溪河谷的瘟疫，人们都这样认为。自从汤姆被生吞以后，许多人无缘无故地时而发热时而发寒，浑身酸痛乏力，能移走大山的劳工，现在连一根针也拿不起来了；过去从来都是饥肠辘辘的人们，现在许多人肚子肿胀得走不了路，仿佛魔鬼钻进了他们的肚子里，一贫如洗却像个阔佬一样大腹便便。一些卧床不起的人还出现幻觉，把眼前的工友看作是前来勾魂的小鬼，把施工用的绳索当成巨蟒的化身。他们要么尖声怪叫，哀号连天，要么喜怒无常，又哭又笑。一般来说，这样折腾一两天后，就该给他们准备后事了。

很快，瘟疫开始在工地上弥漫开来。在巨蟒带来的黑雾消散不久，大卡洛斯惊讶地发现，上工号吹响后，工棚里竟然没有几个人走出来。他推开一间工棚的竹门，用哨子对着横七竖八躺了一地的人猛吹，可他们就像不怕他的手棍和手枪的慵懒汉，翻着灰白的眼仁，毫无生气地望着他。

"别吹了，洋人老爷。没一个活的啦。"他身后的一个劳工有气无力地说：

上面很快传来了指令，说这是一种热带地区传染性极强的疟疾，对死亡的劳工就地焚烧掩埋，应该教会中国劳工扑杀蚊虫、虱子，勤换衣服，讲究卫生、饭前洗手、每日洗澡、保持室内通风，等等。那个漂亮的医务士露易丝带着一帮人到处指导人们该如何和死神抗争，并分发一种褐色的汤药。她对大卡洛斯哀叹道："如果我们有足够的奎宁，修建足够多的工棚，人就不会死得这么快、这么多。"

大卡洛斯哑然失笑，"噢，我亲爱的露易丝小姐，那些坐在有冰块退凉的办公室里指手画脚的家伙，是雇我们来修铁路的，你以为他们愿意把工棚建成欧洲的大饭店？"

"你认为这些中国人和你有什么不一样吗？"露易丝睁大了那双蓝得令人心碎的眼睛。许多个闷热难眠的夜晚，大卡洛斯望着天上的星星，想象着自己和这双蓝色眼睛的距离。大卡洛斯的牌友们说，谁能和这个圣女一样的法国姑娘睡一觉，抵一条铁路的财富。

"这个……我们，我们是欧洲人，是……"

"是文明人，对吧？"露易丝抢白道，顺手一指山冈下面那一排排的新坟，"难道这就是我们带给他们的文明？"

大卡洛斯耸耸肩，"我也很遗憾。可是我相信铁路公司并没有打算将二十多万中国劳工看作体面而又有教养的绅士。"

"体面和教养？"露易丝收起了自己药箱，"卡洛斯先生，我但愿您时常想得起这两个词。"然后她让仆人牵自己的马过来。

"呵呵，小姐，我会随时记得您的教诲。"大卡洛斯冲着她的背影恭顺地说，"晚上我可以来拜访您吗？尊敬的露易丝小姐。"

"抱歉，我没有空。"露易丝头也不回地说。

卡洛斯兄弟和其他工程技术人员一样，也是跟着施工进度随处搭建工棚，只不过他们的工棚和劳工的有天壤之别，劳工的工棚里至少住二十来人，而洋人的工棚一般只住两三人，有两个仆人为他们服务，还有专门的浴室和饭厅。有时还会在外面搭建一个凉台，供洋人们休息和观赏风景，哪怕他们去工地上监工，也会有个忠实的仆人为他们牵马、搬椅子、撑洋伞。大卡洛斯曾经对他的兄弟说："你瞧，要是在欧洲的话，我们这样的人去给富人家当马夫，人家都还不一定要哩。"

河谷里的巨蟒不仅轻易地平了大卡洛斯欠的赌债，它带来的瘟疫还让他增加了可观的收入。自铁路公司的高层听说工区流行瘟疫以来，谁也不敢来工区视察了，他们只是差遣几个中国底层雇员，隔几天来打探一下情况，收集一些数据，运来一批杀虫剂和草药，让工地主任发给劳工们。许多工地主任和工程师都撤出去了，但大卡洛斯没有走，他对小卡洛斯说："让我们来跟命运搏一把吧。"

驻扎在蒙自县城的铁路公司工程处定期收到大卡洛斯从疫区发回来的简报——

　　瘟疫肆虐，大量劳工死亡，焚烧和掩埋他们的尸体是主要工作；

　　瘟疫已得到有效控制，笼罩河谷的黑雾已经散去，死亡人数正在减少；

　　劳工们身体很弱，正在康复，需要大批的粮食和药品；

　　不日即可恢复开工，本月的薪水希望能提前拨给。否则那些中国劳工不愿上工。另外请带一些弹药来，我们时常不得不以枪弹来保证工程的进度。

提前到来的雨季荡涤了南溪河谷的瘴气，坚守岗位的卡洛斯兄弟成了法国铁路公司的英雄，他们受到了嘉奖，大笔奖金和两枚法国政府颁发的蓝宝石勋章。不过当工程处的皮尔斯总监派技术室的弗朗索瓦主任到工区视察时，才发现没有多少劳工了，许多工段只有三两个劳工有气无力地甩着大锤。"人呢？卡洛斯先生。瘟疫不是在半个月前就已经得到有效控制了吗？"弗朗索瓦问。

"被蟒蛇吞吃了。"大卡洛斯回答道。

"可上周至少给一火车的人发了工资，卡洛斯先生。"弗朗索瓦主任翻翻手里的工资表，"蟒蛇有那么大的胃口吗？"

"你要是看到它如何生吞了可怜的汤姆,你就会相信,古老东方的这种恶龙,还可以吞下你们的火车哩。"

大卡洛斯振振有词地说,他现在有资格向这些坐办公室的老爷们摆谱。瘟疫流行时,你们怎么不来这里看看啊?这是他和弗朗索瓦的第一次见面,他根本不把这个年轻得有些稚嫩的家伙放在眼里,他那时当然还不知道,这条铁路线将把他们俩的命运连在一起。

弗朗索瓦皱起了眉头,这真是一个令人迷惑的地方,这真是一条令人伤感的铁路。在整条铁路施工沿线,中国劳工的死亡率实在太高了。其实他在参与勘测时,就预测过修建时的伤亡率,因此弗朗索瓦对每天报来的伤亡数字已经麻木,似乎那一条条鲜活而陌生的生命,不过是工程中的某些损耗。瘟疫、疾病、劳累、工伤事故等造成的林林总总的死亡,和被蟒蛇吞吃的劳工,有什么区别呢?反正中国劳工有的是。

"我再给南溪河工段补充两千人。"弗朗索瓦主任说,"你可得给我管好了。他们是来修铁路的,不是喂蟒蛇的。"

"好的,先生。我想蟒蛇也该换换口味了,或许它们希望能吃到点别的美味。"

新补充的劳工由清政府的军队押送而来,他们大都用绳子拴着右胳膊,一长串一长串地踟蹰在崎岖的山道上,还有一些戴板枷的人,头从一块结实的四方木框中伸出来,手上和脚踝处还拴着粗大的铁链。据说他们都是一些死囚犯,负责跟铁路公司协调的清政府官员对各工段的洋人工地主任说,这些反抗朝廷的人渣死不足惜,哪儿危险就让他们去哪儿干活吧。

小卡洛斯的工段上也分到几十名这样的"人渣",他问一个当地官员:"难道让他们戴着这些中世纪的刑具干活吗?"

那个身边总有个侍从为他捧着鸦片烟具的朝廷官员懒洋洋地回答说:"人为了活着,没有受不了的罪。"

密林里的蟒蛇果然不再吞吃中国劳工了,但它带来了无穷无尽的大雨,一下就是半年多,几乎没有停息的时候。劳工们说,蟒蛇本来是动了恻隐之心,想让那些刚来的新劳工有时间搭建工棚,有时间适应河谷里湿热的气候、怪异的水土。但它帮了倒忙,皮尔斯总监天天催问进度,一茬又一茬的劳工像蚂蚁一样填满了河谷,他们中的一些人中午才到达,下午就冒着倾盆大雨被驱赶到工地上了。

真实可信的传闻在劳工们简陋的工棚里蔓延。河水暴涨,那是蟒蛇潜到了水底,人们看见它巨大的身子,搅动得浑浊的波涛一个个跳起来,冲向天空,仿佛是受到了惊吓;巨蟒在河床上翻身时,连远在山坡上的人们都感受得到大地的微微震动;有时蟒蛇钻到幽暗深邃的地穴里睡觉,开山炸石的炮声惊醒了它的美梦,这个贪吃酣睡的家伙翻几个身,便带来了山崩和地震;在一个雨雾迷蒙的上午,卡洛斯兄弟工段上所有的人都目睹了如此惊骇的一幕:那个代表了天怨神怒的大家伙,盘踞在云雾之上的山头上,不断吐出泥沙、石块、树桩以及肚子里没有来得及消化的人和野兽的骨骸,美国牛仔汤姆生前的那声"卡洛斯,你还差我账哩"的哀叫声,还混杂在洪水一般轰鸣汹涌的泥石流中,法国铁路公司在瘟疫来到之前完成的工程,被毁坏得七零八落。

有一天,在烟雨蒙蒙中,大卡洛斯惊骇地看见一群劳工——至少有十五六个——被一团厚重的云雾裹走了,大卡洛斯开初以为这些劳工要逃跑——最近一段时间,劳工集体或单个逃亡的事情每日递增,连把他们的辫子拴在一起的魔鬼结也不能阻止逃跑事件发生,他看见他们飘浮在云雾中,就像挣扎在洪水里,时而露出半个身子,时而只见到一双求助的手。大卡洛斯紧跑几步，想把他们追回来，却发现自己离那团云雾越近，脚步就越轻飘，好像踩不踏实地面。他有了在悬崖边失足踏空的恐惧，就不敢再追了。

大卡洛斯拔出枪来向那团云雾射击，子弹却被弹回来了，两颗流弹"嗖嗖"地从他的耳边掠过，吓得他连忙趴在地上。

"这他娘的是个什么诡异的地方啊！"

大卡洛斯说得没错，南溪河谷从来就是个神出鬼没之地。这个星球上有些地方并不欢迎人类文明的到来，它们本来就是神灵的世界，动植物的乐园。即便多年以后，代表现代文明的铁路穿越了这片禁区，它仍然被视为"魔法"之地，拥有最聪明头脑、掌握最先进技术的人们也不能用他们的知识解释清楚种种诡异之事。火车司机们每次驾驶着他们的钢铁怪物行驶到这个地方，总是提心吊胆。因为在暴雨如注的雨季，在云雾弥漫的深秋，在野花遍坡的初春，他们会看见当年那些修筑铁路的劳工们的阴魂，看见他们还吊在悬崖上开山放炮；看见他们早已被焚烧一空的工棚，在阴雨绵绵中还飘荡着几十年前的炊烟；看见他们鸦片烟灯的火星，像鬼火一般在深沉的黑暗里忽明忽灭；还会看见他们成群结队，衣衫褴褛、背着破败不堪的行囊，行走在回乡的路上。有时一些好心的中国火车司机会背着法国调度，偷偷停下车来，让这些阴魂们上车。他们在车上从不与旅客争抢座位，他们总是试图从旅客们的交谈中听到关于自己家乡的消息。但能如愿的很少，因为现在人们已经有了新的话题，有让他们深感陌生的别人的美丽家乡，尽管它们依然凋敝、贫穷。但火车驶过的每一个车站，每一个村庄，每一座山峦，每一条河流，每一个山洞，都让这些异乡孤魂牵扯出丝丝缕缕的浓郁乡愁。那一声声渐行渐远的汽笛，让座座荒冢里的累累枯骨也骚动起来，让他们燃烧不尽的思乡磷火，在无垠的黑暗中为寻找他们的亲人指路。

有一天一个偷偷挤上头等车厢的孤魂面对一车厢的洋人老爷大声说：“俺在火车轮子下碾压了二十多年了，俺要回家。”

但是车上的洋人都听不懂他的话，他们抽着大号雪茄，品着侍者送来的杜松子酒，就像看车窗外站台上那些拥挤不堪、肮脏低贱的土族人一样，对飘浮在他们身边的孤魂熟视无睹。这些中国佬，不要说阴间里的孤魂野鬼，就是活生生的人，也不过是这个星球上的劣等生物，不过是路经的一群牲口。绅士们在出行时总是让仆人们赶开他们，不要挡道；女士小姐们抽出雪白的手巾，掩鼻皱眉，撑着洋伞，或者提着镶花边的裙裾，远远地避开他们。她们情愿自己遇见的是一群欧罗巴的猪，也不愿和这些猴子一样敏捷、蚂蚁一样勤劳、外星人一般怪异的野蛮人相处在这片蓝天下。因为他们是文明人，因为他们更善于掩饰，更知道虚伪。拥有文明的人走到越偏远越蛮荒的地方，就越让他们拥有无上的优越感。老卡洛斯说得对，世界这个大赌场，现在轮到白种人坐庄了，而且规则也由他们来制定，因此他们只赢不输。

所以当那个挤上头等车厢的不知名的孤魂在另一个世界的申诉和抗议，只是引来一阵阵轻松的笑声。一个法国铁路警察似乎终于感到了某些不对劲，他吸了吸鼻子，敏锐地察觉到与上等车厢里淡雅、清新的空气不相适的某种令欧罗巴人永远都讨厌的味道。他在车厢巡回了两遍，终于在车厢连接处的过道上发现了一件褪色的阴丹蓝棉布大褂和一根打狗棍。那个孤魂就依附在他活着时的全部家当上。铁路警察戴上雪白的手套，用手拍捏着鼻子，用一根火钳挟住那孤魂，从车窗外把他扔出去了。孤魂在大声地抗议、哀求，说洋老爷求求你，行行好，俺要回家。但是铁路警察并不听他啰唆，他把那件破棉大褂扔出去好久，还感觉自己的手是臭的。

很多年后，这件破烂不堪的棉大褂还挂在路基边的一蓬灌木丛上，日晒雨淋、风吹雨打。迷路的小鸟偶尔栖息上面，慰藉他孤寂的灵魂，带给他一些永远也听不够的故乡消息。在有闪电的黑夜，过路的火车司机可以看到那破棉大褂像一个追赶火车的人一样在跌跌撞撞地奔跑。这让他们非常害怕，再不敢让他搭便车了，不得不拼命让司炉往炉膛里加煤，驱使着火车一路狂奔，把那在狂风中追逐火车的孤魂远远抛下。尽管他们在火车"哐当哐当"的轰鸣中，能够清晰地听见这个追逐火车的阴魂在哀求：把俺的工钱……带给俺娘……俺家在保定府……

火车司机们并不知道，这个叫保定府的地方，冬天被大雪覆盖，春天农家的四合院里开满梨花，夏天碧绿的田野海洋一样广阔无边，秋天时，当中秋的月亮高挂夜空，树上硕大的梨子如一颗颗孤独守望的心，有个头发斑白的老女人在梨树下独自啜泣。

第二章　穿山甲年

　　铁路修到南溪河谷一个叫人字桥的地方时，劳工的伤亡遽增。对法国铁路公司来说，这是一座由天才设计家设计出来的钢铁大桥，像埃菲尔铁塔的缩小版。埃菲尔铁塔在法国有多轰动，人字桥在滇越铁路线上就有多异想天开、浪漫大胆和不可思议。法国人把远东深山狭谷中的这座桥梁，当作一件超越古典主义的新艺术运动的试验品。

　　而对筑路劳工来讲，它必将成为一座死亡之桥。第一个带着筑路劳工开到这里的洋人工地主任看着峡谷两岸的峭壁，气得破口大骂：

　　"那些坐在巴黎建筑师事务所写写画画的家伙们，都是些婊子养的。他们以为火车是穿山甲啊！"

　　这座桥的艰难之处不仅仅在于它是站立在峭壁上的一座桥，支撑钢铁大桥的两个巨型等腰三角形拱臂，必须镶嵌在两座壁立千仞的峭壁中间，形成一个"人"字支撑桥面，而拱臂的桥基就坐落在两边悬崖的突出部分，离下面的山谷底还有一百多米深，劳工们必须把自己从山顶吊下，在猿猴都难以攀缘的地方，掌钎打锤、安放炸药；也不仅仅在于劳工们必须在悬空作业的情况下，把来自法国预先制作好的钢铁构件一根根、一件件地拼接铆钉起来，这些钢铁构件漂洋过海、从安南运到中国境内后，考虑到马帮驮运的艰难和山道的狭窄，每件重量都在100公斤以内，长度在两米五以内，整座大桥上万件的钢铁构件，没有一个焊接点，全用铆钉拼装，每个铆钉孔都必须分毫不差；更不用说两个作为桥梁支撑的沉重钢铁拱臂在山顶的绞车起吊下，在半空中要像接吻的情人那样，金风玉露般顺利相逢。不，不是，这些技术上看上去难以解决，但凭借法国设计师的聪明才智都可以从理论到实践、从图纸上的彩虹飞架到工地上的血肉之躯去拼装、去支撑、去构架的。人字桥建设中最大的难处在于：铁路跨过的这条山谷终年山风怒号、鬼哭神怨，是现实世界中阎王的鬼门关。它是一件划时代的钢铁拼装艺术品，但同时又是一座通往阴间的铁路大桥。

工地上黑色的云雾时而在谷底翻涌，时而厚重得让人喘不过气，时而让人分不清白天和黑夜。那时，法国铁路公司的洋人雇员都不相信大卡洛斯的这个说法：枪子儿会被浓雾挡回来。大卡洛斯跟他们打赌说，南溪河谷神秘莫测的浓雾，有一天还会变成龙卷风哩。一个叫莫里斯的工地主任当时就说，要是浓雾变成了龙卷风，他就把它吃掉。大卡洛斯看着他说：

"那么，我跟你赌一年的薪水。"

在人字桥工地，浓雾虽然还没有变成龙卷风，但人们经常在浓雾的阴谋中掉入死亡陷阱，明明上午从悬崖上用绳索放下去十多个劳工，可收工时却只能从浓雾中钻出来三五个人。卡洛斯兄弟带领的施工队已经是第三批进驻人字桥的劳工了。前两个施工队的劳工几乎伤亡殆尽，别的施工队听说要去人字桥，劳工都躲进了云雾里，再也找不到了，有的则直接拒绝来这里。整个铁路工地最近一段时间充满一种危险的气氛，上周有个德国工头在人字桥工地上被人用铁镐一镐砸死了。虽然肇事者被清政府的官员捉去砍了头，但似乎并没有产生多少震慑力。工程段在线路上招标，给出相当优厚的条件，但应者寥寥。大卡洛斯本来也不想去蹚这趟浑水的，但在那次招标会上，他忽然听见身后传来一个女人的声音：

"难道就没有一个男子汉吗？"

是医务士露易丝。她和几个工地上的女护士、家眷站在招标会的后面。大卡洛斯此刻就像听到长官命令的忠勇士兵，想都没有想就把手举起来了。他看到了露易丝赞许的目光，这是他第一次从露易丝眼睛里感受到的温暖——把它理解成爱，就再好不过了。他已经知道，人字桥开工以来，露易丝就把自己的医疗工棚设在工地下方的一条小河旁。也许因为劳工伤亡多，也许由于这座造型奇特的桥对很多人来讲，都是一件很稀罕的事情，连欧洲那边都专门派了两个记者来。

大卡洛斯对面临的困难再清楚不过了，因此他对自己的兄弟说：

"对这些劳工来说，砍头跟在工地累死、摔死、得病死，有什么区别呢？砍头或许还让他们痛快点。我们今后不能仅仅靠手棍和手枪说话了。"

大卡洛斯那天让人把两大筐银洋抬到工地，在已经修筑好的路基上，把银洋一枚一枚地铺展开去。连一向弥漫在山谷里的浓雾也被银洋的光芒逼退了，一条山谷烨烨生辉，仿佛太阳刚从山谷里滚过。大卡洛斯说：

"看啦，铁路就是一条通往财富的道路。这些大洋都是你们的了，来吧，从这上面蹚过去吧，你们打铁锤的手将会更有力气。"

没有一个劳工上前一步。

"吊在悬崖上打铁锤的人，每打一锤，半个大洋。"大卡洛斯又吆喝道。

平常劳工们辛辛苦苦干一个月，如果还活着的话，也就挣得三个大洋。这样巨大的刺激连小卡洛斯都感到惊讶，他担心工钱付多了，他们没法跟承包商交代。

还是没有人响应。

"一个大洋。"大卡洛斯又高喊道，"世界上再没有这样报酬优厚的工作了。"

终于有个人站出来了，然后是第二个，第三个……他们踩着脚下哗啦啦作响的银洋，走向财富之梦，也走上死亡之路。

那些萦绕在山谷间的云雾，远远看去诗意无穷，变幻莫测。山峰在云雾中出没，时而像大海中的孤岛，时而像天堂里的仙境。小卡洛斯曾经感叹道："阿尔卑斯山的壮美也不过如此吧。"可是当他自己爬到山顶，监督那些拴着绳索溜下绝壁的劳工时，就再也找不到一丝诗意和壮美了。山谷间的大风变幻无常，人吊在绳索上就像一片飘零的树叶，甚至比一片树叶更轻。一个体能再好的劳工在半悬空的状态下，最多也只能打上五六锤，就连爬上来的力气都没有了。尽管大卡洛斯兑现了自己的诺言，对能活着上来的劳工马上发工钱，但能挣到这几块以命相抵的大洋的劳工，少之又少。常常是一团浓雾像陡涨的洪水那样从山谷间涌过，虽然还没有夸张成大卡洛斯说的龙卷风，但人们已经在令人窒息的浓雾中，听见了被吞噬的劳工的哀号，看见了大风刮断的绳索，在雾中沉浮的破衣烂衫、枯枝败叶以及在地狱门口挣扎的阴魂。

一天，天空少有的晴朗，连一丝风都没有，人都能看见山谷对岸峭壁上的野花。工地上抓紧开工，小卡洛斯目送一个个像猴子一样下去的劳工。他总是担心拴在那些劳工身上的绳索,它们常会在怪石嶙峋的峭壁上被磨断。中国劳工的尸骨都快把山谷底填满了。小卡洛斯在山顶上每一根吊绳处都安排一个劳工负责观察,一旦发现绳索有磨损,马上就把人吊上来。

太阳快下山时,大卡洛斯上来了,他转了一圈,有些心神不定的样子。然后他把那些负责照看绳子的劳工都打发去搬运材料,让自己的兄弟负责清点。小卡洛斯刚走一会儿,就听见惨叫声从山谷间传来。又有人掉下去了,小卡洛斯急得飞奔到山顶,他看到了只有在噩梦中才有的场景——

大卡洛斯用一把锋利的斧头,正把悬崖边的绳索一根根砍断!他手中的斧头就像一架断头机,冷酷无比地举起、劈下。仿佛他砍掉的不是维系一个人生命的保命绳,而是一根根毫无用处的枯枝。

"别这样啊,哥哥!下面有人。"小卡洛斯吓得脸色发白,就像兄长的斧头正向自己劈头砍来。

"嘘——"大卡洛斯做了个噤声的手势,"要收工了,你开得起那样高的工钱吗?"

"要下地狱的!哥哥。"小卡洛斯哭喊道。

"别娘娘腔啦,你以为这里是天堂吗?"大卡洛斯往山谷深处望了望,确信今天再没有人来领工钱了,才长长吁了口气,"老弟,不要忘了他们是干啥的,我们又是干啥的,更不要忘记是什么让你过上体面的生活。妈的,你什么时候才不像个童子军啊?"

小卡洛斯跪在地上,双手捂紧了自己的脸,"上帝啊!是谁他妈的想到要在这里修铁路的啊?是谁他妈的设计的这桥啊?"

从那天以后,小卡洛斯就噩梦连连,那些铺垫在人字桥下面山谷间的尸骨,在他的梦里地狱之火一般燃烧。小卡洛斯想知道的是:带给别人地狱之火的人，什么时候会引火烧身。

南溪河谷前面的大雾山是一座经常被云雾紧锁的大山，那些厚重的云雾远看是白色的，近看是灰色的，走进去后却变成黑色的了。在那笼罩一切的神秘云雾里，据说隐匿着各路鬼神以及人间的英雄好汉。但法国铁路公司的设计者们不相信这些东方人的说辞，他们的眼里只有等高线、路基、桥梁、隧道。他们在古老的土地上逢山开路、逢水架桥，法国人的铁路不会因为一座有雾的高山而改变自己的方向。

但在一个毫无征兆的下午，一连串的雷声在大雾山的云雾深处炸响，那是这些走遍了世界各个角落的洋人工地主任们从没听见过的大雷。它们不是像从山坡上滚下的巨石，也不是像从天空中倾泻下来的炸弹，而是从地下如火山喷发般地爆炸开来，沿着铁路线一路爆炸开去，响彻大地。古老的大树被连根拔起，阴森的山谷飞沙走石，连浓雾也被它炸得改变了模样，从乳白色变成灰色，再变成黑色。然后，那轻飘虚幻得如中国劳工命运一般的云雾，令人奇怪地抱成一团，像龙卷风一样席卷而来。

大卡洛斯已经没有心情向敢和他打赌的莫里斯宣布自己预言的胜利，因为他自己也身陷囹圄了。像龙卷风一样的云雾里枪声大作，带血的呐喊填满了山谷。中国劳工们在浓雾中制伏了一些看守他们的清兵，夺下了他们的枪，然后向洋人工地主任们的工棚进攻。几个试图抵抗的工地主任眨眼就被砸成了肉泥，大卡洛斯在劳工们包围了他和他兄弟的工棚时，极其聪明地用手中的银洋来保命。他一手拿枪，一手把银洋一把把地往外扔，一些劳工停下了进攻的脚步，满地寻找这本该属于他们的工钱，一些人则还在呐喊，要这两个洋人的头。

"放假了！分红了！这是你们的红利。快来拿去吧！"他满头大汗，气喘吁吁，为自己的命运做最后一搏。小卡洛斯手里抓着白花花的银洋，仿佛粘在了他手上，心里一阵阵作痛。大卡洛斯踢了他兄弟一脚，"狗娘养的，都什么时候了，你想把这些大洋带进地狱啊？"

"把枪也扔出来。"外面一个看似像领头的劳工说。

大卡洛斯犹豫片刻，向外大喊："我这里还有两块银子，一只火腿，它可香了。"

"别扯淡了，再不扔枪出来，就烧你工棚。"

"噢，我想起来了，这儿还有一根金条呢。都拿走吧，你们可以有个愉快的假期了。去安南的海边晒晒太阳，那里的妞漂亮极了。"

"我操你洋鬼子的老娘！你大爷脑袋别裤腰带上跟你们干，为的是不准你们在我们的土地上修铁路。"

大卡洛斯这次判断失误了，暴动并不仅仅是因为劳工们嫌工作条件恶劣、环境艰苦，或者工钱不高。这次大暴动先是由个旧的矿工发起，然后被城里一些有见识的士绅利用，他们反对洋人修铁路，更反抗清政府的官员们在洋人面前卖国求荣，丧权辱国，打出了"阻洋修路"的大旗。因此反抗朝廷的义军很快就遍及滇南数县，连县城都被攻下了两座，铁路沿线的劳工们早就憋了一肚子的火，暴动便像野火一般沿着铁路线蔓延开了。

卡洛斯兄弟最终还是乖乖当了俘虏，他们和一批来不及逃走的洋人被集中到一个村寨里，大卡洛斯在人群中还看到了技术工程师弗朗索瓦、医务士露易丝和几个欧洲女人，甚至还有三个小孩，他们是随母亲一同过来探望父亲的。

义军里三教九流、鱼龙混杂。有反清的义士、砸烂了板枷的死囚犯、矿工、农民、土匪、通缉犯，以及屡试不中的落魄秀才、闯荡社会的江湖艺人等等，他们为如何处置这些洋人争执不休。有人建议统统杀掉,连女人孩子也不放过;有人认为应该只杀那些民愤极大的家伙,孩子和女人也杀有违华夏之邦的礼义;有的人却说这些洋人一个都不能杀,我们要用他们跟朝廷要个好价钱。

洋人们被拘禁在一间大房子里关了三天。那个跟大卡洛斯打赌云雾不会变成龙卷风的莫里斯也在里面,他灰心地对大卡洛斯说:"你赢了。我他娘的稀里糊涂地就被一团黑雾刮倒了。这些中国佬,平常你把他们当马骑都嫌他脏,可他们闹起来,像印第安人一般野蛮。"

莫里斯参加过秘鲁中央铁路的建设,那里也是一条被认为无法修筑的铁路,铁路线从沿海地区一直要爬升到安第斯山脉海拔将近5000米的地方。虽然这里的海拔没有安第斯山脉高,本地土著和劳工看上去也很温顺,远比安第斯山脉里的印第安人温和,但莫里斯知道,温和的人的反抗,绝对是置死地于后生的反抗。

大卡洛斯比他更没有信心,"我们都输了。他妈的,只有上帝知道,他们会不会把我们剥皮吃了。"

"你们要是在工地上随时想到上帝的仁慈,他们就不会这样对待我们了。"

露易丝的声音从黑暗中传来,大卡洛斯白天看到她时,还在为她不可湮没的美惊叹。她和大家一样,几天都没有梳洗了,蓬头垢面、身心疲惫。但这个女人哪怕就是在战俘营里,也是一朵开不败的狱中之花。

"我把所有的工钱都提前预支给他们了。"大卡洛斯嘀咕道,"法国铁路公司的大亨们也不会有我这样的慷慨。"

"上帝看得见。"露易丝说。

大卡洛斯当然知道上帝的全能,包括他无所不在的目光。他在工地上的行径肯定是不经看的。在这群同僚中,他比谁都担忧害怕,看来这次拿了一手烂牌。

官军开始合围这个义军的营地,被俘的洋人们推举来自总工程师室的弗朗索瓦和义军谈判,因为他从勘测这条铁路线时起,就不缺乏和本地土族人打交道的经验。在这群倒霉的洋人中间,虽然他很年轻,但他稳重、坚毅、有学养、富有绅士精神,中国话也相对流利一些。

弗朗索瓦向义军头领指出:如果他们想得到政府的宽恕,就应该善待被俘获的洋人;如果他们真的如自己打出的旗号那样,是一支义军,就不应该把刀枪指向妇女和孩子。

义军的头领是一个麻子,弗朗索瓦听见人们叫他刘大哥,也有人叫刘大麻子。他懒洋洋地把一只脚翘在面前一张矮桌子上,脚底直冲对面的弗朗索瓦。

"别搞错了对象,你大爷是个强盗。"

弗朗索瓦谨慎地说:"据我所知,你们中国的强盗中,还有一种很优雅的、像我们欧洲的骑士那样受人爱戴的好汉。比如,有部书中写到的一个叫水泊梁山的地方,那里的强盗都是很有绅士精神的英雄。"

这话说到刘大麻子的软处上了,但他也有自己要杀洋人的理由。他说:"跟我一起在死人堆里滚打的兄弟,好多都在这狗日的铁路线上受尽了你们的气。我们是官逼民反,而你们是和朝廷的狗官穿一条裤子的。"

"不,我们只是来修铁路的。"

"用人的尸骨来垫你们的火车路?"

"当然,我承认,有一些伤亡。我很遗憾。"

"别跟我说这些文绉绉的屁话,以血还血,以牙还牙。现在轮到你们的脑袋,去垫你们的火车路了。"

最后,谈判的结果是:义军不杀女人和孩子,不杀有妻子在身边的洋人，也不杀那些在工地上对劳工态度较好的洋人工地主任，品行恶劣的洋人们这个时候该为他们的罪孽还债了，大卡洛斯首当其冲。一个劳工揭发说："这个狗日的大胡子，魔鬼也没有他坏。"

"那就先拿他开刀问斩。"刘大麻子手一挥说。

大卡洛斯被拉到人群中间，现在不是他展示手臂上的肌肉，就可以吓倒这些犹如格列佛王国的小矮人；也不是他靠踢飞路边的石子，就能震慑住一群中国佬。他被勒令跪下，在他还没有听明白时，一根木棒打在他的后腿上，大卡洛斯訇然跪下，第一次感到站在他身边的中国人比他高。

"别杀我。"他哀求道，"我兄弟还指望我照顾哩。"

"少啰唆！你大爷连自己的老父母亲都不能尽孝了。"一个长得像屠夫样的壮汉，手持一把鬼头大刀，大约就是今天的刀斧手，他踢了大卡洛斯一脚，"你们这些狗日的洋鬼子，让我赶不成马了。"

大卡洛斯说："朋友，我们是为你们能坐上舒适方便的火车而来，有了火车，你们何必赶马呢？要是你们真喜欢马，我会买很多的马送你们，你们甚至可以拥有一个养马场，不是用那些畜生来驮运货物，那样太劳累你们的脚啦，而是养着它们，享受它们带给你们的快乐生活。比如骑着它们外出兜风啦，甚至去参加赛马啦。朋友，一匹好马就像一个好女人，我们可以用火车给你们运来英格兰的纯种马，还有美洲草原上的骏马。朋友，这个世界上好马多着哩，好日子多着哩……"

"去你老娘的，你唠叨起来真像个娘们儿。"刀斧手举起大刀。

"请等一等！"人群外忽然有个女声高喊。

刑场安静下来了，露易丝挤到了场地中央，向刘大麻子请求道："你们不能杀他，他是我的未婚夫。求求您了。"

大卡洛斯那一刻不知是幸福还是惊讶，几乎晕眩过去，露易丝这句话一定会让他铭记终身。自从进入铁路工地以来，他和露易丝见面的机会并不多，因为她更多时间住在蒙自县城的工程总部。有几次露易丝来施工现场时，他给她送山里采摘的野花，她都礼貌地收下，然后客气地将大卡洛斯送出她的工棚。去年圣诞节，铁路公司在蒙自县城搞了个圣诞舞会，工地上的洋人雇员都回去参加了，露易丝是那个舞会上最耀眼的明星，许多高级职员、工程师、法国政府驻蒙自的领事馆官员、海关官员等，都在向她大献殷勤，像大卡洛斯这样的工地主任，连邀请她跳一支舞的机会都没有。他们只能远远地喝着葡萄酒，把心中的妒火压下去。在铁路公司的洋人雇员中，他们只是粗鄙的一群，远非有教养的绅士。

刘大麻子不屑地说："我为什么要听你的呢？"

"先生，因为你说过不杀有妻子的男人，这让我对您充满敬意。"露易丝勇敢地直视刘大麻子。

"可是，可是你还没有嫁给他嘛。"刘大麻子似乎看出了某些蹊跷，"我倒是好生奇怪，你这样漂亮的洋姑娘，怎么会看上这种比我还像个强盗的家伙。"

"爱上一个人，是说不清理由的。先生，我求您了！"

"我凭什么相信你呢？要是在我面前说谎，我连你一起杀掉。"

"刘大哥，这个洋女人是个心肠很好的人，救过许多人的命。"有人在人群中说。

"哦？"刘大麻子转过头来，看着他的手下，"要是有三个人站出来作证说，这个洋女人心肠好，我就不杀她的男人。"

让所有在场的洋人都感到吃惊的是，义军中竟然站出来二十多个人。这些人纯朴、善良，在工地上从没少受像大卡洛斯这样的工地主任的手棍和打骂,但只要有一丝爱和温暖给予他们,他们便可以为一个恶棍担保。

"滚吧,你可找了个好媳妇。"刘大麻子鄙夷地对大卡洛斯说。"下一个。"他说。

第二个家伙正是莫里斯。他的斑斑劣迹罄竹难书,不要说还活着的人不放过他,就是死去的那些冤魂,这个时候也赶来索他的命。有一次在山道上,他一脚就将两个病倒的劳工踢下了悬崖。瘟疫流行时,许多工棚里尸横枕籍,但也会有还剩下最后几口气的人,在地狱的边缘挣扎,等待人们的救援。而像莫里斯这样心狠手辣的工地主任,一把火便将弥漫着死亡之气和剩余劳工呻吟的工棚一起焚烧了。现在这些阴魂围绕在莫里斯的周围,声泪俱下,屈死的怒火早已烧过了阴阳两界,莫里斯甚至还看到几个来自安第斯山脉的印第安人的阴魂。

刘大麻子还没有听完这些血泪控诉就已经不耐烦了,"那你们还等什么?"他吼道。

那个抱怨说自己赶不成马的刀斧手,一刀就将莫里斯的头砍下来了。

人群欢声雷动,在一边瑟瑟发抖的洋人们,这时才弄清楚前几天天上根本没有打过雷。这些造反的中国人的呐喊,足以地动山摇。

露易丝小姐在莫里斯被拉到场地中央时,绝望地在自己的同胞中寻找可以救他的人,但她发现剩下的两个欧洲女人都是有家室的,她自己也再无理由搭救任何一个人。她悄声问身边的人,"我们能为那可怜的家伙做点什么吗?",但侥幸躲过中国人报复的洋人们有的无动于衷,有的不断在胸前画着十字,连弗朗索瓦先生也不敢在义军的群情激奋之下,再多说一句话。继莫里斯之后,被拉到场地中央砍头的还有三个洋人和一个安南人,虽然那个安南人也是一个东方人,但据说他是洋人的奴才，为虎作伥干下了很多坏事，造反的中国人最瞧不起那些给洋人当奴才的人。

露易丝感到困惑的是，为什么这些中国人如此仇视他们？或者说，他们在这里所做的一切，竟会让暴动的中国人如此反感？

四个洋人和一个安南人身首异处的第二天，官军打过来了。义军几乎没有组织有效的抵抗，就被官军的大炮轰散了。被拘禁的洋人悉数获救，官军在山林里四处追杀作鸟兽散的义军，因为他们受到上峰严厉的申斥，也因为洋人在中国被杀，从来就不是一件小事，要么赔款，要么割地。否则，谁都可以向这个衰弱的帝国宣战。

很快，刘大麻子和他的手下都被抓获了。那时受到惊吓的铁路公司的洋人雇员都集中在蒙自县城里，等待局势平定后再开工。清政府的官员们为了向法国政府和铁路公司证明自己的办事能力，特意邀请他们来见证大清威严血腥的律法。在死亡的边缘上走了一遭的大卡洛斯那一阵天天衣着光鲜，真把自己当露易丝小姐未来的如意郎君，他去露易丝小姐的宿舍，手里还拿着一枝玫瑰。他问露易丝小姐是否乐意和他一起去看官军砍下强盗头颅的好戏，没想到露易丝小姐冷冷地说：

"卡洛斯先生，您应该感到庆幸，那天您是第一个被推出来的人。"

大卡洛斯忽然感到从没有过的羞愧和失望，不过他不是一个轻言放弃的家伙。他恭敬地一鞠躬，"对不起，我不知道您没有这样的兴趣。不过，我的生命是您给的，我终生不忘。"

从露易丝小姐那里出来后，大卡洛斯感到自己的头被再砍了一次。这个女子把他从地狱的边缘拯救出来，然后又将他放逐到爱情的荒漠，这可能比被打入地狱更令人沮丧。不过，他仍然指望露易丝小姐在他命悬一线时说过的那句话，能让他在无垠的黑暗中找到爱的方向。从那天起他警告任何敢拿他和露易丝开玩笑的同僚，他也不允许自己的耳朵听到任何对露易丝小姐稍带不敬的话语，你骂他的老娘没有关系，拿圣母玛丽亚来调侃，他也可以唱和，但你绝不能在大卡洛斯面前有丝毫亵渎露易丝小姐的言行。为此大卡洛斯已经和三个不识时务的家伙打架动刀子，还蹲过法国领事馆在蒙自设的洋人监狱。那时西方人在这片土地上犯了事，有自己的一套司法程序，他们不会让中国的法官们来管他们自己的事情。大卡洛斯昔日的那些牌友酒徒们都说："这个家伙那天被砍了头倒好了，害得自己成为这个时代的罗密欧啦。"

砍下造反的刘大麻子的头，意味着再没有人敢阻挠修这条铁路。地方政府的官员认为，这既是砍给洋人老爷们看的，也是对那些长了反骨的人杀鸡给猴看，以儆效尤。因此这个砍头的场面搞得比法国铁路公司的开工典礼隆重，比刘大麻子砍洋人的头更血腥。

铁路公司的洋人雇员们都收到了邀请，还给他们每人派来一顶轿子，由清兵抬着来看砍头，前面还有手持刀枪、旗帜的仪仗队开路。大卡洛斯觉得这一切就像一场梦，前几天自己差点成为刀下鬼，今天却成了看别人人头落地的重要人物。

可是对于失恋中的大卡洛斯来说，这有何意义呢？

那天要被砍掉的人头一共有十七颗，犯人中最大的约有六十多岁，最小的看上去还不到十五岁。他们被押进法场时，以刘大麻子为首的几个人唱着高亢嘹亮的歌谣，不断向围观的人群打招呼，一派豪迈之气；当然也有吓瘫了路都走不了的，还有两个人则烂醉如泥，几乎是被拖进来的。铁路公司的洋人职员们奇怪地问："他们过去是歌剧演员吗？为什么还那么高兴，喝那么多的酒？"

朝廷的官员回答道："酒让他们相信，自己二十年后又是一条好汉。"

也来观看砍头的弗朗索瓦揶揄道："那你们不是又有麻烦了？"

"不麻烦。"朝廷命官冷笑道,"砍的头越多,官品封得就越快。"

法场上已经竖好了十七根木桩,木桩前面的地上插着一块小木牌,上面是死刑犯的名字,他们被逐一绑在木桩上,等监斩官验明正身,每个死刑犯后面站一个刀斧手,扛着锈迹斑斑、暗淡晦色的大刀。

"上帝啊,他们的刀还没有那些强盗的快。"大卡洛斯对弗朗索瓦说。

"嗯,我真担心他们一刀解决不了问题。可怜的人们。"弗朗索瓦说。

一个奇怪的现象令弗朗索瓦感到好奇,一些穿长袍的人往来穿梭于围观的人群和刀斧手之间,又不断在犯人们耳边低语。他们比划着奇怪的手势,脸上却是麻木不仁的表情。弗朗索瓦问他身边的朝廷官员:

"他们是为犯人做祷告的神父吗?"

"不,他们是做买卖的商人。"朝廷官员说。

"做买卖?"弗朗索瓦诧异地问。

"如果那些家伙想死得痛快点,他们的家人就得多出些银子。否则我的刀斧手们,下手不会很麻利的。"

"真是令人厌恶的生意。"弗朗索瓦说。

大卡洛斯忽然对那个朝廷官员说:"我可以过去看看那个好汉吗?就是那天对我刀下留情的那个。"

大卡洛斯想看看,刘大麻子是否比他更有勇气面对死亡。他那天在刀斧手面前可不怎么绅士,这让他很不服气。

朝廷的官员当然知道大卡洛斯那天的神奇经历,他说:"洋大人,如果你想亲自复仇,我可不能答应你。这是大清的法场。"

大卡洛斯有些生气地说:"如果是我通过自己的力量,把刘大麻子送到断头桩前,我会感到自豪。但现在我对他没有仇,只对自己的爱有恨。"

在得到允许后,大卡洛斯走下法场,那些即将人头落地的人有的对他横眉冷对,有的破口大骂,往地上吐口水,最让大卡洛斯差点没有勇气把这漫长的"检阅"之路走下去的,是一个家伙竟然笑嘻嘻地对他两侧的死囚说:

"看哪,这条洋人肥猪,那天被爷爷们吓得尿了裤子,臊味今天还没有散哩。啊,呸呸呸!"

死囚们有些夸张地哈哈大笑,还有人高声说:"他是被一个洋娘们儿救下来的。别看块头大,八成是个太监哩!"

另一个死囚接上话:"皇宫里的那个老女人会喜欢上这种家伙的。干不成那事儿啦,但一身的肥肉也好摸呢。"

死囚们的笑声更响亮了,仿佛杀气森森的法场是个插科打诨的茶楼酒肆。他们身边的清兵高声呵斥,甚至用刀枪戳打他们,都不能制止住这些死囚们临死前的快乐。

大卡洛斯不知道自己是如何顶着一张厚脸皮,才走完这段令自己蒙羞的路。刘大麻子倒没有像其他死囚那样放声大笑,但他脸上那鄙夷天下的神情,更让大卡洛斯敬畏。

"喂,好汉,我只是想来告诉你,我不能为你做点什么了。我很遗憾。"不管怎么说,那天刘大麻子的骑士风度让大卡洛斯捡了一条命。

刘大麻子往地上淬了一口,"鬼话连篇的东西。你们洋鬼子都一样。"

"看在你马上就要去到另一个世界的分上,我对你那天的慷慨深表敬意,并会为你的灵魂祈祷。真的,朋友。"大卡洛斯相信,刘大麻子是他第一个喜欢上了的中国人。

"我宁愿和魔鬼打交道,也不跟洋鬼子做朋友。"刘大麻子骄傲地说,"别在老子面前啰里啰嗦了,要是想感谢你大爷,就让人弄点黄泥巴来,抹在你爷爷的脖子上。"

"为什么?"大卡洛斯问。

跟在他身边的一个清军小吏说,"这是为了粘住脖子后面的头发,免得刀砍在辫子上,一刀结不了账。这个家伙蛮懂的哩。"

"你大爷站出来跟你们干,就把脑袋别在裤腰带上了。"刘大麻子豪迈地说。

大卡洛斯忽然想起来什么,问:"没有人为你给刀斧手钱吗?你的亲人呢?"

刘大麻子仰天长叹:"我的贵儿啊!贵儿他娘啊!我马上就来和你们相会了。"

大卡洛斯不是很明白刘大麻子的话,他转回头,清军小吏做了个抹脖子的动作,"满门抄斩了。"

大卡洛斯掏出两个银洋,递给刘大麻子身后的刀斧手。"拜托了。"他说,心中涌起一丝从未有过的怜悯。

午时三刻,一通急促的锣鼓敲响过后,法场上一声炮响,监斩官发出了口令。大卡洛斯听见了刘大麻子爽朗的笑声,然后是一声怒吼:"二十年后,又是一条……""好汉"一词还没有喊出口,他的头颅已经飞出去了,就像一个被打落的皮球。

让法场外观看的洋人们深感惊讶的是,清军士兵们竟然将那些滚落一地的人头像踢足球一样踢来踢去,还有人提着人头后面的辫子,用力一扔,抛到围观的人群中,人群轰然散开,然后带血的人头忽然又被扔了回来,仿佛一场球赛刚刚开始。

刑场上人头乱飞，鲜血四溅。

连大卡洛斯这样鬼神都惧怕的家伙，也看得胆寒。他对身边的弗朗索瓦说："这样的场面对欧洲人来说，要神经粗壮才行。"

那时弗朗索瓦正用一块白色的手绢，努力想堵住喷薄而出的呕吐物。

他们身边的朝廷官员说："请洋大人们不要惊慌。这是为了让这些蛮子的阴魂不得转世，不要说二十年，两百年后也当不了好汉，你们可以安心修你们的铁路了。这帮蠢货，他们以为反抗朝廷就当是唱戏啊。"

弗朗索瓦愤怒地扔掉手中污秽的手巾，对朝廷的官员说："我对你们羞辱死者的野蛮做法，深为厌恶。"他站起来就走，嘴里嘀咕道："真不明白我们为什么要在这样的国家修一条铁路。"

第三章　四脚蛇年

铁路修到一个叫碧色寨的地方时，弗朗索瓦做出了人生中的一个重大决定：把自己像一颗种子一样，埋在这片陌生而神奇的土地上。因为他这些年对铁路公司的贡献，他终于谋求到一个安宁舒适、让良心相对干净的职位——出任碧色寨火车站的站长。

和他一起在碧色寨留下来的，还有卡洛斯兄弟。大卡洛斯说："我可不愿再干用中国劳工的尸骨来做枕木的蠢事啦。这他娘的铁路再修下去，终点站不会是昆明，而是地狱。"

弗朗索瓦那时还不理解卡洛斯兄弟为什么不愿再在铁路上干下去了，是因为露易丝小姐也离开了铁路工地，在碧色寨开了家铁路诊所吗？是因为这充满血腥的铁路，让冷酷无情的大卡洛斯先生幡然悔悟、心生敬畏了吗？还是因为这两兄弟在碧色寨看到了发财的商机？

不管怎么说，他们有修筑这条铁路的共同经历，他们都知道这条铁路是如何修起来的，他们也把生命中最美好的一段年华赔在了这条铁路上。当然，如果没有这条铁路，他们充其量不过是欧洲某个小地方一名不文的职员，甚至是四处寻找机会的流浪汉。

在法国铁路公司的规划中，碧色寨火车站是个特等大站，它位于从河口到昆明的中间位置，又刚好在北回归线上。在法国人精细准确的地图中，北回归线从碧色寨火车站的站台中央优雅地穿过，使远在法兰西的人们也很容易想起这个远东特等车站的大名。而这个站址的选择，和早年弗朗索瓦的贡献分不开。

在火车还没有开到碧色寨之前，这里和其他彝族山寨一样，是一个宁静得梦幻如歌的地方。每个晨曦都被鸟儿的鸣叫唤醒，每个傍晚牛羊嗅着炊烟熟悉的气味归圈。时间几乎是静止的，因为人们一生都在做着同样的事情，春种秋收，夏忙冬闲；在外男人犁田耙地，女人栽秧除草，在内女人煮饭炒菜，男人喝酒待客；牛羊产下同样的崽崽，女人们唱着同样的歌谣，男人们在火塘边听着同样的传说，山风在他们脸上悄然刻上一条条的痕迹，黑发在太阳的照耀下缓慢发白。没有人为此感到忧伤，也没有人感叹时光如梭、生命易逝。人们和自然界的万事万物相融，草木河川有情，飞禽走兽相知。村寨里一年四季都在过节，三天一小祭，十天一大祭，需要敬畏和迎请的神灵如此之多，经常是刚把火神送走，财神又请来了；龙神远去的足迹还在大地没有消失，花神翩翩的舞步已然降临。各路神祇在人们的火塘边、在田间地头、在狭窄泥泞的小路上、在村庄外的山冈上、在龙树林茂密的丫枝间、在祭祀节日的欢歌笑语里、在山林里的野兽和放养的家禽中与人们共生共存，相知无欺。那时从神的领域到人的世界，村寨里没有一个不认识的人，谁家的米缸里有多少米，全寨子里的人都清楚。有时一些去世很久的先辈从祖先的灵魂居住地匆匆赶回来探望家人，会带给寨子里小小的骚动。这些亡灵被村寨里的毕摩（祭司）超荐到洪水滔天时代彝人大迁徙前的故地许多年了，现在像一个远方的游子回到家乡，自然会带给人们许多盼望已久的信息。

碧色寨的毕摩独鲁身材矮小，脸膛瘦削，目光犀利，喜欢戴一顶黑呢毡帽，身上永远沾满新泥、草棵、鸟粪、兽毛以及和形形色色的亡灵厮打或亲昵的痕迹。他是个往返于神界和凡尘的巫师，百兽听他调遣，风雨服他呼唤，知道太阳在天上的足迹，明白流水喧嚣的语言，可与鸟儿对歌，能和鬼神通话。这样的人在世上不会太多，否则神的世界就不会神秘莫测了。他时常给人们带来另一个世界的消息，诸如张家的高祖赞同自己的曾孙和李家姑娘的婚事啦，王家的宅基地下埋藏有一罐子的白银，可以起出来给姑娘媳妇们打制身上的银饰了啦，等等。

在这个多少朝代都不会改变什么的寨子里，人和神相通，人和祖先对话，就像人们劳作一天后必定在火塘边围坐在一起一样自然和谐，没有谁可以轻易改变他们一成不变的生活。

直到有一天，大雨刚刚把碧色寨清洗干净，地上的新泥还没有被赶路的马帮重新翻踩出来，晶莹的雨珠还挂在树叶和草尖上，碧色寨后方山坡上的龙树林里避雨的鸟儿们却突然受到了惊吓，纷纷逃离了自己的窝。因为一群气味怪异、步履沉重的陌生人，贸然闯进了这片连本地人都不敢轻易冒犯的祭祖圣地。他们把这里当成了避雨的地方，也顺手在地图为它描绘未来。

"就把火车站建在这里吧。到处都是石头和荒地，只有这儿绿树成荫。上帝真是给我们留下了一块好地方。"他们中的一个年轻人说。

一只逃亡的鸟儿把异族入侵的消息飞报正在家里喂猪的毕摩独鲁，独鲁立即去到土司衙署报警。碧色寨方圆几十里地、十多个村寨的彝族人都属于一个叫普田虎的贵族统辖,他还很年轻,刚刚继位成为一个土司,有着彝人标准的黑红脸膛、虎眼一样明亮的眼睛、鹰嘴一般的鼻子、阔大的嘴,以及像老虎那样暴躁的脾气和强健有力的身子骨。土司命人吹响了牛角号,在雨还在淅淅沥沥下时,三百多名彝族汉子已经举刀弄枪,包围了龙树林。

那时,刚从法国里昂铁道专科学校毕业的弗朗索瓦已经非常熟悉这样的场面了,自从受聘法国铁路公司、冒险深入到云南腹地勘测铁路线以来,这就是一份他在教科书中从未学到过的工作。他们总是在与本地土族的争吵、围攻、驱赶中冒险履行自己的职责。当地人不明白这些洋老咪——本地人对洋人的称谓——偷偷摸摸地在自己的土地上东瞄西量,到处挖坑打桩,到底在搞什么鬼。法国铁路公司的勘测桩常常是头天埋下去了,第二天就被人挖出来扔得远远的。铁路勘测队尽管有自带的武器提供保护,但在很多村寨,勘测队常被彝族人、苗族人、瑶族人、壮族人还有汉族人驱赶。有时连山上的猴子,也对他们深怀敌意,成群结队地从山崖上搬石头砸他们。这些形迹可疑的洋老咪被看作是来盗窃祖先灵魂的小偷,而传说中的铁路,更是被看作是将斩断祖先龙脉的怪物。谁愿意一条和自己的家族毫不相干的铁轨穿越祖先的坟地?谁又不对一个钢铁庞然大物的轰鸣惊扰祖先安息的灵魂而忧心如焚?中国人对祖先的敬畏与崇拜,让他们可以为此抛家舍命。

更何况,汉族士绅从一开初就将这条洋人打算修的铁路,视为自己国家丧权辱国的象征,更一眼看穿了法国人修这条铁路是为了掠夺云南丰富的矿产资源。那时,计划中的滇越铁路本来要经过蒙自县城并在那里设一个大站的,那里是云南第一个通商口岸,市面繁华、人口较多,设有海关和邮政局,法国、英国、日本、德国、意大利等国家的商人云集，是火车站的理想站点。但城里的士绅们在一个叫朱超能的锡矿商人的煽动下，愣是让法国铁路公司不得不改线，将弗朗索瓦的勘测队逼到离县城十多公里远的碧色寨。弗朗索瓦认为，这里远离那些因循守旧的汉族人，火车将不会给当地的彝族人带来什么麻烦。

但麻烦的种子一开始就播下了。由于不谙本地习俗，对峙的双方交涉起来相当困难。勘测队里本来有个汉族翻译，由他负责向这些野蛮人解释法国人的车站是怎么一回事，铁路是个什么东西，文明世界的火车又将如何如何。但是连他也不明白龙树林在碧色寨的彝族人心中是何等的重要，更不理解他们为什么要在这片树木葱茏的地方祭祀天、祭祀自然、祭拜祖先。就像外人不能轻易知道别人心灵中那一块纯洁的圣地，如果你冒犯了它，对方就该出拳头了。

弗朗索瓦和他的勘测队就像身陷在非洲的某个部落，面对一群手持原始武器、浑身文满奇怪图案、脸上涂着神秘徽记的武士。他们发出野兽一般的尖叫长啸，伴之以舞蹈的步伐，还挥舞着手里的刀枪，仿佛不是想打仗，而是在进行一场盛大的表演。勘测队的许多人那时只觉得有趣，而不是恐惧。弗朗索瓦看见一个身材矮小的人把肩上架着的一只鹰放了出去，不一会儿鹰又飞落在那人的肩膀上，他似乎对鹰询问了句什么，然后向土司一点头，嘀咕了几句，土司把手里的一个茶壶高高举起，然后猛地摔到地上，彝族武士们便尖声怪叫着，不要命地扑上来了。

法国铁路公司的勘测队与其说是一支为铁路勘测线路的技术队伍，不如说是一支武装探险队。他们装备精良，不仅有法国外籍军团的军官带着士兵一路护卫，勘测人员除了携带各类勘测仪器外，还人手一枪。他们随时都可以投入战斗，用枪弹为铁路线开路。

彝族武士绝对没有受到过如此沉重的打击，他们的鸟枪火铳、长矛弓箭根本不是勘测队来复步枪的对手，勘测队像打山坡上的猴子一般，将那些跳跃着冲上来的彝族人撂倒了。不过树林里忽然蹿出来了大批的动物，从老虎、狼到山鹰和各式飞鸟，给打得起劲的勘测队带来了不少的惊慌。它们似乎听从了某种巫术的召唤，以飞蛾赴火般的壮烈，和手持洋枪的勘测队撕咬在一起。

战斗很快进入僵持状态，彝族武士攻不上来，勘测队也突不出去。勘测队方面死了四个安南兵和一个外籍军团的少尉，一个意大利工程师被老虎咬断了腿，三个士兵被不知名的飞鸟啄瞎了眼；而彝族人方面，十七个文身的武士骄傲地战死，前来助战的三个战神被打倒，一只神鹰被击落。两天两夜之后，勘测队面临弹尽粮绝的绝境。弗朗索瓦不得不将一块白手帕挑在枪刺上，带着翻译走到对峙双方的阵前，请求谈判。

"尊敬的土司先生，我认为我们可能误会了。"弗朗索瓦高声说，"我们不是来打仗的，是来修铁路的。"

"铁路是什么东西？"普田虎土司在那边问。

"铁路就是钢铁铺成的一条道路，用来跑火车。"

"火车又是什么东西？"

弗朗索瓦尽量用土司听得懂的话说，"火车是一种运输工具，用火把水烧开，产生强大的蒸汽，由它的能量来推动火车奔跑。就像你们的牛车一样，只不过它的力量要大得多，也跑得快得多。"

"真会吹牛，水烧开的热气，只能蒸好一笼粑粑。你们一定是想在这里搞什么鬼名堂。"

"尊敬的土司先生，世界已经进入蒸汽机时代了。您家的茶壶盖在水烧开后为什么会被热气顶起来？那就是因为蒸汽的推力，这种推力可以推着火车翻山越岭，也正在改变着世界。只要您允许我们在这里修铁路,你们都可以享受到火车带来的福荫。它可以在一夜之间,从这里把您载到你们的省府昆明。"

"别哄鬼了,马帮要走十多天的马程哩。"

"土司先生,我相信这段距离你们的马帮的确要走十多天,但我们的火车就是为了让您只用一天的时间,去到骑马需要十多天的地方。"

"我不相信你的鬼话。也不允许你的什么火车从我们彝族人的龙树林经过,这是我们祭祖的地方,你的火车带着火来,还不把我们上千年的龙树烧了?"

弗朗索瓦这才明白,他选错站址了。任何一个欧洲人也不敢在耶路撒冷的圣殿山上修一个车站。他立即向普土司道歉认错,并承诺绝不再侵犯这片神圣的地方,土司留下他们的枪为条件,才放他们走人。

但根据规划,碧色寨一带必须建一个车站。学聪明了的弗朗索瓦第二次进碧色寨没有带勘测仪器,更没有带枪。他带来了一座西洋挂钟、一个八音盒、一架望远镜、数盒西式甜点、一本关于火车的画报。土司对这些送上门的礼物显得不知所措,连他身边博学的毕摩独鲁也满腹狐疑,就像面对一个个不知名的魔鬼。弗朗索瓦不得不一样一样地给他们讲解并演示。最后按照土司的习惯,给这些文明世界的新事物重新命名:挂钟被说成是规定太阳升起落下的圣器,八音盒是一个歌喉永远不会衰老的隐身艺人,望远镜是人类巧妙地借助了山鹰的眼睛,至于火车嘛,把它描述成一条在大地上飞奔的巨龙好了,只不过它需要一条用钢铁铺成的道路,就像马帮也需要一条驿道一样。

"那么,你们费那样多精力和钱财,从安南把这个用钢铁喂大的东西,弄到我们这里来干什么呢?"普田虎土司问。

"为了来云南纳凉。"

在弗朗索瓦先生衰老得只能坐在空旷寂寞的碧色寨车站的椅子上回忆往事时,他还记得自己多年前聪明的回答。他还补充道:"你知道,安南很炎热的,屋子外面的太阳都可以把鸡蛋晒熟。"

"哦,我去过安南的,那里是很热。"土司若有所思,又说,"一棵大树下就可纳凉了,你们却要跑这么远,洋人可真是舍得花钱的贵族。"

"不是舍不舍得花钱的问题,而是人活在这个世界上,就是为了过有品质的生活。土司先生。"

"难道你认为一个土司的日子,还不够好吗?"

"在我们看来,你们还生活在中世纪。"弗朗索瓦说。

"老爷,不要相信他的鬼话。"站在土司身后的毕摩终于按捺不住了,"他们是要把地上的恶龙带进来。我看不透这些洋人的心,我们有灾祸了。"

"不,这位博学的先生,"弗朗索瓦尽量控制住对毕摩的厌恶,从看到他的第一眼时起,他就预感到,尽管他可以博得土司的欢心,甚至也能和所有彝族人交上朋友,但他永远也得不到这个彝族知识分子的信任。在一个殖民者看来,被殖民的人最好永远蒙昧。上次和彝族人的武装冲突,正是这个三军参谋总长一样的人物,用一种巫术向土司证明,他们应该向洋人发起进攻。但那时年轻的弗朗索瓦是一个天才的外交家,所有在印度支那殖民当局供职的欧洲人都不乏这样的才华——一手拿着枪,一手玩弄文明的障眼法。

"不是什么灾祸。火车将给你们带来一个崭新的文明世界,这是时代的进步。你们有福了。"弗朗索瓦像耶稣一样宣布道。

"你相信魔鬼带来的福气?"毕摩讥讽地问。

"我们不是魔鬼,是和你们一样的人。"

"你们只是有人的外形,心却是和我们不一样的。"毕摩说。

弗朗索瓦挺了挺胸,"如果真有什么不一样,只是我们对远方的世界比你们更充满好奇心,并且比你们的步子走得更快一些而已。"

"好奇心会让人把脑袋伸到老虎口里去。"毕摩回敬道。

"不要对尊贵的客人没有礼貌了。"土司普田虎在毕摩和弗朗索瓦唇枪舌剑时,一直在摆弄那个望远镜。他不明白为什么这个东西看不清近处的事物,却对远处一片树叶的纹理都看得一清二楚,他甚至还透过厅堂里的窗户,用望远镜看见对面山梁上一个放羊的女人正翘着屁股拉屎,那黑黑的屁股蛋让土司也怦然心动,因此他没头没脑地说了一句:

"难怪人家洋人要借用山鹰的眼睛。你手上有了这个东西,对面山上就没有什么秘密了,连女人撅起的屁股蛋都看得清清楚楚。哈哈,男人要是对女人的屁股不好奇,人丁就不兴旺了。"

"土司先生,我可以向您保证,火车会给您载来很多的女人,包括世界上最漂亮的女人。"弗朗索瓦不知道土司看到了什么不寻常的东西,但他说完这话后都为自己感到羞耻。

"哈哈,是吗?"普田虎土司的情绪忽然高涨起来,"那你就把你的火车开过来吧,只要不惊扰我们的龙树林就行。你的火车跑的路,要占多少地啊?"

"我们要修的铁路只有一米宽,我们叫它米轨。"弗朗索瓦小心地说,并用手比划着这个宽度,看上去就像跟人顺便借一件不起眼的工具。

"只要这么点地?"土司睁大了眼,"我们却打了那样大的战火,死了那么多人!你们拿去好了,我不收你们的地租。"

在如此爽快的土司面前,弗朗索瓦就不打算跟他阐述一条一米宽的铁路将会修多长、附属用地将会有多少了。他拿出随身带来的合同条款，上面早就写好了允许印度支那铁路公司在碧色寨修建三尺宽的铁路和一个车站。关于"车站"这个新名词，弗朗索瓦把它解释为类似于马帮的驿站，是供地上跑的火车休息的地方。普田虎土司便很大方地回答说，是了，再健壮的马儿也要有地方歇息喂草料，就让你的火车在这里歇歇脚吧。我们的山上有的是料草，不过你可得花钱来买。

弗朗索瓦幽默了一句，"我想，要是我们的火车喜欢上了你们山上的青草的话，我会花钱来买的。那么，我们签约吧。"他把合同递到土司面前。

普田虎土司看看那一叠合同，不屑地说："彝族以言为据，汉族以纸为凭。别看不起我们彝族人啦。"

弗朗索瓦想了想，"可是，尊敬的土司先生，我相信您在这个地方有一言九鼎的权力。但时间长了，说过的话会被忘记的。我们还是签了这份合同的好。"

普田虎土司就像受到了莫大的侮辱，声音大起来，"你去问问这个地方的每一个人，老爷我说过的话，谁敢不听？谁敢忘记？没有听见的，他的耳朵会掉，忘记了的，他的脑袋会掉。"

弗朗索瓦还没有遇到过这样的事情，不过他相信在强大的法兰西政府面前，和一个土族部落的土司签不签合同都关系不大，他只是出于礼节才准备了这份合同。现在人家不需要，他更不需要啦。

那天下午普土司摆下丰盛的筵席，彝家的包谷酒让弗朗索瓦醉得脑袋都要炸裂了。但在回去的路上，他依然按捺不住心中的高兴。他感觉自己就像去年刚刚攻进北京城的八国联军，只不过他们用了那么多国家的军队和大炮，而他只是一个人，就为印度支那铁路公司征服了一个叫"碧色寨"的地方，这是他人生中的第一次胜利。

过去这里的彝族人称自己的村庄为"坡心村"，但城里的汉族士绅叫它"壁虱寨"。弗朗索瓦曾经问自己的翻译,这是什么意思?翻译说,因为卫生方面的原因,村寨的墙壁缝里都塞满了虱子。显然这个名字不能作为即将修建的铁路的站名,叫"坡心村"也不太诗意。弗朗索瓦一生也不会忘记他们在彝族人的龙树林被围困的那两天两夜,他对翻译说,这其实是一个绿树成荫的好地方。那个汉族翻译灵机一动,为他写出"碧色寨"三个字。从此,这个寂寂无名的彝族村寨走进一段跨国铁路的历史,也让一群外国人,走进了它的历史。

碧色寨的人们并不知道这条用来走传说中的火车的道路和马帮驿道有多大的区别,更不知道它将如何改变每个人的生活。普田虎土司发现,洋人再次来到碧色寨时,他当初爽快地答应无偿送给洋人三尺宽的用地,竟然是一条望不到尽头的道路,而那个供火车歇息的驿站,占地却比自己的土司衙署还要宽,洋人们在清兵的保护下,几乎把碧色寨对面的山坡全部划为己有,那里过去是人们放羊的地方。从此碧色寨成为被一条铁路分开的两个世界,寨子里的人们就像家里忽然来了很多不速之客,本来是好客的人家,但现在却分不清谁是客人谁是主人了。

普田虎土司原来还指望自己的洋人朋友会再次来拜访自己,倒不是希望得到那些洋人的礼物,而是作为礼节,土司认为:哪里有在别人的院子前挖地修路,而不跟主人打声招呼的?

土司曾经询问过寨子里的智者独鲁,他该不该再次召集人马,和那些在碧色寨到处动土乱挖的洋人干一仗,智慧的毕摩说:

"老爷,你已经和魔鬼以言相约了。说出去的话,就是泼出去的水啊。我们现在不是把他们供起来,就是用我们彝族人的方式,降伏他们的火车,这些洋老咪才会被赶出去。"

"听说那火车比十条水牛的力气还要大,你如何降伏它呢?"土司问。

毕摩独鲁胸有成竹地说:"斩杀魔鬼,自然不能依靠人的力量。我们得找神来帮忙。"

当铁路线上已经铺设钢轨,碧色寨对面的山坡上到处都矗立起样式古怪、黄墙红瓦的洋人房子时,蒙自道的道尹发帖子来请普田虎土司到县府茶叙。他在那里总算见到了自己几年前的老朋友——那个只要他三尺地的弗朗索瓦先生。

"洋人丈量土地的尺子,是魔鬼帮你们做的吧。你要的三尺宽地,连鹰的眼睛都望不到尽头啦。"普田虎土司连客套寒暄的话都不愿多说。

弗朗索瓦当然明白土司肚子里的气,他微笑着说:"尊敬的土司先生,非常荣幸再次见到您。我想我当初说明了这条铁路的宽度,"他又转向道尹,"我们法国政府和大清政府也有条约,规定了这条铁路的长度。我相信我们都是遵守条约的绅士。"

道尹对普田虎说:"普土司,认了吧。这点土地算什么,我大清幅员辽阔,可以任意周旋于世界列强之间,和他们签订有利于双方互惠通商之条约,总比大炮和兵舰开到我大清国门口耀武扬威好。"

弗朗索瓦摊开双手,"朋友们,我们开来的是火车,是带给你们便利交通的福音。"

道尹不阴不阳地说:"但愿这次洋大人们的福音,不是炮弹的呼啸,而只是火车的鸣叫。"

普田虎土司不明白"福音"指什么,他知道在这里自己说话不会有多少分量。他可以在洋人面前撒野,但在父母官前,还不得不有所收敛。

他撇撇嘴,"你们的铁路让牛羊都找不到回家的路了。"

"人只向往通向天堂的路。"弗朗索瓦说,"尊敬的土司先生,我可以向您保证,您会享受到火车带给您的诸多好处,从财富到爱情。"

当第一列火车冒着浓烟、尖声怪叫着驶进碧色寨时,寨子里的人们以为山洪爆发了,家里的锅碗瓢盆叮当作响,圈里的牲畜吓得瑟瑟发抖,树上和屋顶上的鸟儿纷纷逃亡。人们看见一个大铁家伙拖着一长串小房子,就像一个在大地上移动的村庄,滚动着钢铁轮子呼啸而来。

"一条大四脚蛇跑过来了!"有人惊呼道。一些去车站看热闹的老太太就像猝然面对传说中的怪兽,竟然吓得一屁股坐在地上,还尿湿了裤子。她们说:"四脚蛇有几只脚还数得清,这个怪物的脚多得数都数不清啊!"

那天连天上的太阳都变黑了脸,在山坡上放羊的毕摩独鲁从来没有见到过一条在大地爬行的真实的龙,尽管在他的经文里,在鬼神的世界,龙是需要敬畏的,更要崇拜的。但有一种恶龙会给人类带来洪水的灾难,闹不好会让人类重新回到茹毛饮血、刀耕火种、大迁徙、大逃亡的时代。这样的厄运是不是已经降临到彝族人的头上了呢?

"地上的恶龙来了,地上的恶龙来了!"

火车的轰鸣掩盖了他的警告,但从那一天起,极具责任感的彝族毕摩确定了自己今后的人生使命——此生一定要斩杀洋老咪的这条恶龙,为民除害。

在碧色寨车站的洋人们开香槟庆祝时,寨子里的人彻夜失眠,每当他们要进入梦乡时,远处驶来的火车又将他们无情地赶出来;大地周而复始地颤抖、抽搐,家中的许多物品被惊吓得无故乱跑,四处躲藏，挂在墙上的簸箕跳到了地上，猪圈里的老母猪将头拱在粪堆里，憋死了自己；很多牲畜看到火车来了不知道该如何躲避，它们顺着铁路线逃亡，仿佛要跟火车比速度，直到精疲力竭后被呼啸的火车吞噬。

毕摩独鲁是第一个勇敢地站出来反抗火车这个怪物的人。他先是躲在一个神秘的地方做法事念咒语，招请各路神祇的力量，通车三天之后迫使法国铁路公司的火车在离碧色寨五公里的地方出轨翻车。尽管铁路公司解释说这是试运行期间必然要付出的代价，但这个小小的胜利激励了顽强坚韧的毕摩，他又调集起森林里的百兽，在铁路经过的一个山涧向火车发起飞蛾扑火般的攻击。那些猴子、山鸡、野猪、隼鸟、喜鹊、乌鸦、豺狗等，在毕摩咒语的指挥下，从天上和地下一齐向行驶中的火车发起悲壮惨烈的进攻。它们的尸骨铺满了铁路沿线，而铁路上的那些洋人雇员却叫他们的安南仆人将这些动物拣回来，他们在毕摩独处一隅的默默悲哀中，大张旗鼓地开了个盛大的野外烧烤聚会。

洋人们邀请普田虎土司前来参加，弗朗索瓦站长专门为他打开法国波尔多的葡萄酒。土司第一次喝到这种像人血一样鲜红的酒，他本来应该将酒杯里的酒泼到弗朗索瓦的脸上。不讲信用的洋老咪，吸血鬼，你们占了我们多少好地啊？但他对那个高脚玻璃酒杯深感迷惑，世界上竟然还有这种精巧的东西！他更被在他面前摆出玻璃酒杯的女主人所吸引，她是弗朗索瓦站长刚从法国来的媳妇，高贵、迷人，衣裙飘逸，像传说中的仙女，但浑身散发出母牛的气息。即便是见多识广的土司，也从来没有看到过女人穿着上好质地的衣服，却看得到乳房的轮廓，甚至还能看到乳沟。土司想入非非时，不能不随时为洋人站长的媳妇揪心——那两团令人心惊的肉肉，什么时候会从她的洋纱裙中蹦出来呢？

"干嘛不喝了这杯，尊敬的土司先生？"弗朗索瓦举着酒杯来到普田虎土司面前。

"你们也是喝人血的贵族？"普田虎土司眯着眼睛问。

"噢，这不是人血，是我们从法国带来的葡萄酒。不过，您也许说对了某个部分，在我们的教堂里，它就象征着一个人的鲜血。我们叫他耶稣，是世界的救世主。那边的那个大胡子会告诉您关于耶稣宝血的故事。如果您有兴趣的话。"

刚才普土司入席时，人们已经给他介绍了布格尔神父，一个随着第一班火车前来的嘉宾乘客，一个有别于铁路公司洋人雇员的谦逊男人，他的年龄其实并不大，但他长及胸脯的胡须让人会以为他至少也有九十岁。普田虎土司甚至看见他抱起一个看热闹的肮脏小女孩，给她吃的，说她是他的小天使。但他和蔼的笑脸被兽毛一样的胡须掩盖，让小女孩放声大哭。据说他将在碧色寨开办教堂，把一个新的神灵带到这片土地上来。

土司对耶稣的宝血不感兴趣，对一个异邦的神灵即将到来也没有警惕，他担忧的是，碧色寨本来只有他普家的人是可以喝人血的高贵氏族，这是普氏家族最为神秘之处，也是他能统驭一方的神性保证。现在火车载来的洋人都是喝人血的，这世道还不乱套了？

"为了火车通到碧色寨，为了我们的友谊，尊敬的土司先生，干杯！"弗朗索瓦提议。

"你的火车，会让我们成为朋友？"普田虎土司没有举起杯子，疑惑地问。

"会的，火车让素不相识的人相聚在一起，也让人能够便捷地去到遥远的未知世界，交上许多新朋友。"弗朗索瓦说。

"算上我一个。"一个大块头洋人举着酒杯插进来，"喂，伙计，相信火车吧，把它像女人那样爱，你就会有许多快乐。"

弗朗索瓦皱起了眉头，但他还是说："土司先生，请允许我向您介绍，这位是大卡洛斯先生，碧色寨的新居民，托火车之赐改变了自己人生的人。"

"听说您是碧色寨的最高行政长官，本地的贵族，我喜欢上了这个地方，我已经在这里闻到财富的香味了，哈哈，来，为碧色寨的财富干杯！"

与尽说些假模假样"屁话"的弗朗索瓦相比，普田虎土司稍微认同这个粗鲁的大块头的说话方式，他举起了酒杯，"你说得不错，财富是有味道的。"

烧烤聚会的第二天，铁路公司通过普田虎土司向碧色寨及其他属下的各村寨的臣民宣布：都去乘坐洋人的火车吧，洋人不收火车的脚力钱，还无偿提供糖果、香烟、洋酒、水果等食物。

那是热闹空前的三天，碧色寨就像过节。人们战战兢兢地上了火车，受到贵宾般的招待，火车载着满车厢的惊慌和尖叫、好奇和赞叹，驶过沉寂了千百年的大地，驶过一个个的村寨，穿过高不可攀的山冈。在太阳还没有落山之前，人们已经去到了从前要十个日出日落才能到达的地方。

"嗯，这个用火来推动的家伙，把时光像棉花一样压紧了。"普田虎土司坐在头等车厢里，感慨道。

"这并不是最关键的。"专程陪同他乘坐火车观光的弗朗索瓦说，"火车还会把财富像压紧的棉花膨胀开来。"

土司忽然想起多年前和弗朗索瓦的对话，"这就是说，你们修这条火车的驿道，并不是为了来我们这里纳凉的？"

"纳凉？"弗朗索瓦笑了，"当然了。有钱人总是去很远的地方纳凉，前提是，你得有钱。"

普田虎土司若有所思，"是啊，我有堆成山的粮食，有成群的牛羊，可我却没有你走得更远，结交更多有钱的朋友。"

"你不出门旅行，怎么会有更多的朋友呢，尊敬的土司先生。"

碧色寨的男女老少中唯一没有去乘坐免费火车的人是毕摩独鲁，当他看到人们对火车的敬畏时，失落感油然而生。过去寨子里的人对他所代表的神灵世界充满敬畏，也就对他的话言听计从、尊崇有加。他虽然没有土司那样的权势，也不是碧色寨的富人，甚至和大家一样盘田种地、放羊赶马，但他是往来神界与人间的使者，肩负着传达神的声音和意志的使命。毕摩经常去到神界的证明是：有时人们在他神秘失踪了十天半月后，忽然见到他风光十足地回到寨子，那真是村寨里的节日。彩虹是毕摩进村的门，百鸟为他引路，老虎为他护驾，鲜花为他盛开，溪流为他歌唱。此刻人们向他询问凶吉祸福最为有效，去哪条路赶马会平安，做什么买卖将发财，地里有虫害的人家在毕摩那里讨得一纸咒符，回家一念，虫子们会像受到惊吓的鸟儿一般，长了翅膀纷纷飞走；早已订好的亲事在从神的世界归来的毕摩面前卜卦佳期，必定人丁兴旺、白头偕老。走失多年的牲畜，会跟在他的后面，私奔在外的年轻人，会托他带回平安幸福的消息；甚至有一次，他愣是从死神那里抢夺回来一个亡灵，将他活生生地带到一个孤寡的老人面前，因为他告诉阎王：他不能容忍世上白发人送黑发人。有一次他浑身伤痕累累、独自从深山密林里像个梦游者般地回来，那是他用一把木刀和一群魔鬼搏杀并战而胜之后留下的纪念。有人问为什么不用钢刀呢？智慧的毕摩告诉他，凡尘世界中金克木、木克土、水克火、火克金、土克水，这是五行中的顺克；而在神魔的世界里，木克金、土克木、火克水、金克火、水克土,这叫反克。在人的世界要顺从相生的道理,在魔的世界要依靠相克的道理。

"看来洋老咪的火车不是魔鬼世界的东西,它也是由人来赶着走的,就像我们赶牛车。只是他们用一种看不见的魔力,能够驮载比牛车多得多的货物。这些洋老咪,脑袋瓜里都装的是什么?"普田虎土司坐火车兜了一圈风回来后,对毕摩独鲁说。

"洋老咪的脑袋里装什么不重要,重要的是他们的心,是不是魔鬼的心。"

土司嘀咕道:"你总是说能看透每个人的心。那你看清楚他们的心了吗?"

"老爷,我们的心都是红色的,而洋老咪的心,那天我打了一卦,卦象显示是……是蓝色的。"毕摩说得有些心有余悸。

"蓝色的心?"土司狐疑地盯着毕摩的眼睛,"你看到了?"

毕摩老老实实地回答道:"洋老咪的心就像水中潜伏的鳄鱼,我们只看到他们大张的嘴和锋利的牙齿。我们的祖先也说过,鳄鱼的心就是蓝色的。你再看看他们灰蓝色的眼珠子,就感到自己是在跟鳄鱼打交道。"

"那也不能说明人家的心是蓝色的,除非你挖开洋老咪的胸膛看看。"

毕摩无言以对,他虽然可以斩杀神界的魔鬼,但在尘世,毕摩是不能杀长掌动物的。彝族人把动物分为三类:长掌动物、长蹄动物、长翅动物。人、虎、熊、猫、狗都属长掌动物,马、牛、羊、鹿等是长蹄动物,天上飞的多为长翅动物。其实别说一只动物了,毕摩连叮到身上的一只蚊子也不忍心拍打的。

不过,如果你不能斩杀一条鳄鱼,谁又能把脑袋探到鳄鱼的嘴巴中，去辨别这种凶狠而狡诈的家伙的心呢？

土司又说："能把那么大个铁家伙使唤得满地跑，不知是哪个神赐给他们这样的力量。洋老咪真是一些聪明人啊。"

毕摩感到自己的面子受到了损伤，他说："过去魔鬼们穿的是金刚铠甲，现在的魔鬼使唤的是钢铁火车。魔鬼们总在不断变幻自己的法术，有时他们甚至会变得比一个毕摩更聪明。"

土司不想再听他这套了，在洋人的火车这个话题上，毕摩再不能为他提供神灵的看法和人间充满智慧的解惑释疑。他有些不耐烦地说："你走吧。别再在人前人后说那套降伏火车的话了。莫去抓猪屎，猪屎里有把刀。"

独鲁从土司衙署灰溜溜地出来，感到自己是这个世界上最倒霉的毕摩了，如果他在土司面前成了去抓猪屎的蠢货，今后谁还会听他的呢？其他地方的毕摩似乎比他运气好得多。因为他要面对的魔鬼，除了神魔世界的，还有大海外面来的，他们掌握着连一个毕摩也不明白的魔法。毕摩独鲁祖传的半部经书里，曾经记载有个叫"黑半球海洋"的地方，在遥远的大海那边，那里的太阳是黑色的，人们只能用月亮照明，那里的人们有着和彝族人和汉人不一样的头发和皮肤，说不同的话语，祭祀不同的神灵。但可惜的是，这半部经书的另一半在一场大火中被烧了，因此毕摩就无从知道，"黑半球海洋"的人们，是不是就是来到碧色寨的洋老咪的祖先，他们从前是否就有火车这种东西。

又一列火车喷着黑烟驶进碧色寨，粗壮的汽笛和火车机头嘶嘶的喘气打破了寨子里短暂的宁静，大地又开始颤抖，鸟儿们又在逃亡，异邦人的喧嚣主宰了一切。形单影只的毕摩忽然向随时伴随他左右的神发问：

这是我们的碧色寨吗？

"是的,这是我们的碧色寨,这是我们的未来。"大卡洛斯对自己的兄弟说。他们刚刚租下了铁路东侧的两间房子,准备开设一家专营洋货的小杂货店,能经营的货物虽然还不多,但大卡洛斯凭自己的直觉判断,碧色寨将会有巨大的商机。

"铁路还没有修到昆明哩,哥哥,难道你不想再在铁路工程上赚一把?"小卡洛斯一直不明白,从来向往冒险生涯的兄长,为什么会在这里停下自己的脚步。

"噢,我亲爱的兄弟,难道你不担心自己的头,哪天会被那些造反的中国人砍掉?"

"如果我们对他们仁慈一点……"小卡洛斯嘀咕道。

"依靠仁慈,能在这个地方修建一条翻山越岭的铁路?别天真啦,你不是害怕下地狱吗?"

"不是害怕什么的问题,老兄,而是爱上了谁的问题。"小卡洛斯一语道出了问题的实质。如果不是露易丝小姐应聘为碧色寨铁路诊所的医生,大卡洛斯绝不会轻易把自己的命运押在这个偏僻荒凉的小村庄。

"我们那可怜的老爹可真会给我找事儿做,死了也要将一个包袱隔着大海扔给我。"老卡洛斯几年前便去世了,临终前发来电报,让大卡洛斯向他正在奔向天国的灵魂起誓,一定要和自己的兄弟在远东共进退,要么一起发财成为富翁,要么一起像浪子一样归乡,不然他在天国里也会谴责大卡洛斯的无情无义。"妈的,我要是像咱们的老爹一样做个风流情种,上帝才知道会弄出多少有人操没人养的混血杂种来。"

小卡洛斯不说话了。这些年在铁路工地上,大卡洛斯没少给他关照。现在他成年了,感觉自己已经是个真正的男子汉,但似乎还是挣脱不了大卡洛斯的羽翼。他没有一个冒险家的禀性,也缺乏当一个世界流浪汉的勇气。他或许应该在家乡当一名乡村教师,甚至适合去做一名神父。但是命运把他抛到远东一个叫碧色寨的地方,成天和一群表情木讷、行动迟缓的东方人打交道。在这个普通地图上绝不会标明的地方,除了火车是运动的,一切似乎都已经僵死了。如果说大卡洛斯对赢得露易丝小姐的爱,就像穿越大西洋一般漫长,那么小卡洛斯对自己的未来,也像跨过印度洋那样难熬。那是他们当年乘坐"澳大利亚人"号邮轮来到东方冒险的路程。

"我们走了那么远的路,却落脚在这个小村子里。"小卡洛斯抱怨道。

"拿破仑在奥斯特里茨那样的小村子还创造了奇迹哩。"大卡洛斯充满憧憬地说,"看吧老弟,碧色寨必将成为远东殖民地的一颗明珠。还记得当年在'澳大利亚人'号上那个印度支那总督贝尔先生的话吗?这里缺欧洲人的脑子。一定不要忘记了,我们是来当老爷的。况且,现在我们已经是老爷了。"

那时,卡洛斯兄弟的生意并不大,只雇了两个中国店员和一个安南仆人兼管家。在洋人眼里,安南人是经过殖民教化的,对他们的主子忠心耿耿,听话好使唤;而中国人要么不可理喻,要么就狡猾难缠。他们或许有经商的天赋,但他们却遵循与西方人不一样的游戏规则。中国民生本来就凋敝,对洋货还没有充分的认识,且还有一部分中国人仇视洋货呢。

不过大卡洛斯从法国铁路公司在碧色寨开免费火车吸引民众的做法得到启发。他刚向彝族人推销煤油时,人们并不愿轻易放弃祖辈都用来照明的植物油——他们叫香油,在一个小土陶罐里浸一根细细的棉纱灯芯。大卡洛斯进了一批铁皮底座、有玻璃罩子的风灯,把一个大玻璃风灯点亮后,放在碧色寨的村口,风呼呼地吹,但灯依然明亮。人们问:"洋老咪,你这是什么灯啊?连风都吹不熄。"

大卡洛斯夸张地说:"快来看看吧,你们的灯都怕风,但用我的油,我的灯,风都会被它气死的!"

于是,彝族人就给这种灯取了一个名字——气死风灯。大卡洛斯在卖煤油给他们时,慷慨地赠送一只风灯给他们,不管你是买一小盅,还是买回去一桶。如果你买走一匹洋布,就赠送一盒火柴。这个东西让用惯了火镰石的彝族人吓了一跳,一根小木棍儿一擦就着火了,他们像淘气的孩子似的拿着火柴到处乱擦,造成好几间草房失火,还烧伤了人。洋老咪的火柴,就这样被叫成"洋火"了。好用,但容易带来灾难。

过去彝族人的日常生活用品都得靠跟汉人做买卖,从一根针,到一口锅,先是以物易物,后来学会了银钱买卖,斤斤计较、讨价还价。那时彝族人在跟汉族商人做交易时,总是被骗,总是算计不过人家。但这个洋老咪,卖东西给你,还送一只风灯,似乎比彝族人还诚实可信,大方豪爽。好多人家拿回去摆在神龛上,成为家中最贵重的器物。不久以后,他们从发现了这种风灯的好处,到发现洋货更多的好处,洋钉当然比木楔子好用,洋碱(肥皂)比皂角洗衣更干净,洋布嘛,连有一双巧手的婆娘们都认为它很漂亮,真不知道那些洋老咪是咋个织出这么多花色的布匹来的。

不到两个月时间,大卡洛斯的小杂货店就垄断了碧色寨及其周围村寨的市场。他雄心勃勃,在蒙自县城也开了一个分店。还是经销纸伞、煤油、铁钉、蜡烛、罐头、香皂、布匹等日用百货。但那时中国正处在一个多事之秋的年代,县城里的士绅阶层并不像乡村里的人们好糊弄，铁路修进来后的仇洋情绪还像云层一样堆积在蒙自县城上空。士绅们有盘根错节的地方势力和家族势力，他们用看不见的手，把愿意来逛洋人杂货店的人都挡在店门外。大卡洛斯经常感到一些本来应该成为顾客的人，只能远远地在他的店门外徘徊。似乎他们一旦走进这家洋人店铺，就会遭到同胞的唾弃。

"为什么他们不认为这是个好东西呢？我卖给他们的煤油，比他们用了数百年的植物油点灯更明亮，我们的布匹，要么更经久耐用，要么更漂亮时尚。这些中国佬，脑袋里都在想些什么？"

大卡洛斯有一天在弗朗索瓦的站长室，对他抱怨道。

"火车相比起他们的牛车，难道不是更好的东西？"弗朗索瓦站长说。他并不喜欢大卡洛斯，他们本就不是一路人，但在火车刚刚开通的碧色寨，能在漫长炎热的白天和他一起喝下午茶、晚上凑在一起玩牌打发孤独无聊时光的西方人并不多。"我的朋友，我给你看看蒙自的地方长官选拔他们的下属时的两张考试题。"

弗朗索瓦起身从自己的文件柜里翻出两张纸来，递给大卡洛斯，但大卡洛斯略带羞涩地摇摇头，弗朗索瓦才想起这个家伙不要说汉文，就是自己国家的文字都认不得几个呢，他只有站在屋子中央，自己表演起来。

"请把我当成那个自以为是的官员吧。请注意，他会这样说话。嗯，嗯，肃静，肃静。各位有志于报效国家之仁人志士、有为青年，西洋蛮夷——嗯，这是指我们——用他们的坚船利炮强迫我大清签订了许多不平等之条款，还用他们魔鬼控制之火车，撞开我大清之国门。因此，本官今天的试题是：一、《驱逐洋夷之最佳策略》；二、《如何将法国人赶下大海而收复东京（河内）》。"

大卡洛斯笑痛了肚皮，"还收复东京呢，我们没有去攻占北京就是对他们的仁慈了。"

弗朗索瓦止住了笑,回到座位上,一丝忧郁浮现在脸上。"我们也别太得意,这个古老的帝国眼下只是还在沉睡,谁知道他们哪天醒过来?总有一天,他们会来一场法国式的大革命,把王公贵族们推上断头台。我们的火车开到昆明的那天,你以为是飘飞的彩带和开启的香槟吗?不,不是。是民众在街头的抗议和扔向火车的石头。一所军校的士官生在他们的教官带领下,把我们的火车作为他们今后作战的教材。上帝啊,我曾经做过这样的一个梦,那么多的中国人,等哪一天他们醒悟过来了,不用他们动刀枪,挤也把我们挤下大海了。"

弗朗索瓦的担忧并不是空穴来风,因为他知道中国各地反抗清政府的暴动此起彼伏、风起云涌。一些拥戴孙文的反清义士和革命党人也借助刚刚开通的滇越铁路往来内地与海外之间,他们曾经在和安南交界处的河口起事,虽然很快被政府的军队镇压下去了,但弗朗索瓦已经从那些不怕死的中国人身上,看到了一个衰败帝国的末日。

滇越铁路全线贯通一年后,中国的辛亥革命爆发,清政府已经对局面失去控制,流亡海外的革命党人和反清义士如过江之鲫,在滇越铁路线上来来往往,连火车上的法国铁路警察也抓捕不过来了,开初他们还把那些反抗政府的人抓起来交给当地的政府官员,可是他们发现那些被抓捕过的革命党人,常常不经审判就立即处决,人头落地处,鬼哭神怨。这实在有违法国人的价值观,连弗朗索瓦也看不下去了,他把碧色寨铁路警察分局的阿尔贝托局长找来说:

"我们的铁路,为中国的无政府主义者打开了方便之门。而一个无政府主义者自由表达自己的言论和政见,是社会进步的标志,更是我们所倡导的文明价值。我们可以和他们通商做生意、修铁路办洋行,但我们绝对反对他们中世纪时代的政治体制。如果他们能像法国大革命那样，成立一个像我们法兰西那样的共和国，我们这条铁路就真没有白修。"

阿尔贝托局长苦笑道："大清政府早知道这一天，就不会和我们签订修这条铁路的条约了。"

弗朗索瓦站长说："我学会了本地彝族人一句充满智慧的话，不要愚蠢到去抓猪屎，猪屎里有一把刀。对此，我没有尝试过，你愿意吗？"

秋天快结束时，蒙自的部分驻军发生了哗变，响应武昌起义的革命党人，他们和忠于朝廷的军队在县城展开激战。卡洛斯兄弟那几天刚好在县城里的分店盘点货物，这家店铺处于两军交战的中间地带，几颗流弹飞来，把店铺的玻璃窗击碎了。

大卡洛斯躲在窗户后面，手持一支来复步枪，不断安慰生性胆小的兄弟。"别怕，这些闹事的中国人不是冲我们来的。"

"叛乱的散兵游勇不会来抢我们的店吧？"小卡洛斯脸色苍白地说。

"这些狗杂种敢来一个，老子就打翻他一个。"

"他们可比我们人多，哥哥。他们是军人，我们跑吧。"

"等等看，这或许是我们的机会呢。"大卡洛斯边往外观望边说。

"机会？上帝啊！能活着出去，我以后天天找布格尔神父忏悔。"

天快黑时，枪声逐渐稀疏下来，城里到处是断壁残垣，忽然传来了欢呼声，一些胆大的老百姓已经出现在街头看热闹。看来革命党人胜利了，中国改朝换代的时机到来了。

大卡洛斯计划中的机会也来了。他在店里找来一大桶煤油，泼洒到货架和堆积的货物上，小卡洛斯惊讶地望着近乎疯狂的兄长，劝解已经没有用了。直到大卡洛斯亲手把这家店铺点燃,他才知道兄长冒险一搏的勇气和流氓无赖般的下作。

"不管谁是最后的胜利者,现在我们都可以去找他们赔偿了,至少是双倍的。"大卡洛斯看着熊熊燃烧的房子说。

第四章　马鹿年

民国以后，大卡洛斯如愿以偿，获得了新成立的民国政府三倍的赔偿。大卡洛斯的判断没有错，不管中国如何改朝换代，欧洲人在这个国家始终是享有特权的。他用这笔赔偿金开办了一家贸易公司，还取了个让中国人一听都很敬畏并被牢牢吸引的名字——歌胪士兄弟洋行。

由卡洛斯兄弟经营的这家洋行总部设在蒙自县城，除了碧色寨有个大分行外，这些年还在安南的老街、东京、海防，云南的开远、宜良甚至省府昆明都开得有分行，经营洋纱、水火油（煤油）、咔叽布、洋钉洋火等五金百货和酒店。"从一把枪到一根针，什么都卖；从女王到妓女，谁都接待。"这是大卡洛斯在中国的经商成功之道。他还在碧色寨建了一家歌舞厅，因为上下两层各有四个交错重叠、展翅欲飞的翘角，因此被人们称为八角楼。既举办舞会，还放映好莱坞的最新影片，偶尔也会请来自法国的三流戏剧演员捧场，上演诸如《流浪汉与寂寞的伯爵夫人》和《修道院的剑客》这样一些通俗剧。在八角楼外面宽大的草坪和遮荫的回廊下,白色的竹椅,圆形的遮阳伞,小方桌上摆满苏打水、啤酒、威士忌、鸡尾酒等饮料,甚至还有用火车专门从安南运过来的冰块。西方的绅士和淑女们在这里享受着和欧洲一样的服务。铁路让这个偏远的彝族小村寨和欧洲并不遥远,和殖民生活紧密相连,从这里装车的货物,一天之内便到了滇越铁路的起点站安南的海防,走海路两天就到了香港。欧洲刚刚流行起来的时尚,一个月之后便可在碧色寨找到影子了。弗朗索瓦站长对此的评价是:

"因为有了这条伟大的铁路,这里的生活如果不是全殖民化的,至少也是半殖民化的了。"

这些年普田虎土司的财富暴增。火车给所有的人带来了发财机会,已是一个不争的事实。中国人要把云南的锡锭运到海外去,就得依靠洋人的火车。而这些锡锭产在离碧色寨有70多公里远的有"锡都"之称的个旧,那里的锡矿据说质量世界第一,储藏量世界第二。当普田虎土司的一支上百匹骡马组成的马帮队伍驮运到车站的锡锭,仅能填满小半个火车车厢时,土司既看到了火车的威力,也发现了自己的财路。

"火车这个狗日的东西可真是胃口大呀,一座大山都会被它拉空的。"

同时,普田虎土司也才恍然大悟,法国佬修这条铁路,哪里是如弗朗索瓦所说是来纳凉的?如果说有什么可以让他们发烧发热的脑袋退凉的东西,那就是他们远在巴黎就嗅到了埋藏在云南的大山中锡锭的清凉味道。只是因为中国人中那些极具民族自尊的人,不允许法国人修完滇越铁路后,再修一条支线铁路将火车开到个旧去,他们要自己来做。在国人自修的铁路还没有建成之前,来自个旧的锡锭都得靠马帮驮运到碧色寨火车站,这给普田虎土司巨大的发财机会。因为所有的大马帮，几乎都在土司的掌控之下。

财富像碧色寨百年不遇的大洪水，滚滚而来，也像在沉寂了千万年的土地上奔跑的火车，挡都挡不住。抵挡不住的还有人的欲望，土司已经娶过两房妻子了，一房已死一房花老色衰。火车开进碧色寨后，洋的东西横扫一切，样样事物都体现出它的优越性和新奇感，连女人都不如随着火车涌进来的鲜嫩光鲜。

八角楼里最先住进来几个操皮肉生意的洋女人，其中有一个叫珍妮弗小姐的，被人称为"远东最后的圣女。"来碧色寨淘金的洋人们给她钱，她给他们虚情假意的爱。来自得克萨斯的珍妮弗小姐在八角楼里有一间玫瑰房，里面一年四季都弥漫着虚幻的玫瑰之爱。梳妆台用鲜艳的玫瑰装饰，宽大的床也是一朵盛开的淫荡玫瑰，天花板上的镜子映照着稍纵即逝的玫瑰色的肉欲，浴室里淌出的水散发着让人骨头发酥的玫瑰芳香，被子和枕套里都填满了枯萎或新鲜的玫瑰花瓣，代表着她早已死去的爱情和刚刚开放的性爱。多少英雄好汉和冒险家迷失在珍妮弗小姐的玫瑰迷魂阵里，每个夜晚她都是碧色寨最后一个处女和最高贵的女士。她和每一个与她上床的男人都说同样一句话：

"牛仔，让我看看你的枪里还剩几颗子弹。"

那时，八角楼的玫瑰房是碧色寨最为淫荡沉沦之地，是大卡洛斯的性幻想和珍妮弗小姐的风月经验相结合的产物。每一个进入这房间的男子都会迷失在玫瑰的芳香和珍妮弗小姐虚幻的爱情里，他们把她当圣女一般供奉，心甘情愿地和圣女一起堕落。因为，首先这个世界上已经没有圣女了，其次，一个脱掉衣服比穿上衣服更快更自然的圣女，远胜于社交场上那些忸怩作态的伪圣女。更何况，珍妮弗小姐的高潮来临和法国铁路公司的火车进站一样准时，你要是赶不上趟，你就错过了乘坐珍妮弗小姐这趟玫瑰列车风驰电掣般的快乐，她总有本事和着火车的节奏，鞭打着她身上的男人"快，快，快，快快，快快快……"火车停稳在碧色寨的站台上，珍妮弗小姐身上的男人也趴在她身上，如死狗一般不能动弹了。以至于大卡洛斯在酒吧里和人打牌时，每当碧色寨车站响起火车进站的汽笛和喘气，他就知道玫瑰房里又一个男人栽倒在珍妮弗小姐的玫瑰迷魂阵里。他会优雅地向吧台上的安南酒保打一个响指，酒保便会拉一下墙上通到玫瑰房里的一根绳子。铃铛响起，珍妮弗小姐像法国铁路公司的列车乘务员一般温存地提醒乘客："火车进站了，亲爱的，你该下车啦。"

八角楼喧嚣的爵士乐和淫荡的笑声盖过了火车的轰鸣，让铁路对面土司衙署里的普田虎土司寝食难安。大卡洛斯有一天在洋行的办公室和普田虎土司谈一桩生意时，一眼就看出土司眼里的欲火。

"我们的葡萄酒，您可能不是很习惯吧，尊敬的土司先生？"大卡洛斯明知故问。

土司撇撇嘴，"像马尿的味道。"

"哈哈，在我看来，你们的苦荞酒，喝下一口后，整个腹腔都在燃烧。"大卡洛斯慢慢呷了一口杯中的酒，"你们干嘛要喝那么烈的酒呢？"

"男人不喝烈酒，还是个男人？"

"男人要证明自己的荣誉，得由女人来说。"

"那是你们洋老咪的想法。"普田虎土司往窗外一比划，"这一大片地方，我跺一下脚，连山上的野兽都会发抖。这才是男人。"

"山上的野兽如何反应我不知道，八角楼的珍妮弗小姐可不买你的账。"大卡洛斯故意将话题往女人身上引。

昨天晚上，大卡洛斯请普田虎土司到八角楼的酒吧喝酒，吧女珍妮弗小姐穿一袭白色束腰短裙到处卖弄风情，浑圆的屁股和饱胀的乳房晃花了满酒吧人的眼。一个醉醺醺的美国人把一支玫瑰插在自己的裤裆处，说里面藏有一百皮阿斯特，如果珍妮弗小姐跪着从他的胯下钻过，并把玫瑰叼出来，那钱就是她的了。普田虎土司没有见过如此欺负人的，他也趁着酒意喊："洋姑娘，别听那家伙的。我出两百块，过来陪我喝酒就是了。"但珍妮弗小姐鄙夷地皱了皱鼻子，"我说酒吧里怎么老有一股臭味呢。"然后就钻到那美国人的胯下去了。

普田虎土司从大卡洛斯眼里看出了某种轻蔑，他不屑地说："那个姑娘要不是个洋婆娘，老爷我早把她摆平八回了。"

"我亲爱的朋友，问题是，不论是洋女人还是中国的女人，男人总得证明自己的本事啊。"

"哼，这种贱货，给我当佣人我都嫌她脏，还敢说老爷我身上有股臭味。"普田虎土司越说越来气，"你们洋人不是来我们这里挣钱发财吗？那个骚货不是靠卖下面来糊上面的嘴巴吗？老爷我先买下她。你出个价吧。"

"噢，土司先生，这是不卖的。"

"这世上没有买不了的东西。你开价。"土司钻到牛角里面去了。

"朋友，你该明白这样的道理，如果你想天天喝到牛奶，你就得养好自己的母牛；如果你想家里牛羊成群，你就得让母牛和公牛交配，它们快活了，你的财富也增长了。珍妮弗小姐就是我的母牛，你可不能断了我的财路。"

"他妈的，我就先吃吃这头洋母牛的奶。"普田虎土司在大卡洛斯的挑逗下，欲火终于难耐了。

"不，八角楼里尊贵的西方女士，一般不接待中国人。"大卡洛斯说得很坚决。

"不就是付钱打洞吗？老爷我会让那骚娘们快活的。"

"噢，我的朋友，珍妮弗小姐可是一杯高价的葡萄酒，不会对你的胃口的。"

"她就是一泡马尿，老爷我捏着鼻子也把它喝了。看我咋个收拾这个洋婆娘。"

"这个，这个事儿有些难啊。"大卡洛斯交叉着双手，做作地在屋子里踱了一圈，"看在我们是老朋友的分上，我去跟珍妮弗小姐商量商量。不过，坦率地讲，要赢得她的欢心，你或许得多付点。"

土司说了一句很贴切实际的话，"你们的火车拉来的所有洋货，我们不是都在多付几倍的价钱吗？老爷我定要看看，你这份洋货值不值。"

这是一份珍妮弗小姐在碧色寨辛苦一年也挣不到的钱。这位来自美利坚的尊贵女士将和大卡洛斯五五分账，她说："都来吧，我的玫瑰门向世界各地的金钱敞开着哩。火车都能开进来，还有什么不能进来的呢？我才不管那个土包子喝到的是牛奶还是马尿。"

在普田虎土司跌倒在珍妮弗小姐的温柔陷阱前，还有一个中国人把八角楼里的玫瑰房当成了自己的洞房。他是一个靠开采锡矿暴富的农民，火车让他的财富滚滚而来，以至于他底气十足地认为：我们打不过洋人，日他娘的一个洋人也是为国家民族出口恶气。这个叫王五贵的家伙扛着一口袋银洋来到八角楼，对大卡洛斯说："这世道真是变了，洋人也有出来卖的了。把你的那个骚货叫出来吧。"大卡洛斯尽量掩饰自己眼睛里喜悦的光芒，轻蔑地说："这点钱，只够和珍妮弗小姐跳一支舞。要是珍妮弗小姐讨厌你身上的味道，你可能连这位尊贵的女士的手都摸不到。"在这个可怜的家伙一再加价下，他终于进到了玫瑰房。一进去就被珍妮弗小姐的销魂术搞得五迷三道，把麂子乱为马鹿，外国婊子等同大家闺秀，连自己姓什么都忘记了。他用马帮把一箩筐一箩筐的银洋驮到玫瑰房的门口,珍妮弗小姐在床上用不同的招式和花样让王五贵认定,用这些钱买来的夜夜春宵是值得的买卖,到最后他竟然提出要将洋人的圣女珍妮弗小姐纳为自己的妾。可是珍妮弗小姐和中国古代话本中那些会琴棋书画、吹拉弹唱的风尘女子不同,她并不认为王五贵是个出于仁慈的怜悯或浪漫的爱情,肯为自己赎身的风流才子或富家公子,也不认为古老东方的一个粗俗阔佬,因为钱多就可以赢得自己的芳心。她只坚守王五贵在玫瑰房里"春宵一刻抵万金"这个铁的法则。这场充满淫欲色调的求婚闹剧,最后演绎到王五贵身子和财富都被掏空、倾家荡产方才落幕。当他穷到成为一个连狗都不爱搭理的流浪汉时,他才明白:要为国家民族争一口气,有多么的难。

  所幸的是,普田虎土司没有王五贵那么远大的志向,他只是想向那个女人证明:作为一个土司贵族,他不臭,他的体内流淌的是老虎高贵的血液,那是王者的血液,比那些到碧色寨来淘金的洋人的门第都更高贵。

  事实上,从进入玫瑰房那一刻起,他就证明了自己的判断。那个脸色苍白如女鬼、嘴唇猩红似母夜叉的珍妮弗小姐,当他把她压在身下时,他摸到了她背脊上粗粝的汗毛,他还嗅到了她身上母兽的气味。

  "嗬,嗬,你这臭婆娘,比老爷我臭多了。"土司喘着气,自豪地挺起了自己的家伙。

  阅人无数的珍妮弗小姐那天可遭了殃,她感到自己不是在和一个嫖客做生意,而是在和一头老虎搏斗。可以开进一列火车的下体钻进了一头老虎,上帝,这是一件多么可怕的事情!她只来得及用生硬的中国话问一句"这是什么……"就昏死过去了。

碧色寨车站的火车还没有进站，普田虎土司便已大胜而归，楼下打牌的大卡洛斯一局牌都还没有完。他有些诧异地问普田虎土司，"怎么，被踢出来了？"

普田虎土司带着对失败者的鄙夷，骄傲地说："这个臭洋婆娘，真是不经整啊！不对老爷我的胃口，还不如翠怡楼的好。"

翠怡楼也是托火车之福，这些年开在碧色寨的又一家妓院，专门为那些在碧色寨经商的汉族商人服务。这种古老的生意随着败坏的风气走，哪里的民风堕落了，哪里就有市场。碧色寨的彝族人过去不知道女人的身体可以用来换钱，他们的姑娘只在山歌和舞蹈中寻找自己的爱情，他们的青年小伙子可以把一个看中的姑娘抢回家，但这绝对是一场浪漫爱情的开始，与金钱交易无关。

普田虎土司洋洋自得地走了，大卡洛斯冲上楼，打开玫瑰房的门时，他有如进入一个被攻破的城堡，到处是战火蹂躏过的惨景，往昔让人骨头发酥的玫瑰暧昧色调，此刻成了血色猩红的恐怖色。用玫瑰装饰起来的房间满地落红，凌乱不堪；玫瑰形状的梳妆镜碎了，天花板上用来映照肉欲横流的镜子，此刻淅淅沥沥下着血雨；玫瑰花瓣状的铁架大床已经塌了半边，像揉碎的花瓣。而圣女珍妮弗小姐浑身赤裸，就像被一群醉汉痛殴了一顿，蜷缩在床上奄奄一息。

"上帝啊！土匪！强盗！强奸犯！"大卡洛斯咆哮道。他在愤怒中忘记了，珍妮弗小姐的客人，本来就是花钱买快乐的强奸犯。

他去冲凉房打来一盆冷水，浇到珍妮弗小姐的身上，才让她从噩梦中苏醒过来。"这个狗娘养的野蛮人、变态狂。亲爱的，告诉我，发生了什么？"

珍妮弗小姐神志恍惚地说："老虎，老虎……"

"什么？哪里来的老虎？"大卡洛斯四下里张望。

"卡洛斯,卡洛斯,这个生意做不得啊!"珍妮弗小姐浑身发抖,抓住大卡洛斯的胳膊紧紧不放。

大卡洛斯安抚她道:"等我好好教训教训这野蛮人。亲爱的珍妮弗小姐,这可是一位比王五贵那个蠢货都还有钱的客人。"

"去他妈的客人,去你妈的大卡洛斯!你老娘愿意被一头老虎操吗?"

"噢,这些野蛮人啊,什么时候他们才懂得尊重一个体面的女士。"

大卡洛斯不断给珍妮弗小姐擦拭浑身的血迹。她身上的那些抓痕、咬痕,不能不让大卡洛斯心存狐疑,难道珍妮弗小姐刚才真的被一头老虎操了?

当大卡洛斯把几个洋吧女引进八角楼时,他不是没有犹豫过。倒不是因为他想像一个绅士一样在远东赚到钱,而是由于在他的爱情面前,声誉就像一道难以逾越的高山。他希望自己能像弗朗索瓦站长那样,成为碧色寨的西方人中有口皆碑的绅士,但修这条血汗铁路时的斑斑劣迹,总是他身后的阴影,在阳光的照耀下挥之不去。当然,也并不是大卡洛斯先生十分懊悔自己的过去,或者在布格尔神父面前有虔诚的忏悔之心——上帝作证,自从碧色寨的教堂钟声第一次响起以来,大卡洛斯总是踩着钟声的节奏准时来到教堂的人。问题的症结在于:露易丝小姐非常在意一个死心塌地追求自己的人,到底是一个绅士,还是一个流氓。

而对大卡洛斯来说,如果他不开酒吧妓院,他自己骚动不安的心都难以抚慰;如果他只做正经生意,也无法维持一个生意人在场面上应有的体面和交际。要说绅士做派,面对中国人的每一个西方人都自我感觉良好;而要论及谁是流氓,大卡洛斯私下里跟他兄弟的一句话便足以概括,"修这条铁路的人,当年有几个不是流氓?他妈的,要在远东做一个体面的绅士,做一件让人有荣誉感的事业,还真不容易哩。"

在碧色寨安顿下来后,大卡洛斯努力把自己塑造成一个绅士。他不仅改掉了从前的很多坏毛病,待人和善,说话文雅,举止得体,行事温和,还剪掉了浓密的胡须,天天往头发上打发蜡,穿西装系蝴蝶结,裤缝笔直,皮鞋铮亮,手里时常拿着镶嵌了翡翠的文明杖,在礼帽下面加戴一副多余的没有任何度数的眼镜,这样让他显得更像巴黎香榭丽舍大街上的一个事业有成、文质彬彬的绅士了。可是即便如此,每当他到铁路诊所去拜访露易丝小姐时,这位尊贵的小姐时常一语双关地说:

"别进来,你还没有消过毒呢。"

大卡洛斯总是微微一笑,递过去带来的礼物,一支玫瑰花,一本刚从巴黎邮购来的书,或者一件中国的瓷器等,然后绅士十足地转身离去。他有充足的耐心,等待露易丝小姐回心转意,也相信漫长的时间,可以洗尽自己身上的罪孽。

小卡洛斯倒比他的哥哥在爱情上走得更快一些。他还是那副忧郁诗人的模样,落落寡合,行事谨慎。过早地闯荡社会使他早熟沉稳、感世伤怀,与他兄长的张狂恣肆相比,他的性格似乎更讨人怜爱。他和一个在西贡的殖民官的女儿凯蒂小姐结了婚。凯蒂小姐在远东长大,对法国故乡早已印象模糊,但恰恰是这种模糊的印象,最终让她和小卡洛斯的爱情命运多舛。在她乘火车抵达碧色寨的第一天,她站在空旷的站台上,没有看到一幢超过三层高的楼房,没有看到一家有招牌的商场,没有看到一米像模像样的街道,更没有看到传闻中的热闹繁华。凯蒂小姐那时就有失足掉进一个陷阱的感觉。

"你们还说这里和巴黎一样什么都不缺哩,可是这儿连巴黎郊外的一个农场都赶不上。"小卡洛斯夫人在快要当母亲时,还在如此抱怨。

"即便是巴黎郊外的农场,也没有这么好的阳光和宁静。"小卡洛斯总是这样劝解他的太太。

"阳光!感谢主,可它能当衣服穿吗?宁静!全能的主,你以为外面的世界都是疯人院吗?"

"在冬天里,碧色寨的彝族人有句话说:'烤太阳过冬。'他们总是知道如何合理地利用大自然的赐予。"小卡洛斯依然心平气和地说,"而现在的欧洲,你看看报纸就知道了,现在那里到底是不是一座疯人院。"

小卡洛斯夫人的嗓门高起来了,"疯人院怎么了?只要人多,疯人院也热闹。而这个野蛮的地方,你看得到几个有教养的绅士?连修道院都不如哩。"

那时,在碧色寨常驻的西方人也就二十来人,大多数人都有当年修筑这条铁路的难忘经历,他们有的为此感到自豪,有的在教堂里忏悔,以让自己目前的生活更心安理得。他们自成一个社交圈子,一般不和铁路对面的中国人往来。按他们的说法,要跨过铁路线去到那边,需要失去嗅觉能力和视力才行。寨子里的气味和凌乱不堪的房舍以及肮脏的小巷,常常让自视文明卫生的西方人望而生畏。而在铁路线的东面,以碧色寨火车站为主要建筑,沿着山坡错落有致地布局着洋人的职工宿舍、带花园的洋楼、食堂、诊所、发电房、机车库、自来水塔、歌胪士洋行、歌舞厅、酒楼等,到处都是细心栽培的花朵和绿意葱茏的热带植物。为了让这里的生活少一些背井离乡的乡愁,多一些西方人的尊贵和闲适,法国人还办了一家奶牛场,特地引进了澳洲奶牛——有铁路，什么都可以运到。这是弗朗索瓦站长的话；又引进了葡萄和各种花卉，由忠实听话的安南人打理。他们知道如何给葡萄修枝和采摘，如何酿葡萄酒，如何修剪草坪，如何让欧洲蕨、玫瑰、月季、石榴、海棠、波斯菊、鸡蛋花常开不败。碧色寨车站的洋人雇员在闲暇时就着下午茶或者一杯葡萄酒，在慵懒的阳光下，沿着延伸的铁轨，享受人生的红利，回忆往昔的峥嵘岁月；而到了黄昏时分，枕木下的那些筑路劳工的孤魂，会在火车的碾压下伴随着风声呜咽。在半夜里，这种呜咽会变成厉鬼的呼啸，一路追赶着火车去向远方。

露易丝小姐最先听出火车轰鸣中的那些中国劳工阴魂的哭泣。她在布格尔神父面前办告解时，问博学的神父：耶稣基督赶走过的那些魔鬼，是否因为距离遥远，都跑到这古老的东方来作祟了？神父的回答是：因此主耶稣要派我到这个地方来，用基督的福音战胜愚昧的黑暗。露易丝小姐又问：那些本应该升往天堂的人，因为现实的不公，或者因为他们还没有来得及认识耶稣基督，灵魂没有得到拯救，无辜下到了地狱，他们的冤屈我们是否能听到？我们现在还能拯救他们苦难的灵魂吗？这个问题让布格尔神父沉默良久才说，从基督的普世性来看，他们是迷途的羔羊，更应该被拯救。耶稣说过，"如果一个人有一百只羊，其中一只迷了路，他岂不把那九十九只留在山中，寻找那只迷失了路的呢？"

神父这样的解惑，等于没有回答。而露易丝却得出相反的结论：以欧洲人在这条铁路线上的人数，和他们所面对的中国人相比，恰恰是极少数的羊被牧羊人照看，大多数的羊却迷失了方向，无人来拯救。

去彝族人的寨子里拜访彝族祭司独鲁，让露易丝医生开始明白在中国人的世界观里，除了人的世界，还有鬼魂的世界。它不是西方人认可的天堂或者地狱，而是相伴在人们日常生活中的某些看不见摸不着，但可以感受到的灵魂。就像耶稣显现他的圣容给信奉他的人们看见，中国人中的一部分人，也可以看到灵魂飘拂、鬼魅憧憧的世界。而毕摩独鲁这样的人，就是在人的世界和神的领域出入往返，像跨进一道门一般自然的通灵者。

火车通到碧色寨后，还没有一个西方人主动走进碧色寨，他们嫌这个村庄破败、凋敝、肮脏，连弗朗索瓦站长也没有闲暇之心来拜访自己的老朋友。他们理所当然地认为，碧色寨的中心在铁路的东边，火车站是这个地方新的地标。中国人自然会被吸引过来的，就像他们会被火车所征服一样。

独自去碧色寨，对露易丝医生来说是一次探险，有些像她当年在马赛登上驶往远东的邮轮。碧色寨的彝族人虽然不稀罕见到洋人了，但当一个洋女人独自来到他们的寨子时，还是让他们有猝不及防的疑惑和慌乱。他们倒不像汉族人那样围观或者扔石头，只是远远地用冷漠的目光跟随。在一个个窗户边，一户户人家的院门前，在狭窄巷子的拐角处，都有人或探头露耳地张望，或抱着手横目冷对。这个洋女人提着宽大的裙摆，在寨子泥泞坑洼的狭窄道路上，小心地寻找落脚之处，看上去比一只陷入猎人重围的梅花鹿还狼狈。周围涌动着看不见的提防和紧张，似乎只要有一个人发声喊"赶走这个女洋鬼子！"，人们就会群起而攻之。

露易丝医生脸上渗出一层细汗来，真该让大卡洛斯陪同来。但这个想法马上像涌到喉咙里的一个嗝，被她强压下去了。

有两只本地土狗不识时务地狂吠起来，那架势像马上就要扑过来了。露易丝医生手上只有一把洋伞，另一只手还提着给毕摩带的礼物，她浑身的肌肉都绷紧了，血往头上冲，不知道是该收起洋伞打狗呢，还是落荒而逃。孤独无助感都快把她淹没了。

一个彝族老人及时出现，呵斥开了两只狗，也许为了让露易丝医生更放心，他还把自己挡在狗和露易丝医生之间。他向露易丝医生说着什么，但她却听不明白。不过露易丝医生感受到了老人的善意，谁说中国人不尊重女士呢？一个欧洲女人在中国人的村寨里也许比在巴黎的大街上还受人尊敬。露易丝医生感激地向那个老人回敬一个笑脸，用中国话连声说："谢谢。毕摩家，我要去毕摩家，在哪里？"

老人向左指，又向右指，再向左指，然后又像是绕了一个圈。碧色寨毫无规则的小巷和它迷宫布局一样的房舍，不要说一个外国女人，就是一个汉人也会迷路呢。老人看露易丝医生仍然一筹莫展的样子，干脆自己在前面带路了。

碧色寨彝族人的房舍曾经被铁路对面的西方人嘲笑，他们居高临下地审视这个古老的寨子，说它是一片刚从洞穴中走出来的人们建造的村庄，顶多跟欧洲中世纪的乡村相似。砌墙的砖不经烧制，直接用黄泥舂成方状，垒砌而成；屋脊线歪歪斜斜，门和窗也不甚考究，缺少美感；而覆盖屋顶的材料更是简陋不堪，有用茅草的，用石片木片的，或者用黄泥抹平的，很少用瓦。似乎他们并不像汉族人那样掌握了泥土的烧制技术，也缺乏对建筑艺术装饰美的追求。一切顺从自然，依山就势地建盖自己的家园。当然了，就更不要提这个彝族人聚居的地方会有什么合理的规划、整洁的街道、舒适的公共设施以及让人赏心悦目的花卉植物了。他们并不在乎自己的庭院外有无花园和草坪，能满足简单的生存需要就感谢上帝对这片土地的恩赐了。

每当车站上的欧洲人在喝茶时议论这些话题，露易丝医生总是默不作声，她奇怪这些自以为是的同胞怎么会缺乏好奇心和对异域文化的审美感。在她看来，这些古朴的建筑同样凝结了当地人的智慧，土掌房的黄泥平顶，就是庄稼收割后的晒场，粮食晒好后直接背到屋里入库，同时它也是孩子们的游戏场地。除此之外，你在哪里去找这么一块可利用的平地呢？因为在每一片稍微平坦的地方，人们都种上了庄稼。

过去露易丝医生认为毕摩既然是彝族人的祭司，大约应该享有很尊贵的地位，像他们的神父一样，出任专门司职敬神礼神、教导信众的工作，是不会做农活的。但她站在毕摩独鲁的家门前时，看见他正蹲在一头母牛身下挤奶。露易丝医生想，这通常是女人干的活儿，怎么能让一个祭司来做呢？

毕摩当然知道这个洋人医生，尽管他对洋人的看病的方式方法嗤之以鼻，但一定程度上，他们还是同行呢。

"对不起，我是铁路诊所的露易丝医生，我打搅您了吗，尊敬的毕摩先生？"

毕摩还没有受过洋人如此的礼遇，他们看他的眼光都是嘲弄的、傲慢的，甚至戏谑的。从火车开进碧色寨那天起，他就把自己看成一个忍辱负重的失败者，一个找不到破解敌方阵营、斩杀魔鬼之法的不中用的失意者。寨子对面的歌声、欢笑声以及火车的轰鸣，都是对他的嘲讽。可是，当一个被看成是敌人的人，第一次向你展现他的善意和笑脸时，这样的情况毕摩还没有遇到过。况且，当他第一眼看到露易丝医生时，还以为是神界的哪个仙女下凡了。他没有如此真实地面对一个衣裙飘拂、端庄美丽的异族女性。

露易丝医生的身后早围了一群好奇的孩子，还有几个大人远远地站在远处。毕摩的言行将代表这个寨子的声誉。彝族人的习俗，再大的仇人冤家相争，男人之间拔刀相见，杀得你死我活，但一不能欺负女性，二不能烧别人的房子。

在短暂的慌乱后,毕摩说:"尊敬……洋……姑娘……哦哦,哎呀,那什么,那……火塘边坐吧。"

屋里超出露易丝医生想象的黑,而且烟熏得厉害。她强忍住自己快被熏出的眼泪,以及难以呼吸的异味。她看见毕摩找了一张黑乎乎的小凳子,用粗糙的手不断在凳子上擦拭。露易丝医生想起修铁路时那些居无定所的岁月,但即便是铁路工段上的工棚,也比这个毕摩世代居住的家干净、整洁和舒适。但毕摩擦拭凳子的动作,让她感到温暖。

毕摩家的简陋、寒碜,很出乎露易丝医生的意料。屋子里光线很差,几乎看不到一件像样的家具,好不容易落座了,毕摩往火塘里扔了几块柴,浓烟再度猛烈地升起,空气辛辣得让人几乎无法呼吸,露易丝医生忍不住剧烈咳嗽起来。

"你……是有病了?我……找我拿药?"毕摩看似关切的口吻中不无一个同行的优越。

"不,不不。"露易丝医生羞愧地捂紧胸口,困难地说,"毕摩先生,我只是……只是来拜访您……请收下这点微薄的礼物……吧。"她把一包包装精美的西式糕点递给毕摩。

"哎呀……哎呀,你们洋人,来修铁路时,才会给我们土司礼物。现在,现在,又要修铁路了么?"毕摩紧张得有些手足无措。他还记得当年弗朗索瓦提着礼物来见普田虎土司,以"三尺地宽的铁路"骗去了碧色寨大片土地的事情。

露易丝医生不明白毕摩为什么要这样说,她耸耸肩,"再修一条铁路?我没有听说过啊!毕摩先生,我只是想来向您请教一些问题。"

毕摩释然了,"哦,碧色寨的人们都向我请教事情呢,从盖房起屋,到生老病死。只有你们洋老咪,什么都知晓,连鬼神都怕你们,不消来找我这样的老倌啦。"

"毕摩先生，这正是我要向您请教的问题。"露易丝医生已经看出来了这个彝族祭司的自负，她想起自己小时候家乡教堂里的一位老神父，总认为自己什么都懂，上知天文下晓地理，对欧洲工业化进程的飞速发展颇多微词，认为上帝被蒸汽机挤到了教堂的角落。眼前这个彝族毕摩其实和那位老神父一样，都是在一个急剧变动的社会中，像一棵疾风中的小草一样，努力不弯腰的人。

"我有什么可以告诉你的呢？"毕摩拨弄了一下火塘，一束火苗升腾起来，映射得他满脸红光。

"毕摩先生，也许您误会了，我们西方人也不都是不惧鬼神的人。"露易丝医生斟词酌句地说，"我们也有自己的信仰，像您一样。我们信仰一个叫耶稣的天主。他以自己的生命和鲜血，为众人赎罪。我们信仰他，是因为我们有罪，我们的灵魂需要天主的拯救。不然的话，我们死后进不了他的国，就是天堂。那里富足、安宁、平等，一切都很美好。可是我不明白那些不信仰耶稣的人，比如说你们中国人、彝族人、汉人，他们死后灵魂将去到哪里？你能告诉我吗，尊敬的毕摩？"

"我们回自己的祖先地。"毕摩木然地说。

"祖先地？它在哪里？"

"是个叫'什姆恩哈'的天国，很远很远的地方，我们的经书上有。"

"经书？你们也有《圣经》一样的经书？"

毕摩不知道《圣经》为何物，但他从这个女洋老咪脸上看出了她的少见多怪。不要以为你们可以用火推着一个大铁家伙奔跑，就以为我们什么都没有。他没有多说什么，站起身来，从火塘前方的香案上拿出厚厚的几大本用黑布和红布包裹着的经书。那是他的传世之宝，一个彝族毕摩就靠它安身立命、传承自己民族的文明了。

毕摩打开用黑布包裹着的经书,"这是《公书》,"他又打开用红布包裹的,"这是《母书》。我们的经书,就像人分男女一样,书也分公母。"

露易丝医生惊讶地问:"您是说,《公书》是专门给男性信徒念的经文,《母书》是给女性信徒念的?"

展现在她眼前的经书,已经被火烟熏得发黑,被人的手指摩挲得发亮,边角发毛,不知是哪个年代的了。而且上面那些曲里拐弯的文字,是她从未见过的神秘符号。露易丝医生想起她上学时在博物馆看到中世纪以前的《圣经》残本。这让她兴趣盎然,仿佛迎面碰见一个时间老人。

"不是那个意思啰。《公书》和《母书》交替着用的,只是要分什么身份的人,用什么样的经文。像'北方黑帝经''大黑经文'是君主用的;'东方绿帝云中君文经'是达官贵人用的,像我们的土司老爷,就可用这部经文了;'农牧民经'是干农活的、经商的、做工匠的人用的;'西方白色寿短经'是30岁以下死亡的人用的。而那些暴亡的人,没有子女的人,他们不能用这些经文超度亡魂,就只能做孤魂野鬼了。"

露易丝医生需要调动自己全部的智慧才能跟得上毕摩的话语,一部经书他们也分得这么细,这个民族你怎可小觑?不过露易丝医生很快抓到了她要请教的问题的实质。

"尊敬的毕摩先生,您说那些暴亡的人,没有权利享用这些渊博神奇的经书,那作为一个祭司,您就不为他们的灵魂着想?您不帮助他们,他们怎么回到自己的祖先地?"

"我会为他们的阴魂开路,让他们成为荒地里的野鬼游魂。"

露易丝医生感到自己的毛孔收缩起来了，她想起每个夜晚听到的那些夹杂在火车呼啸中的哀鸣，那些在修铁路时殒命的中国劳工，如果毕摩说的是可信的，那么飘拂在铁路线上、在茫茫黑暗中的哀鸣就是真实的了。

"尊敬的毕摩先生，碧色寨周围的野鬼游魂多吗？"

毕摩脸上现出鄙夷的神情，"你何必来问我这个乡村老倌呢？问一问你们那些修铁路的人吧。"

露易丝小姐独自去彝族人的村庄探险，一时成为碧色寨的西方人的美谈。那时在碧色寨的每个周末，在弗朗索瓦站长家宽大的庭院里，都有一个家庭聚会，或欣赏一张唱片，或朗读一部小说，或讨论眼下的局势。虽然大家都是背井离乡的人，但总不能把歌胪士洋行的八角楼当作一个谈论正经事情的场所。弗朗索瓦太太尤其反对自己的丈夫去那里喝酒。她说："我们是有教养的文明人，至少也不能让中国人看到西方人衬衣领子的污垢吧。"虽然她对大卡洛斯很反感，但每次这样的聚会，卡洛斯兄弟都是必不可少的嘉宾，大卡洛斯不是带来刚刚猎到的山鸡、麂子等野货，就是带来成箱的啤酒、白兰地以及献给站长夫人恰当的礼物。没有哪个女主人会拒绝这样的客人。

在露易丝医生探访毕摩回来后的那次聚会上，她向大家描述了自己的"中国之旅"——露易丝医生说，要想了解现在的中国，跨过铁路去那边的村庄看看就大体知道了。除了给大家介绍闻所未闻的彝族人的经书，露易丝小姐最让人惊讶的是：作为一个有行医执照的医生，她竟然为那个彝族祭司的巫术当起推销员来。露易丝医生说，这个毕摩既没有给她测体温，也不用听诊器，更没有对她做任何检查，就判断出她身体上的不适，并热心地为她开药。彝族人的中药，剂剂都充满神奇的传说，而且那些植物药名都非常好听，药效还很奇特。

"对不起，据我所知，这个彝族祭司是最反对我们的铁路的，当年我们和彝族人的冲突，我认为就是在他的煽动下发生的。我真怀疑他接待您的动机。露易丝小姐，请允许我冒昧地问一句，这个彝族人的祭师治好了你的什么病呢？"弗朗索瓦站长饶有兴趣地问。

露易丝医生踌躇片刻，才说："我本来也不相信他的那些草草根根什么的，看上去极为不卫生，更不知道里面含有什么药理成分。但那个毕摩说，我体内火很重，晚上一定不好睡觉。'火'怎么会在人体内燃烧呢？这很有趣，对吧？那其实是指人的机理失常。实际的情况是：这一段时间我总是失眠，并且会无缘无故地心动过速。毕摩向我推荐了一种叫'心慌藤'的植物，还有一种叫'路路通'的，再加上其他我也叫不出名字的中药，混杂在一起，让我回来后炖猪肉汤喝。感谢主，这几天我感觉好多了。"

为了向大家证明自己在毕摩家的见闻，露易丝医生今天还带来了几味草药，每一味都有个有趣的药名。这个叫"挖耳草"，据说可治感冒发烧、咽喉肿痛、急性肠炎一类的疾病；这个叫"辫子草"，瞧它的穗，像不像女人的辫子，据说有清热解毒之效，可止血、止痛；这块树皮一样的东西叫"土沉香"，多好听的名字，可治胃病、呕吐、便秘，毕摩说把它磨成粉后，用温开水服用。噢，这是最神奇的一种中药了，毕摩叫它"龙骨"，在给我开的药中，就有它的粉末，也许我的病就是被它治好的呢。我怀疑它是某种大型哺乳类动物的化石，如果我的判断是对的话，我真奇怪竟然还有用动物化石来做药的。

在露易丝医生滔滔不绝的叙说中，碧色寨的所有西方人都用惊讶的、疑惑的，同时略带钦佩的眼光看着她。她没有受到任何伤害和侮辱，完好无损地回来了，真应该感谢我主耶稣赐予她的平安。

"这是一个友善的、充满敬畏的村庄，不是吗？"布格尔神父从露易丝医生的勇敢行为中，看到了在铁路对面的村庄里发展信徒的希望。"也许我们该像露易丝小姐那样，走进他们的生活，指导他们的信仰。"布格尔神父说。

"一条铁路带给他们的还不够多吗？"弗朗索瓦站长说。

"噢，亲爱的弗朗索瓦，重要的是人的灵魂。"布格尔神父说。

"神父，我同意灵魂是重要的。"弗朗索瓦递给神父一杯马提尼酒，"但东方人的灵魂，似乎不用我们去操心。汉人有他们的孔子，彝族人有他们的山神、树神。露易丝小姐不是已经给大家介绍过了吗，他们的经文不会比我们的《圣经》薄，他们的灵魂自有其归宿地。我们依靠强大的文明，很容易改变他们的生活方式，但可能很难征服他们的灵魂。"

神父说："耶稣给我的教导，就是要去到异邦人中间，传播他的福音。"

"也许，我们应该先为他们做点什么实际的事情。"露易丝医生插话说，因为她感到在弗朗索瓦站长和布格尔神父之间，关于他们的工作谁更重要的话题，又要在这样的聚会中扯个没完没了啦。

"亲爱的露易丝小姐，我们还能为他们做什么呢？再请全体彝族人免费坐一次火车吗？"弗朗索瓦站长抬头望着天花板，"噢，要是铁路公司给我这样的命令，我会乐意陪那个彝族祭司坐一趟火车去兜风，让他不再反对我们。"

露易丝小姐说："弗朗索瓦站长，我不是那个意思。我在碧色寨看到，人们都去村庄下面的一个湖泊里背水，路途远不说，也极不卫生，牲畜、人也都在湖里洗澡，更不用说下雨时，山坡上的洪水把一切垃圾和污水都带到了湖里，可那就是他们的生活用水。"

"我还看见有个妇人早上把马桶里的秽物倒进湖里，随便将马桶涮了涮，然后又走到一边打满一桶水回去了。主啊，但愿他们不是用那水来烧茶做饭。"弗朗索瓦太太有些夸张地说。

"极有可能。"露易丝医生说，"我想，我们在这边有自来水塔，水多得用不完。为什么不牵一条水管过去，让他们用上干净的水呢？"

许多人都兴奋起来，认为这是个好主意，布格尔神父尤其高兴，他说这将是福音传播到对面村庄的源头活水，彝族人会从中体会到基督的爱。

但弗朗索瓦站长不失冷静地说："女士们、先生们，你们的爱心主耶稣会看得见，但别指望铁路公司会愿意支出这笔费用，水管铺过去了，还得在那边建一个蓄水池哩，谁来承担这一切呢？"

露易丝小姐说："我已经想好了，可以在教堂发起募捐。神父，我们能做到的，是吗？"

"都交给我来做吧。"布格尔神父没来得及回答露易丝医生的话，一个声音从人群后面传来，是大卡洛斯。在露易丝医生谈论碧色寨时，他一直没有插话，只是静静地在一旁倾听。现在，他总算找到了表现的机会。

"水管我的洋行里刚好进得有一批货，蓄水池需要的水泥嘛，我再去进就是了，估计一吨左右该差不多了吧。"

布格尔神父感叹道："噢，我的主，您可真慷慨！"

大卡洛斯看见露易丝医生还在疑惑中，便直截了当地说："这是为了向露易丝小姐的勇敢和爱心，表达我的敬意和钦佩。"

露易丝小姐在众人的目光注视下稍感不安，但她很快不失优雅地说："谢谢，卡洛斯先生，您的爱心会得到彝族人慷慨回报的。"

大卡洛斯口无遮拦地说："那些野蛮人能回报我什么呢？我不需

要。我只做我认为值得去做的事情。"

布格尔神父皱了下眉头,他说:"卡洛斯先生是在主耶稣面前行善事,他的回报在天国里。但是我认为,这点帮助,实际上是对当地土著人接纳了我们的回报。女士们、先生们,不是吗?"

聚会结束之后,弗朗索瓦站长请露易丝医生多留了一会儿,因为弗朗索瓦夫人有身孕了,他需要咨询露易丝医生,是在碧色寨生孩子呢,还是回法国好。医生给站长夫人做完检查后的建议是,长途的远洋旅行对孕妇的身体反而不好,如果他们认为碧色寨铁路诊所条件简陋的话,夫人最好去西贡,那里的法国医院设施一流。

站长夫人哀叹道:"噢,看来我又得推迟回法国的日期了。"

弗朗索瓦站长殷勤地说:"亲爱的,这里不是很好吗?我们什么都不缺。我向您保证,待我们的宝贝出生后,我一定会带您回去的。"

"主,至少得两年以后!"

站长夫妇在碧色寨车站是很受人尊敬的一家人。在异国他乡,谁不想有个这样的家?露易丝医生看得有些眼热,便说:"弗朗索瓦站长,没有什么事情的话,我告辞了。"

在她落寞地收拾自己的药箱时,弗朗索瓦站长忽然说:"亲爱的露易丝小姐,碧色寨的欧洲人太少啦,你或许应该回一趟法国,休一次假。这样您就不会晚上失眠了。"他当然知道大卡洛斯在追求露易丝小姐,但连他也不认为,这是一桩合适的婚姻。

露易丝小姐冷静地说:"我的失眠,不是休假就能解决的。"

弗朗索瓦夫人插话说:"噢,休假,噢,法国!我可是天天都梦见南特的田野风光,尼斯的海岸,有一天我甚至还梦见自己在阿尔卑斯山滑雪哩。这个炎热的鬼地方,连冰块都要从安南运来。"

弗朗索瓦站长不高兴地说:"亲爱的,这可不是个鬼地方,火车让我们和世界紧密相连。这里有体面的工作,舒适的生活,我看不出法国有比这里更美更安宁的地方,也看不出一个生活在法国的人士,会比我们更幸福。女士们,请不要忘记,欧洲正处在战火中呢。许多人不要说在苏打水里奢侈地加一块冰块,也许连找到一块面包都难。"

弗朗索瓦夫人撇撇嘴,"那是因为你把一个站长当总统来做。像人家露易丝小姐这样正值芳龄的年华,连一个看上去还算高尚的社交圈子都没有。亲爱的露易丝,回去吧,即便是战争,也不能阻挡人们的爱情。"在碧色寨工作的欧洲人的家眷们,总是抱怨这里没有像样的社交生活。

露易丝小姐神情有些落寞地说:"我离开法国那天,就准备老死在异国他乡了。"

在寂寞偏僻的碧色寨,露易丝小姐不是不需要爱情,她只是在守望自己的爱情。巴黎的埃菲尔铁塔落成那年,露易丝小姐刚从巴黎医学专科学校毕业。那时整个巴黎乃至世界都在争论那矗立在世界之都身上的钢铁怪物,到底是一堆垃圾,还是一件建筑史上的杰作。一天,露易丝供职的医院住进来几个在酒吧里斗殴被打伤的青年人。他们是埃菲尔铁塔的建造者,与人在酒吧里打架只是为了捍卫伟大的埃菲尔的荣誉。其中一个叫波登的工程师,被人用椅子角划伤了脸颊,一条伤痕从眼角一直斜拉到下颚,差点就失明了。

对喜爱埃菲尔铁塔的露易丝小姐来说,波登先生就是那个时代的英雄,更何况据说埃菲尔先生对波登先生的才华非常赏识,在建造埃菲尔铁塔时,波登先生是他的得力助手。那时欧洲正是一个为工业化进程欢呼雀跃的时代,像波登先生这样的建筑设计师,在社会上的声誉已足以和巴黎的作家艺术家媲美。他们才华横溢、视野开阔,总是引导着日新月异的社会潮流。年轻的姑娘露易丝在这些成熟又成功的男人面前，在巴黎的建筑设计师俱乐部，难免一脚就踏上了一条浪漫而错误的爱情旅途。

在塞纳河边的漫步和酒吧里的长谈中，露易丝小姐得知波登先生已经结婚，并且育有一个先天性脑障碍的孩子，波登夫人几乎天天为此以泪洗面。似乎上帝把给小波登的宠爱全部给予了他父亲，让那可怜的小家伙永远处于混沌之中，而他的父亲则总是以明天的眼光审视当下社会。这让露易丝大生怜悯之情，有一种女人的爱是从怜悯开始的，它不是最美好的，就是最凄迷的。

在他们已经共赴鱼水之欢后，波登先生说，出于在教堂里的誓言和社会道义——波登先生可是一个虔诚的天主教徒，他眼下不可能和波登夫人离婚，但他也不能没有露易丝小姐的爱。这是世界上所有陷入爱情麻烦的已婚男人通用的说辞。不过这有什么关系呢？巴黎本来就是浪漫之都，人性在蒸汽机的推动下，已经获得快速的解放。露易丝小姐那时并不在乎一场爱情的结局就必定是婚姻，崭新的充满活力的二十世纪即将开始，世纪末的悲凉以及个人爱情的穷途末路，即便是站在埃菲尔铁塔上都看不到呢。

但波登夫人提前看到了，这个可怜的妻子对儿子已经没有指望，只能抓牢自己的丈夫。在建筑师俱乐部里，露易丝小姐被波登夫人形容为"婊子""骚货""抠人屁眼的下贱护士"。而且，波登夫人家族势力强大，甚至和埃菲尔先生还沾亲带故，以至于受人尊敬的埃菲尔先生也对波登先生说："维护一个男人的声誉，胜于设计一座传世的建筑。上帝让你来到这个世界，并不仅仅是来胡搞的。"

那时，波登先生正处于事业的关键期。新成立的法国印度支那铁路公司正在巴黎的各大报登报招标滇越铁路的设计方案。其中一段叫做南溪河谷的线路设计几乎难倒了所有的设计师，它要求在三公里的直线距离内，让火车爬升近三百米的高差，为此铁路线必须在近乎陡峭的悬崖绝壁和山洞里蜿蜒辗转，以降低铁路线的自然坡度。尤其是要在一条山涧两边悬崖的中部上空，悬空架设一座桥梁。理论上讲这已经足够大胆，而从设计和技术操作上看，这几乎是不可能完成的任务，连法国铁道部都给出了重金予以悬赏。

被爱情搞得忧心如焚的波登先生用这座桥梁的设计来拯救自己。他从恩师埃菲尔设计的大铁塔那里得到启发，提交了一个以两边悬崖作为支撑点，用一个剪刀形构架托起桥面的设计方案。这个方案如此的轻盈、优美，像一条钢铁彩虹，也像是埃菲尔铁塔在远东神秘之地的一个缩小版，一经公布便轰动巴黎，一举夺魁。波登先生顿时名声大噪，连伦敦的《泰晤士报》的报纸也发表文章予以致敬。

这座将矗立在中国西南边陲深山狭谷的桥梁，法国铁路公司因为波登先生天才的设计，将它命名为"波登桥"，而在中国人看来，因为它像一个汉字中的"人"字，便称其为人字桥。我们已经知道，是谁最终建设好了这座被誉为新艺术运动代表作的钢铁大桥；我们还不知道的是，又是谁将见证它经历的腥风血雨，守望它所代表的悲欢离合、爱之永恒。

"既然不能和你在巴黎终日厮守，那么，就让我去远东，和你设计的桥梁在一起吧。"

露易丝小姐那时已经万念俱灰，因为自己的爱情罪孽而对虚伪的巴黎充满憎恨。她相信这座桥梁的设计中有她和波登先生爱情的结晶。波登先生即便在解开她的紧身胸衣时，也在思考桥梁的结构和支撑问题。女人娇弱的乳房被优雅地托起，和沉重的火车在远东高原的悬崖峭壁上空飞驰，这不是一个情爱问题或者工程设计理念，而是一个哲学思考。

"替我好好看着那座桥是怎样建起来的,就像看着一个孩子长大。桥梁竣工那天,我一定会来看你。"这是露易丝小姐离开巴黎时,波登先生的诺言。

"在那里,有你的一座桥陪伴我;在巴黎,有我的一束头发。"露易丝剪下了自己的一缕金发,装在一个精致的小盒子里。波登先生发誓说,他会把它天天藏在胸间。

远东之行改变了露易丝小姐的一生,一个不慎掉入陷阱的人需要更广阔的天地来拯救。露易丝小姐从那些永远都蓬头垢面、身上散发出令人窒息的汗臭味的中国劳工身上,发现这个世界上还有比自己更不幸的人。她由此找到了一种大爱,一种耶稣所倡导的怜悯。

"至少他们是和我们一样的人类。"每当她救助中国劳工的行为,受到铁路公司的西方人轻慢的嘲讽时,她总是如此捍卫一个基督徒的仁慈。人字桥建设过程中的血腥和残酷,一度让她憎恨起波登先生来,为什么他要设计这样一座夺人魂魄的桥梁?为什么在西方人看来是天才设计师的杰作,在东方就得依靠白骨来堆砌?这座桥梁与那些无辜殒命的劳工有什么关系?又于这个贫穷衰败的帝国有多少意义?如果那时波登先生就在她的身边,她会告诉他:这是一座血腥的桥,一座罪恶的桥。

她在施爱中也得到中国劳工的尊重和保护,一次一个法国的工地主任在工棚里想对她非礼,是那些从来都惧怕洋人的筑路劳工们,用手中的十字镐把那家伙赶出了她的临时工棚。以自己的声誉帮大卡洛斯保下一命,更是那些善良的中国劳工对她的仁慈的回报。

但是她的爱情却一直在等候收获的季节。在修建工程中的那些漫长岁月里,她和波登先生的通信比修建中的滇越铁路还要长,她的苦难其实并不亚于那些在日晒雨淋、风吹雨打中劳作的中国劳工。人都是在为一个希望活着，有的为填饱肚子，有的为爱。

人字桥竣工前三个月，波登先生受铁路公司的邀请，启程前往远东，参加人字桥的验收和竣工剪彩。露易丝小姐守望了近五年的希望，就像太阳升起来一样，在心急如焚的漫漫长夜中一丝一丝地明亮起来——

终于要起航了，在开往远东的邮轮的汽笛还没有鸣响之前，我还有时间描述我此刻的心情。我亲爱的小鸟，我追寻你遗留在天空中的痕迹而来；我怀揣着你用头发编制的绵绵思念而来！跨越半个地球，和你的爱一同放逐到神秘遥远的远东，这是多么浪漫的旅程！在它的尽头，有我们爱的见证——"波登桥"，我给予它生命的精子，你孕育并呵护它长大，就像我们共同的孩子。在现实生活中，我是一个失败的父亲，不忠的丈夫，而在远东的铁路线上，我有一个健壮优美的孩子，一个痴情守望的爱人……

——波登先生写于马赛港

我的爱人，我已经穿过了蔚蓝色的地中海。地中海沿途的风光我根本无暇欣赏，经过了科西嘉岛、撒丁岛、西西里岛、克莱特岛，何其漫长的旅程，而这仅仅是整个行程的十分之一！当年你是如何走过这段路程的？你似乎从来没有向我抱怨什么，这一路的海风与骄阳，颠簸与寂寞，我的小鸟是怎样振作她坚韧的翅膀，划破这无垠的天空，飞越这广阔的海洋？我是多么渴望能像在图纸上那样，用圆规一划，就将遥远的你揽入我的怀中。可是这该死的邮轮，简直就是在地球仪上爬行的蜗牛，有时我真怀疑它在大海里是停滞不动的，什么时候它才能载我抵达我爱人温暖的胸怀。

——波登先生写于塞得港

主啊，我终于航行在亚洲的土地上。我感到离我的爱人已经如此之近了，却又依然遥不可及。我们现在位于同一个大洲，过去一想到我在欧洲，而你远在亚洲，就像太阳和月亮般的距离。你是我的太阳，我的心一直像月亮一般围绕着你的爱旋转。现在我离你越来越近了，我要被你的爱融化了！我经过了一直向往的苏伊士运河，人们说我们修建的滇越铁路可以和这条伟大的运河相媲美。我现在难以想象这条铁路的瑰丽壮观之处，就像我难以想象我们法国政府为什么要到那古老的东方去修这条该死的铁路！它让我的爱人离我如此遥远。世界上没有比这更残酷的工程了吧——不是说它为此让多少万中国劳工付出了生命的代价，而是它无情地拆散了两颗相爱的心。

红海风平浪静，而我的心却波涛汹涌。

——波登先生写于亚丁港

全能的主，印度洋的热风让我心烦意乱。如此漫长的旅程，如此孤独的人生！接近赤道时我们的邮轮上死了三个人，人们将他们裹好白布，投到大海中。其中一位还是一个巴黎外方传教会的年轻神父！他把前面两个可怜的人送到了天国，大概主也没有来得及告诉他，接下来会轮到他自己。难道他伺奉的天主不需要他到异邦传播耶稣基督的福音？难道天主的圣宠就不能保佑这些漂泊在大海中的人们？难道天主反对我们向地球另一端的人们传播我们的文明？我亲爱的小鸟，你在异邦人那里每天都祈祷吗？人定要在艰难困苦中才会像干涸的禾苗，期待天主的救援，圣宠的甘霖。我的小鸟靠什么战胜那些寂寞苦难的岁月，现在我知道一些了。

浩渺无边的印度洋，它北方的大陆是传说中的财富天堂。四百多年前哥伦布为此在大海里走错了航路，发现了另一片新大陆。感谢仁慈的主，现在我们已经不会重犯哥伦布的错误，我们可以托工业文明之赐去到世界上任何一个地方，为那里打上欧罗巴的印记，从一块殖民地，到一座桥梁——我真是迫不及待地想看见我设计的桥梁啦！就像渴望早日见到你一样心情急迫。

——波登先生写于印度洋漫长寂寞的旅程

今天我在新加坡港见到中国人了。主啊，这是一群什么样的人种！你天天都和这些小个子的黄种人打交道么？他们孱弱的身躯如何修筑我们的铁路？你的来信说他们其实是一群值得尊敬的人，可是我看不出一个欧洲人应该如何尊重他们的理由。噢，不要怪我没有一个基督徒的仁慈，让我们来拯救他们吧。

等两天，我们的邮轮补充好淡水、粮食和燃料，又将起航驶入南中国海。啊，中国，中国，这是一个多么古老的名字，这是一个因为你——我亲爱的小鸟——而听上去无比亲切的名字。

就像耶稣向世人宣布"天国近了"一般，我离你也越来越近了。我为此而战栗。

——波登先生写于新加坡

亲爱的露易丝小姐，我就像不敢面对耶稣的圣容那样，不敢面对你的诘问：为什么在离你如此之近时，转头离去？为什么在已经听得到滇越铁路线上火车的汽笛声——那就是你的召唤——时，再也不能向前迈出一步？主啊主，求你宽恕我的罪，求你用漂洋过海的旅途劳累惩罚我。我必须回去！立刻，马上，我连在海防港休整一天的时间都没有。这才是主对我最大的惩罚！

驶回马赛的邮轮已经升起黑色的浓烟，汽笛在召唤从远东回家的欧洲人。幸福的归程中就我一个最不幸的人啊！就我一个捧着爱人的一缕头发，却连不到爱情的另一端的可怜的人啊！我要用一生来请求你的原谅，亲爱的露易丝小姐。我在这漫长的旅途中写给你的书信，可以明鉴我的爱心。现在我把这扎信寄给你，让它们代表我对你的思念和致敬。请你看完后就烧掉它们吧。我这罪人不配你伟大的爱。

——波登先生写于海防

就是这样，波登先生跨越了半个地球去会自己的情人，但在走到滇越铁路的起点海防港时，在走到露易丝小姐寂寞了五年的闺房的大门口时，在走到一个人在另一个人心目中的奉献、牺牲、信义、尊严以及爱的紧要关头，只能怀揣一束剪断之后越理越乱的爱情之发，转身离去。他的爱情在起点时错了，也就注定没有终点。露易丝小姐在人字桥竣工那天，等来的只有波登先生一捆厚厚的书信。没有充足的理由说明，也没有诚挚的道歉。别人的丈夫回家了，远在天涯的人继续自己的守望。

露易丝倒没有在忧愤屈辱中烧掉这些来信，但面对后来波登先生在归程中发自新加坡、亚丁港、塞得港，甚至马赛和巴黎的来信，一律拒收，原信退回。她已经不需要解释，不需要道歉，一千个辩白、一万个理由，都把它埋葬到印度洋里去吧，也把它埋葬在青春已逝、爱情已老、山盟虽在、锦书难托的人生悲欢离合的深渊中去了。

这样一场痛到骨髓里的爱情，岂是大卡洛斯这种粗鄙的流浪汉可以轻易改变的？即便他在碧色寨成为了一个十足的绅士，他永远也不会明白，一个女人失败的初恋以及被伤害的心，该如何修补。

露易丝有时会搭乘火车去到离碧色寨约七十公里的人字桥，不为什么，只是去看看这座凌空飞架的钢铁彩虹。一个穿西洋裙装的西方女子，一手撑洋伞，一手挽手袋，独自踟蹰在蛮荒的山道上。铁路沿线的欧洲人时常为她的安全担忧，有时还会派人护送她。但露易丝小姐说："我在这里又没有仇人，谁会加害我呢。"她常常借宿在守桥工人的小屋子里，整晚都不睡觉。那个自觉腾出房间来给她的守桥师傅，是个沉默寡言的干瘦老头儿，姓赵，当年也修过铁路，一只腿是瘸的。尽管他不明白这个洋女人心里到底在想什么，但后来和露易丝处熟了，最后认她做了干女儿。他让露易丝叫他干爹，他则像一个山里的老农民一般唤她"小姑娘"。露易丝不知道"干爹"是什么意思，她想把这理解为"教父"，但这显然不合适，赵师傅又不是她在教堂受洗时站在身边的教会中人。于是她干脆就喊赵师傅"父亲"，在远东有一个比亲人更亲的人，让露易丝感到幸福。

人字桥旁边有个苗族寨子，大约有十来户人家，露易丝第一次来到这个寨子时，尽管她只是一个女人，但全寨子的人都跑光了。后来露易丝才知道本地人吓唬哭闹的小孩的一句话："再哭，洋人就来把你拖走。"慢慢地，那些苗族人发现这个洋女人与其他洋人不一样，她每次都带来许多东西给孩子们，从糖果、饼干、面包，到衣物、玩具。露易丝终于成为受苗家人欢迎的常客。他们为她带路，走遍了周围的山岭。露易丝惊讶地发现,许多地方都遍布当年筑路劳工的荒冢,有的大坟里甚至一次性地葬下几十人。在人字桥周围的山涧或坡头,晚上燃烧的磷火到处游动,几乎照亮了这座靠累累白骨而不是钢铁堆砌起来的桥!尽管当年露易丝医生见证了这座桥的修建,尽管她作为工地上的医生,对伤亡情况有最权威的发言权,但多年以后,她还是对大山深处随处可见的荒冢感到震惊。

"这简直是屠杀。"露易丝在一个晚上,和她的干爹赵师傅围坐在值班房里的火炉边说。

"你说什么?"赵师傅有些不解地问。

"我是指修这座桥,修这条铁路。父亲,死了那么多人,与大屠杀有什么区别呢?"

"唉,小姑娘,"赵师傅把一块烤好的土豆递给露易丝,"我们中国人的命,就跟蚂蚁一样弱小。你应该还想得起,当年这工地上,像蚂蚁搬家一样,愣是把一条铁路搬到山上来了。"

赵师傅的那一条瘸腿,也是这条铁路的千万代价之一,能大难不死,已是万幸。因此他和露易丝有许多共同话题。

"有一天我看见几十个人在山道上抬钢轨,可能是后面的人脚踩滑了,先是一个人掉下了山涧,然后两个、三个……主啊,就像倒掉的多米诺骨牌。"露易丝下意识地捂住了脸。

"小姑娘,那还不是最惨的。"赵师傅平淡地说。

"那么,父亲,能告诉我你所看见的最惨的么?"

"人都死了,现在来说还有什么意思。"

"父亲,你们中国人,恨我们吗?恨这条铁路吗?"

赵师傅想了半天,才慢吞吞地说:"你们洋人,都像你这样,就不招人恨了。"他又沉默许久,"这铁路嘛。修的时候我就没有恨过,我是自己跑来的呢。因为它能给我一碗饭吃，就像现在一样。"

露易丝感到很欣慰，不是因为这条铁路被中国人所接受，而是这些善良的中国人把她和大卡洛斯这样的欧洲人区分开来对待。也许在碧色寨只有她一个人，才会为自己的欧洲人身份感到羞愧。

"你说过，你认识设计这座桥的人？"赵师傅忽然又问。

"嗯。"露易丝心中最柔软的地方被赵师傅不小心戳到了。

"真不简单啊！"赵师傅感叹道。

"什么不简单，这个狗娘养的是个罪人！"露易丝忽然失控地骂起来。

"罪人？他做什么了，小姑娘？"

"他……他设计的桥，让那样多的人丢掉了生命。"露易丝努力让自己平静下来。

"小姑娘，可不能这样讲。"赵师傅捅了一下火炉，火光映照着他那高原地带的人黝黑粗糙的脸，看上去漠然、沧桑、僵硬，毫无生命鲜活的迹象，像泥塑的雕像。

"我想这个洋人老爷是个脑袋好使唤的人，他设计这桥，就像有人给你指路，指路的人有什么错呢？可能路是不好走，然后路上又有强盗土匪，给人添了许多麻烦，甚至把人杀了。但只要那指路的人跟强盗不是一伙的，你就不能怪他嘛。"

"不，父亲，在我看来，他跟强盗就是一伙的。"露易丝说得咬牙切齿。

"小姑娘，你们不是朋友吗？"赵师傅诧异地问。

"是……过去是。现在不是了。"露易丝终于没有忍住自己的眼泪。

"哦。"赵师傅善解人意地不再说话了。远处传来火车的气鸣，赵师傅看看墙上的钟，"火车要过桥了，我出去看看。小姑娘，你早点休息。"

赵师傅出去后，露易丝熄灭了房间的灯，把自己埋入黑暗中。"替我好好看着那座桥是怎样建起来的，就像看着一个孩子长大。"波登，你是个狗娘养的！露易丝在心里骂道。"我给予它生命的精子，你孕育并呵护它长大，就像我们共同的孩子。"波登，这不是你的桥了。你给予它的，甚至连我在远东的父亲都不如。

火车从桥上轰隆隆地通过，露易丝静静地躺在守桥人的黑屋子里，感到自己就是那桥，火车就是在无垠黑暗中进入她寂寞身体里的雄壮男人，一次又一次地让她充实，又一次一次地将她碾压，让她战栗。她在似睡非睡的恍惚中哭泣、呼喊——波登……

第五章　猿猴年

在欧洲人正在打第一次世界大战时，中国人耗时近十年时间，自己筹资修建的一条从锡矿产地个旧到碧色寨的寸轨铁路宣告通车。他们成立了专门的铁路股份公司和铁路银行，还发行股票筹集资金，用令人难以想象的毅力，终于建成了当时中国的第一条民营铁路。

在弗朗索瓦看来，这样一个奇怪的国家，其生产技术还处于欧洲工业革命发生之前几百年，大多数的人们有如生活在中世纪的愚昧当中，但他们却想一步跨越到现代社会，尽管这跨越的姿态看上去是多么的不伦不类，仿佛昨天你还在博物馆把他们当猿人看，今天他们就进化到开着一列火车来了。

不过，中国人自己修的铁路，既是一篇学生临摹老师的习作，也是一条和洋人斗气的铁路。那些负责筹资修建铁路的汉族士绅，就是当年反对法国铁路公司来修铁路的幕后策划者和推动者，他们只是没有直接和暴动的劳工一起拿起刀枪战斗罢了。弗朗索瓦还记得，多年前他计划在蒙自县城建一个火车站时，城里的士绅和官吏联合起来驱逐他带领的勘测队，迫使他们不得不把车站选在碧色寨。现在这些人却为了让蒙自县城有自己的铁路而奔走呼号、慷慨解囊。

"中国人就是这样，面对开放的世界，你先得把他们打痛了，才会让他们看到文明的好处。现在他们知道铁路的好处了，好在我们已经掌握了主动。"弗朗索瓦站长对手下的人说。

其实，像弗朗索瓦这样的殖民者认为，这条铁路最好由法国铁路公司来修建。但是中国人中那些民族自尊心极强的人士，把一条铁路看作是一个国家的主权象征，他们故意把铁路的轨距设计得和法国铁路公司的米轨铁路不一样，只有六十厘米宽，机车头看上去就像一个在群山中出没爬行的大玩具。从线路、机头、车厢，甚至到车站的建筑和站台，都有欧罗巴的印记，但都比法国铁路公司的小一号。他们情愿用人力把货物从一个站台卸下来，再搬到另一个站台，也不要和法国人的火车直接对接。弗朗索瓦对此的评价是：

"自尊心让他们处处提防着我们的火车。"

这样碧色寨就有一大一小两个火车站，更让碧色寨成为一个中国的铁路和法国的铁路在此交会的枢纽大站。但两条铁路交会而不相接，法国人继续管理他们的大火车站，中国人则在铁路的东边靠北的地方，建造了自己的车站和相应设施。他们善于模仿借鉴，像一个起步很晚的学生，勤奋地跟在西方人的后面，在你还在喝悠闲的下午茶时，他们可一分钟也没有闲着。

大卡洛斯曾经面对碧色寨陡然暴增出来的熙攘人群，以及对自己的洋行构成了威胁的中国商号，不无担忧地问弗朗索瓦站长：

"我记得你说过，这些醒悟过来的中国人，会把我们挤下大海。现在我看哪，他们先要把我们挤出碧色寨啦！当初你就该动用自己的影响力，反对他们修自己的铁路。"

弗朗索瓦站长苦笑道："现在的中国是民国啦，我能做到的，只是拒绝他们的高薪聘请。从当初勘测这条铁路，到现在去他们的车站做顾问。"当年中国人计划修自己的铁路时，一个叫朱超能的士绅——当年带头把他赶出蒙自县城的人，曾经找到弗朗索瓦，邀请他出任总设计师。弗朗索瓦那时用幽默掩饰了自己的妒忌。"噢，火车不是被你们看成洪水猛兽吗？铁路不是破坏了你们祖先的龙脉吗？我可不愿再干得罪你们祖宗的事情了。"

大卡洛斯那时对中国人的铁路充满怨恨，碧色寨雨后春笋般的中国商号让他以后不能再垄断一切了，他对弗朗索瓦抱怨道："这些中国佬，早晚会成为把老师打倒的学生。他们先找我购买亚细亚水火油公司的煤油，做了几单生意后，就跳过我自己去找亚细亚公司了。就像他们迈开我们自己去修一条铁路一样。"

弗朗索瓦站长说："伙计，现在我们得学会跟他们合作了。有了对手，你就得学会尊重，不然你战胜不了他们。"

大卡洛斯叹口气："尊重对方，会让我们丧失西方人的优越感。"

"也许，这种优越感，本身就是一种错误的感觉。但愿我们认识到这一点的时间，越晚越好。"

中国人自己的铁路开通后，给碧色寨注入了新的活力，它解决了矿山产地的运输问题，今后个旧的锡矿不再需要用马帮来驮运了，这也促进了法国铁路公司的运力。那时碧色寨的声望如日中天，它是财富的代名词，是梦想成真之地。中国人开的各式商号也接踵而至，他们经营自己的产品，也经营洋货。不要说云南各地的商人，就是广袤的中国，都有操着南腔北调口音的商人旅客，而碧色寨的本地土族则几乎被前来淘金发财的人淹没了。碧色寨空前繁华起来，每天在站台的搬运工都会有上千名之多，没有人去赶马了，甚至没有人去地里干活。年轻人都到铁路上去当搬运工，一个星期的工钱抵他们一年的劳作。他们一根扁担、一条绳子，将火车卸下来的锡锭用绳子一兜，挑起来就走，人们称他们为"耍八股绳的"。还有人家撂下了田地和世代放牧的牛羊，在碧色寨开起了各式小店，因为那些蜂拥而至的汉族商人要吃要住要穿，他们当然不能进入铁路东边洋人们的领地，因此碧色寨周围的各种商铺应运而生，卖米凉粉的、卖牛羊杂碎的、卖针头线脑的、开客栈的、开烟馆茶楼的，还有开妓院的——从前的那家翠怡楼已经不能满足客人们的需要了，往昔宁静的寨子扩张到谁也不认识的"大地方"了。到处都是陌生的面孔，到处是重新被命名的事物。烟馆、茶楼、赌馆，这些彝家人从来没有见识过的东西，现在成了寨子里最热闹的场所。地上乱哄哄的，天空中则乌烟瘴气，不要说牛羊找不到回家的路，连鸟儿都迷失了方向。连神的世界，也可看见洋人的孤魂和异乡的野鬼像无头苍蝇般窜来窜去。

"这简直是魔鬼的胜利。"碧色寨里只有一个人站在滚滚浊流前，奋起捍卫自己的信仰，他就是毕摩独鲁。他逢人就说："洋人就要让我们倒退回洪水滔天的时代了，如果我们还把他们当朋友，我们就要重新坐进葫芦里，开始逃亡啦。"

这是一个失败者的哀鸣。在过去，毕摩也有被魔鬼斗败的时候。但他就像一个彝族人过火把节时在摔跤场上输了的彝族汉子，照样能赢得人们的喝彩。因为不是随便哪个人，都可以跟魔鬼交手的。人如果次次都能战胜魔鬼，人就没有敬畏之心了。

但毕摩已经输了不是一次两次，而是连胡子都输得发白了，却连洋人是哪一路魔鬼派来的都不知道，更不知道他们是否有一颗蓝色的心。洋人总是像站在云端的神，要风有风，要雨有雨。他们带来了改变一切规矩的洪水，他们还用洋人的时间，重新划分大地上四季轮替的规律。他们就像先师一样教导人们，该做这样，该做那样。而且，照他们的话去做的人，往往都得到了好处。

洋人已经是碧色寨的永久居民了，他们好像一点也不在乎自己的故乡，更不在乎在外漂泊一生的灵魂是否需要回到祖先的圣地。他们在这里传宗接代，连死了也埋在碧色寨的土地上，坟头上的一个十字架代表着他们归天的地方和本地人不同。他们的毕摩——神父——甚至还说，洋人不仅活着的时候比其他人生活得优越，就是死了，他们的去处也是最高贵的。布格尔神父告诉他们，所有相信他们的信仰的人，都可以去到一个叫天国的地方，灵魂就能得到安息了，生命就可以永生了。这些鬼话哄得一些得到洋人好处的彝族人也相信了。天上的诸神和大地上的诸神啊，竟然还有死后灵魂不愿认祖归宗的人！难道他们真的是猴子变的吗？

现在，毕摩独鲁的敌人除了火车站的弗朗索瓦站长外，还有布格尔神父。尽管他的谦逊令碧色寨的人们有目共睹。没有几个洋人像他那样更深入地和当地人打成一片，在修蓄水池那年，他顺利和彝族人交上了朋友。他的仁慈看起来也颇得人心。每当青黄不接、天灾饥馑的紧要时刻，布格尔神父会带着露易丝医生等人，在寨子的路边支一口大锅，向饥饿的人们施粥。如今碧色寨里也有几户人家信奉他的天主教了，每周到对面的教堂望弥撒。他们再不找毕摩驱魔赶鬼，更不祭祀祖先，他们宣称自己死后不会去彝族人的天堂、先祖的居住地"什姆恩哈"，而要去洋人的天国。因为那里更富足、更舒适。火车不仅在地上跑，连天上都跑哩。

这些碧色寨的后生们，连自己祖先高贵的姓氏和血脉都忘记了。

看看吧，我早说过了，他们给你一个土豆，却拿走你家的猪膘肉，现在连你们的魂、魄、灵都拿走了。毕摩大声疾呼，但无人听从。那几户信仰了天主教的人家并不以为耻，反而成了寨子里有头有脸的人物了。因为他们家里的年轻人都在铁路上找到了一份工作，或帮洋人当仆人打杂，或当线路上的养护工。这是因为布格尔神父成功地说服了弗朗索瓦站长，如果信仰耶稣基督的中国人来铁路上干活，你将更便于管理，中国人也能更直接体会到基督的爱。孤单的毕摩哪里知道，利用经济利益吸引中国人走进教堂，向来是传教会在中国传播基督福音屡获成功的法宝。

多年来，碧色寨里只有毕摩坚持让自己家的孩子和婆娘去湖边取水。他说："我们彝族人，从来都只喝山上洁净的水，谁知道洋老咪水管子里的水是不是从魔鬼那里引出来的呢？"然后他又在做了一通严肃的占卜后宣布：

"喝洋老咪的自来水，会生不出娃娃。"

但碧色寨的人们都在洋老咪修的蓄水池里取水，碧色寨同样年年有人家家里传来新生婴儿的哭喊。毕摩的预言再一次失灵。而且，寨子里的男人们私下里说，火车提高了他们的性能力，让他们心中雄心万丈，火车进站的鸣叫，让人冲动。婆娘们在闲聊时也说，火车过一次，她们的男人就会要她们一次。现在再不是火车让人恐惧，并且搅乱人们睡眠的时代了。火车要是在某些时候因为前方的线路塌方中断，没有准时来到碧色寨，一个寨子的人都会惴惴不安，辗转反侧。碧色寨的彝族人并不知道，他们像铁路东边的那些跟着火车来的洋老咪一样，对火车产生了严重的心理依赖。

因此，女人们并没有因为喝了洋老咪的自来水不会生育了，恰恰相反的是，由于火车的神秘力量，寨子里的娃儿不知不觉地就爬满了庭院和九曲回肠的小巷。碧色寨从来没有如此充满生气，也从来没有这样多的外乡人。在毕摩独鲁看来，连土司老爷在内的彝族人，还有那些嗅着财富的味道纷至沓来的汉族商人，都被洋老咪"蓝色的心"迷惑住了，他们以为挣到了大把大把的钱，一个世代盘田种地的农民也成了有钱的财主，生活就像火车一样，把人们拉到不可知的前方，这就是进步。

火车不舍昼夜地奔驰，财富河水一般流淌，苏醒的大地上人如过江之鲫，毕摩独鲁仍然在用雄辩的理由向人们证明：碧色寨正在沉沦，就像即将被洪水淹没的孤岛。洋老咪带给我们的不是什么新奇的东西，只是一种倒退——

你们看看，洋老咪的火车是个帮助人们运输的东西，但在火车之前，我们用马和牛来驮运货物。人与牛马是有感情的，甚至可以和它们交流，把它们当自己的子女一样来养。而火车有感情么？它有灵魂么？有血肉么？没有。但它却来主宰人们的生活，就像人们把自己交给魔鬼一样。这难道不是一种倒退？

洋老咪的电灯凭什么给人们带来光明？光明生于火，火生于火种，火种生于火神。这个道理就像母亲生孩子一样简单，因此我们要祭祀火神，就像我们要祭祀生殖神一样。火不但带来了光明，还带给人们热量。而电灯这种来路不明的东西有热量吗？能点燃一棵旱烟吗？能烤干你被大雨淋湿的衣服吗？你们从远处看它，就像看到狼的眼睛在黑暗中游动，这说明洋老咪的电灯是魔鬼的眼。我们崇拜火，是因为我们看得见火神的身子在黑暗中像男人一样雄壮，像女人一样舞蹈，它的手指划破了黑暗，就像你在一间封闭的黑屋子里撕开了厚重的布帘；它的热量就是火神赐予的温暖，就像一句暖心窝子的话，让你不再害怕这个世界上的任何东西。电灯虽然带来了光明，但只是个没有热量的冰冷的玻璃泡。更不用说我们听不到一点关于它的传说,没有远古的歌谣,没有姑娘小伙子情歌的环绕,它带来的光明来路可疑,它甚至连凶猛的动物都吓不跑,更不能为人们带来烤熟的食物。电灯不过是洋老咪不敬火神(可能他们根本就没有自己的火神)而搞出来的替代品,就像你上山打柴忘了带砍柴刀,只能笨到用手去折断树枝一样。因此,电灯这种东西,其实是火的一种倒退。

你们再想想,洋老咪的电话是件多么可怕的东西。他们和看不见的人说话,就像和看不见的鬼说话一样。谁会对着一件冷冰冰的东西自言自语?除非魔鬼缠身了。这种时候人就说的不是人话,而是鬼话了。当然了,洋老咪本来就是魔鬼派来的嘛。洋老咪的电话其实就是魔鬼的诡计,它会让人们以后交不到真心的朋友,让我们再不会有走一天的山路,只是为了去和山背后的朋友喝酒聊天的友情了。因此,高瞻远瞩的毕摩总结道:洋老咪的电话是友情的倒退。

而洋老咪唱情歌的方式则更为可笑。他们把人的歌声压进一张饼子一样的东西内,让它唱情歌,男的唱得像牛叫,女的唱得像猪尾巴被门夹住了般尖叫,听到歌声的人还泪流满面。那么请问:那块饼子里的歌声好听,你能娶这块饼子当老婆?因此,智慧的毕摩指出:洋老咪的唱片是爱情的倒退。

洋老咪的时间就不仅仅是我们生活中的倒退,而是枷锁了。在彝家人比历史还要古老的大地上,人们只按太阳在天上行走的道路划分四季,制定历算;按日升月落确定昼夜,按阳光在地上透射的影子确定早晨、晌午还是下午。春种秋收,夏忙冬闲,我们有自己的劳作安排,那就是一年四季。但洋老咪带来了时间这个奇怪的东西,重新划分了人们的生活,让彝家人在自己的土地上再不自由自在,更搅乱了季节。季节让我们在一年中悠闲地安排自己的生活,时间则让我们像

115

猴子一样在大地上忙来窜去。洋老咪的火车要进站的时间，你得赶紧把铁路线上的牛羊赶开。哪怕那时一粒沙子刮进了你的眼，你也得睁大眼睛。因为你不遵守洋老咪火车的时间，它就会把你一口吞掉。我们如果错过了冬天小麦的播种季节，春天还可以补种上包谷，但是你要是错过洋老咪的火车时间，它可不等你。看看那些在站台上像蚂蚁一样"耍八股绳"的后生们吧，他们再不按季节轮替干活，而是被站台上的那个法国时钟里的两根棍子（指分针和时针），不断像被鞭子抽打着那样满地乱跑，连自己的爹娘叫什么都忘记了。那台悬挂在站长室墙上的法国种，比一口锅还大，还是三面的，一面在墙内，两面在墙外，就像一个多面脸的魔鬼。所以，时间是生活中错误地娶进家门的儿媳妇，它不但管制了儿子，还打败了婆婆，让一家人鸡犬不宁。时间是季节的倒退。

洋老咪的医术则更是一种魔鬼的法术，是借给人看病为由，实则杀人的鬼把戏。他们用刀子在人身上乱划，用针来扎人。彝家的小伙子打架才动刀子，你愿意自己的肚子被人用刀子划开吗？仙人掌上有刺，谁都不会去抓，但你愿意一根针扎进你的屁股吗？碧色寨第一个去找洋老咪看病的彝族人，不是被洋老咪的针扎得昏死过去了吗？皮肉是父母给的，人心是肉长的，只有洋老咪这种心是蓝色的人，才会下得了这样的狠手。他们不认识给人们造成各种病痛的鬼神，就不知道如何将鬼从病人身上赶出来。他们用刀啦针啦这些东西来对付魔鬼，却连是哪路魔鬼作祟都不知道，还让两个只长头发不长见识的女人来给男人瞧病，真是愚蠢啊！她们一不会念经，二不会做法事赶鬼，凭什么给人治好病呢？洋老咪的医术，实际上是让我们回到女人当家作主的世代，那时大洪水刚刚从彝家的大地上消退哩。嘿嘿，总有一天，他们就会知道，自己身上的病是怎么来的。

这是一个人的战争，毕摩独鲁并不感到自己是孤独的，因为他的身后站着他的祖先，他的天空和大地上还有各路神祇为盟友。他逮着一切机会，逢人便告诫、提醒、劝说直至哀求。到处宣扬他的火车让碧色寨"倒退"的说法。不过，毕摩悲哀地发现，人们可以听从他在其他方面的劝告，比如在送祖灵（祭祖大典）时，在家里遇到麻烦需要驱魔赶鬼时，在诸神的节日里需要他来传达神的旨意和转述凡人的祈愿时，人们离不开他，像敬畏一个神一样地尊重他。但涉及到洋老咪的事情，年轻人嗤之以鼻，老一点的人们，则以同情的眼光看待他。他们说：

"毕摩，现在不一样了，火车改变一切啦。"

毕摩总是愤愤然地说："火车是个什么鬼派来的东西？我们是太阳之子，太阳不跌倒，我们不跌倒；我们是月亮之子，月亮不摔落，我们不衰亡。你们可看见太阳月亮改变它们走的路了？我们彝家人，祖辈烧的是朝上长的洁净的木，饮的是往下淌的清泉水，走的是平坦宽阔的直路，我们向耕牛要粮食吃，向绵羊要毡子穿。你们的祖先去吃过洋老咪的饭了？去坐过洋老咪的火车了？"

但孤独的毕摩万万没有料到的是，这种改变最终会落到他的头上。他唯一的儿子阿凸也跑到车站上去做搬运工了，因为这可以让他挣到更多的钱。而毕摩原来打算把自己的一身绝技传授给儿子的，但这小子对父亲驱鬼请神的那一套根本不放在眼里了，他对父亲说，神的力量大不过火车，连魔鬼也被火车赶得满地跑了。独鲁当时操起一根木柴，到处追打这个逆子。老子先打断你这自家的饭不吃，跑去舔洋老咪饭屁股的狗杂种的腿！他气咻咻地说，倒退啊倒退，连儿子都不听老爹的话了。

儿子虽然被打得满地乱跑，几天不回家，但毕摩相信，总有一天，儿子会明白，为本族人驱魔赶鬼、禳灾祈福的神圣职业，才是一个毕摩世家之子的正业。儿子不过是目前忙着攒钱娶媳妇，手头紧，才跑去给洋老咪卖苦力。毕摩自己年轻时，为了成家立业盖房子，还不是跑到汉地做过生意。诸神会保佑毕摩世家的香火，代代相传的。

或许那段时间神的力量可能被洋人火车的蛮力吓跑了，在车站干了半年多以后，独鲁阿凸已经不满足于做一个"耍八股绳"卖苦力的搬运工了，他在一个傍晚找到露易丝医生，用比一般彝族人更为流利的汉话向她问好，并羞涩地提出，希望露易丝医生能帮他引荐一下，他想到铁路上工作。因为他听说洋人的车站正在招工人。

那时在碧色寨已经悄然形成一种等级秩序，洋人自不必说是最高的等级；铁路上的职员无论工种，则次一个等级；在站台上干临时工和给洋人当仆人打杂的，又低一个等级；连等级都谈不上的，就是那些仍然还在地里种庄稼、在山上放羊的农民了。法国铁路公司的一个普通中国工人，月薪在20—30个大洋，站台上耍八股绳的搬运工，一个月也能挣10来个大洋。而买一头牛，则只需一个大洋，两个大洋可以买到一群羊了。碧色寨像独鲁阿凸这样的彝族后生们看来，他们干一年农活，还不抵人家车站上的搬运工一个月的收入。

露易丝医生那时并不认识独鲁阿凸，但是这个找上门来的年轻人腼腆中带着西方人的文雅，看上去像是个受过良好教育的青年人。她好奇地问：

"你是谁家的孩子？你怎么知道我的名字呢？"

"我是毕摩独鲁家的，我在我家里的阁楼上看见过你。"年轻人紧张地揉着手上的一顶毡帽，"我……我想，你是一个热心善良的、肯帮忙的人。"露易丝医生拜访毕摩独鲁那年，阿凸还是一个少不更事的孩子，他躲在屋子里漆黑的阁楼上，偷窥这个仙女一样的洋女人和自己的父亲在火塘边交谈。露易丝医生走后，他还抱怨过父亲：为什么不请远方的客人留下来吃饭？结果被毕摩一柴棍打在后脑勺上：你鬼迷心窍了啊！也许就是从那一柴棍开始，阿凸开始轻蔑自己的父亲，真的被"鬼"迷惑住了。

"噢，主啊，你是尊敬的毕摩的儿子，难怪。年轻人，你受过教育吗？"

"教育？"

"就是上学、念过书吗？"

"我……我从小跟我父亲念经书，学彝文，后来到县城上过三年小学。我父亲只是要我学会说汉话，然后就让我回来了，跟着他学做一个毕摩。露易丝小姐，我们家是世代相传的毕摩世家，到我父亲已经是第十八代了。"

"那意味着，大约一千年前，你们的祖先就从事这个工作了？"露易丝医生不相信地问。

"是的，露易丝医生，毕摩世家都是父子相传的。我们不传外人。"

"年轻人，难道你不喜欢做一个受你们彝族人尊敬的毕摩吗？"

独鲁阿凸更加费力地搓揉他手上的帽子，"我……我喜欢……我喜欢……你们的火车。"

露易丝医生笑了，但是她又为年轻人的父亲感到惋惜。"你父亲会失望的。"

阿凸伤感起来，"我才对他失望哩。自从你们的火车进来后，寨子里的人越来越不听我父亲的话了。他说你们的火车是地上的恶龙，不让大家去坐，可是现在人们连赶街都要坐火车；你们引来的自来水，他说喝了女人不会生娃娃，可是现在有哪个相信呢？女人们该生娃娃的时候，照样生。他成大家的笑柄了。我不想我以后也这样。"

"嗯，你的这个父亲，倒是一个不相信我们的文明的人。"露易丝医生同情地说，"我为他身处在这个时代感到悲哀。年轻人，我很欣赏你的勇气，但愿我能帮上你的忙。"

露易丝医生那时并没有想到，她的热心将会断绝一个传承了一千多年的毕摩世家的香火，她并不认为这是一件多么严重的事情，反而觉得这是西方文明对一个落后民族的改变。她找到弗朗索瓦站长，做了热情的推荐。而弗朗索瓦站长在面见了阿凸后，也觉得这小伙子机灵、诚实，还受过一点教育，比他看到的其他来应聘的本地土族聪明多了。况且，他的想法和露易丝医生完全一致。看看吧，我们的火车给这个地方带来了多大的变化，连他们的灵魂也将被改变了。布格尔神父也难以做到这一点呢。

弗朗索瓦站长当即叫来一个叫阮智勇的安南人，"这是一个本地祭司的儿子，但他比他的父亲更有远大志向。现在他是你徒弟了。好好带他，让他知道铁路该怎么维护。"

"是，站长先生。"阮智勇恭敬地回答道，又转头对阿凸说，"小伙子，跟我走吧。"

阿凸看这个安南人不像他见到的那些威风八面、驾驶着火车翻山越岭的人，便大着胆子问："站长先生，我……我是跟他学开火车吗？"

弗朗索瓦站长笑了，"噢，年轻人，火车可不是谁都能开得走的。你有这样的志向，我很为你高兴。但你必须从头学起。"

直到阿凸成天跟在他的安南师傅后面，顶着烈日和风雨沿着两根钢轨单调孤独地巡查线路，他才知道铁路工人也不是那么好当的。但他是碧色寨第一个成为法国铁路公司工人的彝族人，他身边的伙伴们都羡慕得不得了呢，他们顶多是在中国人的寸轨铁路上找到一份工作。

洋人的铁路公司薪水高，福利也好。阿凸上班第一天，就领到了全套咔叽布工作服，还包括帽子、大头牛皮鞋、塑胶风雨衣、雪白的棉线手套、厚实的帆布坎肩等等。这些行头让他威风得不得了。更让他感到惬意的是，他终于离开碧色寨了，远离了他父亲发霉的唠叨。他住在铁路职工宿舍，在铁路食堂吃饭，用自来水洗脸、洗澡，用洋碱洗衣服，那衣服洗出来后有一股淡淡的香味，碧色寨的姑娘们特别喜欢。他学会了见到铁路上的中国人、安南人都叫"师傅"，见到洋人都称"先生"，学会了按照洋人的时间准点上下班，吃饭睡觉。忘记了季节，忘记了春播秋收，还忘记了牧歌的悠扬、牲畜的语言。而这一切，对一个从小在乡村长大、本来注定要去驱魔赶鬼当毕摩的年轻人来说，是多么的新鲜啊！

是的，父亲的那一套，在强大的火车面前，真的不过是在装神弄鬼罢了。只有火车、铁路，才是实打实的。师傅说，一颗道钉松动了，火车就翻了，那可不得了啦。

这年过年前两天，当阿凸穿一身法国铁路公司的工人制服，风光十足地回到寨子里时，他还以为这是一件给家族长脸的事情，小孩子们尾随在他的身后，狗们莫名兴奋地狂吠，扎堆的姑娘媳妇们远远地张望，说着张家李家的闲事，眼睛却像嗅着花香的蜜蜂，盘旋在他那身挺括的制服上。但当他提着大包小包的礼物，跨进家门时，他的父亲就像看到一个小鬼来拍门，举起手里的砍柴刀挥了一下，自己却一头栽倒在地上了。

毕摩在病床上躺了三个月。那是一段日月无光、昏天黑地的时光，毕摩已经没有脸面出门见人了，更没有脸面见自己的族人。

在碧色寨，独鲁这个氏族虽然只是白彝平民阶层，和普田虎土司的黑彝贵族阶层有等级区别，但只是屋檐和台阶的差别。他们和黑彝贵族没有通婚权，但就是普田虎土司也承认，他的贵族氏族和独鲁氏族没有姻亲有血亲。大约在普田虎土司的高祖父时代，土司贵族专门从远在四川凉山的金沙江流域，请来了世代为毕摩的独鲁家族，那时独鲁氏族已经传到第十四代。独鲁只是这个氏族的称谓，我们所认识的碧色寨的这个毕摩独鲁，他的名字实为独鲁·阿俄史尔，他儿子的名字则为独鲁·史尔阿凸。彝族人实行父子连名制，父亲的名，就是儿子的姓。但通常情况下，人们习惯称他毕摩独鲁，把他的职业和氏族尊称连在一起。如果你有时间听碧色寨的毕摩独鲁唱独鲁氏族的源头和谱系，他可以用三天三夜的时间，从人类祖先还没有名字的时候唱起。据歌词中描述，那至少还有几十代，那时的祖先们既没有名字，也不穿衣服，更不懂保留火种、不知生熟，只以兽皮树叶御寒。但他们和天神相通，生活在人寿年丰的时代，一不留神就活到两三百岁，还经常荣幸地娶到天上的仙女为妻。那些背影模糊的祖先现在已经成为这个氏族的神祇，历代独鲁氏族的成员相信，正是他们的神力，保佑着这个毕摩世家的香火旺盛、子孙繁衍、绵延不绝。

一千多年来，这个氏族有名有姓，在谱系上明确记载的独鲁，已经遍布四川、云南、贵州几省，他们靠血缘始终保持着密切的联系。在这个氏族体系里，大家有难同当有福共享，"戴黄金的与披蓑衣的同等，骑骏马的与拄拐杖讨饭的是兄弟。"

四川凉山彝族著名的独鲁氏族被请来滇南后，土司的家训中就有规定，独鲁氏族的人不能贬为阿甲（奴隶）和呷西（半奴隶），不能放给他们高利贷，如果嫌弃本地主子，可以自由迁徙；如果跟随土司外出征战打冤家，毕摩战死了，他的命价跟土司战死的命价一样，都值1200两白银，而一般的白彝战死者，命价就只有600两白银了。

独鲁氏族还被赋予掌管土司家族及其属下的彝家村寨所有的祭祀活动。包括为土司家祭祀祖灵、祭祀龙树、祭祀山神、祭祀猎神、祭祀火神等。但是依据传统，祭司家族的毕摩不能杀人、虎、熊、猫、狗一类的"长掌动物,"否则就将失去当毕摩的资格和荣誉。数百年来，土司靠毕摩的法力替自己在神鬼世界禳灾祈福，毕摩靠土司的权势在本地获得高于普通人的尊敬和部分特权。

现在碧色寨的独鲁氏族面临的灾难是：毕摩这一神圣而历史悠久的职业传到第十八代时，就有可能断绝了。彝族人的俗话说：父亲欠儿子的债，是要给他娶一个媳妇，儿子欠父亲的债，是要为父亲送祖灵。彝人发财送祖灵，汉人发财修房屋。以后送祖灵的人都没有了，你让毕摩独鲁如何有脸面对祖先！

但是一个毕摩内心的坚韧，是常人难以想象的。他的反击，常常有鬼神相助。

夏季里雨横风狂的一个黄昏，普田虎土司把毕摩独鲁叫到自己的土司衙门。"听说你还在到处乱说洋人的火车，你叨叨那么多，能治好洋人站长的病吗？"

毕摩翻翻灰白的眼睛，有些幸灾乐祸地说："他们不是有本事让火车爬到山上去么？他们不是有刀啦针啦这些锋利的铁家伙么，干嘛不在那个洋老咪身上来几下？"

"别以为我不知道你干的好事。"土司语气严厉地说，"说出去的狠话收不回来，会伤着自己；放出去的蛊，找错了对象，会得罪祖先。"

碧色寨的彝族人都知道，毕摩独鲁是个惹不得的人物，不仅是因为他和鬼神相通，更由于他会某种神秘的巫术。如果毕摩愿意，他可以施行放蛊术致人死亡。因为阴间的一种蛊惑鬼和他是朋友，他可以随时将之招来，当然这要毕摩做一些神奇的法术。独鲁前几天将一个被火车碾死的放羊娃的骨头收集起来，在一个夜晚潜入弗朗索瓦的家门前，将暴亡者的骨头连同一些行过巫术的东西——黑蜘蛛、蛇精、古墓里的泥土、寡妇的秽物以及魔鬼的唾液等，混装在一个小麻布包里，悄悄塞在被放蛊者的门缝里，然后在家里用稻草扎了一个狡黠鬼，做成弗朗索瓦的模样，有高高的鼻子，蓝色的眼睛以及一撮小胡子。因为在毕摩独鲁看来，没有比弗朗索瓦更狡猾、阴险的人了。按照毕摩的法术，惩罚狡黠鬼要先给他喂新鲜的羊肺和猪肝，将羊血和猪血涂满这个狡黠鬼一身，然后念诵咒语，用带齿的钝刀，一刀一刀地斩杀狡黠鬼。那个被火车撞飞了的放羊娃就是因为不知道火车的时间，在火车来到跟前时还去揉眼里的沙子。毕摩独鲁认为，这是天意，让他顺利得到一个暴亡者的头骨。这个洋老咪，早就该受到神的惩罚。

因此，面对土司的诘问，毕摩理直气壮地说："难道我不是在为我们彝族人做一件善事吗？现在该那个洋老咪为火车吃点苦头啦，彝家人的各路鬼神都来索要他的命了。"

"混账东西，彝家人的事情由你说了算还是你的老爷说了算？"

"那是，那是。一片树叶该不该掉下来，都由老爷说了算。"

"那你就跟我走，去把人家身上的鬼收回来。"

"老爷，洋老咪身上的鬼，怕是要他们的巫师来收，他们的教堂里不是也有个讲耶稣的巫师么？"

"在碧色寨还没有敢跟老爷我讲价钱的人，少啰唆！"

一旦把土司惹怒了，那就是去摸老虎的屁股了。但让毕摩独鲁去搭救被自己放蛊致病的人，似乎又有点像自己吐出来的痰，不得不舔回去。他险些决定离开碧色寨算了，重新找一个没有洋老咪火车的安静地方，但这个念头一冒出来，又被他屈辱地压下去了。自己走了，儿子就更不会回来了，那个洋老咪就彻底打败他啦。仇恨就是一颗埋下的种子，今年不发，来年终究会生根发芽的。洋老咪逃过一劫，但逃不过二劫、三劫，神鬼总会在他的道路上劫杀他的。

独鲁只好回家收拾好自己的行头，带上收鬼的家什，乖乖跟普田虎土司来到弗朗索瓦站长的家。他只想简单地做一场驱鬼的法事，能不能驱赶走弗朗索瓦身上的鬼，那就看他的造化了。凭良心说，咒人死亡的法术，毕摩一生还没有行过，毕竟那既伤人性命，又伤自身，与一个毕摩的职业操守不相符。除非到了万不得已的时候，没有哪个毕摩轻易干这伤天害命的事情。毕摩只是不明白：不说这个洋老咪跟我独鲁氏族有夺子之恨，难道老爷忘记了这些洋老咪是如何骗占我们的土地这笔债了吗？

弗朗索瓦站长得的这场大病很有些莫名其妙，几乎要了他的命。铁路诊所的露易丝医生和一个比她更晚些来到中国的玛丽护士对弗朗索瓦的怪病束手无策。病人高烧不退，浑身乏力，满嘴胡话，已经出现幻觉特征，甚至把厅堂里烧开的茶壶，当成火车的蒸汽机头，责问弗朗索瓦太太为什么火车都开进家里来了，还呆坐在一边不闻不问。露易斯医生开初诊断为猩红热，但却没有在病人身上发现相应的外部特征，如皮疹、呕吐、淋巴结肿大等，病人的咽喉也没有炎症脓肿。后来露易丝又怀疑病人患的是热带地区的常见病疟疾，但弗朗索瓦却没有这种疾病通常可见的时冷时热的症状，病人几乎处于一种持续的高烧状态，连他身边的亲人都可以感受到地狱之火正在炙烤这个可怜的人。可是，谁有办法熄灭地狱之火呢？

露易丝医生建议把病人要么送到开远，那里有家铁路警察医院，要么送到西贡，那儿也有一家法国人的医院，但西贡炎热的天气也许对病人的生命是一次冒险。而去往开远、昆明上行方向的列车，已经停开了一个星期了，因为一场巨大的泥石流将一段铁路线彻底冲毁，一列行驶中的火车钻进一座大山的肚子里后，就再也没有出来。

普田虎土司带着毕摩独鲁来到弗朗索瓦家时，他已经呈现出病入膏肓的衰败模样，似乎已到弥留之际了。弗朗索瓦夫人泪水涟涟，露易丝医生也在一边束手无策。碧色寨有头有脸的洋人，像布格尔神父、阿尔贝托警察局长、大卡洛斯等人都守候在那个垂死者身边。布格尔神父甚至已经悄悄准备了给即将升往天国的病人敷的圣油。主人把土司和毕摩的造访当成礼节性的探望，并不认为他们是来救弗朗索瓦命的人。

普田虎土司对他们说："让我们的毕摩给我的朋友看看吧。他知道如何赶走站长身上的鬼。"

"鬼？"弗朗索瓦太太诧异地问，在她看来，刚进来的那个装扮怪异的毕摩独鲁，才是一个鬼呢。他背一个背箩，头上缠一块鲜红的头巾，映衬着一张发绿的脸，一双浑浊细小的眼睛仿佛没有看见人间万象，而是看到了宇宙之外，手里还拿着一根破竹竿，上面挑了只陈旧肮脏的葫芦。

弗朗索瓦太太在碧色寨生活那么多年了，但从来没有把中国人请到家里来过。因为她从不需要他们的帮助，也从不对他们的生活方式感兴趣。现在这个小丑一样的人，却被叫来治她丈夫的病！

"真是太滑稽了。"弗朗索瓦太太高声说。

土司回答道："嘿，嘿，你的男人是被鬼缠住了。人生了什么病，就是什么样的鬼在作怪啊，夫人。"

"噢，我的主，"弗朗索瓦太太转头望了布格尔神父一眼，用嘲讽的口气说，"他们倒是以为自己是可以赶鬼的耶稣。"

"你们叫耶稣的神汉可以赶鬼，我为什么不可以呢？"毕摩面无表情地说。

弗朗索瓦太太绝不允许一个异族人、一个外教者在自己的家里亵渎主耶稣的圣灵。"耶稣是救世主,你是什么人?对不起,土司先生,请让我的丈夫安静一下吧。你们的善意我领受了,请出去。"

"对不起,夫人,我们或许,或许可以让他试一试。"说话的竟然是露易丝医生。是她对自己的医术也没有信心了吗?因此弗朗索瓦太太说:

"我真为此感到惊讶。"

布格尔神父这时也说:"在天国的光芒即将照耀可怜的病人时,我们怎能行渎神之事呢?"

"夫人,中国人的治病方式有我们的西医尚未抵达的神秘之处,即便是出于对一种文化的宽恕和好奇,我们为什么不让他试一试?"露易丝医生坚持说。她倒不是相信弗朗索瓦站长的病是因为有鬼在作祟,她只是因为跟这个毕摩打过交道,知道他针对某些疑难杂症的神奇治疗方式。况且,这高贵的生命危在旦夕,她已经尽了全力,还会有谁来拯救他呢?主耶稣他们已经祈求了好多天了,神父在教堂的弥撒中还号召教友们专门为弗朗索瓦站长祈祷。或许因为他离我们太远,没有听到人们的呼求?

弗朗索瓦太太不高兴地高声说:"你这是在拿弗朗索瓦先生的生命开玩笑!"

"夫人,让他做。"微弱的声音从病榻上传来,身处地狱门口的弗朗索瓦,也许已经看到了魔鬼的身影。这时候就是一根稻草伸过来,也是谁都不会拒绝的救援。

没有人再反对了。人们以极大的好奇心,期待看到毕摩独鲁如何将鬼从一个人的身体中赶出来,这已经超过了对一个病人痊愈的期待。

毕摩镇静地从自己背来的背篓中取出一捆松柏枝，一捆带竹叶尖的竹竿，一个鸡蛋，一碗糯米，三块圆圆的石头，神奇的是还有只不大的孔雀。孔雀开始时有些张皇失措，展翅要逃的样子，但毕摩严厉地命令道："跪下！"

　　奇迹就从那一刻开始，孔雀就像一个听话的仆人，"噗"地朝前跪下了，而绝不是人们常见的屈腿后蹲。然后，毕摩把三块石头丢进客厅的壁炉里，拿了松柏枝出门到外面，用火镰石点燃一小堆火，再压上松柏，一缕青烟扶摇直上云天。普田虎土司在一边解释说：

　　"这是赶鬼的第一步，叫'焚烟报信'。"

　　"给谁报信呢？"有人问。

　　"天上的神。"普田虎土司神秘地指指瓦蓝色的天空，"没有天上的神来帮忙，我们怎么赶得走站长先生身上的鬼呢？"

　　所有的西方人都微笑着摇头，就当是看一场马戏表演吧。

　　毕摩独鲁现在又将那捆竹枝沿着弗朗索瓦家门外的小径隔一步插一根，插成相对应的两行，顶部的竹尖挽起来，形成一个小小的通道。普田虎土司对莫名其妙的洋人们说：

　　"这是鬼道。等会儿赶出来的鬼，将从这条道上逃走。"

　　人们再度哑然失笑，但不论是弗朗索瓦太太还是布格尔神父，他们已经不想去制止什么或争辩什么了，他们仿佛被一种神秘的力量控制了，已然忘却了自己一向坚持的价值观。

　　毕摩转身回到屋内，眼睛看着壁炉里的三块圆石，它们已经被烤得滚烫发红。毕摩口里念念有词，伸手将炉中的石头取出来，人们都以为应该闻到皮肉被烤焦的味道，但毕摩仿佛浑然不感到痛，也不会被烫伤，散发着暗淡红光的石头在他手里翻来覆去，看上去他就像个马戏团耍杂耍的小丑。然后毕摩要了一缸冷水，喝了一口后喷在石头上,一阵阵白烟从手中冒出,毕摩捧着石头在屋子里转圈。然后又来到弗朗索瓦的病床前,在他的头上顺时针绕三圈,又反时针绕了三圈。

"这是为了清除屋子里的污秽。"普田虎土司又解释说。

"污秽?主啊!"弗朗索瓦太太像受到羞辱一样,极为不满地说,"我们家有两个仆人呢。你去摸一摸门角,都不会黑了你的手。"

"是指鬼的气息,夫人。"土司说。

污秽清除了。毕摩并不理会人们的不解,又兀自拿起那枚鸡蛋,放在嘴边念念有词,仿佛是对一个孩子说话。然后毕摩仰起了头,继续念经,鸡蛋在经文的念诵下慢慢离开了他的手,悬浮在半空中,围绕着毕摩的脸飘来飘去,最后落在他的鼻子尖上,竟然站立不倒!

一切就像一场魔术表演,但是西方人的惊讶还没有结束。他们看见这个东方的巫师汗水淋漓,气喘吁吁,似乎刚干了一件重体力活。最为神奇的是毕摩鼻尖上的鸡蛋最后飘到客厅的一张小圆桌上,毕摩已经停止了念经,用看不见的法力指挥那鸡蛋在桌上跑了一圈,不是滚,而是跳跃着向前,就像一个受到控制的桌球,也像那里面有一只尚未孵化的小鸡,自己小心地避免着不要从桌子上掉下来。

毕摩独鲁这时已经进入到某种谵妄状态,微闭的眼睛就像垂死的鱼。他一会儿说"杀!"一会儿说"走!"一会儿又说"回来,回来吧"。最后他对那还乖乖跪着的孔雀说:"去!"

孔雀听话地站起来,在屋子的各个地方转来转去,东嗅嗅西看看,嘴里发出和毕摩的经文相似的"咕咕"声。在人们的沉默无语中,毕摩忽然尖声尖叫:

"打开门!"

所有的人都目瞪口呆,被那叫声吓得毛骨悚然。只有普田虎土司反应过来了,他也高喊道:"快打开门,让鬼出去!"

站在离门较近的大卡洛斯,或许是在毕摩的做法中情绪最为投入的一个。他不能不想起在南溪河谷修铁路时自己遇到的那些神秘经历。他退后一步,一把将门扭开了。这时他感到一股阴风从他的身边穿过,仿佛一个一身寒气的人擦身而过。

大卡洛斯不得不打了一个寒战,他好奇地往外面一望,昏暗的路灯下,他看见一头黑色的猪口吐白沫,穿过毕摩刚才搭建的"鬼道",在夜色中落荒而逃。

弗朗索瓦站长身上的鬼,看起来似乎是被赶走了。毕摩仍然面无表情,他把先前拿出来的那碗糯米送到自己嘴边,念了几句,吹几口气,把它们撒到门外。然后他收回那枚鸡蛋,孔雀则像听话的孩子,自己跳进他的背箩。

毕摩又从那个挂在竹竿上的葫芦底部拔开一个塞子,让人用一只碗来接住,里面有黑色粉末状的东西漏出来,然后他把碗递给露易丝医生。

"冲开水给她喝掉。"他指指弗朗索瓦太太。

"谁?"露易丝医生纳闷地问。

"她。"毕摩明确地指着弗朗索瓦太太。

"你……你没有搞错吧,病人是弗朗索瓦站长。"露易丝医生说。

"世间万事万物,都是雌雄相合而兴,雌雄相悖而乱。病人要想保命,她就必须喝!"毕摩说得斩钉截铁的样子。

露易丝医生问:"雌雄?请问什么意思?"

毕摩独鲁总算逮着给这些从来都自以为是的洋人上一课的机会了,他像念经一般,眼睛并不看听他说话的人。"雌雄就是阴阳,阴阳对应万物。天为阳,地为阴,山为阳,水为阴,公为阳,母为阴。公母搭配,阴阳才协调。这才合天地之理,采日月之精,纳阴阳之灵,调生亡之道。这是你们不懂的道理。"

谁能听懂毕摩这一番高论呢？就像谁也没有看见鬼是如何被赶出去的一样。露易丝医生耸耸肩，"那么，你给病人服什么药呢？"

"病人没有事了，他的灵回来了。明天他就可以再去修一条铁路啦。"

"我喝。"弗朗索瓦太太自己去倒了一杯水来，拿过露易丝医生手里的药，倒进水杯里，眉头都没有皱一下就把它喝下了。"是甜的呢。"她说。

在毕摩收拾他的行头准备离开时，布格尔神父实在对这个异教同行的怪异之举甚为好奇。"嗨，尊敬的毕摩先生，刚才您说弗朗索瓦站长的灵魂回来了，难道在你们的信仰里，肉体和灵魂是分离的吗？或者说，在肉体之外，还有一个灵魂是真实存在的吗？"

毕摩还是木然的表情，"人的肉身之外决定生命的东西，可不止有一个，是三个，魂、魄、灵。魂决定我们的行为，让我们去做什么和不做什么，该干活时干活，该睡觉时睡觉；魄支配我们的举止，魄丢了，走路都走不稳，说话也前言不搭后语；灵支撑我们的躯体，灵被鬼招走了，人就病了，鬼被赶跑了，灵就招回来了。"

"真是无稽之谈啊！"弗朗索瓦太太用法语嘀咕道。

天主才知道毕摩独鲁有没有听明白弗朗索瓦太太这句话，他斜了那女人一眼，"你要是不相信我说的，我再把鬼给你家男人招回来。"

人们都看到了他眼中的仇恨，那是可以置人于死地的眼光。普田虎土司此刻要在洋人们面前显示一下自己的威风了，他喝道："还啰唆什么！做完了你的事情，就给我滚！"

弗朗索瓦的病好了以后，他们回忆起这个神奇的夜晚，弗朗索瓦太太总是不服气地说:"我们的灵魂被那个彝族巫师控制了,不然我怎么会喝下那么一杯看上去泥沙混杂的水。这个该死的东方巫师,他嘲弄了我们西方的文明。"

但不管怎么说,那晚在普田虎土司和毕摩走后不到一小时,弗朗索瓦站长身上的体温神奇地下降。第二天早上,弗朗索瓦站长倒还没有更多的力气在这神秘的高原上再修一条铁路,但他已经可以下床走路了。

康复一周后,弗朗索瓦站长在一个周末晚上举行了一场答谢晚宴,既感谢那些在他病危期间施以援手的人士,也庆祝自己的劫后余生。除了碧色寨有身份的西方人——八角楼的那几个吧女显然不在邀请之列,主要的嘉宾是普田虎土司和毕摩独鲁。弗朗索瓦尤其想在这个晚宴上隆重地感谢彝族毕摩的救命之恩,同时,他要弄明白几个问题:自己究竟得了什么病?为什么一个丈夫的病需要他妻子服药?东方神秘文化中的鬼,真的可以侵害一个西方人么?

他更想借此达到的一个目的,是希望和这个一直反对法国铁路公司火车的彝族毕摩修好。毕摩的儿子阿凸已经告诉过他,火车在毕摩的心目中是一条在大地上奔跑的恶龙,是必须被斩杀的。弗朗索瓦站长希望通过一场和谐的晚宴,向固执的毕摩说明:法国铁路公司的火车没有他认定的那么邪恶,恰恰相反,火车改变了人们的生活,推进了社会的进步。如果毕摩愿意,他甚至可以亲自陪他去坐一趟火车。

但是,发给毕摩独鲁的请帖却被退回来了,那是弗朗索瓦站长专门请车站的汉族雇员用工整的毛笔字写的。去送请帖的仆人回复弗朗索瓦说:"那个彝族毕摩说他家的母羊要下羊羔了,他没有空闲的时间。"

"我们真是堕落到与农夫为伍了。不但要让他们的巫师来看病,还要把他们请到家里共进晚餐。而这些自以为是的乡下佬，连餐前酒该喝什么都不知道。"弗朗索瓦太太在一旁抱怨道。

"行了，夫人，中国人有一句话，叫入乡随俗。谁让我们把铁路修到这个地方来呢？"弗朗索瓦息事宁人地说。最近一些年来，这个女人的抱怨用一列火车都装不下了。

"要是有一天法国政府把铁路修到了月亮上，我们这些嫁给铁路的女人，可真有生活在月球上的荣幸了。"

弗朗索瓦笑着说："那全人类都会为你感到骄傲，夫人。"

这个隆重的晚宴虽然毕摩没有来，但普田虎土司如约而至。碧色寨的洋人现在对他的尊敬让他很受用，地里四季的出产，与火车车轮带来的财富相比，简直是九牛一毛。谁与火车作对，谁就可能穷到去讨饭。更何况，普田虎土司认为自己是弗朗索瓦站长的救命恩人，这让他觉得该在这个晚宴上，向洋人站长提出自己的要求。这对于弗朗索瓦站长来说，远在他的权限范围之外，但普田虎土司认为，他只要踮一下脚尖，也可以办到。

"你说什么？你要一趟'米其林'专列？"弗朗索瓦站长在正式的晚宴刚刚开始，餐前酒还没有喝完时，就不得不面对普田虎土司提出的一个浪漫大胆的要求。

"对，对，就是要一趟专门为老爷我开出的火车。多少钱，我出。"土司固执地说。

餐桌前的西方绅士们惊讶不已，连平常花钱如流水的大卡洛斯也瞪大了眼睛。"米其林"机车是法国铁路公司新近推出的堪称最为现代化的火车，连在欧洲也属最先进的，它用内燃机车牵引，钢铁车轮用橡胶包裹，跑起来一点声音也没有，时速达到了每小时一百公里，这与当时滇越铁路线上跑的蒸汽机火车平均只有三四十公里的时速相比，就像在大地上飞驰的白色精灵，连沿线的鸟儿也被"米其林"机车追得惊慌失措。不过，滇越铁路线上目前只有一辆"米其林"，是专门为公司的高管和特殊客人服务的，铁路公司还没有给哪个普通乘客打开过"米其林"专列的车门，哪怕他是个土司。

"不，不，我的朋友，很遗憾，这个事情我做不到。"弗朗索瓦站长摊开了双手。

"我又不是抢你的火车，我加一倍的价钱。"

"你加十倍的钱，我也办不到。朋友。"

普田虎土司眼睛望着天花板，似乎在那上面寻找解决问题的方法。"当年你来修铁路时，曾经答应过我，火车会给我带来世界上最漂亮的女人。"

餐桌前的人们哄笑起来，弗朗索瓦站长似乎明白了什么，"噢，我的朋友，你是要用一趟专列去接一个自己爱上了的女人吗？"

"你们洋老咪的火车，难道不是拉人的吗？为什么就不能用来接一个老婆呢？"

哄笑声再次响起，但餐桌前的女士们都皱起了眉头。这个大胆妄为的要求不啻于法国外省的一个土财主，某一天跑到爱丽舍宫，要求乘坐总统专列，而且还不要总统上车。

弗朗索瓦尽量控制住自己想戏谑土司一番的冲动，说："你可是我见过的最浪漫的中国人了。请告诉我，你要去哪里接你的爱人？"

"省府昆明么。老爷我要尝尝那些城里女人的味道啦。你得帮我。"

尽管弗朗索瓦站长看到女士们已经想离席了，但他还是对土司的浪漫精神感到有趣。过去他认为汉族人虽然拥有悠久的文明，但他们呆板僵化，缺乏想象力和自由精神，这让他们浪漫的心永远桎梏在一个陈腐的牢笼里；而彝族人的文化看上去和非洲的土族部落或美洲的印第安人部落相似,他们不知道东方的圣人孔子的学说,但他们没有任何羁绊,人的天性张扬得更充分自如。如果说汉族人在两千多年前就盖好了一幢富丽堂皇的大厦,那么到了今天,他们还住在这破败得千疮百孔的房子里自以为是,甚至为了遮风挡雨,做一些必要的改建或修补,都怕坏了祖先的规矩。他们缺少把陈旧落后的事物推倒重来的勇气,更缺少随心所欲的自由和浪漫。而彝族人或许从来就没有盖好过自己的房子,他们是游牧民族的后代,哪里水草丰美,哪种生活方式让他们感到幸福,他们就无所顾忌地去做,去享受。看看他们拙朴的歌舞,就知道这个民族的浪漫精神了。

作为一个法国人,弗朗索瓦喜欢那种具备自由的心灵,浪漫的勇气,以及坚持自己信仰的人。就像在中国人中他更喜欢跟普田虎土司,甚至是和毕摩独鲁这样的人打交道,而不喜欢那些装腔作势的汉族官吏。他当然也没有忘记兑现自己多年前的诺言。

"好吧,那个可敬的女士真是世界上最幸福的女人了。我帮你去跟铁路公司申请,也许,手续上有些麻烦。不过请放心,不会收你双倍的价钱,我乐意看到一桩浪漫的婚姻在这里上演。噢,对了,顺便问一句,我的朋友,你不是已经有妻子了么?"

土司翻了个白眼,好像对这样的问题甚为不屑,"一头公羊还有好几只母羊呢。"

"主啊!我们这是在一个什么时代?"弗朗索瓦夫人难以掩饰自己的厌恶,用法语说。

大卡洛斯打趣道:"一个浪漫的时代。"

弗朗索瓦夫人正色道:"我不认为这是一个绅士应有的幽默。"

谁也没有想到的是,普田虎土司接过了话头。"夫人,这是男人们的事情。在我的家里,女人不要说插嘴管闲事,就连上桌的机会都没有。"

秦忆娥从昆明女子师范学校毕业时,她当滇军旅长的父亲在军阀混战中被打死了,手下的人马也被收编。那个战胜了父亲的师长顺便也把失败者的遗孀一同收编了。唱滇剧出身的母亲对女儿说:"不是母亲喜欢这些带枪的男人,而是这个世道枪才可以给人一条生路。男人骑马扛枪打天下,女人花容月貌倾城池。生活就跟戏里唱的不一样,男人要的不过是女人脸上的春光和嘴里的唱腔。春光易逝、唱腔会老啊,做一个女人,你得趁花儿凋零前让那些有本事的男人把你接进他的厅堂。管他是个什么东西呢,反正帐子里都一副狗鸡巴样。"

可是生活往往比戏里唱的更残酷,秦忆娥母亲的师长姨太太当了不到一年,师长也在沙场上身首异处了。自古做小的在这种情况下当然要受尽正房的气,就当是偿还男人在时正房所受的冷落,母女俩被扫地出门,眨眼间便成为昆明街头无依无靠的寡母孤女,借住在前夫旧属的屋檐下。秦忆娥的母亲也是人老珠黄、风光不再,再没有哪个戏院愿意请她唱戏了,从一个滇剧名伶沦落成了昆明市井街头人们称呼的"黄老孃。"那时秦忆娥已出落得如戏台上光彩照人的花旦,前来提亲说媒的人也不少,但自以为见过大世面,看透了人间悲喜剧的黄老孃总是一脸鄙夷地对媒人们说:"没有一火车的彩礼,没有一幢洋楼的财力,休得在我面前提小娥的事。"

来自国外的火车那时已然成为省府昆明的最新时尚,火车改变了人们的出行状况,还拉来一座城市的时尚。人们再也不会像在火车刚开到这个城市之初,出于民族义愤,用石头、扁担、铁锹去砸洋老咪的火车了。"洋老咪"这个称谓,从过去轻蔑的口吻,逐渐演变成一种艳羡和调侃了。唛唛嚏嚏,还是人家洋老咪用火车拉来的洋布扎实的呢;啊呀,一个洋老咪骑个两个轮子的洋马儿(自行车),冲到翠湖里去了。洋马儿不听招呼吗？说些哪样，你这憨头日脑的，不认得人家洋老咪的玩法，人家洋老咪看见翠湖水好，骑着洋马儿就下去洗澡了。

城里碧波荡漾的湖滨、绿树环绕的山丘，已经矗立起一幢幢法式风格的小洋楼，那是达官贵人身份标志的象征。人们的口头俗语常说："你本事大，你把火车开来。"或者说，"你也没有住洋楼坐火车，说话不要那么冲。"靠典卖首饰凄惨度日的前军官太太，滇剧名角，那时梦里全是能使得火车满地跑、盖的洋楼可供她风光养老的金龟婿。

这样的金龟在年复一年的期待与权衡中终于浮出茫茫人海，一个常年在滇南跑生意的老朋友有一天把一个彝族大黑汉带到秦忆娥母亲面前，当下摆出两根金条和一桌子的乡土特产，连鸦片都有一箱。秦忆娥母亲很喜欢黄金的味道——尽管金条只有耀眼夺目的色彩，但不喜欢闻到这个彝族蛮子身上的怪味——尽管他满身粗大豪迈的金银首饰。她看在两根金条的面子上，耐着性子盘问了彝族黑汉的身世来历，又在破败的陋室里左右思量了三天，然后给对方回话说：

"我的女儿可是从小含着金钥匙降生的，多少富贵人家，要想抬着镶金镏银的花轿来迎亲，都被我打出门去了。翠湖边上那么多新洋楼，都随时为我家闺女大门洞开；火车拉得来金山银山，但最富贵的还是那坐得起专列的人。"

那时昆明世面上最令人津津乐道的新闻，不是蒋介石委员长亲自到昆明部署对共产党红军的围追堵截，而是他的夫人宋美龄去滇南一带视察，乘坐了法国铁路公司的"米其林"专列，风驰电掣般地在两天之内跑了个来回。据说很多地方上的低级官员忙乎了几天，但连蒋夫人长什么样都不知道。他们只知道在他们面前一晃而过的"米其林"专列，就像一条白色的闪电，烙痛了他们的眼。

"嚇，嚇，你说的是坐'米其林'机车……那个婆娘啊，嚇嚇，这个容易么。再好的火车，嚇，都要从我的地盘上过呢。"

这个汉话都说不利索的彝族黑汉，就是碧色寨的普田虎土司。这些年火车带给了他广阔的视野，也正如弗朗索瓦站长所说，火车也带来了仙女一般的女人。她们从海外来，从内地来，横看竖看都比碧色寨的彝家女子鲜嫩、洋派。普田虎当然不是那种隔三岔五就去钻八角楼珍妮弗小姐的玫瑰房的常客，一则有违土司老爷的身份，二则他实在不喜欢洋女人身上母兽般的气息和她们多毛的皮肤。而汉地那些肌肤细腻、散发出水果香味的女子，却一直是土司春梦里的主角。尽管彝族人说，讨汉族姑娘做老婆肋巴骨会黑。这是自信勤劳的彝族人一向认为汉族姑娘懒，过去还嫌汉族女子缠脚。这种女人讨回来既不能盘田种地，又不能上山放羊，男人肋巴骨不累黑才怪了。

但普田虎土司有的是人给他干活放羊，他只需要一个满足他欲望和虚荣的女人就行了。但他没有想到这个世界上还有比他更虚荣的人。秦忆娥的母亲开出的条件是在昆明和碧色寨各建一幢洋楼，昆明的她住，碧色寨的洋楼供她从小就在金盆子里洗澡、受西式教育、看美国电影、跳法国宫廷舞、从哪里走过连花儿都不敢开放的千金小姐住。当然啰，彩礼多寡，得看看一列"米其林"火车可以载运多少。

"少开一个轮子来，你就别想吃到天鹅肉。"黄老孃收下定亲礼后，掷地有声地对普田虎土司说。

半年以后，昆明市面上的报纸纷纷报道一个令人惊讶的消息：法国铁路公司轻易不开的"米其林"机车，昨天从昆明站飞速驶出。并非蒋委员长国色天姿的夫人再访滇南，而是一个有着西施沉鱼之美、昭君落雁之貌、貂蝉闭月之媚、贵妃羞花之艳的绝色女子，被滇南一出手阔绰之大富翁以"米其林"专列迎走，迎亲彩礼足足装满一火车矣。呜呼，世界进步如此神速多变，人或已以"米其林"专列取代花轿乎？火车远去，名花有主，市民仍在交相传诵，但使家中面容姣好女子初长成者，羡慕不已。天下父母，莫非皆吟白乐天之《长恨歌》，"不重生男重生女"也哉？云云。

"米其林"专列的风光其实只属于铁路，并不完全属于乘坐它的人。秦忆娥是流着眼泪完成这次最为奢华而凄惨的旅行的。尽管专列上身穿洁白制服的法国侍者，像服侍一个女王一样为她提供周全仔细的服务，咖啡、洋酒、西式糕点和糖果琳琅满目，随意取用，留声机里轻柔曼妙的音乐，车窗外一晃而过的风景，秦忆娥只在美国电影中才能看到的那些场面，都不能减少她内心底里的悲恸。只要看看坐在她对面那个已经被洋酒搞得醉意阑珊的夫君，就知道今后的日子可以不愁吃穿，但绝不会有一个新派女子梦想的爱情。这个黑铁塔似的新郎，从专列一开动就指着车厢里的酒吧柜说："这些都是我包下的，吃吧，喝吧。洋人的东西不太对我的胃口，但它有个洋字，你们大地方的人不就是喜欢洋吗？不要嫌我们那地方小，洋人的东西可多着哩。你跟着我过日子，我让你天天泡在洋东西里。不要说你们省府昆明有哪样稀罕，就是外面的大地方香港、巴黎有哪样稀罕的，我就给你买哪样。哎，我说那个倒酒的，不要把酒倒那杯子里了，啰里啰嗦呢，你把酒瓶给我就是啦。"

十九岁的秦忆娥踏上碧色寨的土地那一天，太阳在天空中旋转，就像一个出轨翻车的车轮。炙热的阳光给人一种沉重的灼痛感，让她一阵阵地晕眩。土司的手下列队用火铳朝太阳射击，发出震耳欲聋的声响，穿戴得花花绿绿、打扮奇异的彝族人用歌舞在站台上迎接他们土司老爷的新妻子。要不是身后的"米其林"机车，要不是面对黄墙红瓦的法式车站，要不是人群外依稀可见的几个洋人和铁路工人，秦忆娥便有陷入食人生番部落的恐慌了。新郎官早已在车上被洋酒搞得步履蹒跚，头上代表尊贵的黑包头也凌乱不堪，他在手下人搀扶下好不容易才跨上了自己的马。秦忆娥在迈上候在一边的花轿时，鬼使神差地回眸一望，就把自己命运多舛的爱情一眼望穿。

歌胪士洋行的小卡洛斯那时站在人群外看热闹，修长挺拔的身材，一身雪白的西装、紫红色的蝴蝶结，以及头上的白色礼帽和手上的文明棍，让他在一群中国人中玉树临风、鹤立鸡群。他看见那个被一袭大红色绸缎包裹着的中国新娘，犹如一个土著部落的女王，也像一只被捕获的小兽，被捧在看不见的巨掌中，张皇落寞，孤独无助。她被人伺候着从"米其林"机车上走下来，走过站台，走向花轿，走向不可知的爱。小卡洛斯在惊叹新娘的美艳中，心窝处忽然有几丝隐隐作痛。

就在他内心的痛苦还没有像涟漪一样平静下来时，他看见了新娘在人丛中投过来的一瞥。"我的灵魂就在这个极不恰当的时候，被俘获了。"多年后他对自己的哥哥大卡洛斯说。

他们的目光相遇时，小卡洛斯下意识地摘下头上的礼帽，微微一倾身，点头致意。这个举措在闹闹嚷嚷的彝族人和面无表情看热闹的汉人中，显得如此典雅、礼貌、周全、温情。就像传说中的王子在皇宫中面对尊贵的小姐优雅地单膝下跪，让心绪茫然的秦忆娥忽然被一丝来自天堂的光芒照亮。那时她已经读了不少来自西方的文学名著，更看了不少好莱坞的煽情烂片，她仿佛感到一个童话中的世界就在伸手可及的彼岸。

而此岸的世界却是如此混乱不堪。尽管信守诺言的普田虎土司在碧色寨为秦忆娥盖了一幢两层法式小洋楼，专门请来巴黎的设计师设计，从里到外填满了世界各地的新奇玩意儿，巴洛克式的屋顶，雕花的窗台，彩绘的玻璃，意大利的地砖，法兰西式的壁炉，瑞士的挂钟，英国的枝型吊灯，德国的沙发，奥地利的三角钢琴，波斯的地毯，美国的留声机、电话，不知仿造哪个国家皇宫里的大床，等等，但与整幢洋楼的装饰风格极不匹配的是大床上方墙上挂着的一张巨大的虎皮，虽然只是一张皮了，但让人感到一头威风凛凛的老虎随时都会一跃而下。从新婚之夜起，与虎同眠注定将成为秦忆娥的噩梦。

"你抖什么抖啊？"

"老虎……"

"嚇，嚇，我就是老虎。"

"妈哟，我怕……"

"叫爹都不管用了，现在你是我的啦！啊呀呀，多细的肉肉啊，快，给我脱掉，脱光！快，快，快！"

"妈妈呀妈妈，老虎来吃我啦……"

秦忆娥在被老虎撕咬的惨痛中才幡然醒悟，她的母亲不是用她换来了一火车彩礼，也不是为了让她享受当时中国第一夫人才有过的风光与虚荣，更不是把她许配给了洋楼、权贵和花不完的财富，而是将她嫁给了一头老虎。一个白天是土司，晚上就变成了老虎的怪物。

普田虎土司洋洋得意地说："不错啊，我们是老虎的后代，我的祖先就是老虎生的。我如果白天遇到不高兴的事，晚上我就化身为老虎出来吃人，吃我的仇人，也吃半路上遇到的倒霉鬼。"

他吭哧吭哧地就将秦忆娥身上的衣服吃光了，从吃她的手背开始，一路吃到白皙圆润的胳膊，再到肩膀、脖子，然后一口叼住了浑圆柔嫩的乳房……老虎开始咆哮、撕扯、翻腾、扑咬。在扑向她时，挟带着一股阴冷的腥风，娇弱的新娘变成了老虎掌中俘获的弱小猎物，在极度惊惧中不知道自己为什么忽而从床的这一头颠到那一头，忽而又从地狱被抛到云霄。她惊吓得几度昏厥，几度又被下身的剧痛惊醒，黑暗中她听见了老虎的咆哮，就像一列呼啸的火车从她的身上辗过。

她醒来时，黑暗像泛着苦涩浑浊的海水，无边无际，吞噬而来。身边是老虎才有的低沉呼噜和兽腥味，让人以为落进了动物园的老虎笼子里。秦忆娥慌乱地伸手一抓，竟然满手粗粝的毛，她又昏死过去了。

但是到了白天，老虎又变成了人，变成了一个权倾一方的土司，以及对新娘殷勤备至的丈夫。似乎他是会七十二变的孙悟空，但天知道他还会变成什么更可怕的动物！早晨的阳光从洋楼宽大的窗户照射进来时，土司和他的新娘在洋楼的餐厅吃早餐。撩开镶着花边的南洋细纱窗帘，就可以看见对面的车站法式建筑和来来往往的火车，以及车站背后山坡上鳞次栉比的铁路职工宿舍、洋行和洋楼。秦忆娥不能不想起唱戏的母亲说过的话，生活就是一场戏。但是母亲一生中唱过的戏里，有没有夜晚人变成老虎、白天老虎又变成人这样一出戏呢？

母亲，你演砸了自己人生的戏不算，还把你女儿的一生毁了。

就像生活中有好人就有坏人，有野蛮人也就有文明人一样，秦忆娥认为自己是碧色寨的文明人。来这里之前，母亲跟她说碧色寨如何富裕文明、灯红酒绿，人们称之为云南的"小巴黎"。虽然只是一个村寨，但因为有通向境外的铁路，到处都是有教养的高贵洋人绅士和小姐，他们白天喝茶、唱戏、逛商场、卖洋货，晚上跳舞、泡酒吧、看美国电影。昆明人的许多时髦玩意儿，都要请到碧色寨公干或经商的人捎带，从刚刚时兴起来的洋皂，到产自南洋的珍珠粉和洋纱。那里连街上的狗都穿洋装，不随地撒尿。中国的大地方上海也不过如此呢。

被毁掉的是某种理想，现实却是舒适的。应该感谢火车这些年让普田虎土司打开了视野，他在太阳爬上山头时，便开始把自己努力向一个洋人绅士看齐，以赢得秦忆娥的欢心。他专门从安南高薪聘来的法式厨师为秦忆娥准备了牛奶、咖啡、水果盘、麦片、煎蛋和面包，而他自己则吃蘸蜂蜜的苦荞粑粑，当然还少不了一碗包谷酒。他把早酒当牛奶喝。这个强壮而自卑的丈夫，一方面要满足新婚妻子过洋派生活的愿望，一方面却又丢不掉自己的传统，改不了老虎的禀性。

关于普田虎土司会幻身为老虎的传闻，只有碧色寨的彝族人才深信不疑，并引以为自豪。人们说有一次普土司坐轿子外出，抬轿的两个轿夫走在一处阴森森的山涧时，忽然感到肩上的轿子没有重量了。两个轿夫刚才还听到老爷在轿子里的鼾声，现在不仅听不到一点老爷的气息，分明抬的是一架空轿么。难道老爷从轿子中漏出去了不成？前面的轿夫喊："老爷，老爷，你还在么？"他们没有听到回应，心里更害怕了，只得把轿子停下来，把老爷弄丢了可是要杀头的。一个胆子稍大的轿夫撩开轿子的窗帘，顿时吓得一屁股坐在了地上。他们的老爷露出一张虎脸，嘴唇的胡须上沾满了鲜血，正一脸恼怒、虎视眈眈地盯着他们。"抬好你们的轿。老爷我刚去那边山头上吃了两个人呢。"

一个在床上会变成老虎的人，秦忆娥能跟谁说得清楚呢？连在她的母亲面前也说不清。黄老孃说，床是男人的另一个战场。男人嘛，哪个不想自己在战场上像下山的猛虎？

另外一个能证明普田虎土司在女人的床上会变成老虎的人，大约就只有八角楼的珍妮弗小姐了。但是，如果让她和秦忆娥一同站出来为我们作这个证明，可能山林中的老虎也不会同意。大卡洛斯在碧色寨的岁月里也一直想弄清楚这个问题，可是每当他在珍妮弗小姐情绪

143

好的时候提起这个话题时,这个至少让一火车的男人进过玫瑰房的风月高手,竟然也会羞赧满面、屈辱万分。

"别提啦,卡洛斯。那可是法国铁路公司的火车撞开中国的南大门以来,白种人在远东蒙受的最大失败。"

第六章　豹子年

"妈的，好像全世界的人爱情都卡壳了。"大卡洛斯听他兄弟说，凯蒂·卡洛斯神经濒临崩溃，成天跟小卡洛斯闹着要回法国，否则就要跟可怜的小卡洛斯离婚。

"老兄，我看不是卡壳的问题，是死亡的问题啦。"小卡洛斯灰心丧气地说。

"前些天我听弗朗索瓦站长说，他夫人也闹着要回法国，说再在碧色寨待下去，人都会给逼疯了。真不明白这些娘们儿是怎么想的，如今这个世界上，还到哪里去找这么安静、这么舒适的地方。"

"这大概是因为这里只是男人们角逐的战场，而女人们，没有繁华的大街，没有时尚品商店，没有体面的社交圈子。就像凯蒂说的，挣那么多的钱，却永远只能赶巴黎时尚生活的末端，连香奈儿最新出来的女式帽都买不到。"

"那你就陪她回一趟欧洲，就当休个假吧。"

"不，谁喜欢回去就走她的，我才不奉陪了呢。"

小卡洛斯在一年前已经陪夫人回过一次欧洲了。在碧色寨生活的西方人一般都将孩子寄养在欧洲的亲属家，去年小卡洛斯是陪凯蒂回法国的岳父母家看望他们的女儿。但那不是一次令人愉快的回国探亲之旅，即将爆发的第二次世界大战，让战争的风云堆积在每一个欧洲人的眉头。他在欧洲两个多月，竟然没有看到几天晴朗的天。即便是回到克里特岛，面对曾经的故乡，他这个少小离家的天涯浪子，已经找不到一丝故乡的亲情，更找不到适合自己的一个位置。他像一个去到繁华都市的农民，言辞木讷，举止笨拙，脑子总跟不上别人的机巧，不但在社交场合上被人轻慢，和儿时的朋友们也难以找到共同的话题。在已经陌生的欧洲，他方觉得碧色寨是世界上最美丽的地方，他才不能自持地怀念碧色寨明亮的阳光，青翠的山冈，悠闲的生活，纯朴的人们。在欧洲任何一座城市，他都只是一个流浪汉，而在碧色寨，就像多年前他哥哥说的，他们是有身份有地位的老爷，而且是生活成功的殖民者，事业发达的商人。

这可能是几乎所有在碧色寨淘金的西方男人们的感受，他们在这里有舒适的生活，有带花园的洋房，有不受战争困扰的宁静。他们是生活在这个混乱世界的真空中的一群人，二十多年前的一条铁路让他们有了一条固定的人生轨道，悠闲雅致、从容不迫。碧色寨车站铁路的东边简直就是一个欧洲的小花卉植物园，亚热带地区温暖湿润的气候和肥沃的土地，让万物葳蕤、花果不败。人们还开辟了一块网球场，一块门球场，甚至还可以举办足球比赛。碧色寨的绅士们实在看不出这里的生活和欧洲有多大的差距。

如果以大卡洛斯的生活标准来看，这里甚至比欧洲还更令人惬意和满足。歌胪士洋行这些年生意做得风生水起，卡洛斯兄弟成为在印度支那一带都有名气的阔佬和慷慨的绅士。人们津津乐道的不仅仅是歌胪士洋行日益扩大的商业领域，也不是羡慕大卡洛斯养的几匹英格兰纯种马，两条德国牧羊犬，而是他的庄园里的一条澳洲鳄鱼，一头本地的豹子，以及一条驯化了的蟒蛇。天知道这些凶猛的家伙怎样和大卡洛斯和睦相处。铁路西边的彝族人传说，他晚上和鳄鱼睡觉，出门和豹子散步，而那条蟒蛇，据说是他另一个兄弟，还能跟他说话哩。当地人除非受到邀请，一般不会来铁路东边的洋人生活区，连他们的牛羊都会自动避开这个山头。因此他们对洋人们生活方式的种种猜测，总是和彝族人的神话传说一样，天上地下，人鬼不分。

　　大卡洛斯庆幸自己一直没有结婚，因此不会有他兄弟这样的烦恼。他对露易丝小姐的追求是一场没有终点的马拉松，但他并不以此为苦役。碧色寨的西方人总是惊讶于大卡洛斯对爱情的执着，连布格尔神父都为之感动，还以耶稣基督的名义劝过露易丝小姐。人不在教堂里举行神圣的婚配，是不符合基督道义的。大卡洛斯先生过去虽然显得粗俗了一些，也许在修这条铁路时犯下了一些罪孽，但基督的召唤使他慢慢接近于一个纯正的基督徒。亲爱的露易丝小姐，在主面前，我们都是罪人，但更重要的是，我们如何去求得主的宽恕，让有罪的灵魂得到拯救。去年的大旱，是大卡洛斯捐了一车皮的粮食，使附近几个村寨的人们免于饥饿；平常教堂里的弥撒奉献，大卡洛斯先生都是最为慷慨的人。就是耶稣基督，也看见了一个曾经的罪人，在远东的火车汽笛声中得到了拯救。露易丝小姐面对这样的劝解，总是面带微笑地说：

　　"谢谢，大卡洛斯先生得到拯救了，是他的荣幸；只是我的罪孽还没有得到基督的宽恕呢。"

　　露易丝小姐当然明白自己的罪孽，更知道大卡洛斯的罪有多沉重。

她的中国父亲赵师傅曾经告诉她，他的那条瘸腿，就是拜大卡洛斯之赐落下的。当年在人字桥工地上，他们几个劳工被绳索吊到悬崖绝壁下去打钢架基座的铆钉，铆钉打好了，绳索却被大卡洛斯在上面砍断了。赵师傅命大，是唯一的幸存者。露易丝小姐的中国父亲说："不要让这个家伙碰见我。我在阴间的那些死难兄弟，经常捎话来说，老哥，冤有头债有主，你什么时候帮我们报仇啊？"

罪孽感在这一对似乎永不能走在一起的恋人间，留下了一条难以逾越的鸿沟，因为一方试图弥补它，而另一方却在岁月的流逝中不断挖深它。大卡洛斯不明白露易丝小姐韶华已逝、芳龄不再，当年铁路工地上像草莓一样鲜嫩的窈窕淑女，现在已经是人到中年、略显臃肿的妇人，却依然固执地拒绝一颗痴情的心。在寂寞的碧色寨，爱情似乎是人们抵御漫长无聊的生活以及排解孤独的唯一良方——即便没有爱情，性爱总是需要的吧？但就是耶稣基督也知道，露易丝小姐做得像一个修女一样好。

耶稣基督当然也知道，碧色寨虔诚的基督徒、热心的捐献人、坚定的爱情守望者大卡洛斯先生，虽然在八角楼里长期养着几个操皮肉生意的洋吧女，但他自己从来不碰她们一根指头。他在碧色寨洁身自好，即便是到蒙自县城去处理商务，也最多和人赌上几局，女色似乎对他没有吸引力。甚至有两次，大卡洛斯应露易丝小姐之邀，陪她到昆明去采购医疗器械和药品，顺带出去散散心。大卡洛斯像一个绅士一般地鞍前马后地效劳，但对露易丝小姐却秋毫无犯。他们住在酒店里，各开各的房间，却在一起喝早咖啡，一起出游，一起去昆明的大教堂里望弥撒，拜见巴黎外方传教会的主教大人，一起参加在昆明的外国人的社交活动，人们都以为他们是般配的一对儿，新认识的朋友甚至还有人称露易丝小姐为卡洛斯夫人。但她从不否定，也不肯定。

一次在游览滇池的游船上，大卡洛斯喝得有些不能自持了，趁着微醺的酒意对露易丝小姐说：

"看啊，这天堂一样的地方，却漂泊着两个找不到爱情归宿的欧洲人。"

露易丝小姐似乎有些被感动了，但依然矜持地说："卡洛斯先生，你认为我们会有同一个归宿吗？"

"为什么不可以呢？"大卡洛斯急切地抓住了露易丝小姐的手，刚好来了阵风浪，游船倾斜了一下，将露易丝小姐往大卡洛斯的怀里推了一把。大卡洛斯动情地说："亲爱的，你只要答应我，回去我就正式向你求婚。"

"唉，晚了。"露易丝小姐在游船平稳了后，离开了大卡洛斯的怀抱。"我们都不再年轻了。"她说。

"日子还长着哩，我认为，一点也不晚。而爱情，它永远年轻。"大卡洛斯像一个浪漫的年轻人那样，向着苍茫的滇池水表白。

"看到码头上那些候船的人了吗？他们错过了这一班船，就只能赶下一趟了。每个人的日子都很长，但错过了船期，怎么会有同一个归宿呢？"

"我错过你的船期了吗？我们不是都修过那条铁路吗？你还救过我的命呢。我怎么能忘记？怎么能不感恩？"

"卡洛斯先生，你应该知道，感恩和爱情是两回事。而修铁路的那段经历，我请求你不要再提起了，好吗？"

"噢，我明白了。"大卡洛斯有些沮丧，他望着碧绿的湖水和远处的青山，"露易丝小姐，你也知道，在这样的国家修一条铁路，如果没有强盗的勇气和恶棍的粗鄙，你是达不到目的的。"

"可怜的卡洛斯，我为我们的命运感到遗憾。"

大卡洛斯想，即便我们把自己当成十字军东征的圣徒，但因为东征的血腥，圣徒们就该永远背负起那沉重的十字架吗？他很想告诉露易丝医生：法国政府在中国修的这条铁路，就像国家与国家之间的战争。我们只不过是被命运驱赶到前线的小卒而已，犯不着去为国家背负道德的包袱。如果你要恨这条铁路，也犯不着搭进去自己一生的爱情。

唉，这两颗永远走不到一起的心灵，随着岁月的流逝，最后成了两枚坚硬的干果，一个把自己深深地躲藏起来，一个变得麻木不仁了。有时连大卡洛斯自己也认为，像他这样的人，是不配有家庭的。

不过，如果大卡洛斯先生乘火车到了安南，那里的女子他是不会拒绝的。而且大卡洛斯几乎每月都要过去一两次，不是去洽谈商务，就是去会他的情人——多年以来，人们一直在传说大卡洛斯在安南的海防有一个情人，但从没有人证实过。一个无聊的夜晚，在八角楼的酒吧里，人们再次谈到这个问题，大卡洛斯对人们说：

"我的情人在月亮上。中国人就认为月亮上有个女人，是一个叫嫦娥的女士，她可是个谁都碰不到的圣女。"

"中国人的月亮还会被狗吃掉哩，你可得看好自己的狗。"一个和他一起在八角楼的酒吧喝酒的欧洲人说。几天前一个月圆的夜晚，碧色寨的西方人忽然听到激烈的枪声和敲打锣鼓、瓷盆的声音，他们还以为又有土匪前来围攻车站了，这样的事情已经发生了两次。可是等他们携枪准备自卫时，欧洲人身边的中国仆人告诉他们，对面的中国人正试图赶走天上的一只吞吃月亮的狗。原来是月全食发生了，中国人相信他们在地上发出的声响，甚至向被蚕食的月亮开枪射击，可以挽救他们的月亮，吓走那只惹来麻烦的天狗。

周围的人哄堂大笑，珍妮弗小姐的笑声最为响亮刺耳，像从山坡上滚落下来一只大瓦缸。这个女人已经在碧色寨耗尽了她所有的情爱，现在臃肿肥胖，花老色衰，成了远东一支令人怀念的凋败玫瑰。当然了，八角楼的玫瑰房依然夜夜散发出玫瑰的芳香，珍妮弗小姐在大卡洛斯的提携下已经荣升老鸨的职责，她负责向几个新来的欧洲妓女传授如何营造玫瑰房中的虚幻爱情，如何掏空每一个来到远东淘金的牛仔口袋里的最后一个子儿，但她也会告诉她们：绝对不能把一只老虎放进玫瑰房里来，那会造成空前的灾难。至于有小姐问到老虎怎么有可能进入到玫瑰房时，珍妮弗小姐的回答是：在神秘的远东，既然他们的狗都会把月亮吃了，一头老虎也会溜进你的怀里来。

"听说那只吞吃月亮的狗，会带来不吉利的事情。"小卡洛斯在另外一张酒桌前，忧心忡忡地说。凯蒂·卡洛斯夫人昨天带着孩子离开碧色寨回欧洲了。她跟小卡洛斯的离别赠言是："这个鬼地方，除了火车还在运行，人们都死了好几十年了。一个头脑正常的人，迟早会被这里的生活逼得发疯。"

坐在吧台前的弗朗索瓦站长说："噢，亲爱的小卡洛斯，别相信那些中国人的胡诌啦。世界上要发生的灾难离我们还远着哩。如果真有世界末日那一天，这里一定是人类的诺亚方舟。"

"我担心的是，世界末日还没有来，心中的末日就到了。"小卡洛斯说。

"享受你的生活吧，老弟。"大卡洛斯举起了一只酒杯，"没有妻子在身边的丈夫，才是世界上最自由的男人。"

弗朗索瓦站长此刻应该和小卡洛斯有相同的落寞，他的妻子也和凯蒂·卡洛斯结伴回欧洲了，不然平常他是不会轻易到八角楼酒吧来喝酒的，因为弗朗索瓦太太总是说，那里不是一个正派的绅士应该去的地方。不过她主动放弃了监督权，也就不怪弗朗索瓦站长偶尔的

"不正派"了,更何况,碧色寨本来能为欧洲人提供娱乐的场所就仅此一家。因此,弗朗索瓦站长不能不抱怨说:

"这些女人们啊,以为回到欧洲,就是回到了文明的社会和时尚的生活中,其实我们碧色寨哪一点不比欧洲时尚啊?火车让我们并不孤独。你们看看那些有钱的中国人,他们时髦起来,一点也不比一个巴黎大街上的女士落伍。尤其是那个土司的妻子,这个家伙可真是借助我们的火车,把一个月亮上的美人儿娶过来了。"

弗朗索瓦站长也许说得不错,碧色寨的中国人中最能效仿欧洲时尚文化的,莫过于普田虎土司的三姨太秦忆娥了。巴黎最时新的凉帽、皮鞋、裙装,不是一打一打地买,而是成箱地通过火车托运而来,反正她花起土司丈夫的钱来,有一种大地方人的无畏勇气、挥金如土和理所当然。碧色寨的人们说,这个土司老爷托火车之福、用一列专列从省府昆明迎娶回来的汉族女子,住洋楼、穿洋装,还会说洋话,仿佛她远嫁到边陲之地碧色寨,不是来做威风八面的土司老爷的三姨太,而是为了向洋人证明,一个中国女人,也会享受他们所有的东西,天知道还会不会和他们上床。

秦忆娥身边有两个仆人,一个老妈子负责她在洋楼里的生活,一个叫梅子的小姑娘像影子一样地跟着她,她的职责就是为少奶奶撑伞,不让一缕碧色寨的阳光照在她娇嫩苍白的皮肤上,以保证她不会像彝家女人的皮肤那样黑里透红。尽管土司告诉她,我们彝族人以黑为高贵、为美,但遭到秦忆娥的极度轻蔑,"锅底灰够黑的了,干嘛不抹在脸上?"她说。因此,她身后总是站着给她打洋伞的女仆梅子,就像一只开屏的孔雀,她走到哪里,那绚烂的孔雀就跟到哪里,对这个来自城里的女人来说,这里的太阳咬人哩。

但在月亮被天狗吃了的那个神秘晚上，秦忆娥忽然上吐下泻，腹痛难忍。土司找来毕摩给她赶鬼，还让独鲁为她诊断看病，乌七八糟的草药也吃了一大堆，但她却越来越消瘦、越来越苍白，每到太阳落山时都会定时呕吐。连普田虎土司扑向她时，感觉就像捕获到的不过是一只不够填牙缝的小猎物，城里的汉族女人原来这般不经折腾。他开始怀想那些壮硕肉感、黑里透红的彝族女人。

碧色寨炙热阳光下的孤独很快席卷了病快快的秦忆娥，她每天坐在小洋楼二楼的阳台上，看来来往往的火车，听它单调粗鲁的鸣笛打发漫长的时光。这个奇怪的地方，比传说中的蛮荒之地还要荒芜老土，却比电影里的生活还要舒适洋派。当然这一切以穿过碧色寨的铁路线为分水岭，铁路西端是百年老寨，除了土司的大宅和那幢为秦忆娥建的洋楼，其他都是一些土坯墙和石头墙的低矮老屋，看上去破败凋零，零乱肮脏，牛屎马粪布满坑坑洼洼的小道。铁路那边是个有色彩的、整洁有序的世界，似乎和铁路这边的人们毫不相干。但那边仿佛是一个未知的彼岸，不是遍布陷阱，就是充满诱惑。

因此，当秦忆娥自己说要到铁路对面的诊所看洋人医生时，普田虎土司鼻子哼了几声。"他们啊，除了用针把人扎昏过去，就只会用刀乱划人。"

当年第一个敢去洋人诊所看病的是一个五大三粗的彝族汉子，他上山打柴时被魔鬼纠缠住了，回到家后浑身烧得只会说魔鬼的话，神通广大的毕摩遍请各路神灵、用尽浑身解数也赶不走他身上的鬼。刚好弗朗索瓦站长到寨子里做客，他就建议病人到铁路对面的诊所试试。人们说病急乱投医，彝族汉子在弗朗索瓦站长的陪同下来到诊所，露易丝医生刚把注射的针管亮出来，这彝家汉子就瑟瑟发抖了，当针头注射进肌肉时，他竟然吓得昏死过去了。这个事件也被毕摩独鲁用作证明洋人用针杀人的有力证据。关于铁路对面洋人诊所的恐怖传闻，还有他们竟然用刀划开孕妇的肚子，把小孩取出来。彝族的婆娘们闻之失色，她们说，人又不是猪，可以随便用刀在肚皮上划来划去。生个娃儿嘛，拉泡屎的功夫。毕摩独鲁对此的评价又比寨子里的人略高一等，他说，那是因为洋人跟我们有不一样的心，他们做啥事都下得了狠手。

来自城里的秦忆娥当然对这些传闻不屑一顾，她对普田虎土司说："那我就回娘家去看病了。你把'米其林'专列给我招来。"

即便是富甲一方的土司，"米其林"专列也不是说招来就能招来的，因此普田虎只能遂了秦忆娥的愿。洋楼关不住一个女人的心，就像一只鸟笼里的金丝鸟，鸟笼的门一旦打开，鸟儿就会飞走。普田虎土司那时还不明白这个简单的道理。

但普田虎土司后来追悔莫及的是，如果他知道秦忆娥是怀孕了，不要说租一趟"米其林"专列，就是把"米其林"专列买下来，他也愿意啊。可惜的是，秦忆娥怀胎四个月后却流产了，她拉下一团血糊糊的东西，有毛茸茸的头，还有一条尾巴，看上去像一头虎仔的模样。秦忆娥当时就吓晕过去了，而普田虎土司则在一边捶胸顿足。

一个慵懒的下午，秦忆娥跨过了铁道线，就像飞出了鸟笼的鸟儿，战战兢兢地闯入一个陌生的世界。刚刚跨过铁路，来到洋人的地盘，一个男人就温情地对她说："为什么要拒绝太阳的温暖呢？多晒太阳对您的病会有好处。"

秦忆娥从洋伞下抬头望去，就看见了小卡洛斯那双像湛蓝的湖泊一般的眼睛。她想起来了，这就是她来到碧色寨时，第一个向她绅士般致意的洋人。她忽然感到有些晕眩，身边的侍女梅子一把搀扶住了她。

　　小卡洛斯那天是故意到铁路边来邂逅秦忆娥的。他在歌胪士洋行二楼的办公室的阳台上看见一把花洋伞飘了过来，他就知道那个从汉地远嫁而来的女子即将来到了他们的世界。他伫立在窗边犹豫片刻，躁动的心忽然感受到远处那把洋伞下的阴凉，甚至还觉察到一股恬淡的东方女子的气息，正在浸入他的骨髓。于是，他做出了人生中一个重要的决定。它的意义在今后便会显示出来，那就是南美洲的蝴蝶扇动了一下翅膀，北美洲便掀起了一场风暴。

　　噢，不要责怪小卡洛斯还没有和对方说上一句话，脑子里就开始满地跑火车。碧色寨实在是个枯燥乏味的地方，更何况这个没有妻子在身边的男人，目前正处在婚姻的焦虑之中。据小卡洛斯夫人上一封来信说，她正在咨询律师有关离婚协议的问题，如果小卡洛斯还不打算离开他生活了二十多年的碧色寨的话，他也许会收到一封体面的离婚协议。

　　"夫人，我的意思是说，您应该多做些户外运动，您会发现，外面的世界会很有利于您的健康。"

　　那些天小产后的秦忆娥面色苍白，气虚体弱，身子单薄得像一张纸。但这种东方病态的美让小卡洛斯顿生怜香惜玉之情，这个女人如此的纤细、娇小，就像没有骨头一般轻灵飘逸。小卡洛斯想起在巴黎时看的一场芭蕾，要是面前这位女士踮一下脚尖，恐怕就会飞升到天空中去了。

　　"户外运动？"秦忆娥仰起头来，略带羞涩地问。

　　"是的，夫人，比如说打打球、爬爬山什么的。如果你喜欢的话。"小卡洛斯殷勤地说。

　　"爬山？"秦忆娥转头对梅子说，"这人真是好笑，谁会吃饱了饭没事干,去爬一座山啊?"

小卡洛斯并不气馁,"啊,爬山会让您发现一个崭新的世界。夫人,您这是要去哪里,我可以为您效劳吗?"

"我家夫人要去洋老咪的诊所看病。"梅子抢先回答说。

"噢,夫人,您是该找我们的医生好好检查一下。来吧,请允许我给你们带路。"

"谢谢。"秦忆娥莞尔一笑,大胆地直视小卡洛斯的眼睛,"你可真是一个……绅士。"她鼓起勇气才说出了最后的一个词,那是她在洋人的电影中学来的词汇。

那东方人含蓄温和的笑脸,那双东方人黑葡萄一般深情的眼睛,那即便是米开朗其罗再世,也雕刻不出来的圆润细腻的下巴,精巧优雅的鼻子,樱桃一样鲜嫩的小嘴,让小卡洛斯有跌进一个漩涡般的惶恐,它还仿佛是一个钩子,把他的心一下钩出来了,顿时没有了着落,不知该把飘飞的灵魂放置在何处,直到秦忆娥问:

"我们,走吗?"

"噢。是的,夫人,这就走。"

小卡洛斯伸出了自己的右胳膊,秦忆娥犹豫片刻,还是把自己的手搭上去,挽住了小卡洛斯的胳膊。这就是文明的生活,有教养的男人随时为一个淑女充当保护神。电影里就是这样的。秦忆娥想。

诊所里的露易丝医生开初还以为小卡洛斯带进来了一个女鬼呢。当然她也知道秦忆娥是碧色寨的中国人中的贵妇人,不过她感到吃惊的是这个女人的身子会如此虚弱不堪。她让秦忆娥先做一个全身的体检,小卡洛斯恭敬地等候在外面。秦忆娥在脱她的风衣时,一时不知道该把它放在哪儿,小卡洛斯伸过手去:"交给我好了。"

女人们进了检查室后,小卡洛斯捧着那件带有秦忆娥余温的风衣,心里竟然有些不能自持，忍不住拿到鼻子前嗅了半天。那是一件香奈儿的银灰色最新款式风衣，用料考究、做工仔细。忽然有件东西从风衣口袋里掉了出来，他拣起来一看，原来是东方女人用来挽头发的簪子，用翡翠做成的，约莫有二十厘米长，尾部粗大，雕琢成一朵鲜花的样式，而尖端部分非常尖锐。遗憾的是，刚才掉在地上时，把尖头磕破了一点。

小卡洛斯心里抽动了一下，该如何向主人解释呢？才第一次见面，就损坏了人家的一件随身物，说不定还是那个漂亮女人的宝贝哩。他知道东方女人喜欢披金佩玉，既代表了她们的财富和尊贵，又象征着她们像玉一样纯洁、干净。小卡洛斯在外面一筹莫展。

露易丝医生给病人体检后发现，这个衣着时尚、娇贵弱小的土司夫人，下体的炎症相当严重，还散发出阵阵的臭味，就像有时来她的诊所看病的那些八角楼的妓女。

露易丝医生皱起的眉头，让秦忆娥也羞愧难当，她期期艾艾地说："医生，我……我前段时间，小产了。"

"你说什么？"露易丝医生问。

"就是……就是，流产了。"

"噢，我很遗憾。那你怎么会不注意卫生呢？"

"我……我……"

"还在过性生活？"露易丝医生的语气有些严厉了。

秦忆娥咬紧嘴唇，满面羞红，眼泪却下来了。

"你们是有身份的贵族，应该知道生命的尊严。"露易丝医生用西方人的眼光来审视这个东方病人。

"什么狗屁贵族？畜生！"秦忆娥忽然骂出来了。她很想告诉这位洋人医生，你身边要是睡的不是一个人，而是一头老虎，你还跟他谈什么生命的尊严?

露易丝医生似乎有些明白了。她说:"你必须打针消炎,并且在一个月之内,和你的丈夫保持距离。明白吗?不然你的命都保不住了。"

秦忆娥点点头,但心里想的是,她将如何在一个月之内抗拒一头扑到身上来的老虎。

在外面的注射室,秦忆娥发现那个绅士还没有走,露易丝医生在配制药水,秦忆娥感到很难堪,仿佛这个绅士也知道了自己得的什么病。但是小卡洛斯安慰她道:

"没有关系的,请相信我们的露易丝医生,她的医术可比你们装神弄鬼的毕摩高明多了。我可不认为一个人生了病,跟什么魔鬼有关。"

秦忆娥忽然发现,这个绅士汉话流利,口音里甚至还带有一些本地汉彝混杂的腔调,这连很多来碧色寨讨生活的汉人都做不到。

因此秦忆娥没话找话地问这个总是面带微笑的洋人,"你……你会说他们的话?"

"他们?"小卡洛斯适当地一俯身问,就像面对一个不谙世事的孩子。

"你的口音像那些彝族蛮子的话。"秦忆娥噘起了可爱的小嘴唇。

"哈哈,你也是一个彝族蛮子的夫人呢。"小卡洛斯以为这是无关紧要的幽默,但他不知道这正戳到秦忆娥的痛处了,美人儿顿时就拉下了脸。

"不看了,我们走。"她对梅子说。

"哎,夫人,我还没有给您打针呢。"露易丝医生一脸严肃地说,"在我这里,谁都得听我的,不管她是个土司夫人还是总统阁下。想保命的话,你至少得打一个月的针水。躺下。"

"夫人,听露易丝医生的没错,这对您有好处。"小卡洛斯用他那招牌式的绅士风度微笑着说,"如果刚才我有所冒犯,我敬请您的原谅。"

"卡洛斯先生,请不要打搅我的病人。"露易丝医生说,眼光里不无鄙夷,好像把小卡洛斯的内心看透了一般。

"好的,我这就走。"小卡洛斯知趣地说,"夫人,祝早日康复。如果您允许的话,改日我将到您府上拜望。这是我的名片。"

小卡洛斯转身走了,秦忆娥的眼睛一直追随着他的背影,然后她看看手里的名片,问露易丝医生:"他就是叫卡洛斯的,那个歌胪士洋行的经理吗?他是哥哥还是兄弟?"

露易丝医生回答说:"是兄弟。不过,这两兄弟都是找不到爱情方向的愚蠢家伙。夫人,你可要小心。"

从那一天开始,小卡洛斯就像露易丝医生说的那样,开始找不到爱情的方向了。他像坠入情网的年轻人一样茶饭不思,像一个忧郁诗人那样沉郁徘徊。他在八角楼的酒吧里期待能与秦忆娥碰面,在铁路边的小道上盼望着一次邂逅,在站台上熙攘的人群里寻找那靓丽的倩影。他早已经在脑海里幻想了许多和秦忆娥在歌胪士酒楼、在八角房舞厅、在网球场、在春天开满野花的山冈、在夏天繁星灿烂的夜晚,相会长谈、把酒言欢、翩翩起舞、缱绻缠绵。

他在辗转反侧的痛苦煎熬中才恍然大悟,一个淑女怎么会轻易到八角楼的酒吧里来?这个病中的东方女神除了会去露易丝医生的诊所,又怎么会独自到铁路东边欧洲人的地盘上来散步?她也不会出远门,凭什么会到拥挤的旅客和充斥着苦力汗臭味的站台上去呢?他犯了一个热恋中的人犯的常识性错误——以自己的幻想,判断别人的行踪。可是，主啊，我真的爱上这个东方女人了么？他问。

那天在铁路诊所遭到露易丝医生的白眼后，他慌忙逃出诊所，回来后才发现那把翡翠簪子没有来得及还给秦忆娥。现在这玉簪成了他手里日夜把玩的"信物"了——尽管它还不是秦忆娥亲手送给他的，但小卡洛斯把这看成是上帝的安排，让他的思念有了寄托。他甚至在玉簪上嗅出了女人的发香，那是何等神秘幽远、令人心襟摇荡的香味啊！

当然，他每天都在窗户前看到秦忆娥在女仆的陪伴下去露易丝医生的诊所，但他不敢再次面对露易丝医生鄙夷的眼光。不仅卡洛斯兄弟对露易丝医生敬畏有加，碧色寨的欧洲人都对这个似乎打定主意终身不嫁的女子充满尊重。她的爱都给了病人和穷人——不论是欧洲人，还是中国人，她才是碧色寨真正的圣女，纯洁的基督徒。小卡洛斯还没有勇气向露易丝医生坦承：是的，我爱上这个东方女人了。

他曾经下了一万次决心，去普田虎土司的衙署拜访，但他怕在别人的丈夫面前，掩饰不了自己的张皇，他还做不到像他的兄长大卡洛斯那样，即便刀架在脖子上，也能把一段谎话编织得像天边美丽的彩虹。大卡洛斯夺人性命时都能面不改色心不跳，而要小卡洛斯来一段浪漫勇敢的偷情，最好不要让他和人家的丈夫一起喝茶。这里不是欧洲。

一周之后，小卡洛斯坠入了深渊。因为他再不能在歌胪士洋行的窗户边看到那道美丽的风景了。露易丝医生不是说她的病人至少需要一个月的治疗吗？难道这可怜的病人放弃了？不过，以小卡洛斯有限的健康常识，他判断秦忆娥绝无这么快就痊愈的可能。主，不行了，求你救救你的罪人。小卡洛斯现在是生活在热锅里的蚂蚁了，是灵魂出窍的一副空皮囊了，看来得像中国那句俗话说的那样，不入虎穴焉得虎子了。

小卡洛斯在一个下午提了一大包礼品，镇静地敲开了普田虎土司衙署的大门。门房拿了他的名片送了进去，小卡洛斯坐在前院的迎客厅等候。他当然知道土司为自己的女人专门盖了一幢洋楼，但这些天他在铁路对面用望远镜也没有看到这幢洋楼的大门开启一次。爱情的小鸟儿飞走了，还是被囚禁起来了？

普田虎土司笑容满面地出来，他们过去见面大多是在八角楼的酒吧。小卡洛斯也知道这个性欲旺盛的家伙曾经战败了无人匹敌的珍妮弗小姐，他这些日子会在寂寞的夜晚里想，娇弱柔美的秦忆娥，如何跟这个野蛮粗鲁的土司过性生活呢？

"哎呀呀，稀客稀客。前几天我就听见有只喜鹊在我的屋檐上叫了，还以为是你哥哥来了，他来我这里喝过几次酒呢。请，请，我的朋友。"

小卡洛斯已经知道，在中国人的习俗里，喜鹊叫和一个朋友的到访有关。主啊，我能和他做朋友吗？小卡洛斯努力控制内心的矛盾，现出一个绅士般的微笑，彬彬有礼地说：

"尊敬的土司先生，请原谅我的冒昧来访。听说尊夫人病了，我特地前来探望。"

普田虎土司愣了一下，随即说："哦，婆娘们的事情，还麻烦卡洛斯先生操心。真是的，来，来，来，屋里坐。"

寒暄过后，小卡洛斯被迎进土司衙署的议事大厅。厅堂的正中央有一张宽大的桌子，两边是两把沉重的木椅，背后的墙上悬挂着一张巨大的虎皮，而厅堂的两侧，则在木架上陈列着刀、枪、棍、剑、矛等兵器。铁路东边的欧洲人早就知道，这里是土司断案办公的地方，本地的老百姓犯了事，或者民间有什么诉讼，要在这里跪着向土司申诉，等待土司的判案。那个时候，他就是这片土地的大法官。

小卡洛斯不明白土司为什么会在这个审判案子的地方接待他，难道他要开始审判自己有罪的灵魂了吗？

茶上来后，小卡洛斯终于按捺不住急迫的心情，"那么，尊夫人的病情，好些了么？"

"她回娘家去了。"土司不当多大回事地说，他看到小卡洛斯没有什么反应，又补充说，"回昆明她妈那里去了。婆娘些嘛，一有点不舒服，就往娘家跑。"土司说到这里，自己都有点怨气了。

小卡洛斯在一瞬间做出了一个大胆的决定，但他控制住了自己马上就想告辞的冲动，去到昆明的火车明天才会开出碧色寨车站呢。现在，他必须和土司大喝一场。大卡洛斯曾经跟他提起过，到普田虎土司的衙署做客，必须酒量好才行。这让不胜酒量的小卡洛斯对当这种客人，一向不感兴趣。

小卡洛斯从土司家出来后，就去跟他哥哥说，他想去昆明待上一段时间，大卡洛斯头也没有抬就说："去吧，去吧。"他的办公桌上摆满了一些卡片，上面画的是小卡洛斯也看不明白的密码。

"我看了下账本，昆明那家店最近几个月的业务量在下滑。"小卡洛斯说。他们两兄弟本来有个分工，大卡洛斯总领全盘，同时负责歌胪士洋行在安南的海防、东京，云南的建水、宜良、昆明设立的分行的业务，而小卡洛斯过去因为要照顾家人，主要打理碧色寨、河口、开远和蒙自的生意。每个分行都聘请得有专门的经理，过去大都为欧洲人，但这些年兄弟俩发现，聘请中国人来当经理更为合算。首先，中国人经商很精明，洋行的业务上手很快，好几个在歌胪士洋行干经理的，都是从低层店员干起来的，大卡洛斯甚至还认了一个当经理的年轻人为干儿子，他是大卡洛斯在他十多岁时从蒙自街头捡回来的流浪儿。其次，中国经理的薪资比开给白种人的低得多，他们很容易满足。还有一个很重要的原因：中国的职业经理人都很敬业守信义，两兄弟几乎不用操多少心，到月底看看账本就行了。

"又要打仗了嘛。或许。"大卡洛斯心不在焉地说。一点也不怀疑兄弟为什么要来管本该自己在昆明做的事情。

"那我明天就走了。"

"嗯。"大卡洛斯现在才抬起头来，发现他的兄弟头发零乱，衬衣敞开，领带也歪在一边，"你喝酒了？"

"今晚去那个土司家了。"小卡洛斯说。

"噢，那个家伙。他有没有叫那些脑袋上插满鲜花、歌喉嘹亮的彝族少女给你唱歌敬酒呀？那种时候，真是一场悲剧。"

"没有。我已经像法国的外交部长面对咄咄逼人的德国人那样，严词拒绝了好多杯了。"

"哈，在彝族人的酒桌上，常常无异于一场战争。连和那个马戏小丑般的毕摩喝酒，你都得有和人决斗的勇气。尽管他每次都说，饮一碗，值千金，饮两碗，无价值，饮三碗，要害人。"

小卡洛斯听到他兄长说到"决斗"一词时，心里紧了一下，刚才和普田虎土司喝酒时，他就总是在想这个问题。回来的路上他却觉得这真是荒谬，他连人家妻子的手都还没有摸到一下哩。

"这些野蛮人，不配和我们决斗。"小卡洛斯说。

"呵呵，你是说不配和我们喝酒吧，老弟？我上周在跟普土司喝酒时，还签了一单咔叽布生意，他要给自己的护卫队做统一的服装呢。主啊，这是个什么样的国家，自己也可以拥有私人军队。"

"吓唬老百姓的军队罢了。我走啦。"小卡洛斯说。"决斗"和"军队"，都可能是小卡洛斯将来要去面对的问题。他不想在去到昆明迈出那勇敢的一步前，看到那样多的困难。

"好的，路上小心些。别忘记上个月火车还被土匪抢过一次。哦对了，凯蒂真的要和你离婚？"

"现在的问题是，我要不要离婚。"小卡洛斯说出这话后，连自己都被吓了一跳。

"想开了就好。去昆明找自己的快乐吧。"大卡洛斯也不太喜欢那个图慕虚荣的兄弟媳妇。

大卡洛斯在他兄弟看上去有些沉重的背影就要出门时，又喊了一句："别老把一个世界都扛在背上！"

小卡洛斯走后，大卡洛斯又继续自己的工作。他在鼻梁上架上眼镜，这是一副对他的确有用的老花眼镜了，不像过去，只是为了戴给露易丝小姐看。这些年来，大卡洛斯一直在偷偷跟着毕摩独鲁学习彝文，这种形状像蝌蚪的古怪象形文字，常常折磨得他的头发一把一把地往下掉。并不是说这个五大三粗的家伙是个彝文化的爱好者，也不是他像布格尔神父在业余时间潜心植物那样，以此打发寂寞无聊的时间。他学习彝文，只是为了证明自己从娘肚子里生下来时就要干的一件大事——找到基督山伯爵发现过的那种藏宝洞。

这样的藏宝洞在古老富裕的东方国度，在魔幻神秘的彝家大山，绝对值得赌一把。更何况，大卡洛斯先生还有一张花重金买来的藏宝图呢。

但要命的是：你必须懂彝文，并且是一种远古的彝文。

半年以前，大卡洛斯在八角楼的酒吧里遇见一个神神叨叨的美国佬，他已经走遍了彝家的大山，脸像一棵被伐倒的古树一般布满太阳的年轮，那是被晒褪了一层层的皮后留下的印痕。他形销骨立，胡子拉碴，落魄潦倒，身上布满牲畜的味道，身后紧随死亡的阴影。看上去他像一个游方传教士，虽然连面包都没有一口了，但目光执着，步履坚定，尽管他走到哪里，连蚊子都躲着他，不是因为他的皮肤上已经吸不出一点血来，而是由于他就是一具行走在陌生土地上的僵尸。他在八角楼酒吧的吧台前请珍妮弗小姐去玫瑰房里共度春宵。珍妮弗小姐说她早就不做这个了，玫瑰房里还有像刚刚开放的玫瑰一样的姑娘。但这个家伙说，他在大洋彼岸就久闻珍妮弗小姐的芳名，他来到中国，就是为了一会这常开不败的东方玫瑰。在他的苦苦哀求下，珍妮弗小姐才说，来吧，你这从小缺少母爱的可怜虫。但一刻钟后，珍妮弗小姐就把自己的同胞踢了出来，说这家伙是个只会放空枪的衰牛仔。大卡洛斯把他从地板上拎起来，本想像扔一个酒鬼那样将他扔出去，但他的手还没有舞动起来，这个流浪汉用他鹰一般的爪子抓住了大卡洛斯的胳臂，就像快输光的赌徒紧紧攥住手里的最后一块筹码。

"我有基督山伯爵的藏宝图。"他说。

"我还有维多利亚女王的王冠哩。"大卡洛斯回敬道。

"和我藏宝图中的宝藏比起来，女王的王冠只价值一杯马提尼酒。"

大卡洛斯从那绝望的眼神中看到了无限远的希望，只有一个在大海中快要淹死了却又看到了远远驶来的轮船的人，才会如此狂热又疯狂，这一点和大卡洛斯漂泊冒险的一生相似。关于在这片神秘古老的土地有一个藏宝洞的传闻，大卡洛斯不是第一次听到。他把他带到吧台前，给那流浪汉要了一杯杜松子酒，然后，他吃下了一整只烤鹅，三份牛排，两碗意大利通心粉，二十二个佐餐面包，外加一条大吐司，两壶咖啡。天知道这个夜夜在梦里的宝藏中打滚的家伙饿了多少天了。

作为填饱肚子的代价，大卡洛斯让美国佬拿出他的藏宝图来。那是一张用某种矿物颜料画在一块本地土著编织的麻布上的图画。那上面浸满汗渍和污迹,连魔鬼的手印,阎王的唾沫,恋恋不舍的阴魂都依稀可辨,不知被多少人揣在怀里温暖过、梦想过、发狂过。从画上可以模糊辨认出有太阳、山、河流、山洞、树、动物和一些弯弯曲曲的道路,笔法很拙朴,布局很神秘,每个物体上都标有极难辨认的彝文,土布的下方还有数行说明书式的文字——他们猜测,需用放大镜才能看到这些小蝌蚪漫游在神秘尘封的历史岁月中。如果在欧洲,这样的一幅图画也许会贴到幼稚园的墙上,或者放进博物馆里,但在碧色寨,它足以令人疯狂。

大卡洛斯吐了一口烟喷到那散发出古老陈旧气息的麻布上,"也许,这块破布刚好够付你在珍妮弗小姐玫瑰房里的账单。"

"你的珍妮弗小姐就是中国皇帝的公主,也不配看一眼这张藏宝图,没有人蠢到用它去抵押一时的快乐。"美国佬以不容置疑的口气说,收起了那幅图。

"那么,它值多少钱呢?"

"一条滇越铁路。"流浪汉严肃地说。

大卡洛斯爆发出可以掀翻屋顶的笑声。没有人可以跟他谈论这条跨越两个国家的铁路的一切,连弗朗索瓦站长在他面前也自愧弗如,他就是滇越铁路的百科全书。从花了多少钱建这条铁路,到每一根枕木下有多少个中国人的阴魂。

大卡洛斯一把将这个家伙抓过来,拖着他来到酒吧柜台内,指着墙上张贴的一张泛黄的旧报纸对他说:"蠢货,看看这张 1910 年 4 月 15 日的《泰晤士报》吧,要是你的脑袋瓜里还没有被彝族人的小蝌蚪钻进去拉屎、还记得几个英文单词的话,你会看到这样的一句话:滇越铁路是人类工程史上可与巴拿马运河、苏伊士运河齐名的世界三大奇迹。"

没想到美国佬不屑一顾地说："三大奇迹加起来，也没有我的藏宝图神奇。"

大卡洛斯不是一个轻易被故事骗倒的人。他从来只相信自己的直觉和勇气，他凭这两个优点闯世界，再加上他赌徒的天性，到现在似乎还是赢多输少，至少他还活着。就像他的口头禅：强悍的是命运。大卡洛斯相信，自己的运气一向不错，那是因为他的命还一直像他的肌肉一样强壮。

但就在那个闷热的夜晚，这个漂洋过海的冒险家，彝家的深山密林中连魔鬼也害怕的人，被彝族人的蝌蚪文字迷惑住了。有的时候，一个曾经征服过大鲨鱼的人，却捉不住那些在池塘里游来游去的小蝌蚪。

大卡洛斯在中国滇南一带生活的这些年，也交了不少汉族和彝族朋友，精通汉话，甚至还能说一些本地彝族话。但他自从得到那份藏宝图后就悲哀地发现：这个世界上也许只有一个人能读懂那图上古老的彝文，那就是制作这幅地图的人。毕摩独鲁告诉他，许多彝族的智者在书写彝文时，故意生造一些古彝文字，或表音或表意，或随性或神秘。他们写这些文字的目的，就是为了让人看不懂。不是要显示自己的学问，而是要坚守一个亘古的秘密。

"那么，这是一个什么秘密呢？"大卡洛斯每次提着酒和礼品去拜访毕摩独鲁时，总会在把老毕摩灌得晕乎乎时，试图套出破解这个秘密的良方。

"你会把你家里的事情，轻易给外人说吗？"毕摩醉眼蒙眬地问。

大卡洛斯认为，毕摩独鲁是他所见到的最聪明的中国人。一个人如果坚持自己的信仰和精神价值，他就不容易被糊弄甚至征服。尽管许多碧色寨的欧洲人因为这个彝族巫师对火车的固执陈见和种种荒唐举措,就把他当马戏团的小丑,但大卡洛斯从不敢小觑他。他宁愿去对付一百个懦弱或鲁莽的中国人,也不愿面对毕摩那双善于捉弄人的眼睛。可是命运偏偏让他必须拜这个行事古怪的彝族巫师为师,这场寻宝的冒险其实就是和老毕摩玩的一场智力游戏。大卡洛斯当然不会把这幅藏宝图给独鲁照图翻译,他总是躲躲闪闪,谎称在碧色寨生活了大半生,和彝族人结下了深厚的友谊,将来回到欧洲,会为不认识几个彝文字而感到遗憾。他今天依样画葫芦抄几个彝文字单字去请教,隔几天又复制某个局部,像个谦逊的学生。但老毕摩的解答也是天上地下、神界人间,云遮雾障,虚实莫辨,不知是他的学识有限,还是神界的事情人的语言实在难以一言蔽之。诸如——

"这是蟒蛇年蟒蛇月太阳走的路。"

"出门的四脚蛇爬到了上弦月了。"

"水獭和鳄鱼在祭龙神的地方相咬。"

毕摩甚至把大卡洛斯照藏宝图临摹的一个山洞说成是"一个女人的子宫,已受孕了老虎的精子,将生出统领天下的彝王"。

毕摩的诠释就是这样一些让人更加费解、满头雾水的解答。当然,多数时候,博学的毕摩独鲁也面对大卡洛斯提供的文字样本一筹莫展,他痛苦地问:

"你在哪里得到这些文字的啊?世界都在里面了。"

"你是说世界上的财宝吗?"大卡洛斯满头的热血直冲脑门,头发都根根树立了起来。

"比世界上所有的财宝加起来都更宝贵。"毕摩不紧不慢地说。

"它们到底是什么意思呢?"

"这是我祖师的祖师才看得懂的东西,我得去问问他们。"

大卡洛斯急迫地问："那么，这个伟大的祖师在哪里？我们去找他。"

老毕摩往天上翻翻他那惯于捉弄这些洋人的小眼睛，指指他家神龛上供奉的一块灵牌，"这是他的牌位。"

"你怎么可以跟一个死去多年的人通话？"

"你们的大神，那个叫耶稣的，不是也每隔七天，都来跟你们说话吗？"博学的毕摩反问道。那鄙夷天下的神态让人感到他对世界的了解，一点也不比一个欧洲人少。独鲁其实早就看出了大卡洛斯谦逊后面掩藏着的欲望，他那点小花招，不会比当年洋人把铁路修到碧色寨时更聪明，不过是一些魔鬼世界派来的狡黠鬼而已。一个毕摩，自有对付狡黠鬼的方式和方法。

很多时候，大卡洛斯感到自己就是在跟半个神灵对话，连他也慢慢相信，这个老毕摩是个通灵的人物。而绝世财宝的秘密不是凡人可以轻易解读的，他需要他的帮助，更需要从神的世界取回一笔丰富的宝藏，这是对他在遥远的东方生活一生的报偿。

第七章　岩羊年

毕摩独鲁这些年来一直盘算着一个计划，它或许来自于神的启示，或许又和魔鬼的诱惑有关。这个计划在孤独中酝酿，在黑暗中纠结，在仇恨中完善，在失落中一遍又一遍地被捡起来，又悲凉地放下。直到大卡洛斯来找他学习彝文，老毕摩仿佛看到了计划实施的希望。

在碧色寨的彝族人中，和洋人打交道总是让人感觉是站在台阶下仰着头跟他们说话。尽管像弗朗索瓦站长这样的人，虽然一直想和毕摩交朋友，对他的救命之恩念念不忘，每年彝族人过年时，他都会给毕摩送来大包小包的礼物，有一年甚至还请人赶来一头大肥猪，但这些都是魔鬼的阴谋。毕摩想，人有自己的计划，魔鬼有他们的诡计。洋老咪们左手送你礼物，右手断你香火。从开来火车改变一切，到夺走你的儿子。天上的诸神啊，这就是洋老咪们喜欢干的事情，他们必定要为此付出代价。

这些年阿凸在铁路上从巡道工做到列车检修工，再得到弗朗索瓦的推荐去蒸汽机车的机头上做司炉，一铲一铲地往炉膛扔煤块，驱赶着火车奔跑。他自己的人生道路也越跑越快，和毕摩这一神圣的职业背离得越来越远。他结婚生子了，他的钱越挣越多了，他的眼界越来越开阔了，现在他已经是一名熟练的火车司机了。他再不会子承父业，做一个上通鬼神世界、下晓人间万象、人人尊敬的毕摩啦。

阿凸自豪地登上蒸汽机的机头，做一个浑身总是被煤烟熏得乌黑的司炉时，毕摩独鲁曾经到车站来找过弗朗索瓦站长，那是一次并不愉快的见面，因为弗朗索瓦站长以一个培养出了人家儿子、再来教育其父亲的姿态，接待那个可怜的毕摩。

"嗨，亲爱的毕摩先生，我的老朋友，真高兴您来车站做客！我荣幸地告诉您，根据我们法国铁路公司的有关规定，您可以每月享受一张免票。这让您能去这条铁路线上任何一个地方旅行了。因为您是我们的铁路职工家属了嘛，您应该为您儿子感到骄傲。"

"我日你洋老咪的老娘。把我的儿子还给我！"毕摩单刀直入地说。

"您说什么？"弗朗索瓦并没有听明白毕摩骂人的话。

"洋老咪，我来带我儿子回家。"

"回家？噢，亲爱的毕摩先生，您儿子上班时间，是不可以回家的。您要知道，在铁路上工作，可不是你们种地放羊，想回家就回家。当了一名铁路工人，他就必须遵守我们的时间。他要离开自己的岗位，火车就出大事了。明白我的话了吗？"

"你的火车关我屁相干！洋老咪，你们是哪一路魔鬼派来的啊？为什么要斩断一个毕摩世家的香火？将来哪个来给人们唱彝族人的创世歌谣？哪个来告诉人们：我们从哪里来的，死后又将去往哪里？哪个又来为我送祖灵？求你了，让他回家吧，他不回来，我独鲁家的香火就要断了啊……"毕摩独鲁说着说着竟然哭开了，从椅子上滑落到地上，蹲在椅子边，一把眼泪一把鼻涕的，像一个受到严重伤害的孩子。

弗朗索瓦站长一时被毕摩的眼泪搞得手足无措，这算个什么事？这又是为什么？他们曾经在战场上刀枪相见，弗朗索瓦站长记得那时的毕摩眼光中犀利的目光，如果多年前的那次战斗让他和毕摩一对一决斗，他不一定能战胜他。现在这个倔强的人竟以如此方式来哀求他，尽管弗朗索瓦闻出了他满身酒气。

"对不起，毕摩先生，我伤害到您了吗？请告诉我，什么是香火？"

"你们洋老咪是猴子变的还是狼养的？你们的家业不需要父亲传儿子、儿子传孙子吗？人又不是山上的野狗，日出一窝来后就各奔东西。"

弗朗索瓦站长听明白了，这个毕摩今天说话可不像他从前那么神神叨叨、文雅费解。不过弗朗索瓦站长面对一个男人的眼泪，没有理由不怜悯他、同情他、宽恕他。尽管这或许带有某种居高临下的成分。

"毕摩先生，请不要伤心了。儿子总要长大的，我们要尊重他们的人生选择。我的儿子也跟阿凸差不多一般大，我当初还希望他去学铁路工程呢，嗯，就像您说的，继承我的事业。但他喜欢绘画，将来想当一个画家。你明白吗？就是那种跟一个流浪汉差不多的职业，如果他不能取得成功的话。即便他饿死了，那也是他的选择。"

"狼还护自己的崽崽哩。"毕摩抽泣着说。

弗朗索瓦不是很高兴这句话，"毕摩先生，您要明白，现在这个世界上，人要比狼更敏捷凶猛，才存活得下来。对不起，火车要进站了，您没有什么重要的事情要说的话，我得工作去了。"

弗朗索瓦站长摇了一下桌子上的铃铛，一个职员走进来，"送这位先生出去。"面对那个职员有些诧异的眼神，弗朗索瓦站长又补充说:"他误解我的好心了。"

毕摩独鲁站起来,擦干了眼角上最后一滴眼泪,一瞬间就变得像一个重新找到了尊严的人,眼睛里的刀子足以把人的心挖出来。

"你们的心,我从来就没有看错。"他说。

大卡洛斯带上自己的两条德国牧羊犬,一把双筒猎枪,骑上英格兰纯种马,和毕摩独鲁走上了"蟒蛇年蟒蛇月太阳走的路"。这是根据那张神秘的藏宝图的提示而在彝家大山里进行的数次无畏探寻之一。大卡洛斯发现自己越来越像那个被这张藏宝图耗尽心血的疯狂美国佬了,他在快要死时才交出了这张地图,那时他已经在八角楼里输光了大卡洛斯预支给他的三万皮阿斯特。这个倒霉的家伙到死都不会明白,八角楼的赌桌是被谁在操控。

在似乎永远也走不完的山道上,全身狩猎装束、有马骑、有狗相伴的大卡洛斯常常落在毕摩独鲁的后面,干硬坚韧的老毕摩就像悬崖上的一棵千年古藤,愈老弥坚。霜风雪雨、刀砍火烧都只能在他的身上留下几许沧桑演变的痕迹而已。他穿一双破烂的千层底布鞋,披一件蓑衣,除了腰上别着的一把砍柴刀,背一个竹篾背篓,手上连跟棍子都不拿。大卡洛斯曾经问毕摩,你进山连你们彝族人的火枪都不带,要是遇到野兽什么的,你怎么办?毕摩说,哪一样野兽不是我的朋友?如果你能碰到一只老虎的话,你就碰见我们彝族人的王了。我们都是它的臣民。大卡洛斯心有余悸地说,还是不要让我有这样的荣幸吧。

很多地方大卡洛斯不能骑马,而且娇贵的英格兰纯种马极不擅长走这样的山路。大卡洛斯不得不牵着马,爬行在崎岖不平的山道上,它就像一个烦人的小姐,反倒成了大卡洛斯的累赘,而他的那两条德国牧羊犬,则常常走得舌头伸得老长老长。山道两边林木森森,遮天蔽日，小溪神出鬼没，忽而跌落在悬崖处，忽而钻入地下，不见了踪影。松涛发出野兽般的呐喊，仿佛一千头猛兽即将从密林深处一跃而出。"这他娘的是条什么样的路啊？"

"太阳走的路。"毕摩在前面不紧不慢地说。

"太阳在天上。它的路倒是好走。"

"你得紧跟太阳的步子，才可以走出这片森林。"

"当然了，在这个地狱一般的地方，谁落到了太阳的后面，谁就掉进了黑暗的深渊。"大卡洛斯气喘吁吁地说。他发现自己说话也越来越像一个神神叨叨的老毕摩了。"可是，可是我们是走在蟒蛇走的路上吗？我们会遇到那个能把人一口吞掉的大家伙吗？"他不能不想起修铁路时那个倒霉的美国人汤姆。

"不是走在蟒蛇的路上，而是走在蟒蛇的季节里。"毕摩说。

"蟒蛇的季节？"大卡洛斯嘀咕道，"真不明白你们是如何确定这个该死的季节的。"

"我们的季节，上应天上的太阳，下合地上的动物，万事万物和谐，该播种时播种，该收割时收割，像你们的火车一样准时。它从来就不是可诅咒的，到了山头上你就明白了。"

他们终于爬上了一座海拔约三千多米的高山，那时太阳离西边的地平线还有一根竹竿那么高的距离。大卡洛斯用望远镜可以看到远方的铁路像一条弯弯绕绕的肠子，在山峦叠嶂中盘绕，此刻连他也不能不感叹：这险峻壮观的高原，当年是如何把铁路修进来的？

他也不明白毕摩为什么要带他来爬这样高的大山。毕摩只是按照他提供的那张藏宝图的局部说明，带他走"蟒蛇年蟒蛇月太阳走的路"。毕摩说，我们走到那里，就会看见了。至于会"看见"什么，毕摩没有说明。用他神秘莫测的沉默让大卡洛斯不得不相信，他会有所发现。

山顶上面朝东方的地方有一块不大的平地,毕摩去到山坡下砍来一抱竹竿,说:"我们要在这里住一晚了,等明天的太阳给我们另外的说法。"

"什么,住一晚?"大卡洛斯有些为难地说,"我什么都没有准备,你出来时又没有告诉我会在野外露宿。"

"有了火种,哪里不可以住?"毕摩不当回事地说。

"可是,毕摩,我们有麻烦了,我带来的火柴刚才被那场大雨淋湿啦。"太阳下山后,大卡洛斯明显感到山风冷硬起来。

"嘿嘿,你们洋人可以用火来开动火车,却不晓得在这荒天野外咋个用火烤熟一块土豆。"毕摩从怀里又掏出了两块用油纸小心包裹着的火镰石,找了一个背风的凹地,拢了一小堆树叶和枯枝,用火镰石相互"嚓嚓嚓"划了几下,几颗火星飞落下来,树叶堆上冒出一缕青烟。

大卡洛斯笑了,"你可真是一个聪明非凡的毕摩。"他由衷地说。

"我不过是一个被你们当笑话看的人。"火燃烧起来了,映照出毕摩一张落寞、孤独的脸。

"亲爱的毕摩,在对你有充分的了解后,我对你充满敬畏,就像敬重我们教堂里的神父。"大卡洛斯相信,这是自己的真话。过去他不进教堂,也看不起神父,但随着年龄的增长,他发现自己的生命中需要敬畏的东西愈来愈多了。

毕摩并不为这话感到高兴,面无表情地从背篓里抓出几个土豆丢进火堆里。大卡洛斯想起自己的行囊里还有一块干牛肉,本来是给自己的牧羊犬准备的,现在他的肚皮都贴到脊梁骨上去啦,他也把干牛肉拿出来,切下一块,递给毕摩。

175

两人吃过简单的晚餐，在火堆边和衣而眠。头顶的星星硕大而清晰，仿佛伸手可摘。大卡洛斯过去经常出来打猎，但那有些像英国王室成员的狩猎，奢华而喧嚣。每次在野外狩猎都有仆人给他搭帐篷，为他喂马牵狗，为他背来舒适暖和的睡袋、靠椅、香槟、杜松子酒。他还想起有一次带露易丝医生和玛丽护士以及弗朗索瓦等一干人出来打猎，以至于惊动了当地的官员，因为他们说附近有土匪，担心这些尊贵的洋人出意外，竟派了一个班的武装士兵来保护。那与其说是一次狩猎，不如说是洋人们在这片土地上惬意而耀武扬威的巡游，不要说猎物早躲得远远的了，就是沿途的老百姓，都受到不小的惊吓。

临睡前，大卡洛斯问："亲爱的毕摩，我还想请问一下，刚才你说明早的太阳又有另外一种'说法'，那么，它会告诉你什么呢？"

"太阳出来了，树上的鸟儿叫了，说法就会有了么。"毕摩还是那种绝不轻易透露答案的神秘口吻，就像睡梦中的呓语，不着边际。

第二天早上，太阳还没有升起，毕摩将找来的十根竹竿在那块面对东方的平地上摆放成一个奇怪的图形。大卡洛斯也爬起来了，揉着惺忪的睡眼，看毕摩独自忙乎。他忽然在清晨凛冽的空气和毕摩的肃穆中感到了某种庄严，他推测，或许毕摩在借助初升的太阳测绘某个方位。是那个藏宝洞的方向吗？

初升的太阳让竹竿在地上透射出长长的影子。毕摩微闭双眼，嘴巴时而嚅动几下，既像诵经，又像一个哲学家在穹苍下、大地上思索人类的某个还没有答案的终极问题。有时他又从怀里掏出一根细绳，趴在地上测量竹竿影子的长度和南方地平线形成夹角的角度，然后，用一根竹笔在地上写写画画，仿佛他此刻不是一个擅长驱魔赶鬼的彝族巫师，而是一个具备了现代科学知识的铁路公司的测绘人员。

随着太阳日渐升高，这些影子也像一条条还没有完全僵硬的蛇一般，在地上缓慢地发生着变化，最后它们令人惊异地交会在一个点上。大卡洛斯也被这神秘的氛围震慑了，大气不敢出地静候在一边，连他的牧羊犬都乖乖地趴在地上，瞪着迷惘的眼睛，看着自己的主人。

"我的推算没有错，再过五天就该杀黄牛祭天，给太阳神过节了。"毕摩从地上爬起来，像终于解开了一道天大的难题一样，脸上充满轻松和喜悦。

"太阳神的节日？"大卡洛斯有些摸不着头脑了，这个老家伙带着自己跑了这么远的山路，就是为了推算一个节日？

"嗯，你看。"毕摩指着竹竿在地上投下的阴影说，"太阳走的路告诉我，它已经从南端快走到北端，阳年就要到了，大地上的万物该拔节长骨头了。每年的这个时候，我们都要杀黄牛感谢从南边回来的太阳神。洋老咪，你从哪里找来的这张太阳走的路线图啊？"毕摩独鲁拿出那张大卡洛斯临摹给他的藏宝图的局部图案说。

"尊敬的毕摩，我从哪里找到的这张图并不重要，"大卡洛斯尽量压制着内心的怒火和失望，"重要的是，它还告诉了我们些什么。"

"历法。"毕摩一字一句地说，"我们的太阳历法，它还没有被你们的火车开进开出的时间搅乱。"

大卡洛斯本想呵斥一声：别又跟我胡扯啦。但他看见了毕摩独鲁眼睛里的仇恨，那是一种自己的生活方式被人无端搅乱了的人才会有的恼怒，就像一个正在午休的人猝然被人叫醒。他当然知道毕摩对火车的敌意，对洋人的反感。他认为自己应该像一个驯兽师一样，努力去学会另一种"动物的语言"。

不过这种语言不是已经知道了太阳为恒星，地球是太阳的一颗行星的西方人可以轻易读懂的。根据毕摩独鲁的解释，宇宙是由清浊二气在你来我往的运行中形成的，那时没有天没有地，也没有日月星辰，到处都是混沌、黑暗、虚幻，没有日子、季节和年份。虚空中诸神出现，他们神力无边，在虚无混沌中开天辟地，在东南西北四个方向的高山上钉下四根铜铁柱，把天撑起来了，从此便有了大地，它像一个鸡蛋一样静止不动，有蛋壳、蛋皮、蛋白和蛋黄。太阳在这个巨大的鸡蛋上来回奔忙，当它从大地的南端来到北端时，就是一个阳年，在季节上为春、夏两季；当它从北端去到南端时，则为一个阴年，在季节上为秋、冬两季；而当太阳再次从南端回到北端时，则为一个整年。这个太阳在天上的旅行过程被彝族人精确地计算出有365至366天。彝族先民中的智者把一年分为十个月，每个月为36天，全年就只有360天，那么，一年中还剩下的五六天用来干什么呢？用来过年。人们劳作辛苦了一年了，总得有几天的时光，不属于任何月份，就像多余出来的一份财富，供人们尽情享受。因此，它们是欢庆、喝酒、祭祀、休息的日子。

毕摩独鲁一直担负着为土司和人们推算太阳历法的职责，由他根据祖传经书上的描述来向人们宣告，什么时候该播种、什么时候该祭神，但他从来没有亲自测绘过太阳在天上行走时与大地上季节变换的关系，因为他没有相应的指路图，有两次他的推算甚至出了差错，受到了普田虎土司的斥责。这对一个毕摩来说，是相当丢脸的事情。毕摩虽然在一个村庄中被尊为民族的智者，但作为祖辈传承的职业，他们也有自己的局限，擅长驱魔赶鬼的，不一定懂天文历算，精通祭祀请神的，不一定知道彝族医药。大卡洛斯给毕摩提供的那张图，让他证实了祖先的传授是那样的准确无误。在彝族人世世代代口耳相传的传说中，一个叫戈施蛮的彝族智者，就是用竹竿的影子推测太阳移动的脚步，再结合天上北斗斗柄的指向，为彝族人划分出年份和季节。

"这么说，哥白尼的日心说已经发表了400年了，这里的人还在坚持地心说的观点？布鲁诺真是白白被烧死了。"

大卡洛斯回到碧色寨后，向弗朗索瓦站长描述了他和毕摩独鲁这次出游的奇怪经历。当然，他没有说自己的真正目的。

大卡洛斯说："有趣的是，他们不用公元来纪年，而是用十种野兽来代表每一年的称谓。噢，让我想想都有哪些可爱又可怕的野兽吧。嗯，虎、水獭、鳄鱼、蟒蛇、穿山甲、马鹿、岩羊、猿猴、豹子、四脚蛇。哈哈，我们现在是公元1938年，在彝族人眼里，是他们的岩羊年。"

"那你们在山上猎到岩羊了吗？"

大卡洛斯耸耸肩，"我实在搞不懂野兽和他们认定的年份的关系。汉人不是也把他们出生的年份和十二种动物联系在一起吗？难道你能认定一个在虎年出生的人，就会像老虎一样威猛？在兔年出生的人，会像兔子一样温顺可爱？"

弗朗索瓦若有所思，"难怪那个彝族祭司总是指责我们的火车搅乱了他们的时间和季节。可是，在一个工业化的社会里，人总不能被动物所左右吧，那岂不回到了原始社会？"

大卡洛斯说出了一句让弗朗索瓦也感到颇有见地的话，"问题是，我们把工业社会的产物火车，开到一个蛮荒的地方来了。"

秦忆娥离开碧色寨时，就像逃离魔窟一般，她在心里发誓了千遍万遍，再不回到这个鬼地方了，哪怕普田虎土司带上他的卫队打到省府昆明来。她向她母亲哭诉，还说那个地方是云南的"小巴黎"呢，简直是个野蛮人生活的地方！火车通了那么多年了，但跟那里的人有什么关系？洋人还是洋人，野蛮人还是野蛮人。那个碧色寨的丈夫是个畜生，是个说不通昆明话的蛮子，土得从头发到脚指甲不说，还天天晚上都要折磨她，哪怕她头天小产了。要不是碧色寨铁路诊所的洋人医生，她怕是今生见不到自己的妈了。这个受人尊敬的女医生用一种洋药涂在她的下身，才止住那个粗鲁的、野蛮的、混账透顶的东西无休无止的兽欲。妈妈呀妈妈，有权有势的男人已经不是个东西了，有权有势的野蛮人会是什么呢？是一头要吃人的老虎啊！母亲，你的女儿不幸落入了虎口，现在她逃出来，这个世界上难道还有把女儿再送进老虎嘴的妈吗？

秦忆娥的母亲那时既心疼又愧疚，既气恼又着急，她冲着碧色寨方向像唱戏一样，一腔三叹地尖声数落起来：多大一只老虎啊？没有教化好的东西。还说洋人的火车开进来那么多年了，那些体面的绅士、高雅的淑女，还有他们文明的生活方式，应该教会这些包黑头帕的蛮子学会点人样。看看人家洋人的狗都晓得要穿衣服，自己也该认得点羞耻。可哪个想得到他们这种吃苦荞土豆的臭屎肚，永远拉不出不臭的屎来，就是诸葛亮再世，也想不到啊。我们家小娥可是将门之后，省城昆明的大家闺秀。当年她爹手下可有一千多人枪呢，骑高头大马、马靴铮亮、毛呢军装笔挺，走到哪里都护国安民，除暴安良，几个毛脚土匪，哪里是我家老倌的对手。哪样狗鸡巴日出来的土司，算个老几啊？——秦忆娥这时插话道：是老虎鸡巴，母亲。——管他是哪样鸡巴，都不过是山寨里的土蟊贼罢了。黄老孃继续家族历史的光荣咏唱：要是我家小娥的爹还在，早踏平了他的碧色寨，把他绑柱子上点了天灯。小娥，虽说现在咱们是孤女寡母的，但咱们是有教养的人，有身份地位的，身上随便拔根汗毛，也要撑死他们，吓死他们。咱们不怕那个土包子，他有本事他就来昆明，看老娘我咋个收拾这个狗杂种。他就是坐"米其林"专列来，不说他带什么礼物，就是他带一车舞刀弄枪的人来，老娘我也会一个个给他们打回去。老娘就不信了，一个昆明人还收拾不了一个寨子里的山大王。当年你爹在外面一呼百应、威风八面,攻城拔寨,斩杀土匪强盗,有如探囊取物般容易,但回到家里来,还不是要听我的。女人啊,生来就是制伏男人的,要不这世界还不翻了天了?别怕,小娥,养好了身子,我跟你回去好好教训教训他,让那个憨杂种认得小锅是铁打的,老娘的女儿是含着金钥匙长大的。不过呢,小娥啊,人说嫁鸡随鸡,嫁狗随狗,你就是嫁了头老虎,也得跟老虎一个被窝睡啊。这可是当女人的命。

那段时间母女俩经常吵架,秦忆娥想投滇池的心都有了。母亲一边骂得色厉内荏、唾沫横飞,一边又巧舌如簧、荒腔走板地将她往老虎的嘴巴边送。其实秦忆娥早看出来了,她嫁到碧色寨后,母亲很快就在普田虎土司为她买的洋楼里养了一个唱戏的小白脸,白天里跟人说是她收的学徒,晚上徒弟就钻进师傅的被窝里了。母亲还把她当成了摇钱树,她在碧色寨期间就三天两头地打电报跟她要钱,而在昆明城里,母亲却摆足了阔妇人的架子,办堂会,请戏班,在滇池上包游船,撑着那张花老色衰的厚脸皮,披金戴银,出入名流云集的交际场合。据说有一次母亲过生日,为了请省主席龙云来看戏捧场,母亲包下了一座戏院,遍请省城的富商巨贾和达官贵人,而她不过是在戏中跑了个龙套而已。

现实就是这样残酷,如果秦忆娥不回碧色寨,要不了多久,这个靠虚荣和秦忆娥的身子撑起来的家,又要回到靠典当度日的窘境中了。

转机来自一个午后的那一声门铃。家里的佣人到秦忆娥的闺房来通报说,有个洋人捧了一束鲜花前来求见。秦忆娥当时想都没有仔细想,就在脑海中浮现出小卡洛斯彬彬有礼的笑脸。她的命早就告诉她,这一天迟早要到来。

浪漫来拍秦忆娥的门了。

歌胪士洋行在全省都算是有名的大洋行。秦忆娥的母亲做梦也没有想到天上会掉下来一个洋行的阔佬来，而且还是一位洋人绅士。像黄老孃这种风月场上的老手，怎么会看不出一个手捧鲜花的男子的花花肠子呢？不论他是个中国的阔佬，还是洋老咪，都是那副狗改不了吃屎的臭男人德性。

在客厅里，秦忆娥特意穿了件紫色旗袍出来见客人，显得素雅而风姿绰约，而她母亲则盛装演出，打扮得花枝招展，把秦忆娥带回来的法式裙装不管不顾地往身上套，将身上的赘肉凸显得一览无余，脸上涂得花里胡哨，像乡村里的庙会上跳大神的女巫。让秦忆娥在这场与小卡洛斯先生的历史性会晤中一直有两个担忧：一是怕她母亲臃肿的身子把那身裙装撑破了，二是怕母亲脸上的粉会掉下来。每当她故作姿态地媚笑时，秦忆娥的心都要往嗓子眼蹦。

小卡洛斯显然是有备而来，对中国的礼仪谙熟于心，寒暄介绍之后，他先给秦忆娥母亲献上一件包装精美的西洋水晶胸坠，然后再向秦忆娥致以诚挚的问候，一束黄玫瑰，一盒西洋参。

"夫人，您的气色看上去好多了，昆明真是一个疗养的好地方。"小卡洛斯温情脉脉地说。

"可不是嘛，千好万好，不如自己妈家里好。"黄老孃插嘴说，"我们家小娥从小在家都有三个佣人，早上吃燕窝，晚上吃鱼翅，但燕窝鱼翅天天吃也腻啊，她从小可挑食了。就是上街吃碗米线，也都一买就是两碗，吃一碗扔掉一碗。"

"妈……"

小卡洛斯却不明白这份虚荣，他问："为什么要扔掉一碗？"

秦忆娥怕母亲再闹出笑话来，便说："没什么，有些卖米线的铺子头一碗米线可能会煮不熟的。卡洛斯先生，您到昆明有何贵干呢？"

小卡洛斯恭敬地从口袋里掏出那件翡翠玉簪："夫人，我要请您原谅。那天在露易丝医生的诊所，我把您的玉簪从口袋里不小心弄掉出来了，非常抱歉的是，尖端部分有些损坏，我当时想修复好后再还您。但我到昆明后，还没有找到可以做这修补工作的铺子。或许，我应该给您重新买一个。"

黄老孃抢先说："天啊，为一把小小的簪子，让人家跑了那么远的路。真是像戏里唱的那样，是一段奇缘呢。哈哈哈哈。"

秦忆娥的脸有些红了，白了她母亲一眼，接过玉簪，"没有什么大碍的，还可以用。我还以为掉了呢，本来就不值几个钱的东西，让您费神了。"

黄老孃却在一边说："哎呀，尖头断了，不好用了呢。或许可以镶上黄金……"

"妈妈！"

"金镶玉嘛，从来就兴这个的。"黄老孃腆着一张厚皮老脸，不管不顾地说。

"好主意。"小卡洛斯起身要回了玉簪，"夫人，请放心，我一定会把它修复得令您满意的。"他把玉簪重新放回了自己的口袋。

"夫人，不知您的病是否痊愈了？如果您需要我为您做点什么，我将不胜荣幸。"

秦忆娥忙说："谢谢您，卡洛斯先生。我好多了。"

黄老孃的声音又高亢起来，"这位卡洛斯先生可真是个绅士啊！我听说昆明有家教会医院，里面的法国医生医术高明得很。只是我们都不认识，不知卡洛斯先生是否愿意帮忙引荐一下？"

"噢，尊敬的夫人，据我所知，那家教会医院谁都可以去看病的。不过，我会很乐意陪令媛去看医生，我刚好和他们中的一个是朋友。"

"啊呀呀，那可真是瞌睡遇到枕头了！"黄老孃"啪"地一击掌，尖声叫起来。

秦忆娥再次皱起了眉头，小卡洛斯几乎被那一声掌击吓晕了，他像说错了话的孩子似的满脸窘态，终于憋出一句："请原谅，夫人，我……我没有带令嫒……睡觉的意思。"

秦忆娥羞红了脸，黄老孃这才明白小卡洛斯没有听懂"瞌睡遇到枕头"的含义，她放声大笑起来，笑声尖锐得足以刺破人的耳膜。"没有关系啦，哈哈哈哈，睡觉当然要有枕头啦，淑女身边得有绅士啦，哈哈，不不不，我是说，卡洛斯先生的帮助太及时了。"

秦忆娥只想逃出这个家，远远地离开黄老孃令人厌烦的聒噪。这个当母亲的用她无所不在的粗俗和精于算计的小市民气息，笼罩了她生活中本来应该拥有的每一寸阳光。那时昆明有两家洋人开的医院，一家法国人的教会医院和一家英国人的医院。秦忆娥回来后不是没有去过那家教会医院，但每次去母亲都不停地嚷嚷：这么贵的洋药啊！我们去抓两付中药吃吃算了。母亲的算盘里扒拉的是，如果小卡洛斯带她去看病，药费当然得由这位绅士付了。

诚然，小卡洛斯愿意为秦忆娥付出一切，一点药钱又算什么呢？尽管这本应该是另外一个有责任的男人来付。但是他放弃了，他根本不懂得一个女人渴望得到的温情和浪漫。在他的世界里，还没有这两个词。女人只是他的需要，他从不考虑女人的需要。

而秦忆娥的需要小卡洛斯似乎全然知晓，甚至她还没有想到的，这位绅士都已经提前做到了。不论是去昆明的教会医院找最好的医生，还是带秦忆娥到昆明的郊外作短途旅行，或者是带她参加法国驻昆明领事馆举行的交谊舞会，小卡洛斯处处表现得体贴、周到、温情。两人在阳光明媚的城市里出入成双，形影不离。秦忆娥甚至在小卡洛斯的鼓励下,到昆明刚刚开张的一家发廊烫头,请一个上海来的师傅做的那种三十年代电影明星的头式,按小卡洛斯的说法是:"黑色的波浪翻卷在一个东方维纳斯的头顶。"

那个时代的昆明还是一个相当保守的城市,就是最有勇气的年轻人,也不敢男女手挽手在市面上招摇过市,上了点年岁的人们总会对那些敢于突破祖宗规矩的反叛者横加指责、百般阻挠。中国的卫道士们可以妻妾成群,可以让女人缠足以满足自己畸形的性欲,更可以狎妓嫖娼。但他们在公共场所则大多是一副道貌岸然的模样,把自己装扮成孔子的忠实信徒。尽管孔子没有说清楚,一个中国女子可不可以和洋人来往,但由卫道士们所构成的那样文化氛围,让那时能和外国人交往的中国人,要么成为别人指指点点甚至背后吐唾沫的"假洋鬼子",要么就是人前人后耀武扬威,一幅鄙夷天下的高等华人姿态。

有一天小卡洛斯终于对来自周围的异样目光和阴风一样四处乱窜的议论有所察觉了。他悄声问秦忆娥:"亲爱的,是我们今天的衣服穿得不得体吗?"

"不,是我们中国人喜欢少见多怪。"秦忆娥说。她在小卡洛斯身边,第一次找到了做上等人的感觉和做女人的幸福。一定程度上,她很喜欢自己成为"少见多怪"的对象。

小卡洛斯不会理解她的这种感受,他只有自嘲:"我感到在昆明的大街上,我们就像安徒生笔下那个没有穿衣服的皇帝。"

秦忆娥这个时候表现出和她母亲一样的昆明小市民心态,"只要当了皇帝,不穿衣服走过大街,我也乐意。让他们笑去吧,我先过足了皇帝的瘾。"

"噢,我可不愿意,我还是做个普通人好。过自由的生活,和自己爱的女人在一起。"然后,他用热辣辣的目光望着秦忆娥。

在这双痴情的眼前，秦忆娥身上的衣服早就被一层一层地剥开了，只是可能那最后薄如蝉翼的一层，还要等待一个恰当的时机。就像黄老孃说的那样，这两个寂寞的男女总有"瞌睡遇到枕头"的时候。她才不在乎自己的女儿是否已经是人家的媳妇了，黄老孃只在意自己的面子和风光。小卡洛斯的到访让黄老孃在自己的朋友圈子里赚足了炫耀的话题——

碧色寨真是一个机会遍地的天堂啊！碧色寨真是一个出文明人的地方啊！莫看人家是一个寨子，可因为那条铁路，全都是巴黎来的富商和文明人。嚇，巴黎！碧色寨就是云南的巴黎。你闻闻我身上的香水，香奈儿的；你瞧瞧这条裙子，巴黎今年最新款的，还有这水晶坠，巴黎的一个绅士卡洛斯先生送我的。你们知道他是哪个？歌胪士洋行的总经理啊！人家可是贵族出身，巴黎的伯爵，名门望族，从小住在海边的城堡里，家里的仆人都比我们的省主席高贵。昆明算个哪样鬼地方哦，闭塞保守，又脏又臭，遍地是乞丐和下作的文人、粗鲁的军阀、日脓包一般的官僚，哪有一个天生丽质的名门淑女的机会。我的女儿可是坐过"米其林"专列的！虽说那位高贵的卡洛斯先生，在中国到处都开得有洋行，生意从中国做到了国外，可他在我家女儿面前啊，就像一个仆人那样听吩咐。那天手捧鲜花、带着名贵的礼物前来拜访。可我家那个坐过"米其林"专列的女儿啊，说不开门就不开门，让人家尊贵的伯爵先生，站在大太阳下都快烤干了。但人家就是有绅士的风度，太阳落山了也不挪一下步子。来吧，我们要请卡洛斯先生来家里吃饭。我们要让这个洋人看看，昆明人是多么的热情好客。

在小卡洛斯拜访秦忆娥家的第二个周末，母女俩正式邀请他到家中来吃饭。黄老孃拿出家里最后的一点积蓄，从昆明最有名的酒楼端仕楼请来大厨，从翠湖边的一家叫梦巴黎的西餐馆请来调酒师和服务生,他们将告诉客人们如何不用筷子吃饭,左手使叉,右手用刀,牛排该如何切,盘子才不至于翻飞;酒该如何上,餐巾该如何系,才会像一个有教养又时尚的昆明人。那天的客人有黄老孃二十多年前的老戏迷,大观茶园的掌柜,翠湖边的票友,花鸟市场上的捐客,政府里公干的小职员,以及麻将桌上的搭档、米线铺的小老板,当然还有她那个吃软饭的小男人。秦忆娥看见这一帮遗老遗少、三教九流涌入家里来,站没站相,坐没坐姿,家里搞得就像一个喧嚣杂乱的茶馆。他们见了小卡洛斯先生,有的作揖,有的激动得手足无措,抹一把鼻涕不知该不该握住小卡洛斯伸过来的手,还有一个老汉竟然把水烟筒递给小卡洛斯,请他对着自己刚吸过的烟筒口吸一口,还固执地说:"你能说云南话,一定能吸我们云南的烟啰。"

小卡洛斯在这个不伦不类的家宴上表现得相当得体,并不在意有人大声咳嗽,把口痰吐在餐桌下,用刚挖过鼻孔的手去抓牛排,也对酒喝到高兴时,人们肆无忌惮的猜拳行酒令和高声喧哗始终保持一个看客的微笑和宽容。黄老孃在高兴时,自告奋勇要给尊贵的客人唱《白蛇传》中青蛇的唱段,由她的小男人拉胡琴,家庭宴会顿时像一个戏园子,荒腔走板的嗓音和肉麻的起哄把屋顶都要掀翻了。秦忆娥在家宴的后半段实在忍无可忍,站起来说:"妈,你们好好玩吧,我和卡洛斯先生要去翠湖边走走了。"

"他们真是一群快乐的老人。"出来后,小卡洛斯看见秦忆娥脸色不好看,便打趣道。

"一群不知羞耻的老东西,简直丢脸!"

"没关系啦,人们总需要释放自己的情感。而家庭宴会应该是最放松自由的地方么。"

"他们就不知道这个世界上还有文明二字。"

"他们知道的,只是表达的方式不一样罢了。"

"我还是喜欢参加你们洋人的宴会,人们多有礼貌、多有教养啊!一切就像电影中的那样。"

"噢,我想起来了,圣诞节就要到了,我接到一个邀请,去参加一个在昆明举行的圣诞弥撒。你愿意随我去吗?"

"啊呀呀,那可真是太好了!"秦忆娥不自觉地就像她母亲那样高声尖叫起来,引得行人侧目而视。她高傲地一扬头,就像一步跨入天堂的人,用鄙夷众生的神情回敬人们的诧异或鄙视。圣诞节,你们知道什么是圣诞节么?就是知道了,你们有资格过这样的节么?

平安夜那天晚上,在昆明西郊某个高官的别墅里,主人为在昆明的西方人搞了一个奢华的圣诞晚会。别墅里临时布置出一间房间权当教堂,专门请来的巴黎外方传教会的神父在这里为人们做圣诞弥撒,还有训练有素的唱诗班,为人们献上悠扬动听的《平安夜弥撒曲》。秦忆娥第一次参加外国人的圣诞节,兴奋得像个初次进城的乡下孩子。她发现这些洋人们,平常在中国人眼里高傲得不行,而在他们的耶稣面前,却谦卑得似仆人。他们恭敬地站在临时教堂里高声诵经,跪下来专注祈祷,比那些临时抱佛脚进寺庙烧香磕头的中国人——比如她的母亲黄老孃更虔诚。

秦忆娥并不信仰洋人的宗教,她和其他一些中国人站在后面看热闹。小卡洛斯领了圣体后,来到秦忆娥面前,感觉她对漫长的仪式似乎已经失去了新鲜感,便建议道:"我们出去走走吧。"

这是一幢靠山的别墅,主人在外面用彩灯装扮了一棵圣诞树,看上去孤零零的。小卡洛斯忽然触景生情,无尽的乡愁涌上心头了,他说:

"噢,我忽然想起了我家乡的圣诞节。"

秦忆娥问:"我也奇怪,你们洋人过你们的年时,为什么总不回家?"

"我在那边没有家了。"小卡洛斯伤感地说。

"你的夫人……不是已经回去了吗?"

"那是她的家,不是我的。"

这个问题是两人心中的一道坎,不是他们不想跨越,而是他们目前不想正视。人有时面对永远无法解答的难题,唯有回避,就当把它交给上帝好了。如果小卡洛斯此刻问起秦忆娥为什么不回碧色寨的丈夫家,她也会回答说:"那是他的家,不是我的。"在有家不愿归这个情结上,两人都有某种同病相怜的疼痛。

但真正想追问爱情为何物、家又在何处的人,一般都会进入到一个虚幻的迷宫中,把本来复杂的问题搞得愈加难缠。秦忆娥已理不清哪里将是自己爱的归宿了。她悄悄将自己的身子向小卡洛斯靠紧了一点。

小卡洛斯有如在梦幻世界,他把这个小鸟依人的东方女人轻轻揽入怀中,他们都感受得到对方的心跳。

小卡洛斯从怀中掏出一个红色缎面的精致小方盒,"你的圣诞礼物。"他温情脉脉地说。

"哦,卡洛斯!"

"打开它。"小卡洛斯说。

是一条黄金项链,把女人欣喜的脸也映得烨烨生辉了。小卡洛斯开始吻她光洁的额头,然后俯下身去吻她的唇。

"不,不要这样。"秦忆娥闪开了,她轻声说,"我害怕。"

其实她希望在说出"我害怕"时,这个男人会把她抱得更紧一些,会吻她吻得更深更长久一些。但小卡洛斯并不理会一个东方女人在这种情况下的含蓄和羞涩。她们在某种自己也没有把握的状态下说"不"时,有时内心想的是"要",有时则是"可要可不要",完全看对方的态度。

小卡洛斯感觉得到女人在他怀里颤抖,像个刚被俘获的可怜小兽,这让他大生怜惜之情,但一时又不知道该如何疼爱和宽慰这个女人。他抬起头来,望着天空,那里群星灿烂,仿佛有无数双寻求答案的眼睛。这个女人明明需要他的爱,但她像水里的鱼一般在他爱欲泛滥的海洋里游来游去,总是在他的情网的缝隙处一滑而过。

他们躲在一棵大树下,就这样相拥相偎,女人不再颤抖了,像一只归巢的小鸟。小卡洛斯把外套脱下来,披在她的身上,让她温暖、感动。这个男人就是冬夜里的一盆火,风雨中的一把伞,寂寞中的一支歌,更是在她最无助的时候,伸过来的一只温暖的手。

现在的问题是:她要不要抓紧这只外邦人的手,开始另一种向往而又没有把握的生活?

他们回到临时的教堂后不久,圣诞节在唱诗班隆重的赞美声中降临,教堂里的基督徒们都很激动,他们相互祝福,互道平安。唱诗班在管风琴的伴奏下咏唱起舒缓优雅的赞美诗,小卡洛斯再次拥抱了秦忆娥,他动情地说:

"在这样的时刻,我有重生的感觉。"

秦忆娥主动送上自己的嘴唇,他们终于相吻了。

欢庆过后,小卡洛斯和秦忆娥发现他们俩被安排在一个房间,粗心的主人理所当然地认为:他们是一对呢。

"噢,这可真是个致命的错误。"小卡洛斯稍显尴尬后,自我解嘲道,"可能是我和主人在某些方面没有说清楚,我现在去告诉他们再准备一个房间。"

在小卡洛斯转身要出门时,他停下了自己的脚步,回头,望见一双充满欲望的眼。他不敢相信"瞌睡遇上枕头"这样的时刻会在今晚降临，就像一千多年前没有谁相信圣婴会在一个普通的马棚诞生一样。

"他们可能都睡了。"小卡洛斯说。

"是的，都睡了。"秦忆娥说，直勾勾地望着小卡洛斯。

"那么……"

"我害怕……"

小卡洛斯优柔寡断的性格让他不得不错过一个浪漫的平安夜。他轻轻掩上了门，"对不起，请原谅……我，我就在沙发上过一夜吧。"

秦忆娥期期艾艾地说："嗯，嗯，好吧。你不要关灯。"

"好，我不关灯，我会守在你的梦外边。"

房间里的沙发离床有约三米的距离，两个人仿佛都害怕跨越它。一个为了保持自己的绅士风度，一个放不下要命的矜持。如果小卡洛斯不提他在沙发上睡，秦忆娥不会反对他钻进自己的被窝来。这些日子他们越走越近，但走到这最后的两三米时，却忽然迟疑了，害怕了，或者，双方都在等待爱神在背后猛推一掌，让两颗寂寞孤独的心擦出惊世骇俗的情爱火花，再蔓延出烧掉一座城池的浪漫爱情之火。

遗憾的是，在秦忆娥缩进被窝后，小卡洛斯也规矩地在沙发上和衣而眠。一夜无话。

终于到了必须要回碧色寨的时候了，小卡洛斯接到他兄长的电报，说他近期要出去一段时间，希望小卡洛斯赶快回来处理洋行的日常业务。小卡洛斯对秦忆娥说：

"要么，我回去办完洋行的事，再回来陪你。"

秦忆娥嘟着嘴说："我的老妈也催我赶快回去呢，真是烦人。"

这些日子来，黄老孃发现自己的女儿和那个洋人过从甚密，虽然给她带来了茶余饭后的谈资和虚荣，但她还是拎得清楚，女儿是一个土司的媳妇,她还指望这个金龟婿给自己养老呢。这个风度翩翩的洋老咪,尽管每次来家里,都会带些不轻不重的礼物,可还是抵不上人家土司老公,提亲时一甩手就是两根金条。洋老咪真是抠门啊,给老娘最厚重的礼物,不过是一根水晶玉坠。这算个哪样礼物哦?还想打我女儿的主意,门儿都没有。小娥,别让那个洋老咪轻易得手啊,女人的身子,可是一块福田宝地,不是谁都可以来耕种的。

秦忆娥每天回家,都会听到黄老孃这样的唠叨,她几乎要被母亲逼疯了。好吧,那就走吧。就当是从一个火坑,跳进一个虎口,也总比受黄老孃的折磨强。好在碧色寨现在有小卡洛斯这样的知心朋友,苦难的日子或许会有些亮色了。

两人确定了归期,在昆明火车站上车时,小卡洛斯说:"票很紧张,我只订到了一个包厢。但我相信你会比乘坐'米其林'专列更快乐。"

秦忆娥沉下了脸,"你以为我是个为'米其林'而生的女人吗?"这个被"米其林"专列风光十足地接到碧色寨的女人,恰恰最怕人提这一壶。

小卡洛斯忙赔了笑脸,"对不起,我绝不会那样认为的。我只是开个玩笑。"

"以后请不要开这样的玩笑了。"

"遵命,遵命,我的公主,请上车吧。"

小卡洛斯俯首帖耳的样子,又让秦忆娥转怒为喜了。尤其是,当火车一出昆明站,扑向广阔的原野,人的心情便豁然开朗起来,浪漫的旅程就这样开始了,尽管它的终点并不令人乐观。

米轨铁路的火车本来就小,像小卡洛斯这样中等个子的男人,躺在包厢的床上几乎伸不直脚。但这有什么关系呢?被逼到角落里的爱情,才是密度最高的爱。"米其林"专列里虽然有宽大的空间,但曾让它的女乘客压抑、忧伤；而眼前这个狭小的空间，刚好可以盛得下一场溢出来的爱情，也足够上演一场情人的情欲游戏。

上帝啊，今天的火车摇晃得太厉害了！它摇啊摇，慢慢就把两个人儿的身体摇到一起了。上帝啊，那个开车的家伙大约是个新手，他在进入弯道时也不知道减速什么的，把挂在列车尾部的头等车厢甩来甩去，那里面刚好有两个爱情找不到恰当推力的人，一个就被推到另一个的怀里去了！

"妈呀，真险！"秦忆娥倒在小卡洛斯的怀里，娇喘吁吁地说。

"别怕，有我在哩。"小卡洛斯先是拍着秦忆娥的背，然后越来越轻，越来越慢，安慰性质的拍打变成了暧昧性的抚摸。东方女人多么娇小柔软的腰肢啊！

"哦，卡洛斯……"

"噢，你身上有百合花的香味。"

"啊，火车太摇晃啦！"

"嗯，是晃得厉害。"

"真好……"

"是的，很美妙。"

当然，的确没有比这更令人心旷神怡的摇摆了。人们为什么会相拥着跳舞？是想要找到那种一起摇摆的古老感觉；猴子为什么喜欢从一棵树荡到另一棵树？是因为它喜欢悠悠荡荡的快乐；包厢里两个在浪漫的旅程中心襟摇荡的绅士淑女，在火车的摇摆中把动物的本能激发出来了，那可就怪不了谁啦！

可是上帝啊上帝，他们把法国人的火车包厢也当成伊甸园了。这样的原罪可不可以宽恕呢？

秦忆娥幸福得泪流满面，"这是你们的上帝的安排，请不要再当绅士啦,把我带出虎口吧。"

情欲的大门一旦打开,就像高原上寂寞的湖泊决了堤,人是不可抗拒的。道德感和羞耻感不过是溃堤的洪水中两棵被淹没的小草了。在火车的摇荡中,小卡洛斯一层一层地解开秦忆娥的衣服,动作温柔,手法娴熟。他像翻阅一本迷人的书籍,打开一页后,就俯下头去仔细贪婪地阅读,力道恰到好处,热度慢慢升温。当这个女人被剥离得一丝不挂时,火车正在爬一个漫长的大坡,这本诱惑之书的情节才刚刚进入高潮。

秦忆娥从来没有想象到一个男人在如此逼仄的地方、在这么动荡的旅程、在随时都会有人敲门进来查票送水的包厢里,会做得如此从容不迫、风度十足,对身下女人呵护备至。她在土司的那张悬挂着虎皮的大床上,从没有温情、没有浪漫,更没有快感。普田虎土司在床上带给她的还不仅仅是某种难以启齿的酷刑,以及受刑过后长久的恐惧,而是与野兽同眠的深刻屈辱;而当小卡洛斯把她压在身下,秦忆娥条件反射地颤抖时,小卡洛斯一度停下来,不断温存她,说:

"不要怕,不要怕。我会轻些,轻些。"

"会有人来敲门吗?"秦忆娥眼睛望着包厢门,紧张地问。

"不会的。我锁上了。"上车后,小卡洛斯就递给了车厢里的法国乘务员一笔不菲的小费,用法语告诉他,不要轻易来敲门。"在欧洲人的包厢里,就是国王来了,也打不开这道门。"他又补充说。

不知是秦忆娥感到放心了,还是她的情欲之湖溃堤了,或者是火车把人摇晃成一个不能不淫荡的姿态,赤裸的妇人反常地抬高了双臂,弯曲着张开了双腿,挺直了腰肢,那身体仿佛在说:拿去吧,拿去。要了我吧,我要你。

连小卡洛斯都被这有些放浪的动作吓住了。他过去认为东方女人都是含蓄的、羞涩的。据说中国的男人和自己的妻子做爱从来都不点灯，因为女人们羞于见到自己的裸体，更不用说让她们将身子主动展示给男人，哪怕是自己的丈夫呢。她们白天把自己包裹在宽大的衣服里，晚上则将身体的美隐藏在黑暗中。她们的男人只能在黑暗中摸索并享受快感，男人们也许一辈子也没有见过自己的女人充满青春活力的胴体。

"啊，你这盛开的小百合；啊，我的上帝，这中国瓷器一样细腻的皮肤！我真怕把它碰破了呢。"

秦忆娥的反应从战栗到海浪一般涌动起伏，到后来随着火车摇晃的节奏一起摆动，让小卡洛斯像一头扎进碧海里畅游搏击的游泳健将，又像骑在一匹母马身上的好骑手。情欲的海浪一浪又一浪地涌来，一浪又高过一浪。火车驰骋的速度越来越快了，哐当哐当的响声越来越急迫了。火车已经盘旋在幽深的山涧，又穿越在白云环绕的高山，再钻进黑暗绵长的山洞……快乐无比的旅程啊！险象环生的旅程啊！即便是小卡洛斯的新婚之夜，他和凯蒂小姐也没有这样兴奋癫狂、激情洋溢，更不用说到了他们七年之痒后，床笫之事已经没有了欢乐，只有义务或者生活中的某种惯性了。一个中年男人的悲哀在于：在他最懂得做爱的技巧和如何赢得女人的欢心时，他的妻子却不吃他那一套了。

在火车摇晃奔跑的节奏中做爱，人的激情会像火车一样风驰电掣、一泻千里，火车也会因为乘客的浪漫而偏离了轨道。

"天啊！要翻车了！"秦忆娥忽然感到自己被悬空抛到一个找不到自己的地方，高声尖叫起来。

"啊，那就让它翻吧。"

"真的要翻了卡洛斯！"

"哈哈，翻了才好呢。"

这趟惊心动魄、魂销骨蚀的浪漫旅程，两个人几乎一路折腾了两百多公里！几次差点让法国铁路公司的火车倾覆，要不是火车司机技术高超，铁路公司的技术人员将绝对找不到火车神秘倾覆的原因。他们连去餐车吃饭的时间都舍不得，幸福的汗水淌了一身又一身，秦忆娥不仅第一次找到了做爱的乐趣，还发现在高潮来临的巅峰时，想吃人的欲望。

"啊！天啊天，我真想一口把你吃了。"她一口咬在小卡洛斯的肩膀上，险些撕下一块肉来了。

小卡洛斯痛得绷紧了全身的肌肉时，她才倏然想起，普田虎土司在她的身上癫狂时，也说过类似的话。

难道她也变成一只母老虎了？

直到火车快进碧色寨车站时，他们才匆忙在包房里穿好各自的衣服。小卡洛斯还心有不甘地说："这趟火车怎么跑得这么快？比得上'米其林'专列了。"

秦忆娥柔情似水地撒娇道："你才是我的'专列'呢。"

站台上被绚烂的阳光装扮得暖意洋洋，弗朗索瓦站长在办公室忽然感到房间里亮堂起来，他往窗外张望，看见小卡洛斯站在头等车厢门前，殷勤备至地把手伸给正下车的秦忆娥。那个土司的夫人穿一身紫色无袖裙装，手臂上雪白的丝网手套，艳丽的脸庞罩在凉帽下的黑网罩里，像一片绿荫之下的阳光，点点光芒终究遮挡不住；她手里还撑一把白色的花边洋伞，另一只手被小卡洛斯牵着，仪态万方地跳走下头等车厢的踏板。那一幕让弗朗索瓦站长悠然想起在俄国大文豪托尔斯泰笔下，雍容华贵的安娜·卡列琳娜和渥伦斯基伯爵在火车站上的邂逅。

"噢,看看我们的碧色寨车站,都文明成欧洲的模样了。"弗朗索瓦嘀咕道,走出了站长室。

"女士们先生们,欢迎回到碧色寨。"弗朗索瓦站长说。

"亲爱的弗朗索瓦站长,我的朋友,您的亲自迎接让我们不胜荣幸。"小卡洛斯快活地说。

"噢,连太阳都早早地在此恭候了。"弗朗索瓦站长接过秦忆娥伸过来的手,恭敬地在她的手背上吻了一下,"夫人,您带来了今年的第一缕春风。"

秦忆娥莞尔一笑,"站长先生,春风也跟在您的火车之后。"

弗朗索瓦开心地笑了,"噢,亲爱的夫人,您看上去真健康漂亮。这趟愉快的旅行让您青春焕发了。"

女人脸上的性潮红还没来得及消散哩。小卡洛斯的脑海里荡漾起一阵阵幸福的晕眩。"弗朗索瓦站长,今天火车提前进站了。"

弗朗索瓦站长说:"都晚点一刻钟啦,卡洛斯先生。和漂亮女士在一起的旅程,总是嫌快啊。"

秦忆娥脸上的胭红把太阳的光芒都逼退了。小卡洛斯也不自然起来,他这时向站台上张望了一下,没有发现来接秦忆娥的人,只有歌胪士洋行的两个职员正在张罗自己的行李。他记得,从昆明出发前,秦忆娥去拍了一封电报的。

弗朗索瓦这时也发现了站台上的冷清,他打趣地说:"噢,看来我们尊敬的土司先生的仪仗队今天没有空。没关系,如果夫人不嫌弃的话,请先到我那里喝杯茶。您的行李我叫人先帮您送过去。"

小卡洛斯连忙说:"不麻烦弗朗索瓦站长了,我让我的雇员先送夫人的行李。"

秦忆娥似乎对无人来接站的尴尬场面无所谓,她十分欧派地挽起弗朗索瓦站长的胳膊说:"能和站长先生喝一杯下午茶,我很荣幸呢。"

弗朗索瓦把两人带进贵宾休息室,在咖啡还没有上来时,站长先生就问小卡洛斯:"昆明那边的人对时局怎么看?"

小卡洛斯问:"你是指你们法国人还是中国人?"

"都是。"弗朗索瓦说,"到处都人心惶惶的,连火车都行驶得不安稳了。"

"嗯,火车今天摇晃得很厉害。"小卡洛斯莫名其妙地说,把自己都吓了一跳。他看秦忆娥,发现她也害羞地把脸转向一边。

弗朗索瓦今天觉得这两个人怪怪的,"对不起,刚才你说什么?火车怎么了?"

"噢,是这样。"小卡洛斯努力使自己的心绪从一个东方女子美丽绝伦的胴体玉体横陈的幻象中挣扎出来。"我听法国的领事先生说,英国人和法国人联盟一定会打败德国人的,而欧洲除了意大利,没有哪个国家站在德国人一边;中国人那里,蒋先生虽然丢了南京上海这样一些沿海大城市,但中国大着哩,小小的日本可能扳不倒这头大象。弗朗索瓦站长,战争离我们碧色寨还远着哩。"

弗朗索瓦终于发现了小卡洛斯脖子一侧的女人口红残痕,他会心地一笑:"卡洛斯,如果一个你能去到的地方充满了机会,那么它也就是战争的机会,对那些战争狂人来说,开战的地方无所谓远近,开战的时间也无所谓早晚。就像漂亮的女人不止一个男人才会爱一样,特洛伊之战还因为美丽的海伦打十年呢。"

他说完就看着秦忆娥,秦忆娥因为感觉到弗朗索瓦站长像是要她回答这个问题,忙问:"谁是海伦?"

小卡洛斯不自然地笑了笑,"呵呵,我们的站长先生把战争和爱情连在一起看了。现在那些发动战争的人可不是为了爱情。"

"卡洛斯，现在这个世界，看来又得重新洗一次牌了。战争将改变一切，从国家到家庭。战争就像贸易经商一样，成了我们生活中的常态了。"他又一语双关地说，"伙计，你可要小心些了。"

小卡洛斯当然听出了弗朗索瓦站长话中的意思，他努力在想自己哪个地方被精明的站长看出了破绽。"谢谢你的提醒，站长先生。不过，至少就目前情况来看，战争让我们都得到了好处，不是吗，尊敬的站长先生？你的铁路线成了中国政府抗战的输血管，我们歌胪士洋行的贸易采购量，这几个月几乎把过去一年的生意都做了。"

自从中国政府的抗战开始以后，中国的外援抗战物资和从北方撤退到云南的工厂、学校、机关等，大都先走海路到越南的海防，然后经滇越铁路抵达昆明。由于日本人封锁了中国几乎所有的口岸，因此这条铁路成了目前中国政府坚持抗战的唯一一条与外界还保持畅通的外援要道。

弗朗索瓦看着窗外忙碌的站台，"中国的政府都在忙着撤退、搬家，从一台机器，到一个大学生，他们都要搬到大后方来，我们的火车都成了他们的搬家公司了。可怜的国家，但愿他们能抵抗住日本人。我宁肯和希特勒打交道，也不愿面对日本人。"

小卡洛斯忽然发现，他们两个男人只顾讨论战争问题而冷落了秦忆娥，就忙说："噢，抱歉，夫人。战争常常让人忘记身边的美，真是有罪。"

弗朗索瓦也说："实在是罪不可赎。夫人，您这次回昆明的时间可不短啦，难道就不想念我们的碧色寨吗？"

秦忆娥没有听明白弗朗索瓦的幽默，"要不是卡洛斯先生有商业上的事情要处理，我还不想回来呢。"

弗朗索瓦愣了一下，小卡洛斯忙说："夫人主要是想旅途上有个伴，就和我一起回来了。"然后他向秦忆娥递了个眼色。

秦忆娥又理解错了小卡洛斯的意思，她说："我和卡洛斯先生这次回来还有一件很重要的事情要办，到时候，希望能得到站长先生的帮助。"

弗朗索瓦有些诧异，但他立即说："夫人，能为您效劳，是我的荣幸。"

这两个坠入情网的人已经把碧色寨当成他们爱情的考场，能不能赢得这场考试，将决定他们今后的命运。秦忆娥在火车上已经下定决心要离开普田虎土司了，而小卡洛斯在昆明期间也收到了凯蒂从法国寄来的离婚协议，他当即签字就寄回去了。因此，当他听到秦忆娥的决定时，就对她说："你瞧，我这边没有任何障碍了，让我们共同去对付碧色寨的那头老虎吧。"

当然了，跟老虎打交道是需要勇气和胆量的，为此他们做好了充分的准备，设想了种种解决问题的方式和结局——

1. 普田虎土司作为一名有身份的贵族，体面地签字离婚；

2. 为了弥补普田虎土司在这场已经死去的婚姻中精神和财物上的损失，小卡洛斯作出相应的赔偿；

3. 申诉到本地的法院，让法官相信一个女人要离婚是因为身边的男人没有人性只有兽性，同时争取得到碧色寨的一些主要人物，如弗朗索瓦站长、露易丝医生等人道义上的支持；

4. 决斗——如果普田虎土司愿意像一个绅士那样解决问题的话。

第八章　鳄鱼年

这年农历二月初三,是碧色寨的彝族人祭火神的日子。秦忆娥一大早就起来梳妆打扮,她坐在英国产的梳妆镜前,往苍白的脸上扑巴黎香粉,然后对在一旁伺候她的梅子说:

"去告诉师爷禄兴,让他给车站的弗朗索瓦站长、歌胪士洋行的大卡洛斯和小卡洛斯先生送帖子去,请他们也来看看祭火。"

坐在餐厅那头的普田虎土司鼻子哼了一声,说:"这些洋老咪,手脚上的毛像猴子一样多,还在啃生牛骨头,懂什么祭火?"

秦忆娥抢白他道:"那叫烤牛排,不是牛骨头。人家吃的是鲜嫩,老牛还吃嫩草呢。"

普田虎土司最怕三姨太提起这茬事儿,三姨太就是他嘴边的嫩草,他的舌头硬一点,嫩草就会像泥鳅一样又滑回她娘家去了。因此他只有对三姨太说:"好嘛,即便他们能用火来推着火车跑,他们也该晓得,是谁把火种带到这个世界上的。"

秦忆娥的回答充满她对这个地方的人和事一以贯之的鄙夷,"都什么时代了,真是土包子。赶马的人才稀罕火种,满地跑的火车从不靠火种,却拉来了金山银山。"

秦忆娥回到家里来后,就没给过土司老爷好脸色,当然,并不是说现在她有小卡洛斯的爱了,就可以在这座专为她盖的小洋楼里有恃无恐,而是秦忆娥发现,她不在碧色寨期间,普田虎土司又有了新欢。一个壮实的彝族女人成了土司衙署的总管,土司甚至把粮仓的钥匙都交给她管。秦忆娥见过这女人一次,阔嘴厚鼻,红脸膛大奶子,小蛮腰大屁股。这种女人才能填饱一头老虎的胃口哩。因此,当普田虎土司在她到家那天晚上想摸进她的卧室时,秦忆娥拿一个洋药瓶摆在两腿间,"找你的大屁股女人去!我这儿还上着药。"

洋人的东西总是比刀子还要厉害。不过,普田虎土司很快就明白这样一个道理,再漂亮的女人,只要她在床上拿腔作态,不好任意摆弄,就连一头老母猪都不如。因此,上不上秦忆娥的床,对土司来说也不重要了,三姨太现在不过是他的一个摆设,脸上的一点面子罢了。

男人对失去兴趣的女人,常常连火都懒得发。普田虎土司慢悠悠地对女仆梅子道:"还像木桩戳那儿干什么?快去请那些洋人老爷。"他顿了一下,忽然想起这些日子以来,秦忆娥三天两头地往铁路那边跑,不是说去看病,就是说去跳舞看电影,参加洋人的聚会,有时连晚饭也不回来吃,那些洋老咪在八角楼里搞些什么名堂,土司又不是不知道。最近一段时间又说在跟洋人学打网球了。碧色寨的网球场上从来只有洋人们玩,彝族人说洋老咪们隔着一张网,把一个球打来打去,还不如人们抢荷包或摔跤,至少人们在这些游戏中还能找到爱情。洋老咪的玩场,就跟耍猴一样,有什么意思呢?但秦忆娥每次面对土司的诘问,总是振振有词地说:"这是交际,社交。人家洋人兴这个,才把铁路修到你这山沟沟里来,让你有财发,有新朋友认识。中国过去不懂交际,所以落后,老是被洋人打。人不交际,还不跟死了一样。"

一股莫名鬼火涌上土司的心头,"狗日的杂种,哪儿来这么多的老爷啊!"

梅子慌忙退出去了,秦忆娥从镜子里看到了土司的恼怒,她头也不回地说:"老爷要有老爷的样子。真是个蛮子。"

每当三姨太说他是个蛮子时,一向气吞山河的土司就英雄气短了,他呷了一口酒,叹口气道:"这世道啊,比我更像蛮子的人多啦。你没有碰到,是你命好。"

普田虎土司的哀叹是有道理的,比他这个彝族蛮子更野蛮的人,如今到处都是。只是他目前还不知道,他们将蛮横无理到什么程度。不过他马上就要在祭火场上领略到了。

碧色寨的祭火场在村寨后面的龙树林前,人们祭祖、祭火、祭龙都在这片郁郁苍苍的参天古树之下。多年前普田虎土司就是在这里,带着自己的人马和弗朗索瓦带领的铁路勘测队开战。但是在天上的祖先,在大地上的龙神,在火塘上的火神啊,你们看看吧,即便是一个权倾四方的土司老爷,今天也不得不请这些野蛮人到这里来当尊贵的客人。不是为了让那个汉族女人高兴,也不是因为祭火神时缺少嘉宾,只是因为火神带来的火种,被一些人祭祀,被另一些人用来推动了火车,带来了人人都需要的财富。不管怎么说,看在财富的分上,大家还是说得过去的朋友,还需要像秦忆娥说的那样——交际。再说,碧色寨的洋人们还把他当有身份的贵族,他们恭维起他来,常常让老土司像喝下一碗蜜糖水一样滋润。

太阳当顶时，祭火场地上人群熙攘，彝族人已经穿好了他们的节日盛装，搬来了铓锣、三弦、唢呐、牛角号等乐器。汉人敬官，彝人敬火，这是一个神被请下神坛与人共欢乐的节日。

土司普田虎端坐在祭火场的上首方，那姿态和威严让人相信，火神是另一个世界的神，而眼下这个世界属于他。在他的左手边是三姨太秦忆娥，右手边是碧色寨火车站的站长弗朗索瓦先生，歌胪士洋行的大卡洛斯，而小卡洛斯则坐在秦忆娥身边，他旁边是教堂的布格尔神父。

小卡洛斯显得有些落落寡合，像个正在思考着世界末日的忧郁诗人。回到碧色寨已经一个月了，他们一直没有勇气去和土司摊牌，不是秦忆娥在犹豫担心，就是小卡洛斯说他还没有准备好。这个世界上最难说出口的事情，大约就是对一个男人说：我爱上你的妻子了。

今天他的衣着很随意，只在雪白的衬衣外套了一件彝族人的阴丹兰马褂，胸前还别了一朵刚刚采摘下来的鲜艳杜鹃花。刚才他们走上山坡和普田虎土司夫妇寒暄致意时，秦忆娥偷偷将这枝杜鹃花塞给了小卡洛斯，虽然他只是礼节性地致谢，但他们的眼神在明亮的阳光下暧昧地交织缠绵，连天上一掠而过的鸟儿都看见了。

秦忆娥今天穿一身洋女人才会穿的束腰南洋白纱裙，把本来不大的奶子衬得比碧色寨任何一个大奶子婆娘的都耀眼。她的头上还戴一顶女式凉帽，一块黑色的网罩从头顶兜到脖子，使她像个从渔网后面看人的怪物，但是她的美罩在一张网后面，更加令人想入非非。也像她的爱情命运，注定要在一张黑色的网里挣扎徘徊。

弗朗索瓦先生一身白色洋装，戴白盔帽；而大卡洛斯先生则身着苏格兰暗花格尼猎装配米黄色马裤，脖子前还系一个蝴蝶结，本地人曾经称之为"刮屎片"，因为他们拉屎时经常用如此形状的竹片揩屁股。

本来这是大卡洛斯特意为露易丝小姐打扮的，但露易丝小姐临出门前诊所里来了一个病人，需要输液，她无法来参加这个盛大的聚会了。在碧色寨，彝族人的节日很多，无论是火把节的狂欢还是祭祀各路神灵的节日，铁路上的洋人们已经能很自如随意地来参加，把它们当作调节自己生活的一次郊游或者狂欢。当然，他们自己的节日，当地土族人是不会感兴趣的，也加入不进来，除非是那些已跟随布格尔神父领洗入教的彝族天主教徒。

毕摩独鲁是祭火的主角，今年的第一粒火种将由他来迎请。三天前他已经不吃不喝，进入到人神不分的境界。尽管年年都要祭火，年年都要迎请新火种，但毕摩从来不敢怠慢这个仪式中的每一个细节，从斋戒自己的身心，到督促检查每一个环节。毕摩总是不厌其烦地告诉人们："火延续了我们的生命，正如水带来生命一样。火为老祖父，水为老祖母，千百年来，他们一路在养育着我们哩。"这个可怜的老毕摩，只有在彝族人自己的节日里，才重新找回了自己，重新成为碧色寨这个舞台上的主角。

各式乐器此刻已经各显神通地吹打敲响，神界的火神需要听到人间的欢乐，他才会给凡尘带来火的热量和温暖。火神在毕摩的指挥下，被八个精壮的小伙子抬出来了。火神是一个身高约两米多的伟岸男子，穿戴着花花绿绿的衣服，脖子上挂满新采摘下来的野花和松果，身上贴满了人们用彩纸写上的对新的一年的祈诵和祝词，他下身裸露的生殖器被涂成红白两色，粗壮笔挺，骄傲地直冲蓝天，足有一个成年男人的手臂那么长，但绝对比一条汉子可以劈开大山的手臂有力，连天空中耀眼的太阳也稍稍感到了害羞。

当火神抬来先给土司老爷和他尊贵的客人们过目时，几个洋人大为好奇，大卡洛斯不无揶揄地小声对弗朗索瓦说："这可是我见过的最为强壮的男人了。"

弗朗索瓦不失矜持地捋了一下自己高高上翘的八字胡，"噢，他们倒是一个很开放的民族。"

土司那边的秦忆娥却仿佛被那个花里胡哨的生殖器撞散了眼波，层层涟漪般荡漾到了小卡洛斯脸上，再漫进他的目光里。小卡洛斯看见女人的脸在网罩后面羞赧难掩，便一眼望尽秦忆娥寂寞难耐的心。他忽然有自己的生殖器被一双柔软的手紧紧握住的愉悦，在回来的火车上那个浪漫疯狂的旅途，每次他要进入她的体内时，这个女人总会用手来紧紧握住他的生殖器，还癫狂地呓语道："啊，啊，它不是一头老虎吧？"回到碧色寨后他们也幽会过几次，在歌胪士酒楼的房间里，在车站后面荒冈的荒草丛中，但都没有在火车上那样惊心动魄、天翻地覆。碧色寨太小了，到处都是多事的眼睛。

不过，祭火场地上的大姑娘小媳妇们面对火神硕大的生殖器，倒是一点也不惊慌失措，她们就像夸耀自己家里的男人，嘻嘻哈哈地评点着今年这个火神的模样，从头到脚，还有那个巨无霸似的生殖器。她们内心坦荡，纯洁无瑕。因为如果火作为生命之源需要被这些虎的后代、龙的子孙祭祀膜拜，它也一样。

本来，按照往年的规矩，在火神被展示给众人后，毕摩独鲁将扮演"盗火者普罗米修斯"的角色——这是弗朗索瓦站长对他的评语，他将向人们展示钻木取火的绝技，再现彝族人的祖先在茹毛饮血时代迎取火种的历史。多年以来这都是一个神圣庄严的时刻，人们在此之前已经泼掉家中火塘里的柴灰，今天将要把老毕摩钻木请来的新火种迎回家。要不然，他们一年的平安和衣食将无所依恃。当火种引燃成一把把燃烧的火炬后，众神狂欢，人神共娱，人们将看到大自然中的神祇们骑着云朵来，驾着飞翔的战车来，乘着蒲公英来，驱赶着虎豹熊罴来，带着天上的仙女来，牵着海里的龙王来。

"他们倒不失为一个充满想象力的浪漫民族。"当弗朗索瓦先生听土司说，将有这么多神灵来参加今天的祭祀时，侧身对大卡洛斯说。

"一群长了胡子的儿童。"大卡洛斯打趣道，依然不无嘲讽。

而他的兄弟小卡洛斯却接过话来说："成年人要是可以合理地胡闹，并把它当成一个节日的话，我情愿生来就是个彝族人。"

秦忆娥瞥了小卡洛斯一眼，于是他连忙补充道："东方古老的民族总有许多让我们费解的东西，太令人着迷了。这让我们经常忘了自己是谁。"

普田虎土司终于找到反击这些自以为是的外族人——包括自己的三姨太——的机会。"我们彝族人就是在山林里迷路了，也总能找得到回家的路。"

场地中间有一段干枯的老树桩，约有三米多长，两人合围那么粗，它被雷电劈过九百九十次，被魔鬼啃吃击打过六百六十次。因此它千疮百孔、伤痕累累。它是火神之父，每年毕摩独鲁都将从它的身上用一根钻木杆取出火种来。它就像大地上沉默的老父亲，在人们最需要时，燃烧自己，温暖众生。

今年的祭火节来临之前，毕摩得到了神灵的一些让他也感到费解的启示。昨天晚上，他在家里看见一道蓝光出现在火车站的上空；五天前，他在山梁上看见百兽逃亡，众鸟迁徙，无论他使用何种语言呼唤这些亲密无间的朋友，它们仿佛都没有听到，连那只随时降落在他肩膀上的山鹰，也只是在他的头上盘旋三周后，恋恋不舍地飞走了；从去年春天开始，山上的野花要么不再开放，要么开错了季节。春天时，大地竟然像错过了花期的寂寞老妇人，在本该马缨花遍山开放的灿烂季节一派凋敝、单调;而该在冬天开放的山茶花,却在秋天里提前开放,似乎要向人们宣告,这个冬天将会很漫长。更让人感到恐惧的是:年年开春以来都会将大地打扮得一地金黄的油菜花,今年竟然会在一处背阴的坡地上开成了血红色的一片。毕摩当时就吓得给苍天大地上的诸神跪下了:东南西北中的天神啊地神,树神啊龙神,掌控金木水火土的五行相生相克的生命树啊,是万物错过了季节,还是我们得罪了众神?这是一个凶年。

因此,今天的祭火毕摩独鲁的心情一直忐忑不安,在那些彝家的后生抬火神时,他不断告诫他们:"小心,小心,火神今天脾气不好呢。得罪不起他,得罪不起啊。"

祭火场寂静下来,人们都在全神贯注地看毕摩将如何从神灵那里迎请来第一颗火种,而他的嘴唇竟然不听使唤,没有念出烂熟于心的迎火经文,似乎有一个更强大的魔鬼在驱使着他,让他不由自主地念出"地上的恶龙来了,天上的恶龙来了,地上的恶龙天上的恶龙都要来了"这样莫名其妙的咒语。他的耳朵边则填满了野牛一般的嚎叫,不是一头,而是一群,铺天盖地向他冲来。他手里抓着的黄栗木钻火杆禁不住颤抖,力气在一瞬间就像手掌里捧不住的水。老毕摩急得额头上沁出一层细汗。

在这必将记入碧色寨历史的一天,彝族人在虔诚地迎接自己的火神,像保留一颗火星一样,传承他们祖先的智慧。人类自从认识了火,就告别了茹毛饮血的日子,那是人类有史以来最大的进步之一。尽管现在的人们用洋火来引火,用电灯来取代火,甚至用火来驱赶火车,但彝族人仍然坚守对火最朴素的情感,最古老的崇拜。这不是做给洋人看的热闹,也不是如秦忆娥所说的蛮子们的土气,而是他们不愿忘记自己的历史与文化。但那天祭火场的所有人都没有想到的是:有个更野蛮的人,像一个闯进家里来的强盗,一脚踢翻了人们心中神圣的火塘,更打败了彝族人供奉了数千年的火神。

天上传来的野牛般的嗡鸣声,并不是毕摩独鲁于神魂超拔中出现的幻听,这野蛮的轰鸣几乎要穿破人们的耳膜了。人们已经不能聚精会神地观看毕摩钻木取火的奇迹,所有的人都惊讶得抬头望天。他们看到了另一个夺人魂魄的奇迹从天而降——

仿佛一大群野牛在天空中横冲直撞,驱赶着惊慌失措的云朵,并一路拉屎,宁静的天空和大地,眨眼间就被踩躏得支离破碎了。

一声巨响从山坡下传来,一个大炸雷落在树梢上,响声也只有它的万分之一。因此这天崩地裂的轰鸣让所有人什么都听不见了,而且还刹那间忘记了是在白天还是黑夜,梦里还是梦外。天地间瞬间翻了个个儿,一朵盛开的黑蘑菇,梦幻一般开放在半空中,就像神话传说中魔鬼口里吐出的黑气。

本来跪着钻木取火的老毕摩被震得一屁股坐在地上,其实,站在祭火场外围的人们都被震离了原来的地方,有的人挂在了树上,有的人飞到了溪流里,还有两个人像张饼一般贴到了山崖上。土司普田虎的太师龙椅翻了,他两脚朝天,乱蹬乱踢,像一个溺水的人;而弗朗索瓦站长被震得悬在半空中,这让他一下看清了糟糕透顶的局势,在屁股还没有落地前便哀叫起来:

"主耶稣啊,他们来轰炸我的车站了!"

小卡洛斯一个箭步窜到蹲在地上的秦忆娥身边,用身子护着了她,他们的目光在这危难之时的碰撞,就像他第一眼看到这个东方女子时一样,一个张皇中带着凄迷,一个大胆中传达出炽热;一个好奇中透出哀怜,一个倾慕中隐藏着欲望;一个如笼中的金丝鸟展翅欲飞而不能,一个似非洲草原上的猎豹守着猎物却无从下口。在时局动荡、战火纷飞中，他们必将为碧色寨糜烂、沉沦、堕落的隐秘情史，添加一笔欧罗巴风情加东方式偷情的罗曼蒂克。哪怕死亡之剑就像现在从天而降的炸弹一样高悬头顶。

"不要怕。"他对她说。

大卡洛斯先生从地上爬起来，抬头往天上一望，用他那在铁路线上让人闻风丧胆了几十年的嗓门大喊：

"日本人的飞机！快跑啊！啊，不，不！快趴在地上，不要乱跑！"这个从不轻易在中国人面前显示出任何恐惧的大块头洋人，已经语无伦次了。

"不是飞机，是天上的恶龙来了！"毕摩独鲁的声音尖厉而诡异，因此听起来比大卡洛斯的叫喊更令人灵魂发憷。

天上飞来窜去的飞机在碧色寨的彝族人看来，就像在山中猝然遇到从来没有见到过的猛兽，也像这些年来洋人从外面带进来的所有新奇事物——火车、铁轨、电灯、自来水、电影、电话、留声机、水火油、咖啡、硬壳面包一样，不全是让他们感到恐惧，而是令他们好奇和敬畏。他们并没有听大卡洛斯的，只是在稍稍恢复了第一次爆炸带来的慌乱后，惊讶地望着被撕破了往日宁静的天空，望着那些像野牛一样叫唤，却能如蜻蜓一般自如飞翔的家伙，在他们的头上肆意兜圈子，直到再次看到一粒粒羊屎一般的东西从天上撒下来，越来越大，越来越近，最后终于看清羊屎变成了一个大铁疙瘩时，猛烈的爆炸便覆盖了祭火神的人们。

战争降临了。正如弗朗索瓦站长说的那样，对那些战争狂人来说，战场无所谓远近，也无所谓早晚；也如普田虎土司所说，这个世界上还有比他更野蛮的人，他们的兽性连神界的诸神都难以抵御。那个竹藤编扎的火神被抛到空中翻着跟斗，燃烧着仿佛要追逐太阳而去，人们再也没有看见过他的身影。这一年家家的火塘必将很冷寂,这一年碧色寨的天空带着血腥味的黑烟,因为挟带了太多的血肉和阴魂而凝固了,长久不飘走,成为人们心中沉重的阴影。很多年以后人们还记得火神中弹后的惨叫,很多年以后人们还在诉说他的巨大生殖器被一块弹片削飞了,像一柄利剑插在祭火场后面的龙树上,尽管依然挺而不倒,但碧色寨的人气却越来越衰败,房屋越来越倾斜,野草越来越疯长,连鸟儿都懒得在这片土地上拉屎了。

日本人的飞机从安南的东京起飞,本来是沿着滇越铁路线飞来轰炸碧色寨车站的,但他们发现了车站外的山头上祭火神的人群,就把多余的炸弹像拉羊屎一般撒到这些崇拜火的人们头上,仿佛一个邻居家调皮的孩子,顺手往人家的汤锅里撒了一把煤渣般恶作剧。

轰炸持续了约一刻钟,天空重新恢复宁静,但已经不再湛蓝。幸存的人们失去了说话的能力,哭喊的本能,只是木木地东张西望,仿佛都试图从一个噩梦中挣扎出来。秦忆娥完全瘫倒在小卡洛斯怀里,惨白的脸上竟然还荡漾着几许幸福,几丝羞涩。她薄薄的嘴唇微微地翕动,似乎是想打开自己,想在这战火纷飞的乱世中承接住某种温情、某种幸福力量的呵护。就像他们曾经拥有过的那些在刀尖上舞蹈的快乐时光一样。

一向高贵矜持的弗朗索瓦站长,此刻坐在地上像个乞丐般喃喃自语,"这是一场梦吧?噢,上帝,求你快告诉我,这是地狱吗?"他一身白色的西装已经污迹斑斑,头上的白盔帽也不知飞到哪里去了。趴在他身边的大卡洛斯一拳砸在被炸弹深翻过的泥地里,愤懑地喊:

"完了,完了,狗娘养的日本人,把一切都毁了。"

眼前的景象就像电影里的场景转换,让几个洋人刚刚看到了人间天堂里人神共娱的欢乐,眨眼便来到了地狱,他们不仅看到了横七竖八的被炸翻的人群，还看到了死伤者中有百鸟王国的一个王子，海龙王的两个使者，四个乘祥云而来的四季仙女，十二个来自大山里的花神——她们本来是要带给人们春天的讯息，三个驾着战车的战神，六个山鹰帝国的武将，两个远古部落的祖先，以及一个被弹片击穿了的巨大葫芦——本地彝族人认为，在洪水滔天的时代，他们的祖先就是躲在这个葫芦里逃过一劫，他们世世代代供奉它、崇拜它，将之视为圣物，但没有想到它也会被粗暴的弹片打穿。

不仅神的使者被打败，祖先的圣器没有保住，文明世界的庞然大物也在劫难逃。一列火车那时刚进站，还没有停下来便提速想逃，但几颗炸弹野蛮地把火车头抬起来，横着扔了出去，横飞的车头撞倒了为机车加水的铁皮大水塔，水塔像积木一样地倒了，飞溅的水花和断肢残臂一起在空中飞舞，一切就像噩梦中的景象，连太阳都是黑色的。人们在山坡上还看见了车站候车室的红顶屋檐被揭飞了，露出黄色的残破墙壁，像一个突然被剥去了衣服的人；站台对面美国人开的亚细亚水火油公司的储油库正在熊熊燃烧，仿佛是毕摩独鲁引去的火神。

大卡洛斯刚刚庆幸地发现，哥胪士洋行那幢两层小洋楼还在硝烟中若隐若现，紧接着便看见洋行后面八角楼的八个角只剩下三个了。断壁残垣中的哀号似乎正远远传来。这个碧色寨里的欧罗巴人寻欢作乐的伊甸园，昨天晚上还在回响着伦巴舞的曲子，老鸨珍妮弗小姐坐在吧台后面，计算着她手下的几个还算年轻的吧女还有多少可以卖出的青春。她最近一段时间总是对站在柜台前的客人们说："牛仔，掏枪要快一点，世界末日就要到了。"

大卡洛斯仿佛看到了玫瑰房里被炸弹踩碎的玫瑰满天飞舞，一地残红，不堪收拾；他甚至还听到了珍妮弗小姐最后的哀鸣：

牛仔，你给老娘的玫瑰房送什么来了？

大卡洛斯这时才忽然想起另一个最让他牵挂的人——露易丝医生！他往铁路诊所方向瞭望，但被蒸腾的烟雾笼罩了。

"糟糕了，诊所也中弹了！露易丝医生在里面啊！"他大叫一声，丢下众人就往山下冲去了。

劫难之后，最先喊出心中真实感受的是毕摩独鲁，他忽然像中了邪似的一跳三尺高，悬在半空中手舞足蹈，怪声尖叫。

"看看啊，看看吧！三十年前我就说过啦，天上的恶龙必将收服地上的恶龙。三十年了，它终于来啦，来收服邪恶的地龙啦！"

作为滇越铁路法国公司特等车站碧色寨站的站长，弗朗索瓦先生可不喜欢在这个令人沮丧的场合里，听到毕摩独鲁的这番奇谈怪论。

"我对你顽固地持此看法极为愤慨！"弗朗索瓦站长掸干净身上的尘土，将被踩扁了的白盔帽拿在手上，尽量不失尊严地站在毕摩独鲁的面前，"如果说日本人的飞机是天上的恶龙，我会表示同意。但我绝不会允许你污蔑我们的火车是邪恶的！"

他那一以贯之的尊贵在一瞬间把独鲁震住了，但老毕摩眨了眨他那细小的眼睛，仿佛一下就看穿了这个洋老咪凄惨的结局。"三十年前我就说过了，没有降伏不了的恶龙。时辰到了，你们该回老家去了。"

"我绝不轻易放弃自己的岗位。"弗朗索瓦站长冷硬地说，"我会让你相信，不仅你的咒语赶不走我，日本人也做不到。我要去照管我的车站，不跟你这野蛮人啰唆了。"

但野蛮人独鲁仿佛找到了强大的同盟军，火车刚才不是被看不见的神力掀翻了么？车站不是陷在一片火海中了么？对他来说，谁造成的这一切不重要，重要的是洋老咪们的火车也有这一天！他扬眉吐气、妙语连珠，一语道破了弗朗索瓦站长内心的担忧，"天上的恶龙把你的火车降伏了，车站还有什么用？车站没用了，站长又能做些什么呢？和我们一样犁田赶马吗？也许你的火车站以后可以作一个马帮的驿站，你可以帮忙照管我们的赶马人。"

弗朗索瓦先生感受到了自己背后嘲弄的目光，这让他深感羞辱。尽管他忙着回车站去救火，但自从他履职以来，还没有哪个中国人敢这样在他心头烧一把怒火。他回转身，用讥讽的语调问："朋友，三十多年前，正是我们，把你们的马帮驿站变成了文明世界的火车站，难道你想历史走回头路吗？收起你那套装神弄鬼的戏法吧，我不相信日本人的飞机是你的法术招来的。"

就像弗朗索瓦先生从来不容别人挑战他的尊严一样，毕摩独鲁也决不允许有人怀疑他的法术，他不假思索地回答道："要是你们还不想走的话，我一句咒语就可以让天上的恶龙再来降伏你的火车。"

弗朗索瓦先生的目的达到了，他对小卡洛斯、布格尔神父和惊魂甫定的普田虎土司说："你们都可以为我作证，我将去国民政府控告这个仇视我们法国政府，把日本飞机看作是自己豢养的恶龙的巫师。我个人认为，这不利于当前的困难局势。"

布格尔神父这时说："宽恕他吧，弗朗索瓦站长。不知者不为过。"

弗朗索瓦像个孩子似的斗气道："绝不！神父，一个基督徒才值得宽恕。而这个反对我们法国铁路公司的、冥顽不化的、用巫术蛊惑人心的异教徒，他不配！"

普田虎土司厌恶地瞪了独鲁一眼，"舌头多了，要掉脑袋的。"他又转过头来，对还依偎在小卡洛斯身边惊魂甫定的秦忆娥恨恨地说，"鸟儿找错了窝，是要被老鹰吃掉的。"

日本飞机的轰炸，必然要改变一些人的命运。只是那时谁也没有想到：它还会改变充满着欲望和淫荡的碧色寨的历史，改变一条费尽千辛万苦才修建起来的一条跨国铁路的命运。

弗朗索瓦本来只是去蒙自县政府告的状,结果来抓独鲁的却是全副武装、头戴白色钢盔的宪兵,给了他一个当时谁都害怕的罪名:汉奸。

碧色寨的汉族士绅和商人、小学校的学生们敲锣打鼓,燃放鞭炮,庆祝一个勾结日本鬼子的汉奸被缉拿归案。那个高兴劲儿,就像过年。似乎只要揪出了这个汉奸,大家就再不会挨日机轰炸了。碧色寨的汉族人在大轰炸那天也损失惨重,寸轨铁路的调车场受到彻底破坏,几家贸易公司被炸,连财神庙也因亚细亚水火油公司的储油库被炸燃烧后,殃及池鱼,烧得只剩下几根枯黑的焦木和断壁残垣。那个画在墙上被供奉的财神,在烟熏火燎之后泪流满面,花里胡哨,像个小丑一般可怜。从此他变得一贫如洗,伤心欲绝,连片遮风挡雨的瓦都没有了。

而令人奇怪的是,碧色寨的彝族人得知毕摩被抓走后,漠然相对,既不愤慨,也不声援。毕摩过去经常要么被魔鬼带走,要么受到诸神的邀请,家里人也习惯了他这种神出鬼没的生活,因为他既然能自如地往返于神界与人间,就超越了生死和一切苦难。人们相信就是官府把毕摩捉去砍头,毕摩也会把落地的头颅装上去。

寨子里的人们并不怀疑自己的毕摩有招来日本飞机的法力,只是不知道,日本是个由什么样的魔鬼控制的国家,日本人是什么样的人,就像他们不知道神界的魔鬼住在哪里、吃的是什么、会有多恶一样。因为这是智者毕摩管的事,毕摩会告诉他们如何驱逐生活中的魔鬼。

可是,这一次人们却有些纳闷了,天上的恶龙如果是毕摩的法术召唤来的,他们炸洋人的火车和车站也就罢了,为什么连我们的火神也炸呢？毕摩岂不在引狼入室？寨子里的人家几乎都有亲人在那次轰炸中被炸死或受伤，灾难的悲伤还笼罩着每一户彝家人的火塘，让他们的火塘没有一点温暖。如果天上飞的是东洋人的恶龙，那么地上跑的还有西洋人的恶龙。西洋人和东洋人，都要把恶龙放到中国来，我们究竟在什么地方招惹着他们了呢？

这个疑惑连土司普田虎也弄不清楚了。他在平常遇到这些烦人的问题，总是召毕摩独鲁来询问，祖先怎么看，山上的众神有什么好的建议，拉出人马来和他们打，是凶还是吉，等等。但独鲁被抓走了，老土司后悔当初没有为他作担保。可自从政府的军队进驻到碧色寨后，他这个土司说话就不能气粗了。三姨太秦忆娥告诫他，现在是战争时期，政府抓到汉奸，一般都是枪毙。她在昆明时就看见报纸上这样说的。

"这些穿军装的大兵，就跟当年那些硬闯进来修铁路的洋人一样，让碧色寨成为一个世代在这里居住的人都不认识的地方了。"普田虎土司抱怨道。

秦忆娥说："人要不认识自己的家乡，说明有变化了嘛。几百年的寨子连片瓦都不变动一下，那还不把人憋死了。"

土司不阴不阳地说了句："变化？嘿嘿，总不能把家猫变成野猫吧？"

秦忆娥有些心虚，前几天她以去山上采野花为由，支开了女仆梅子，独自和小卡洛斯在车站背后的大荒山上幽会。他们还没有穿好衣服时，一个放羊娃忽然出现在面前。尴尬万分的小卡洛斯给了那个孩子一些糖果和零钱，让他谁也不要讲。但谁知道这些大山里的野孩子的心呢？从那天以后，秦忆娥发现，她怎么也支使不开梅子了。哪怕你给这小姑娘再多的好处，她总是默默地跟在秦忆娥的身后。而且，秦忆娥发现，这小女仆眼里新长出来了两样东西——仇恨和鄙夷。

他们在碧色寨这方小小的天地里要想掩饰自己的私情，似乎跟把火车藏在山里不让日本人的飞机发现一样，毫无作用。秦忆娥过来打网球是他们见面的一个最好的理由，尽管她连挥拍的技术要领都还没有掌握好。但重要的是，他们可以在打完网球后，一起吃饭，一起逍遥。

　　但就是这个隐藏着浪漫的理由，也被日本人的飞机破坏了。那天秦忆娥说要过铁路那边打网球，普田虎土司用讥讽的口吻说："网球场上那么大一个弹坑，大概日本人也讨厌这些洋老咪吧。"

　　而小卡洛斯在某些方面却让秦忆娥有些失望，他总是没有准备好，总是有商务上的事情急需处理，总是在把秦忆娥拥进怀里时安慰她说，不要着急，我会去找他的。日本飞机轰炸碧色寨后，小卡洛斯更忙了，毁坏的八角楼需要修葺，被炸死的人需要送进天堂——愿天国的大门也为珍妮弗小姐淫荡快乐的灵魂打开。还有诸如战争的进程需要关注，希特勒的疯狂性格男人们也需要讨论。这些涉及到世界命运的大事，与去和一个土司摊牌同样重要。

　　像所有痴情的女子一样，秦忆娥从不怀疑小卡洛斯的爱，但怀疑他爱的勇气。秦忆娥曾经对小卡洛斯说，我都是你的人了，你喜欢你爱的女人睡在另一个男人身边吗？况且他不是人，是野兽。你难道不心疼我吗？

　　小卡洛斯怎么会不心疼？他一想到这些就心如刀绞。但他宁肯把心中的那把刀憋在口腔里，也不愿张口对普田虎土司说，尊敬的土司，我很抱歉地请求你，把你老婆让给我吧。

　　有一次秦忆娥实在忍受不了小卡洛斯的犹豫徘徊，对他说："哎，你们当年修铁路的勇气到哪里去了？你呀，你真是一个秀才。"

　　小卡洛斯问："秀才是什么意思？"

　　秦忆娥没好气地说："就是指那些读书人，文不能安邦，武不能定国,只是嘴上说得一套一套的。我妈也说了,他们就是狗屎做的鞭子,文(闻)也闻不得,武(舞)也舞不得。"

小卡洛斯更听不懂了,他想了半天才说:"抱歉,我实话告诉你,我其实没上过几天学。"

战争的阴影这些年来虽然一直盘亘在人们的心头,但它似乎离碧色寨很遥远。如果说从前它是遥远天空的一片乌云,现在它就成了一场风暴,猝然降临在人们的头顶,将所有的秩序都打乱了,粉碎了。那天大轰炸后,大卡洛斯没有顾及被炸毁的八角楼,却直奔向露易丝医生的诊所,诊所的三间房子倒塌了两间,但万幸的是露易丝医生只是被飞溅的瓦砾擦伤了几处皮。他赶到时,这个刚强了几十年的女人,一头扑到大卡洛斯的怀里,痛哭失声:"我的诊所啊我的诊所!"大卡洛斯拥着她安慰道:"感谢主,人还好好的就好。刚才真是急死我了。"

露易丝医生第一次紧紧抱住了大卡洛斯,人只有在生命的紧要关头,才会明白人海茫茫中谁是真正疼爱自己的人。更何况一个劫后余生的女人,现在多么需要男人宽阔有力的肩膀。

"他们毁掉了我的诊所。"露易丝医生竟然像一个孩子似的无助和哀恸。

大卡洛斯拥着这个自己爱了一生的女人,忽然就像得到了上帝的昭示:他补赎的机会到来了。多年前露易丝医生用自己的声誉救下大卡洛斯的性命,不是因为爱,而是由于怜悯。现在,该他感恩和回报了,不是因为怜悯,而是由于爱。

"没关系,我再给你建一个就是了。"

在露易丝医生面前,大卡洛斯绝不会食言。他拿出一大笔款子给露易丝医生。他甚至说,咱们干脆就建一个医院吧,你看现在碧色寨这么多人，战争又开始了，太需要有一家正规的大医院了。你做院长，我来做个看大门的好了。露易丝医生那时眼睛里闪出一抹阳光，随即又暗淡了下来。

"噢，卡洛斯，我很抱歉，我领受不起这份礼物，我已经没有什么可以报答您的了。"

"这不是什么礼物，只不过是为我赎罪罢了。"大卡洛斯竟然说得有些羞涩，"这条铁路，是法国人的，但是中国人修的；我在这里获得的一切，也是这个国家给的。该是我们感恩的时候了。"

露易丝医生脸上荡漾出罕见的赞许："感谢主，你可真是一个善良的人啊！"

大卡洛斯心头涌上一股暖流。这么多年了，他知道自己在露易丝医生眼中的地位。流氓，无赖，粗鄙的工头，奸诈的商人。连当年他响应露易丝医生的倡导，出钱帮铁路对面的彝族人修蓄水池，也丝毫没有改变露易丝医生对他的成见。修铁路时干过的一切，哪一桩哪一件能让露易丝医生看得上眼，又怎能逃得过她的审视？她审视了大卡洛斯三十年，终于第一次赞美了他的善良！

为了对得起这份赞美，大卡洛斯就是倾家荡产，也要把露易丝医生的医院建起来。这还不仅仅是为了一份得不到的爱，还为了一个人重新赢回尊严。

战争让一些人沉沦，但也升华一些人的情感。大卡洛斯这次站在了仁慈的上帝一边。布格尔神父在教堂里布道时，对参加弥撒的教友们说，日本人的炸弹为什么要落在其他不幸者的头上，而没有击中你？那是因为耶稣还有事情要让你去做，还因为你的灵魂还没有得到拯救，你还不到上天堂的时刻。你还没有准备好，在主耶稣面前可以问心无愧地说，我爱了，我奉献自己的所有，给那些需要帮助的人了。如果你还活着，赶快忏悔自己的罪吧，求得耶稣宽恕的最佳途径，就是去帮助那些在这个战火纷飞的世界上，受苦受难的人们。从施舍给他们一碗粥，到救助他们苦难的灵魂。

过去大卡洛斯去教堂，只是因为露易丝医生会去，碧色寨有身份的西方人会去。尽管他是教堂里最慷慨的捐赠者，但他经常在神父讲道时睡着了。可这次布格尔神父的讲道却像一颗炸弹直接命中了他的灵魂。在彝族人的祭火场被轰炸那天，他眼睁睁地看到一颗炸弹直冲他的脑门而来，当时他吓得恨不能钻进地里去。但等他在爆炸的间歇时醒过神来，才发现那颗炸弹在离他不到一米远的地方重重地插进泥土里，竟然没有爆炸。

神父说得对，耶稣还有事情要我去做，我的灵魂还没有得到拯救。

那么，就请露易丝小姐看看，一个罪人是如何为自己找到救赎之路的吧。如果爱情已经被错过了——活该你倒霉，天堂里总得为自己的灵魂找个位置。

大卡洛斯担负起了新建的医院从设计规划到施工的全部工作，他把这当作自己的救赎。露易丝医生只需提出要求和提供医疗器械的采购清单。未来的医院要多少张床位，设置几个科室，需要聘请的医生，以及必须在欧洲采购的常备药品，等等。在新建医院的地基长出一米多高时，露易丝医生对大卡洛斯说：

"医院的事就拜托给您了，卡洛斯先生，我得去一趟波登桥，听说那里也被轰炸了。"

大卡洛斯当然知道远在法国的波登先生和露易丝医生的那段隐秘情史，不然他为什么守候了几十年，还得不到露易丝医生的爱呢？一个脑袋瓜再笨的人，也会知道自己的情敌在哪里。要是前些年波登先生敢来远东，大卡洛斯会给他一把枪，然后约他决斗。他一定会宰了这个狗娘养的伪君子，不是因为他是他的情敌，而是因为他辜负了露易丝医生一生的爱。

但是现在大卡洛斯也老了，已经没有年轻时的冲动和鲁莽了，他撇撇嘴，有些伤感地说："可怜的露易丝，你还是忘不掉过去。"

"卡洛斯，我只是惦记那座桥，更惦记我的中国父亲。请不要介意！"

"嗯，一座值得纪念的罪恶的桥。"大卡洛斯心情复杂地说，"我找两个中国人陪你去吧。"

"谢谢，我熟悉路。"

大卡洛斯在独鲁被捕后，到车站的铁路职工宿舍区拜访了弗朗索瓦，倒不是他这样铁石心肠惯了的人，也觉得这个玩笑开得太过分——如果真是玩笑的话，而是他的寻宝计划还指望这个老毕摩给他领路。

他一见弗朗索瓦站长就开门见山地说："这简直太荒唐了！你是在跟一段传说打官司，并且把他们的'红衣大主教'告上了法庭。"

"噢，我当时也是气糊涂了。看看我的车站，看看我的火车，被那些狗娘养的日本人炸成了什么样子！"弗朗索瓦先生脸上的硝烟痕迹还没有擦洗干净，印堂上乌黑的一块，这块战争的烙印一直伴随着他去到天堂。上帝会问他为什么不洗干净脸再来，他将在上帝面前以此控诉狗娘养的日本飞机的罪行。上帝的回答是：日本人不是狗娘养的，他们是撒旦的子孙。

"可是，你我都明白，那个巫师在说大话吹牛。"大卡洛斯说，"如果你再跟他争论下去，他还会说希特勒是中了他的法术才发动了二次大战呢。"

"愚蠢的家伙。"弗朗索瓦嘀咕道，"我本来是想让地方当局教训教训他，可没想到会弄成这样。"

"知道现在中国人如何惩罚汉奸吗？"

"不是把他抓起来了吗？也许关几天就会放了他吧。按这边的法律，最多让他受点皮肉之苦。"

"我得到了比较可靠的消息，"大卡洛斯往自己的烟斗里装上烟丝，"枪毙。"他点上了烟，重重地吸了一口。

弗朗索瓦惊得差点从沙发上跳了起来。"主啊！他不过是说了几句不合时宜的话。"

"在这个国家，常有人因为说话不当而掉了脑袋。"

"那……那我们，能为他做点什么呢？"弗朗索瓦耸耸肩，摊开了双手。

"中国话里有句俗语说，谁把铃铛系在羊脖子下的，谁就有责任将它解下来。"

"好吧，明天我就去见地方当局，撤回我的控诉。"

"我不得不提醒你，不是蒙自县的地方当局，是滇越铁路线区司令部的司令官黄达谦先生。人在他手上。"

"看来我有麻烦了。"弗朗索瓦先生再次耸耸肩。

碧色寨和铁路沿线的几个重要车站被轰炸后，中国政府立即往这边加派了军队，便迅速成立了滇越铁路线区司令部。弗朗索瓦站长不是没有和这个固执古板的黄司令官打过交道。虽然铁路的产权还属于滇越铁路法国公司，但他们派来了军人参与运输调度，一切有关中国政府抗战的物资，均没有商量地优先抢运。黄达谦多次和弗朗索瓦站长因运输问题发生争执，有次他还带来一个排的武装宪兵包围了站长室，用枪调度火车的运行。

弗朗索瓦满腹狐疑地望着大卡洛斯，"真不明白，你这个从来看不起这些东方佬的家伙，怎么会为一个用装神弄鬼的小把戏反对我们的巫师操心。成圣徒了？"

大卡洛斯耸耸肩："耶稣的十二个门徒中，有出卖他的犹大，也有弃恶从良的圣徒。谁知道我会不会是下一个圣徒呢？如果我们还是一名正直、善良的基督徒，我们应该向中国军方上诉：老毕摩是神的使者，彝族文明的传递人——从他扮演盗火的普罗米修斯就不难看出，他绝不是日本间谍。他的法力护佑着碧色寨的五谷丰登、人丁兴旺，枪毙他无异于杀死碧色寨的神灵。"

弗朗索瓦叹口气，"这个混乱的世道，诸神已经被炸弹炸死、乱枪打死啦。正直善良的基督徒，哼哼，在欧洲都找不到几个了，碧色寨如果真能出一个圣徒，我乐意为之效劳，但愿吧。或许这比我们在这里修一条铁路更有意义。"

"每个基督徒都要背负耶稣基督的十字架，不是在战火遍地的欧洲，就是在偏远神秘的碧色寨。我没有在基督的世界最先背负十字架的荣誉，或许就该在碧色寨最后一个扛起它。"

弗朗索瓦想起上周在教堂里，布格尔神父不吝溢美之词，赞扬了大卡洛斯帮助露易丝医生在碧色寨重建一所医院的义举，还引用《圣经》里耶稣的话说，富人要上天堂，好比骆驼穿过针的眼，非人力可行，非神力不可。但一个慷慨的富人，由于他的仁慈和善良，主耶稣不但可以让骆驼穿过针眼，天堂里也会给他留有席位。

弗朗索瓦虽然不相信大卡洛斯会成为碧色寨的圣徒，但他没有食言，第二天便找到了黄达谦司令。在弗朗索瓦看来，这个上校司令只是像许多中国的官吏一样，以仇视一切外国人来掩饰自己的无能。他用外交辞令对弗朗索瓦说，他非常感谢弗朗索瓦先生对中国抗战的贡献。碧色寨车站被轰炸，上峰非常关注，连重庆政府都打电报来过问此事。

"因此，这个家伙可不是一个小人物了，你我都保不了他的命。"司令官最后说。

"简直乱弹琴。"已经算个中国通的弗朗索瓦用中国话骂道，急得直跺脚，但司令官正在忙着布置防空阵地，国民政府为了保护这个重要的车站，紧急调来了一个高射机枪连。他可没有时间听弗朗索瓦先生申辩，他一再暗示这个愚钝的外国佬，不管那个彝族毕摩是否用法术召来日本飞机，他的汉奸罪都是一桩铁案。国防部的嘉奖令已经草拟了，不多日，上峰便会派专员专程前来宣读。届时，滇越铁路线区司令部将给弗朗索瓦先生记头功。

"你要知道，抓到一个日本间谍，可比捕到一只老虎还难。"司令官又补充说。

"真是个荒唐的国家，你们比那个老毕摩还会变幻魔术。"弗朗索瓦先生拂袖而去。

"荒唐的是这条铁路，站长先生。"司令官冲他的背影说，"它修在我们的国土上，却不属于我们，还要我们来提供保护。而你们靠着这条铁路，把中国的财富都拉空了。他妈的，这还不够荒唐吗？"

弗朗索瓦被这个军官训斥，非但没有恼怒，反而在心中涌上一股苍凉。他从高射机枪阵地往山下望去，车站的黄墙红瓦在阳光下依然耀眼，如蚁的人群正在抢修被炸的铁路，铁轨在碧色寨的山峦下蜿蜒延伸，像一条黑色的飘带，越远越细。有一列远去的列车已经变成一条在大地上爬行的蠕虫。他为这条铁路服务了三十多年了，从来不认为这里是个荒唐的地方，也从来没有谁敢动这条带有法兰西印记的铁路一颗道钉、一根枕木。只有那个彝族毕摩是它唯一的反对者。正是这个身上永远有一股怪味的彝族巫师，把在碧色寨车站进出的火车视为地上的恶龙，多次说要招天上的恶龙来降伏它。还总是振振有词地说：不要把蜂蜜抹在你的嘴唇上。你们的火车，不过是恶龙的一根吸血管。它不是总钻进我们彝家的大山肚子里吗？我们山里的精华，都被你们的火车吸干了。

一个国民政府的上校军官，居然和一个自我隔绝于文明世界的彝族毕摩语出一调，这才叫荒唐哩。

"司令官先生，不管你对我们滇越铁路法国公司有什么成见，也不管将要临到我头上的是什么命运，我要告诉你的是：这是法兰西共和国的财产，我忠于我的国家，我对这条铁路负有神圣的职责。就像你对你肩章上的军衔负有责任一样。"

弗朗索瓦站长做梦也不会想到的是，降临到他头上的命运，就是他的国家的命运。夏天来临时，欧洲的战事揪紧了碧色寨每一个西方人的心。丹麦、挪威、荷兰、比利时纷纷被希特勒的军队横扫，然后是敦刻尔克大撤退，欧洲战场上的硝烟，一直飘过了欧亚大陆，飘过了大西洋和印度洋，笼罩在远东的碧色寨车站。

车站电报室的皮埃尔主任几天几夜都没有合眼，因为碧色寨几乎所有的西方人都日夜守在电报室里等待战事的消息。他们如丧考妣、惶惶不可终日，往昔的自信和优越感荡然无存。碧色寨的中国人发现，自从日本飞机轰炸以后，就没有见过一个洋人衣着整洁体面过，连他们一向引以为傲的铁路制服上，都开始有股流浪汉的味道了；铁路东边的洋人区，也再没有听到西洋音乐和放映好莱坞电影时的喧嚣。洋人们第一次给人感觉像失去家园的难民，令人同情。

一个雷雨夜，欧洲终于传来石破天惊的消息：巴黎沦陷了，法国战败了。皮埃尔泪眼婆娑地把电文译出来，一头伏在桌子上号啕大哭。

不仅是他，这些天守在电报室的所有欧洲人或无语凝噎，或像失掉了灵魂的木头人。弗朗索瓦站长睁着熬红的双眼，拿着那张已被泪水浸湿的电报纸，失魂落魄地走出电报室，他本来是想回自己的办公室，但他竟然走下了站台，走到了铁路上。

有人在他身后喊："站长先生，您这是要去哪里？"

"去降半旗吧，请为我们的祖国致哀。"弗朗索瓦头也不回地说。

那面在碧色寨车站楼顶上飘扬了三十多年的法兰西三色旗，在这个风雨飘摇的雨夜缓缓低垂着降下来了。从这个夜晚开始，碧色寨的西方人再也没有了优越感。

远方电闪雷鸣，闪电将夜幕中的雨丝照亮成千万根钢针，千遍万遍地刺着弗朗索瓦悲哀成灰烬的心。他一直沿着铁路往前走，就像不知道未来会怎么样，也不知道自己将走向哪里。远处传来火车的汽笛声，弗朗索瓦不用听这汽笛，甚至连想都不用想，就知道这趟火车的编组号是多少，车次是什么，是谁驾驶的，从哪里始发，经停哪些车站，哪里又是终点站。这些在中国的大地上奔跑的法国铁路公司的火车，就像他一手养大的孩子。年轻时他有很多机会离开碧色寨，甚至回到法国，但他都拒绝了。他为这条铁路服务了三十年，一直没有得到提升，但他从不抱怨，他喜欢这条铁路，喜欢碧色寨，就像终生相许的情人。如果这个世界上有一件事让弗朗索瓦站长甘愿同生共死，那么，就是这条铁路。

火车司机在雨夜的灯光中，远远就看见了那个在铁道线上孑然一身、亍亍缓行的人，他鸣笛、紧急制动，头发都根根竖立起来了。在他感到机头就要撞倒这个不知是人还是鬼的家伙时，火车终于喘着粗气停下来了。

火车司机是个安南人，在这条线路上也跑了二十多年了，遇到过各种各样的突发情况,也遇到过许多匪夷所思的神秘现象,比如追赶火车的阴魂,像飞蛾扑火般撞向火车的各种动物,以及舞刀弄枪,试图打劫火车的江洋大盗。现在,他拿定那个站在车头前不想走的家伙是一个实实在在的人,而不是一个阴魂或者叫不出名字的强盗,于是他抄起一根铁棍,跳下车去,大骂起来:

"你这家伙丢魂了还是丢老婆了?混账东西,敢挡火车的道!"

他终于看清挡他道的人是谁了,司机惊讶得扔下手中的铁棍。"弗朗索瓦站长!是……是……您吗?对不起,我不知道……"

"为什么不撞死我?"弗朗索瓦喃喃道。

火车司机以为受人尊敬的站长先生喝醉了,"弗朗索瓦站长,您……您可不能在铁道线上喝酒,这是违反规定的。走吧,我送你回站上去。"

"回去?回哪里去?法国战败了。伟大的法兰西啊……"弗朗索瓦站长终于没有控制住自己的情感,让天上的雨水掺和着自己的泪水,让战败的法兰西和它在远东忠于职守的一个小小的火车站站长,痛哭一场吧。

然而,糟糕的局势就像手里抓到的一把烂牌,再聪明的人也无力挽回注定了的败局。六月底,弗朗索瓦站长忽然接到铁路公司转发过来法国维希政府的电报通知——

鉴于战争之特殊情况,鉴于日本国和法国在今日世界之友邦情谊,更鉴于日本国和中国交战之地位,法国政府应日本国之请求,暂时中断滇越铁路之运输。中国政府囤积于安南海防港尚未运输之货物,悉数交由日本国处理。法方已向中方表达了遗憾之情。

"这个婊子养的政府,法西斯的帮凶!"弗朗索瓦站长第一次对着自己国家的政府开骂,是当着大卡洛斯的面。法国方面的这一损招,不仅让中国的外援通道被截断,许多商人的货物在海防港也被日本人野蛮没收,包括歌胪士洋行的一批货。因此大卡洛斯来向弗朗索瓦站长申诉,不管这个政府是不是婊子养的,扣押商人的货物是违反一个文明国家通商自由的法律的。

"法律?文明国家?"弗朗索瓦站长苦笑道,"卡洛斯,你忘了我们现在都是站在地狱门槛边缘的人。"

"真想不到欧洲人也会屈从于远东的日本人。据说他们比中国人还要矮小,连中国人都叫他们小日本。"

"卡洛斯,你要知道,日本人过去还是中国人的学生呢。现在这个世界上上演的,都是学生打倒老师、儿子杀了父亲的俄狄浦斯的悲剧。我担心的是,或许有一天,中国人也会爬到我们的头上了。"

大卡洛斯嘀咕道:"那地球就是倒着转的了。"

那是碧色寨一向高贵的西方人最抬不起头来的日子,过去这条铁路的主人们,一下就成了中国人的敌人,日本鬼子的走狗。碧色寨小学校的学生们在老师的带领下到车站上来游行示威,不少西方人家的窗户在晚上被石头打破,但没有人敢去找官府申诉。他们看到了这些中国人愤怒爆发时的力量,修建过铁路的洋人大都还对当年筑路劳工的暴动记忆犹新、心有余悸。弗朗索瓦站长告诫几个刚来碧色寨不久、试图报复的西方人:

"总体来说,中国人是温和的、涣散的、善良的、柔弱的,就像冬天里清澈碧绿、缓慢流动的河水,看看他们用毛笔写字的那双柔软的手,你就知道他们大都有一颗女人的心;但如果他们敏感而脆弱的自尊心受到伤害了，或者被激怒了，他们就会以极端的方式摧毁一切秩序，甚至摧毁我们的文明，就像爆发的山洪摧毁一座城市。你可以把一团猪屎扣到一个强者的头上，你们最多打一架，但一个弱者的尊严和脸面，你最好不要去伤害。他会和你拼命的。"

而对弗朗索瓦站长来说，有人来找他拼命算是轻的了，因为他的命根子——滇越铁路——即将被人拿走。一个晴朗的早上，黄达谦司令奉命前来向弗朗索瓦站长宣布：根据中法两国政府签订的《滇越铁路章程》第24条，当中国与他国失和，或遇有战事时，该铁路悉听中国调度。

"这是否意味着，你们要接管这条铁路？"弗朗索瓦站长问。

"不仅仅是接管，是我们该收回这条铁路的时候了。"黄达谦高声说，话语里不无自豪。

"这……这简直难以想象！"弗朗索瓦惊得从座位上站了起来，但他看到黄达谦司令那自信又骄傲的眼神，还有他身后站着的两个腰别双枪的卫士，他又颓然地坐了回去，良久才不无悲凉地说：

"一个战败的国家，是守不住自己的财产的。但愿你们能守住它，不要给狗娘养的日本人拿去了。"

"小日本别做梦。"黄达谦司令官说，"我奉命通知你，为了防止安南的日本军队沿铁路线进攻我国，我将炸毁部分桥梁和拆除碧色寨至河口下行方向的所有路轨。"

"你说什么？"弗朗索瓦站长再次惊得张大了嘴，就像听说有人要截断他的胳膊一样。他脱口而出："我绝不允许你拆毁我们的铁路！"

"站长先生，我不得不提醒你，它已经在我们的管辖下了。"

"噢，主啊！"弗朗索瓦哀叹道，"看来，我们的末日到了。"

"站长先生，你如果愿意，我们想聘请你继续担任碧色寨车站的站长一职,但是总调度必须是我们的人,从这里到昆明的上行火车还照开不误呢。我们的军火工业,非常需要个旧的锡矿。"

弗朗索瓦沉默良久,才慢慢站起来,走到窗前,看着外面的车站,钢轨上正停放着一台法国巴底纽勒机车厂制造的蒸汽机车,旁边还有一台英国产的"嘎拉式"蒸汽机车,这些机车头都是法国铁路公司为适应滇越铁路崇山峻岭的地形构造而专门设计制造的,没有人比弗朗索瓦站长更熟悉它们,也没有人比他更爱它们。平常只需听它们的鸣叫,就知道是哪一种机头牵引着列车来了,只需听它们在钢轨上哐当哐当的步履,就知道是谁在驾驶它们,又代表了谁今天高兴或忧郁的心情。

其实,弗朗索瓦和车站上的铁路公司雇员都接到了撤离的通知,一些西方人已经在打理行装了。但弗朗索瓦站长还不想走,他的责任告诉他,他应该坚守自己的岗位,战争总有结束的那一天,法国政府说不定还能收回这条铁路的管理权呢。到那时,如果他弗朗索瓦站长还有幸活在这个世界上,他就是滇越铁路线上的英雄。他还不想退休呢。但话又说回来,即便退休了,他又能去哪里?回战火纷飞的欧洲吗?

"我们现在那个该死的法西斯傀儡政府,肯定不会愿意我与敌对国政府合作的。不过,请给我时间去做决定。"

黄达谦笑了,"我相信你会接受的,人们说,你爱火车胜过爱自己的老婆。我们尽管有过不愉快,但我们是盟友。"他向弗朗索瓦伸出了手。

握过手之后,黄达谦司令官又说:"顺便告诉你一句,你揭发的那个汉奸,下周就要枪毙他了。作为功臣,国民政府将在公判大会上对你予以表彰,还会给你颁发奖状和数目不菲的奖金哩。希望你能拨冗参加。"

毕摩独鲁的命看来是救不下来了,如果说过去他还能以一个法国人的身份为毕摩说情,现在他这个连自己的祖国都没有了的人,谁还能听他的呢?更何况,是他亲手把这个毕摩送上了刑场,他已经为此很多个晚上睡不着觉了。

"真是莫大的讽刺,给我的奖金,就留给你们抗战用吧。"弗朗索瓦冷笑道,"你们的刑法,可比我们砍下了一个国王脑袋的断头台残酷多了。谢谢司令官先生的好意,请让我的梦安宁些。"

第二天上午,弗朗索瓦三十年来破天荒没有准点去办公室,如果中国军人没有连夜开始拆毁铁路的话,上午应该有十二对列车进出碧色寨车站,还有四对列车需要在车站编组。他不确定站长室里是否还有需要自己承担责任的事情,中国军方的调度大约已经进驻车站了吧?他更不确定是否接受中国军方的邀请,继续留任站长一职。

昨晚他一夜未眠。弗朗索瓦夫人回法国后,由于后来的战争,海路时常受到德国潜艇的威胁,她就一直没有回来。前天他终于收到从法国铁路公司转过来的家信。德国人的坦克从弗朗索瓦太太避难的村庄前的公路上隆隆驶过,两个孙子还跑去看热闹,吓得他们的老祖母心都碎了。而弗朗索瓦的两个儿子,一个在马其诺防线被德国人俘虏,生死未卜,一个据说跟随戴高乐将军去了英国,同样杳无音信。战前的混乱秩序已经得到恢复,但生活品很难得到了,连一枚鸡蛋都难以找到,一切都被征用啦。

国破家亡,作为一个战败国的国民,他们没有成为难民已属万幸。弗朗索瓦站长在碧色寨火车站看到过太多从中国的北方和沿海地带撤退过来的难民,他没有想到这样的命运也会降临在一个法国家庭。就像他没有料到,自己也会成为杀死一个无辜的彝族毕摩的帮凶。这让他愧疚无比,深感自己罪孽深重。

家里的电话急促地响起来,铃声似乎与往常不一样。弗朗索瓦想,难道他们会催我去上班?

是露易丝医生的电话,听得出她的糟糕心情和弗朗索瓦站长一样:"听说他们要拆毁铁路?"露易丝医生问。

"嗯。露易丝医生,你在哪里?"

"我在波登桥。弗朗索瓦站长,我有个坏消息。"

"唉,现在谁还能带给我们一点好消息呢?露易丝医生,看来一切都该结束了。中国军方要炸毁波登桥吧?"弗朗索瓦很为露易丝医生感到遗憾,这个女人从守候一个情人,到守候一座桥,就这样付出了自己一生的爱。

"比这更糟糕。"弗朗索瓦几乎能看到露易丝的眼泪了,"日本人刚刚轰炸了这里,阿凸……阿凸的火车……被炸翻车了。"

"你说什么?阿凸呢,还活着吗?"

"死了,弗朗索瓦站长。"

"噢!我的主!我真遗憾。真是个糟糕透顶的坏消息。"弗朗索瓦不能不想起即将要被枪毙的毕摩独鲁,灾难怎么会接踵而至地降临到这家人的头上?日本人切断了滇越铁路后,碧色寨往边境车站河口方向的下行列车每天只有几趟短途,大都是中国军方调往边境的军队和战备物资。也许,这是最后的几趟车了,阿凸真是不幸。

"弗朗索瓦站长,是我害了他啊!"露易丝医生已经泣不成声。

"别这样说,亲爱的露易丝小姐,战争来了嘛。谁知道下一颗炸弹会不会落在我们的头上呢?"

"当初……当初,要是不把他推荐给您,他……他就……像他父亲一样，做一个毕摩，多好。"

弗朗索瓦不敢向露易丝医生说毕摩独鲁下周就要被枪毙了。他想起多年前毕摩独鲁来找他要儿子时说过的话，我只有这一个儿子，你们不能断了我彝家人的香火！弗朗索瓦心里一阵阵发紧。现在他感觉自己就像一个莽撞开车的司机，把别人好好的个家庭摧毁了。

"弗朗索瓦站长，阿凸的父亲放出来了吗？"露易丝医生又问。

"噢……噢……我想，应该快了吧。"弗朗索瓦不知道为什么自己也语调哽咽起来，"大卡洛斯先生也在努力帮他。"

"我们该怎么告诉他阿凸的事？"

"嗯，他会为自己的儿子感到骄傲的。"弗朗索瓦随口说了一句，如果这个时候毕摩独鲁在身边，弗朗索瓦希望独鲁给他一拳。

两人手持话筒长久没有话，露易丝医生的声音再度幽幽地传来，"弗朗索瓦站长，你知道阿凸名字的彝文意思吗？"

"不。"

"超越。"

"噢，但愿他能借助这个名字到天堂。"

"弗朗索瓦站长，阿凸曾经告诉我说，他父亲给他取这个名字，是希望他今后在从事毕摩这个职业时，超越自己的父辈祖辈。"

弗朗索瓦感到自己的心在被一把钝刀一刀刀地切。都是当父亲的人，他的儿子也在战争的铁蹄下生死未卜，如果自己的家仇应该算到法西斯头上的话，毕摩独鲁的家仇，一半该由自己来承担了。弗朗索瓦的呼吸急促起来。

"弗朗索瓦站长！站长先生？"露易丝医生大约听出了异样，焦虑地喊。

"唉，没有什么，我……我最近，心脏不太好。"

"弗朗索瓦站长,你要小心自己的身体了。"

"谢谢。你自己也要小心。还是回碧色寨来吧,波登桥可是个危险的轰炸目标。碧色寨不管怎么说,还有中国军队的防空炮火,尽管很微弱。"

其实这正是露易丝医生所担心的,日本人的飞机三天两头地来轰炸人字桥,万幸的是,这座镶嵌在深山狭谷中的桥极不容易被击中。露易丝医生在波登桥经历四次轰炸了,炸弹不是落在山头上,就是炸在山谷里。那时她唯一能做的,就是跪在地上祈祷。

露易丝医生相信:她的祈祷能够感天动地,让主耶稣俯察到寂静的山谷里一个虔诚的人一生的爱。

枪毙毕摩独鲁的那个早上,弗朗索瓦把自己关在站长室里,办公桌上摊开一本多年前的旧画报,里面有一个栏目"远东见闻",其中有一篇图配文的文章是弗朗索瓦写的——

  我们的火车在这原始古朴的红色高原上受到了绝大多数人的欢迎,或者说,以火车为代表的工业文明已经征服了这个古老民族的心,但仅有一个人除外。他就是碧色寨彝族人的祭司,一个名叫独鲁的人。本地人是个多神崇拜的民族,这个祭司没有自己的寺庙或者教堂,也没有宗教组织认可的神品,更没有自己的红衣大主教和教皇。从本质上来说,他只是一个农民,或者是一个比旁人懂得更多乡土知识以及靠他的祖先瞎编乱造的神鬼体系来吓唬民众的巫师。我和他的合作从一开初就不愉快,当年我带领印度支那铁路公司的勘测队第一次进入这个村庄时,我们曾经发生过一次激烈的武装冲突。这个彝族祭司应该对这次毫无意义的冲突负很大的责任，正是他告诉本地有权势的贵族，我们的铁路将破坏他们各路神祇的安宁。而且，在他看来，我们似乎不是生活在这个星球上的人类，而是必须被驱逐的魔鬼。我们的勘测队依靠二十多支来复枪和法国外籍军团几个士兵卓越的战斗素养，最终战胜了那些像印第安人一般野蛮勇敢的彝族人。这场小小的胜利其实让我感到很羞愧，因为我们的对手连支像样的步枪都没有，他们还在用中世纪的武器和我们对抗。

　　这样的民族值得同情，但必须被改变，尽管这种改变是多么的艰难。你永远和一个彝族巫师说不清楚，火车在文明世界里，意味着什么。那个彝族祭司认为，我们的火车是大地上一条必须被斩杀的恶龙。可怜的人，他会用什么方式来斩杀我们的火车呢？当然，他不会去做破坏铁路设施的事情，他用他独有的巫术——魔术——来和我们的火车抗争，这样的努力他一天也没有停止过。他做出了许多荒唐的举措，比如念诵咒语咒诅我们的火车，在本地土族人中散布不利于我们的言论，把自己装扮成一个神，把一捆稻草扎成西方人的模样斩杀之，等等。他忽而像马戏团的小丑，忽而是文明世界的反抗者。但这就像一个弱不禁风的小孩，却老是要去挑衅一个壮汉。

　　火车通到这个偏远的村庄以后，本地人已经把乘坐我们的火车当成一种时尚和荣耀的事情，男人们抱着他们的小猪、羊羔挤上三等车厢，以便到更远的集市去交易；妇女们穿上色彩艳丽的自制服装，胸前挂满银饰，头上插满山野的鲜花，像一个个移动的小花坛，乘火车到另外的村庄去展示她们的风情。但这个彝族祭司，可能是本地唯一没有坐过火车的成年人。他对火车这件工业革命的产物不是简单的不适应，而是刻骨的仇恨。

一件令人欣慰的事情在上周刚刚发生，这个顽固不化的彝族祭司的儿子——一个聪明俊朗的、向往新生事物的、具备远大志向的年轻人找到我，申请能到法国铁路公司来工作。他本来被他的父亲寄予厚望，将来子承父业做一名彝族祭司。但这个年轻人对我说，他喜欢火车，他甚至还提出一个让我很感兴趣的问题：什么时候他才可以亲自驾驭一辆驰骋在他的故乡的火车呢？上帝保佑他实践这一良好的愿望吧。

阿凸能当上火车司机，跟弗朗索瓦站长的精心栽培和鼎力推荐有关。他喜欢这个好学的年轻人，他更希望通过对阿凸的改变，向毕摩独鲁宣示西方文明不可抗拒的力量。但此刻弗朗索瓦为自己感到愧疚的，还不单是因为他的一时冲动让老毕摩蒙冤被杀，而是由于这么多年来，他还是没有能够用文明世界的常识教化这个冥顽不化的彝族知识分子。哪怕阿凸都成功地成为一个合格称职的火车司机了，弗朗索瓦仍然不能让老毕摩相信：代表工业文明的火车，不是一条在大地奔跑的恶龙。

弗朗索瓦站长从来没有像今天这样思念那个可怜的毕摩，自己的老对手。往事在那篇陈旧的文章中重新被钩沉出来，弗朗索瓦站长想起这三十年来自己在碧色寨的经历，除了一以贯之的自豪，还有些许的伤感。他已经把一生中最美好的时光留在了这里，满头华发，大腹便便，而他当年的对手毕摩独鲁，却永远不会因为时间的流逝而衰老，这让弗朗索瓦对东方人的养生术百思不得其解。这个小个子的彝族人瘦削黝黑的脸庞上没有一条皱纹，一双浑浊细小的眼睛似乎什么都看得透彻清晰。可是他却看不清这个世界究竟在发生着什么样的变化。也许他根本不需要这个变化，只是固执地坚守自己的信仰，这才是他的悲剧。

唉，他倒不失为一个值得尊敬的对手。弗朗索瓦站长想。

公判大会在车站对面小学校的操场上举行，刑场却在车站背后的荒冈上，那里早就布满了军警。弗朗索瓦在站长室里就可以听到对面群情激奋的口号声。"真是一个荒谬的世道，比法国大革命时还混乱。"弗朗索瓦兀自嘀咕道。有一列火车因为军警戒严进不了站，老毕摩在公审完后，将从那边越过铁道线押送到刑场，弗朗索瓦想在此时和老毕摩作最后的告别。

临近中午时，弗朗索瓦看见老毕摩在一群军警的押送下过铁道线了。他看上去那么孱弱，就像被一群壮汉肆意踩躏拉扯的羔羊。"噢，我的主，请接纳这个可怜的人。不管怎样，他还是一个忠实于自己信仰的人。"弗朗索瓦在胸前划了一个十字，心中涌上强烈的罪过感，不过很快就被一口咽下去的热咖啡消弭了。在如蚂蚁一般的中国人中生活久了，弗朗索瓦见过太多他们的死亡，有时他祈祷如果这些命运多舛的可怜人们去到另外一个世界，或许比生活在眼前这个毫无生气与希望的苦难世界更好一些。

约莫一刻钟后，他听到了两声沉闷的枪声。

晚上八点钟，弗朗索瓦站长去碧色寨的小教堂做晚祷。弗朗索瓦通常不会每天坚持做晚祷，但今天他感到有必要在神父面前办一次告解，他在布格尔神父面前忏悔了白天自己的罪，他希望神父能帮他转求天主，让那个彝族巫师的灵魂得到安息，最好也能升到天堂——尽管他是一个不讨人喜欢的异教徒。

在回车站宿舍的路上，大卡洛斯拦住了弗朗索瓦，说他有一个箱子需要免检托运。碧色寨车站已经实行了军事管制，黄达谦司令派来一个少校军官控制了一切，从调度到运输业务，都得经过这个少校军

237

官签字才可放行。大卡洛斯没有去找这个少校,而是想直接走海关托运。碧色寨一直有一个海关,但自从清朝末年开关一直到民国,都由外国人担任海关官员,现在由一个叫格罗斯的海关官员带着两个中国人负责。但格罗斯回法国去了,那个在海关临时负责、叫李真福的中国人一定要大卡洛斯开箱报关检查,大卡洛斯只得来请弗朗索瓦去说情。在碧色寨,弗朗索瓦站长可是说话管用的头面人物。

"你运什么了?鸦片还是黄金?"

大卡洛斯挤挤眼睛,"你帮我带上车就是了。"

弗朗索瓦说得斩钉截铁,"违反铁路公司规定的事,我可不会为你做。"他是个严谨认真的站长,他可不愿大卡洛斯坏了自己的职业操守,"除非你告诉我,箱子里是什么。"

"你的救赎。"大卡洛斯说,他又补充道,"如果你不放心的话,我们可以一起随那货物到下一站。"

现在从碧色寨始发的火车,只能往昆明上行方向开。弗朗索瓦告诉李真福,箱子里是他的私人用品。李真福平常对弗朗索瓦站长很敬重,他关切地问:"站长先生要离开碧色寨了吗?"

弗朗索瓦心不在焉地回答说:"也许。"

李真福在货运单上盖上火漆,"我们会想念你的。"

弗朗索瓦心里有些感动,他还没有走哩,碧色寨的人们就开始想念他了。人活在这个星球上任何一个地方,不要说能做多大的事情,能时常被人想念就好了。

火车启动,缓缓驶出碧色寨车站,大卡洛斯扮了一个鬼脸,对弗朗索瓦说:

"想知道现代版的特洛伊木马是如何上演的吗?或者,想看大变活人的魔术吗?我给你变一个。"大卡洛斯找来一根撬棍,一下就把那口沉重的箱子撬开了。一个人像个复活的僵尸一般,慢慢坐了起来。

"主耶稣!毕摩……"弗朗索瓦站长惊叫起来。

"哈哈,伙计,现在你不用忏悔了。"大卡洛斯像个变戏法成功的魔术师。

"我对你肃然起敬。"弗朗索瓦激动得有些手足无措,"你……你怎么做到的?"

"一个通神的彝族巫师,枪是打不死的。不是吗?"大卡洛斯故弄玄虚地说,然后他又拍拍毕摩独鲁的肩膀,"我亲爱的朋友,出来吧,你现在已经安全了。"

"你们要带我去哪里啊?"

老毕摩不知是在箱子里闷久了缺氧,还是上午被押赴刑场的惊魂未消,仍旧一副脸色惨白,失魂落魄的样子。

"去你的世界。"大卡洛斯说。

老毕摩恢复了自己可怜的尊严,"去我们的世界容易,但要弄清楚你们这些洋老咪是哪样的人。"

第九章　水獭年

弗朗索瓦和大卡洛斯将老毕摩带到离碧色寨有几十公里的开远车站，那里有一个铁路上的行车公寓，平常只给往来的火车司机住宿，不受地方官员的管辖。这个边陲小城通铁路的这几十年也日益繁华起来，法国铁路公司的很多大机构都设在这里，像机车修理厂、铁路警察医院、火力发电厂等，在这里生活的西方人比碧色寨还多。开远车站的站长爱德华是弗朗索瓦的徒弟，过去在碧色寨车站干过。他以为老毕摩是一个反对政府的赤色分子，但既然弗朗索瓦甘愿冒那样大的风险将他送来，这人一定和师傅关系非同一般。"交给我好了，现在我们都是国民政府不受欢迎的人。"

"这个可怜的人有了些麻烦，受到了惊吓，你先让他住几天。然后，这位卡洛斯先生会来带他走。"

救下毕摩独鲁来虽然让弗朗索瓦站长庆幸不已，但如何安置这个死囚犯，却是一个难题。他肯定不能再在碧色寨一带露面，弗朗索瓦站长还是担忧这会最终给自己惹来麻烦,毕竟,现在已不比从前了。他的雇主已经不是法国铁路公司,而是国民政府。

"没有关系的,中国人现在还没强大到敢于来搜查法国铁路公司的行车公寓。"大卡洛斯不当多大回事情说,"爱德华站长,我会付清这个彝族人所有的费用。"

弗朗索瓦说:"卡洛斯先生,我不得不提醒你,现在是中国的军方在管理这条铁路。"

"我这里也住进了一个连的武装宪兵,调度也是他们的人了。"爱德华站长说。

"先生们,你们要知道,这是一个被他们枪毙了的人,他已经在这个世界上不存在了。"大卡洛斯说。

弗朗索瓦站长嘀咕道:"真不明白你是怎么买通行刑队的,他那天不是当着那么多的人枪毙了吗?"

大卡洛斯说:"在这个国家有句谚语,叫做有钱能使鬼推磨。一根金条,足以让他们认为的一个汉奸活下来,行刑队的士兵奉命在枪膛里装空包弹,嘿嘿,明白了吧?"

"我的主啊!"爱德华站长感叹道,"他是你什么人啊,让你值得为此付出?"

"噢,他是彝族人的红衣大主教,弗朗索瓦站长的救赎。"大卡洛斯说。

爱德华站长耸耸肩,"我们现在比任何时候都更关心这个国家的人们,但我们却要被赶走了。"

弗朗索瓦问:"你不打算留下来继续干吗?"

"噢,亲爱的弗朗索瓦,"爱德华叹口气,"说实话,我早就厌烦这里啦。我要去美国,哪怕是去当难民,但至少那里现在还没有战争。"

滇越铁路线上做管理工作的西方人，大约有三分之二都在打算离开，中国人似乎也不希望他们都能留下来，他们只要一些能当师傅和教师的，到他们学会了如何运营这条铁路，也许就是弗朗索瓦被解雇的那一天。弗朗索瓦当然明白这一点，前途大家都不乐观。

三个有些落魄的西方人在爱德华的家醉了一晚上，第二天，弗朗索瓦站长要赶回碧色寨，而大卡洛斯还不想走，他说要留下来陪老毕摩几天，等他适应了再说。弗朗索瓦总觉得最近一段时间大卡洛斯和毕摩走得很近，行踪诡秘。日机大轰炸前，大卡洛斯经常带着毕摩独鲁去山上打猎，一去就是七八天。他还听说大卡洛斯在学彝族文字。难道这个家伙真成圣徒了？

不过，弗朗索瓦倒希望这几天有人陪陪毕摩独鲁，他临走时特意对大卡洛斯说："先别告诉毕摩阿凸的事，一颗再坚韧的心，也受不了这接二连三的打击。等他缓过这些天，再说吧。"

就在大卡洛斯送弗朗索瓦上火车的时候，他竟然在站台上看见了自己的兄弟和秦忆娥，他们手挽着手，亲密无间的样子，在匆忙上下车的人群中显得旁若无人、鹤立鸡群。

弗朗索瓦对大卡洛斯挤了挤眼睛："主，在这战火纷飞的世界，看看你兄弟干的好事。"

大卡洛斯说："看来那些浪漫的传说是真的了。妈的，强悍的是命运。卡洛斯家族的人，找到的不是爱情，都是麻烦。"

已经有人对秦忆娥总是往歌胪士洋行跑颇有微词了。在得知巴黎沦陷的那天晚上，碧色寨的法国人都在电报室灰心丧气、流爱国的眼泪。唯有小卡洛斯和秦忆娥却在歌胪士酒店的酒吧里喝酒调情。这一幕连大卡洛斯都有些看不下去了，他当时对小卡洛斯说："嗨，老弟，这个世界的失败够多的啦。你可别把自己的人生也栽在失败的漩涡里去了。"

上周,小卡洛斯陪秦忆娥又回了趟昆明,秦忆娥跟普田虎土司说是要回去检查身体,而小卡洛斯则告诉大卡洛斯他要去清点一下昆明那家分行的库存。在向普田虎土司摊牌之前,这对在情欲的深渊里已经不能自拔的人儿,一日不见如隔三秋。他们一到昆明就住进了外国人常去的大华饭店,两人一进门就滚到了床上,昏天黑地地做爱。昆明教会医院的法国医生根本没有机会检查秦忆娥的身体,因为小卡洛斯已经把这细腻柔软的东方女人的身子日夜拥在怀里,吻它,搓揉它,快乐它。

对于年过五十的小卡洛斯来说,这是他在远东冒险生涯最后的辉煌,最刻骨铭心的记忆。他从来没有享受到过如此的激情浪漫以及异国女子的风情和温柔,而秦忆娥也从没有经历过和一个绅士在做爱时,让时间停滞的长吻,让身体融化的热度,让灵魂出窍时的飞翔。和一个绅士在充满肉欲的大床上寻欢作乐,让她找到了做一个女人的尊贵、荣耀、满足,以及来自男人发自肺腑的赞叹——噢,我的造物主,您竟能创造出如此优雅绝伦的形体!我的主,看这东方丝绸一样润滑的肌肤啊!噢,我的百合花香的女人!这专为我盛开的小百合啊!而秦忆娥在高潮来临时的癫狂中发出的呓语,则充满令人心惊的受虐色彩——

揉碎它吧,揉碎它。揉碎这朵为你而开放的百合花!求求你啦卡洛斯,求你像火车开过来一样压碎它。

这常常让小卡洛斯张皇失措,像山坡上失去制动的火车,呼啸着奔向快感的深渊。

在昆明那几天,秦忆娥也没有时间回她母亲家。由于她不知道自己目前的状况，会让那个靠残存的虚荣支撑生命余晖的黄老孀感到光荣还是失望，因此，干脆就让自己做一回真正的女人吧。感谢上帝，最好还是不要让黄老孀知道她的女儿在重蹈其做人小妾的命运覆辙之后，再去做人家的情妇。如花似玉的千金啊，当年坐过"米其林"专列的女儿啊，现在终于得到了一份见不得阳光的爱。

甚至在回来的火车上，当他们的火车到了开远县城，下一站就是碧色寨，这意味着自由的短暂终结，这让两个已经爱得如漆似胶的情人竟然有了末日来临之感。他们几乎同时做出浪漫的决定：干嘛不在这个没有人在意他们私情的县城再待上几天呢？反正在碧色寨那个弹丸之地，没有情爱足以浪漫泛滥的空间。更何况，碧色寨对两个抉择艰难的人来说，一个将再度沦为美丽的囚徒，一个则必须面对残酷的战场。但他们没有料到的是，刚在开远火车站下车，就碰见了大卡洛斯和弗朗索瓦。

歌胪士洋行在开远县城本来也有个分行的，但小卡洛斯竟然都没有过来看一下。在开远分行的办公室里，大卡洛斯和他的兄弟谈了一次话。

"老弟，你知道土司有多少人枪的卫队吗？"

"当然知道。弗朗索瓦站长当年还和他们打过仗。"小卡洛斯说，眼睛却在望着隔着两张桌子、独自坐在窗户边的秦忆娥。

"你身上会被子弹打成蜂窝眼的。"

"也许，我们可以通过谈判来解决问题。秦女士也是这样的意思，她希望能和她丈夫体面地离婚。她愿意以放弃一切财产来换取自由。"

"别天真啦，我亲爱的兄弟。"大卡洛斯往秦忆娥那边望了一眼，"在这个国家，女人就是男人的财产，你在中国白待几十年了。"

"如果他们认为女人是可以买卖的，我可以为此做出赔偿。"

"噢，那不是让你倾家荡产的问题，而是要了你的命的大事啦。"

小卡洛斯沉默不语了，这正是他的担心。他倒是愿意为爱情而死，但他不敢想象自己死后，秦忆娥将会怎样。这是一个让他死不瞑目的问题。

"老弟，给你一个建议。"大卡洛斯往烟斗上重新装上一锅烟丝，"如果你真觉得这个女人是自己生命中不可缺的，就带着她远走高飞吧。就像咱们的老爹，当年他流浪到马其顿有了一个心爱的女人，然后才有了你一样。妈的，你可真是继承了一笔倒霉的遗产。"

小卡洛斯在心里盘算了一下，然后跟他的兄长提出了自己的要求。"好吧，哥哥，战争看来迟早是要打到碧色寨了，我们结束这里的生意吧。把歌胪士洋行转手出去，再找一个没有战火的地方做事。哥，没有你，就没有歌胪士洋行的今天。我只希望能分到三分之一的股份就是了。你认为呢？"

大卡洛斯吐出一口浓厚的烟，把自己的头都遮住了，"唉，我亲爱的兄弟，分一半给你我都愿意，但可能只刚好够你们回欧洲的路费。"

"这怎么可能？"小卡洛斯声音高起来，引得那边的秦忆娥都往他这里张望。幸好他们在用希腊话对话，不然那就太打击秦忆娥的自信心了。

"哥，这是我亲爱的哥哥说的话么？"他又不得不尽量压低了声音。

"老弟，你真是被爱情冲昏了头脑了。你去问问我们的那些经理们，我们的账上还有多少流动资金？日本人在海防扣了我们的货，我们就濒临破产啦。两百台缝纫机，一百吨煤油，一千匹咔叽布，还有八十辆自行车，更有一辆昆明一个阔佬订购的劳斯莱斯小轿车。都是付过一半定金的，你算算是多少钱。狗娘养的日本人！"

"至少我们还有各个分行的存货和房产吧。"小卡洛斯嘀咕道。

"我都抵押给法国东方汇里银行啦,包括开远这家洋行。"

"为什么?"

"露易丝医生要在碧色寨重修医院,也需要现金呢。"

"哈哈,露易丝医生!"小卡洛斯的声音再度大起来,"老兄,你的爱情代价也不菲啊!歌胪士兄弟洋行成了她的提款金库了。"

大卡洛斯把脸凑近了他兄弟,"你给我听着,你这狗娘养的杂种!我绝不允许你对露易丝医生说三道四。她才是碧色寨真正的圣女,在大家都在忙着逃命、各奔东西时,只有她还在想着帮助中国人,建医院,救治病人。老弟,是谁给了我们这一切,中国人;又是谁夺走了我们的一切,日本人。看在中国人还在抵抗日本人的分上,我们能做点力所能及的事情,天堂里会有我们的位置的。"

小卡洛斯就像不认识他的兄长一样,呆呆地望着他。这是从前那个在工地上把中国人的辫子拴在一起的工地主任吗?是那个在人字桥的悬崖上砍断维系中国劳工绳索的刽子手吗?是那个用地狱之火,焚烧一个又一个被瘟疫击倒的劳工们的工棚的大卡洛斯吗?

他还以为这应该是布格尔神父说的话哩。爱情真是改变人生。

"那么,我们将身无分文了?"小卡洛斯小声地问。

"也许。"大卡洛斯用他那一以贯之的满不在乎的口气说,"不过,我正在筹措一大笔资金,快到手了。如果你要离开这个国家,至少我不会让你像刚离开克里特岛时那样,穷到买不起一双靴子。谁叫你是我的兄弟呢。"

大卡洛斯没有跟他兄弟撒谎,歌胪士洋行目前的确面临破产的边缘。这些日子来,他已经遣散了碧色寨家中的三个仆人,把养的豹子和鳄鱼放了生，连两匹英格兰纯种马都送人了，只留下两只德国牧羊犬和一个仆人看家。他不得不压缩开支了。当然，如果不帮助露易丝医生重建医院，也许他还能扛过这次危机，但对于一个一辈子都没有得到自己心爱的女人赞许的男人来说，那一声赞美价值千金。这一点上，大卡洛斯比他兄弟更浪漫。

不过大卡洛斯的浪漫是有伸手可及的财富做后盾的，这就是紧锁在毕摩独鲁那神秘莫测的心扉中的藏宝地。他对这笔财宝的痴迷，就像对露易丝小姐一生的痴情一样。人一旦到了执迷不悟的地步，那就是一头走进小巷里的牛，是条死胡同也要把它抵穿。大卡洛斯感到在自己的循循善诱下，离那答案越来越近了。因为老毕摩被救下来后，对大卡洛斯好感大增。这个老人在开远火车站的行车公寓仅住了一个晚上，第二天，惊魂甫定的老毕摩问大卡洛斯："为什么救我呢，为了学会识读那几个彝文字么？"

大卡洛斯回答说："不。只是因为我也曾经被人绑在法场上，面对过被砍头的大刀。我讨厌被人处决的屈辱感，人不是一头猪，可以任意被人宰杀。"

毕摩说："我们跟你们不同，命本来就跟猪狗一样。"

"那你怕死吗？"

巫师回答说："怕。真怕死。"

大卡洛斯又故意问："你不是说自己常和死者对话么，而且还经常去到那边，就像走亲戚串门。何不把这次被枪毙也当成一次远足呢？"

毕摩沉默了很久，才说："我不想让他们在我的身体上穿一个洞。这样不完整的死，彝族人认为是横死，暴死，回不了我的祖先之地。我做了一生的毕摩，还有什么脸面见我的祖先们。"

大卡洛斯说："是啊，我也不希望自己这样回到故乡，更不希望这样上天堂。"

毕摩深表同情地说:"你们这些洋老咪,也不容易。离开自己的家乡那么久了,天下还有你们这种不恋故土的人,莫非你们的心真的和我们不一样?"

"毕摩,我还有心愿没有了结啊。"

毕摩脸上对异乡人的怜悯之情没有了,他再度恢复了冷漠木然的表情。"那就把你的那张图交出来吧。"

大卡洛斯心中一惊:"图?什么图?"

"你怎么和一个毕摩猜哑谜呢?毕摩就是在人和鬼之间猜谜的人。不过呢,你要得知谜底,你就得先说全谜面。"

现在毕摩的生命在他手里,大卡洛斯不怕他不就范。他从怀里掏出那张图来,没有递给毕摩,而是在离他两尺远的地方展开。

"毕摩独鲁,我们现在是生死朋友了。为了救你的命,我不怕得罪中国军方。要是他们知道你还活着,不要说你将再次会被押赴刑场枪毙,我也至少得蹲大牢,不过我是个洋老咪,他们也不敢把我怎么的。这幅图是我花重金购得的,我相信它指向一处藏宝洞,那里面有大量的财宝。要是找到了,我分给你一半。"

"我不需要。"毕摩冷硬地说。

"那你知道有这样一处地方,是吗?"

毕摩独鲁也不伸手要大卡洛斯的图,只是斜了它一眼,便说:"三百年前就有这样的传说了。"

大卡洛斯眼睛放光:"主啊,一笔埋藏了三百年的财富?真的有这么回事!毕摩,你知道这个传说吗?"

"这片土地上的传说,没有我不知道的。"

"真和一笔财富有关?"

"和一段爱情有关。"

"爱情?"大卡洛斯的心都快掉到底了,尽管他一生都没有得到自己需要的爱情。

"这世上的事啊,财富都是树上的树叶,总有飘落的季节;爱情才是扎进土里的根,在人的心里永远存活。"

"可是……可是你们怎么把爱情画在一张图上?"大卡洛斯都快崩溃了。

"最美的女人,都是在图上。你看见过那些从天上下到凡间来的仙女没有?没有吧。你只能从图上看见她们的美。"

"哎,哎,毕摩,请打住,别给我胡扯什么仙女魔女啦。我们是在讨论一张藏宝图,一笔被埋藏了几百年的财富。这上面只有神秘的符号和文字,哪有什么漂亮女人。"

毕摩又不说话了,神情凝重,目光呆滞,仿佛又进入某种神魂超拔的状态。"三千年前的水獭年猴月,大地摇晃,星星坠落,太阳无光,月亮发黑;天降大雨,地涨洪水。地上连一棵草都站不住脚,天上的鸟儿翅膀都拍打断了,也找不到栖息的窝。彝族人苦了,没有地方好在了。房子都在水里,庄稼地都飘在河中。"

这场叙述中的灾难就像正在发生一样,让毕摩独鲁说不下去了。

大卡洛斯却不耐烦了,"真要命,刚才还是三百年前的事情,现在又扯到三千年了!你们到底有没有时间观念?"

"就是三天前的事情,也和三千年前的人类祖先有关。"毕摩固执地说。

"好,好,要是三千年前的大水还没有把一切都冲得干干净净的话,看看你们的老祖先还给我留下点什么没有。请继续吧。"

"这片土地被魔鬼把一切都收了个精光。"毕摩不管大卡洛斯如何反应，自顾自地说，"人们都被洪水困在几座山头上，洪水三年不退，能活下来的人不超过三百。等洪水终于退了，各个山头幸存下来的人们已经彼此不通语言。人们好像重新回到人类起源的时代，那离现在又有三万年的光景……"

"我的主啊！请别再把时间往前推啦。"大卡洛斯的头发都快揪下来一把了。

"那时，人们为仅存的一点食物互相争杀，为如何保存火种绞尽脑汁、争执不休。过去人们饲养的家禽，像狼啊、狐狸啊、猫头鹰啊、还有斑鸠、百灵鸟、云雀、岩羊、麂子等等的，因为他们的主人都死绝了，再没有人驯养它们，就重新变成了野物。只有狗、猪、鸡、牛、羊，还被一些人抱在怀里，躲过了那一场灾难，因此它们现在还跟着我们。人们也没有了生产工具，不知道该如何种地了，不知道该如何打猎放牧了，只能坐在烂泥地里，眼望着天空，向天神呼喊、祈求。一个叫呷莫阿尔的年轻人，不愿意就这样等死。他用自己的大腿做铁砧，用嘴当风箱，用拳头当铁锤，用指头当钳子，为人们打出了犁、锄头、耙、铲、铁锹、砍柴刀等工具。人们又开始开荒播种了。天神恩体古兹的女儿兹俄丽朵……"

"主啊，可怜可怜我吧。我究竟是在听《旧约》时期的故事，还是在寻找一笔三百年前才埋藏下的宝藏？毕摩先生，拜托你行行好，别天上地下、凡人仙女地瞎扯啦，我的头都要被你搞炸啦。你就直说了吧，那个藏宝洞跟爱情有什么关系？"

"天神恩体古兹的女儿兹俄丽朵，爱上了勤劳智慧的呷莫阿尔，就不当仙女了，从天上下凡来，嫁给了他。她教会了呷莫阿尔用大腿做铁砧，用嘴做风箱……"

大卡洛斯不得不再次打断毕摩独鲁的话，"这个你说过啦！"

"哦,他们后来成了一家。呷莫阿尔去犁地,兹俄丽朵跟在后面撒荞种,长出来的就不是苦荞,而是黄金白银;呷莫阿尔要去捕鱼,兹俄丽朵帮他织网,网撒向湖里,捞起来的不是鱼儿,而是珍珠翡翠……"

"难道这就是我们要去找的财宝吗?他妈的,我真是世界上最愚蠢的人啦!"大卡洛斯实在忍受不了啦,破口大骂起来。

"天神恩体古兹就像你现在这样愤怒。"毕摩独鲁仍是不紧不慢地叙说他的故事,"他不喜欢人间有那么多金银财宝,更不喜欢自己的女儿嫁了一个种地捕鱼的凡人,就派人来把兹俄丽朵收回去了。"

"感谢主,还是让这个天使赶快回到天上去吧。"大卡洛斯强压心中的失望与怒火,"请继续,我们来理清楚人间后来到底发生了什么。"

"兹俄丽朵回到天上后,知道人间的辛苦。就在天空中出现彩虹的时候,偷偷把他父亲宝库里的金银珠宝运送到人间来,藏在一个山洞里。每当大地上有饥荒时,呷莫阿尔和他的子孙们都去那个洞里取。其实更多时候,他们为了表达对祖先的敬意,将在地里、在山上辛苦劳作得到的财富,也放到这个山洞里。"

(这才是最关键的!蒙昧时期的人们总把最大的财富奉献给看不见的神。教堂和庙宇都是这个世界上的聚宝盆。大卡洛斯在心里喊道。)

"彩虹出来后,会把这些财富奉献给天上的祖先。到了三百年前的虎年虎月,彝族人和皇帝的军队发生了战争,呷莫阿尔的后代们战败后四散逃亡。最后一个呷莫阿尔氏族的后代临死前,把这个藏宝洞画在一块麻布上,交给了一个采药的老人,他还从里面取了一把金锄挖药哩。"

大卡洛斯这才感到,他总算在时光隧道和人神不分的传说中,终于看到一丝亮光了,那个美国流浪汉就是从一个采药人那里得到这幅藏宝图的,要是他的祖先世代都以采药为生的话,传说和现实便神奇地结合在一起了。

"尊敬的毕摩,你认为就是这块布上的图吗?"大卡洛斯把那块布递到毕摩眼前。

毕摩独鲁像一个古物鉴宝行家,把鼻尖都凑到这麻布上了,还用手指慢慢沿着布上那些神秘的符号一一抚摸了一遍,然后才说:

"我看是。到该找到它们的时候了。"

"主!"大卡洛斯就像在历史的长河中差点被淹死,然后凭借一根稻草,侥幸挣扎着上了岸。

"那我们上路吧。"

"去哪里?"大卡洛斯有些诧异地问。

"就去找这个地方。走吧,我们的时间不多了。"毕摩指着图上的一处像山洞模样的图案说。大卡洛斯记得,从前他把这处图案临摹给毕摩看时,毕摩曾说"这是一个女人的子宫,已受孕了老虎的精子,将生出统领天下的彝王"。

大卡洛斯没有深究毕摩独鲁为什么对他心里想的拿捏得那么准确。是的,大家的时间都不多了。日本人的炸弹落到碧色寨后,所有的人都有惶惶不可终日的感觉。他在歌胪士洋行的开远分行里匆忙准备了一些户外远行的装备,小卡洛斯和他的情人已经回碧色寨去了,临行前给他哥哥留了张纸条,说他理解兄长的行为,也希望为兄的理解他的爱情。他回碧色寨处理好相关事宜,就会带他心爱的女人远走高飞。

"唉,看来他是被这个土司的女人迷惑住了。"大卡洛斯嘀咕了一句,"真不知道他老妈当年是不是这样迷惑住我们的老爹的。妈的,强悍的命运啊！"

　　大卡洛斯没有心思考虑他兄弟的事情了，他和毕摩独鲁在一个阴霾的下午上了路。他们雇了两匹马，一匹驮行装，一匹大卡洛斯走累了的时候骑。毕摩披了件蓑衣走在前面，往彝家的大山深处走。大卡洛斯掏出怀里的指北针看了看，大体是碧色寨那个方向。

　　山路曲曲折折通向天边，习惯坐火车的人一旦一步一步地用双脚丈量大地，生命就显得漫长而艰辛。大卡洛斯始终怀疑，毕摩可能早就知道他的目的了，他在利用自己提供的藏宝图上指示的方向，运用掌握的神秘知识，正在一步步地接近藏宝地点，但这个老练的家伙就是不告诉他最后的答案。好在他终于等来了这一天。

　　大卡洛斯骑在马上问："毕摩，那天我们在那座高山顶上，你用几根竹竿测量了太阳升起和落下时，竹竿的阴影和某个方向形成的角度，我还看见你在一张纸上绘出了一条太阳运行的轨迹，或者说更像是某种动物行动的路线。博学的毕摩，你能告诉我你究竟发现了什么了吗？"

　　"你们的火车开到下一站之前，你知道有谁在等你吗？"毕摩突兀地问。

　　"什么意思？"

　　"你没有走到，没有看到，你怎么会知道。"毕摩像个智者一样回答。

　　"那么，我们今天要去的'下一站'，那个像女人子宫的山洞，它在哪里呢？"

　　"你猴急急的干什么？我还没有问到山神的意思，龙神的意思，水神的意思，树神的意思。"毕摩一板一眼地说。

　　大卡洛斯哀叹道："噢，你有那么多的神要问。"

"人不能不听神的话。"

"尊敬的毕摩,可是,可是我们的时间不多了啊。"

"嗯,是你们的时间,我们只依季节做事。该阳年做的事情,阴年做不得,该阴年做的事情,阳年不能做。"

大卡洛斯已经知道,在毕摩眼里,世上的万事万物都跟阴阳有关,就像这个世界只是由男人和女人构成一样,也像这个世界大多数麻烦,都是由男人的欲望和女人的虚荣造成的一样。东方古老的智慧看待事物的方法,常常让大卡洛斯既有些兴趣,又不得要领,但现在已经是夏末秋初了。"那么,我们目前要做的事情,是该在阴和阳的哪一头?"大卡洛斯小心地问。

"你应该说,是在生和死的哪一头。"毕摩冷冷地说。

大卡洛斯感受到了那话中的冷意,他故作轻松地吹了声口哨,"难道我们会有危险吗?"他下意识地摸了摸腰间,那里有一支左轮手枪。多年来,大卡洛斯从来枪不离身。

毕摩脸上的表情忽然又轻松下来,用一种颇值得玩味的口气说:"今年春天的时候,我看到一个老汉在寨子里的一堵老墙下坐着烤太阳,一个外乡的野鬼孤魂骑在墙头上,但那个老汉没有看见。我就好心提醒他说,小心墙倒下来砸死你。那老汉很不高兴,气鼓鼓地说,墙砸死我了,我就变成鬼来找你。等我从山上把羊赶回寨子时,我听到了老汉家传来的哭丧声。那堵老墙没有风没有雨的,真倒下来把老汉砸死了。"

大卡洛斯听得背脊发毛,"真有这样的事情?"

"有些游荡在天空里的孤魂野鬼,由于没有人超荐他们的亡灵,指给他们回到祖先之地的道路,他们就会返回人间来找一个替身。枪毙我那天,我看到那老汉的脸飘在我的头顶阴笑哩。幸好我还会点法术，不然他早把我捉去了。"

大卡洛斯在心里冷笑，你就胡扯吧。要不是那一根金条买通了行刑队的军官，人家真把你的命拿走了，但他又不能戳穿这个听上去有些恐怖的故事。他根本不相信一个老气横秋的毕摩有夺人性命的能力，或者说魔力。他不过是一个善于使用一些魔幻之术装神弄鬼的彝族巫师罢了，即便寻宝之路上充满死亡的威胁，但对大卡洛斯来说，从他在远东一生冒险的经历来看，都是在用生命作抵押，去赢取并享受难以置信的收益。哪一个在碧色寨的西方人不是这样的呢？

他们在这漫长的山路上跋涉了三天，天黑了便就近找个村庄住下。大卡洛斯发现毕摩一般带他到彝族人的村庄投宿，似乎那些人他都认识，他们用自己的语言嘀嘀咕咕地谈到深夜，晚上还不断有些彝人前来看望毕摩独鲁。这些人用看一个死人的眼光来看大卡洛斯，没有人对他表现出应有的善意。大卡洛斯这几天的感受除了辛劳和累外，就是孤独。过去他能一个人面对三百个中国人而毫无惧色，现在，如果有一个中国人向他挑衅，他都要思虑再三，要不要把腰间的枪掏出来。

第四天早上，大卡洛斯在一户农家的破屋里醒来时，晨曦已经染红了东边的天空。他昨晚睡得不是很好，老是做梦，彝族人家的跳蚤对他发起猖狂的进攻，里面的衬衣上全是跳跃的黑点。他忘记了每次露宿野外时都要带的杀虫剂。半夜里，他仿佛还听到了哭声。他想起有一段残破的梦是乘船航行在大海上，露易丝也在船上，他们坐在甲板上的躺椅里，像两个暮气沉沉的老人，一语不发，看大海。

大卡洛斯想，但愿我终老还乡时，能有和露易丝医生同行的荣幸。妈的，这一生就这样过去了。

毕摩已经在屋外收拾马驮子，大卡洛斯出来问："我们现在就要出发了吗？"

"嗯。"毕摩揉了揉眼角,"走啰。"

大卡洛斯咽了口干涩的口水,他还没有烧咖啡呢。昨晚他跟房东说好了的,今早帮他煮一壶咖啡,他带得有咖啡豆出来的。但大卡洛斯发现毕摩今天的情绪似乎不太好,也就不便多说什么了。自出门来,他仿佛又回到了当年在铁路工地上的岁月,几天不洗澡了,身上一股味道自己都闻着难受。

大卡洛斯忽然从毕摩身上发现了异样,"你头上有霜。"他说。

毕摩看看天,"今早没起霜。"

大卡洛斯往前走了两步,"噢,原来是白头发啊。我记得你没有白发的。"大卡洛斯自己连胡子都白完了,他和弗朗索瓦经常在一起感叹,这几十年过得真快,要是不看头上的白发,还以为刚来到碧色寨呢。

毕摩似乎并不在意自己为什么一夜白了头,大卡洛斯也忽略了这一点。他们啃了两口荞饼,就匆匆上了路。有两个彝族后生悄悄跟在后面,毕摩说,今天的路难走,他们是来帮忙的。

出了村庄后他们就钻入不见阳光的密林,很多地方需要两个彝族小伙子在前面用砍柴刀开路。那张藏宝图已经在毕摩手上,他走一段,又展开图看一遍。向左边走,向上爬,绕过这条山梁,顺着水沟走,毕摩神色肃穆,不断校正着方向,大卡洛斯感觉他们离藏宝洞应该越来越近了。他仿佛嗅到财宝的味道。

他们来到一处绝壁,依稀可辨的山道一边是悬崖,一边是峭壁。前面那道绝壁壁立千仞,上面爬满古藤和爬藤植物,一些嶙峋的岩石从植物中偶尔裸露出来,就像攀缘在那上面的动物。看来只有折回去了。

"就是这里了。"毕摩独鲁肯定地说。

"这里？"大卡洛斯把脖子仰头上望，还没有看到绝壁的顶，"这里有什么？"

"大地之书。"

"书？你是说一本书吗，在哪里？"毕摩刚才说的那个很文雅的词，让大卡洛斯深感意外。

毕摩没有理会大卡洛斯，拿过彝族后生手上的砍柴刀，把它别在腰上，抓着岩壁上的古藤向上爬。他像一只敏捷的老猴子，在藤蔓虬枝中晃来荡去，大约爬到十来米高时，毕摩的身子贴在岩壁上兴奋地大喊：

"我找到了！"

"你看到了什么？"大卡洛斯在下面仰头问。

"文字。"毕摩回答道，"刻画在岩壁上彝文字。"

"什么？没有看见洞口什么的？"大卡洛斯又要崩溃了，费那么大劲，就是为了看几个彝文字。这些笨头笨脑的彝族人啊！

"洞口有，这上面的文字告诉我了，就在上边。"毕摩在上面又说。大卡洛斯看见他不断用砍柴刀削去岩壁上的藤蔓植物。

一股热血冲上大卡洛斯的头顶，他不能再等了。他也抓着岩壁上的那些古藤，沿着毕摩刚才爬上去的路线，攀缘而去。在他后来身陷绝境时，大卡洛斯无论如何也想不起来，自己当时是怎么糊里糊涂地爬上来的。

毕摩那时正用手中藏宝图上的神秘彝文字和岩壁的文字一一对照着看，脸上的表情既迷惑又兴奋。大卡洛斯气喘吁吁地凑过来："文字在哪里？"

毕摩用手小心扒开岩壁上的泥土，又撮起嘴吹干净壁面。大卡洛斯看清楚了，是一些象形文字和图案。有太阳、弓箭以及人、鸟、羊、猴等动物的形状，还有一些像鸟的爪痕、冬天的枯枝以及水里游动的蝌蚪。

"这是什么意思呢？"大卡洛斯问。

"你看看这图上的文字。"毕摩说。

大卡洛斯惊讶地发现，这张藏宝图上的象形文字图案和岩壁上的文字惊人地一致，连排列组合都一模一样。

"呷莫阿尔氏族水獭年，水獭月，逃难躲避在老鹰崖，黄金洞。"毕摩一字一句地对照着读。

"这意味着，我们找到了？"大卡洛斯兴奋地说。

"嗯。找到了。"毕摩说。

"那么那个黄金洞口呢？"

毕摩用砍柴刀指指这块有彝文字的岩石上部，大卡洛斯果然在杂草丛生中看见一个长条形的山洞口。大约有两米多高，宽则不过一米。

"哈哈，毕摩，它可不像你说的女人的子宫。"大卡洛斯心情大好，这个藏宝洞的样子已经在他的脑海里、梦里出现过无数次了。

"这里有画的，"毕摩指着岩壁上的一幅文字图案说，"它其实是女人的下体，呷莫阿尔氏族的子孙，都是从那里出来的，最终又回到那里面去了。"

大卡洛斯看看那幅岩画，再看看头顶上的那个山洞，越看越觉得它像女人的阴户，洞口左右两边对称着向外凸出的两条菱形的岩石，活像了女人的阴唇。大卡洛斯哈哈大笑起来，"你们真是一个充满想象力的民族。"

"没有想象力，就没有我们的今天了。"

"是啊，是啊，没有想象力，就没有富甲天下的财富。我先上去了。"大卡洛斯这种时候从来都不会客气的，他忽略了毕摩独鲁眼中讥讽的目光，忽略了那两个彝族小伙子已经悄悄爬了上来，像壁虎一样悄无声息地贴在岩壁上，更忽略了在任何意外之财的周围，像云雾一样弥漫的危险。

大卡洛斯那时不仅有对财宝强烈的占有欲望，连性的冲动都有了。这个像女人下体的山洞，哪个男人不心襟摇荡呢。

他一头钻了进去，拿出随身的手电筒，刚一打开按钮，就听得"扑哧哧"一阵乱响，大卡洛斯连忙掏出了枪。还好，原来是几只不知名的鸟儿受到了惊吓，慌不择路地飞走了。

洞里很潮湿，阴森森的，四处悬挂着奇形怪状的钟乳石，有滴水声从黑暗深处不紧不慢地传来，符合一切藏宝洞的神秘特点。整个洞进深大约有二十来米，最宽处有七八米，大卡洛斯凭借山洞顶部和部分岩壁上烟熏火燎的痕迹，以及一些依稀可辨的神秘岩画，推断这个山洞曾经是人居住过的地方，但遗憾的是，除了嶙峋的石头，他没有发现任何财宝。

一支手电筒的光芒大概太微弱了，让他们打个火把进来。或许，这只是洞的外围，洞中套洞的事情多着哩。大卡洛斯想。

他回到洞口，刚要想向毕摩喊话，却发现自己的噩梦降临了。

毕摩独鲁和两个彝族年轻人正奋力砍断那些他们攀缘过的古藤，他们仿佛用一把神力无比的铁扫帚，把刚才一堵岩壁打扫得干干净净。而他们自己，已经溜到绝壁下了。

大卡洛斯就像一个爬到高处的人，回头张望时，才发现梯子被人抽走了。

"嗨，毕摩，你这是干什么？"

这个世界一万对一见钟情的恋人中，大约只有一千对最后跨越重重障碍，喜结连理；一千对相见恨晚的婚外情人，大约只有一百对最后能改弦易辙、相伴终生；而一万对相爱却不能相守的情人，却只有一对才有勇气私奔。

私奔的话题现在看来已经刻不容缓了。小卡洛斯终究逃不过自己浪漫的宿命，决心像他父亲一样，带上自己心爱的女人远走高飞。而当秦忆娥随小卡洛斯在开远回碧色寨的火车上，从他口里听到"私奔"这个词时，她用双手捂住了自己的脸。

"真丢人。"她说。

"真爱不丢人。"小卡洛斯安慰道。

"我们会被人指着脊梁骨骂的。"

"不，我们会被人们羡慕的。这是战火纷飞的世界中的浪漫。"

"可浪漫不是偷偷摸摸的。"

"噢，亲爱的，有一种情感因为绝对隐秘而惊险、刺激，并且动人心魄、永恒绵长。就像你个人生命中的一个密码，到死的那一天都不会忘记，也不会轻易告诉其他人。在夜深人静时，在一个人面对孤独寂寞时，甚至在满头华发时，你输入这个密码，打开幸福的回忆之门，支取人生中曾经拥有过的浪漫生涯的利息。你愿意把这笔利息除了与自己最爱的人分享外，还乐意分给别人一分一厘吗？"

"唉，亲爱的，我只是希望你在昆明能明媒正娶我。不要你开'米其林'专列来，抬顶大红花轿来就是了。对我的老妈来说，洋人的脸面就抵一辆'米其林'专列了。"

"但我总得先带你逃出虎口啊。亲爱的，我会给你全新的生活的。"

秦忆娥皱紧了眉头，仿佛看到了私奔之路的漫长和艰难。"那我得回去带上我的那些金银首饰，还有从巴黎买的那些时装。"

小卡洛斯心里苦笑，她以为这是搬家哩。不过他自己也有必要回一趟蒙自县城的歌胪士总部。他真不清楚和其兄长打拼几十年的歌胪士洋行，现在账上到底还有多少钱。如果让他一名不文地带秦忆娥远走他乡，并非他没有那种浪漫精神，而是他自己也于心不忍。自从在开远和他哥哥深谈后，他感到好不容易才找到的人生中的真爱已经命悬一线，不要说普田虎土司那边有多大的障碍，他今后拿什么去养这个女人？这才是一个棘手的问题。

　　一个五十岁的男人面对一场全新的爱情时，他既是幸运的，又是不幸的。重新发掘出来的幸福和激情自不必说，当他想把爱情揣进怀里的时候，他会发现这份浪漫沉重得难以负担。这是一份甜蜜的情债，需要他用自己生命的余晖去偿还。午后的阳光虽然炙热，但热度在不可避免地递减，阳光下的阴影会越拉越长。他想逮住人生浪漫的尾巴，但他已经不能像年轻时那样无拘无束、无怨无悔、无牵无挂地和浪漫一起翩翩起舞。他会常常被浪漫搞得步履踉跄、狼狈不堪、力不从心。他必须要么很有金钱，要么很有权势，才可以把自己老男人的难堪掩饰起来，但常常这就像试图把向西沉沦的太阳徒劳地垫高一点点那样难。除此以外，他还得面对诸多的窘境，自己的婚史能摆脱，那只算是过了第一道坎，对方如果没有结过婚，那还好办，但其间的不平等只是暂时掩盖下来了，日子一长，二婚的一方永远都输一分。如果对方也有婚史呢？对某些女人来说，让她们离开自己死亡的婚姻，比让她们杜绝与身俱来的虚荣还难。即便像秦忆娥这种女人，婚姻一开始就是一场虚荣与金钱的交易，无奈与权势的抗争，她有挣脱枷锁的愿望，但仅仅是她的一厢情愿而已。这个用"米其林"专列娶来的女人，可不是随便哪个人，就可以把她再拯救出来的。

　　他的男人是个土司啊。

　　大卡洛斯说，你知道他的卫队有多少人枪吗？

秦忆娥说过，他是一头讲不通人话、会吃人的老虎！

秦忆娥还说，土司家的人好像有所察觉了呢，土司这一阵说话也总是阴阳怪气的。

形势已经很严峻了，跟外面兵荒马乱的世界一样压得人喘不过气来。以至于这趟归程中，他们倒没有像上次那样，在头等车厢的包房里鸳梦重温、翻云覆雨。秦忆娥曾经一度表现出强烈的渴望，把自己再次开放得像一枝让任何男人见了都会垂涎欲滴的百合花。但小卡洛斯捧着女人的脸，说了句颇具禅机的话：

"抱歉，我们的时间不多了。"

他们在火车上约定，小卡洛斯先去蒙自做远行的准备，同时处理好公司的事情，秦忆娥回碧色寨悄悄收拾随身物品——小卡洛斯一再交代，一定要少而精，要做得隐秘，带不走的首饰和服装不要就是了，以后会重新给她买的。三天之后，秦忆娥来蒙自与小卡洛斯汇合。

小卡洛斯在中途一个叫雨过铺的小站换乘到蒙自县城的火车。三分钟的停车时间，两人用了两分五十秒在包房里深情吻别。

小卡洛斯站在站台上时，看见车窗里秦忆娥有些凄迷伤感的脸，他说：

"记着我们的约定。"

秦忆娥泪眼婆娑地用力点点头。

火车启动了，小卡洛斯忽然想拉拉恋人的手，他向车窗奔去，但这个想法稍稍来得晚了一点，火车越开越快，小卡洛斯看见秦忆娥也伸出手来了，他加快了脚步，以至于有些跟跄起来。但他还是跑不过车轮，战胜不了普天之下有情人生离死别的命运。有一瞬间，他感觉已经触摸到情人的指尖了，他甚至还感觉到秦忆娥的眼泪飞下来，飞到了他的脸上……

"卡洛斯，等着我……"

车头的一股煤烟袭来，迷糊了小卡洛斯的眼。待他努力睁开眼时，火车只剩下一个弯曲的尾巴，慢慢消失在远方了。而小卡洛斯伸向车窗的手，久久没有放下。

小卡洛斯回到蒙自县城后，直接去了法国东方汇理银行的分理处。确如其兄所言，歌胪士洋行在各地的房产和存货，都已经抵押给这家银行了。而且，银行经理告诉小卡洛斯，他们的账户上只有不到十万皮阿斯特的流动资金，而为露易丝医生购置的一批价值二十多万的医疗器械和药品，他们还没有付款。银行经理说："卡洛斯先生，按规定我们该封你们的账户了。你的兄长说好这周二来划账的。"

"我不能提取一点现金么？哪怕就一万。我有急用，求求您了。"小卡洛斯咬紧牙关说。

银行经理摊开了双手，"噢，亲爱的卡洛斯先生，不是我不帮你。目前这种状况下，我做不到。"

蒙自县城也遭日本飞机轰炸了，人心惶惶，市面很萧条，许多铺面都关张了，大户人家大都在收拾金银细软往内地逃。街上唯见来来往往的军人和民团，他们盘查行人，神色紧张，在蒙自的外国人也都撤得差不多了。在安南的日本人还没有打过边境哩，小卡洛斯不明白这些人紧张些什么。他本来想去找法国海关的波尔先生喝一杯，交换一下彼此对时局的看法。或许能跟这个老朋友借一些钱，救救他的急。但他赶到法国海关时，才发现海关早关门了，门房告诉他，波尔先生上周就去昆明了。也许不会回来了呢。

他怏怏不乐地回到蒙自县城的歌胪士洋行，邮差这时给他送来一个小包裹，是昆明来的。小卡洛斯拆开一看，噢，原来是秦忆娥的玉簪，昆明的工匠终于把它修复好了，在玉簪损坏的尖部，巧妙地包镶

263

上了一溜黄金，尖锐无比，又和整支玉簪搭配得珠联璧合。为这把玉簪，小卡洛斯几乎跑遍了昆明城，好多玉器店和首饰店都说做不了，这事儿一拖再拖，好不容易才找到一个老匠人，付出的工钱比重新买一把多多了。

睹物思人，他不能不思念在碧色寨的秦忆娥来。她今天回到家了，她的那个禽兽不如的男人，今晚会要她吗？卡洛斯，卡洛斯，他是一头老虎啊！你明白和一头野兽睡觉的耻辱吗？

唉！这个只为卡洛斯盛开的百合花一样的女人啊，这个浑身散发出神秘韵味的东方女子啊，这个不断激发出男人超越生命激情的尤物啊，她已经在小卡洛斯的生命中无处不在，她已经在一个男人的情爱史上刻下深到骨头的烙印。走在路上，前方会浮现她的芳容，端起咖啡时，耳边会响起她的燕语莺啼，火车轰鸣而过时，情欲会随着火车的节奏冲动起来。那一路散发着百合花芬芳的浪漫旅程，那盛开在列车包房里的野百合花，比新婚之夜婚床上的新娘，开放得更为灿烂多姿，妖艳淫荡。一个再绅士十足的男人，也会追逐黑暗中的淫荡。

小卡洛斯深深后悔，上午在火车上时，哪怕只有十分钟的时间，也该和秦忆娥来一场鱼水之欢。他当时为什么心事要那么重呢？世界坍塌了，更要抓紧时间大爱一场。人生中有些爱的片段，并不在于时间的长短，电光石火般的辉煌，花蕊上凝结的露珠，燕子掠过水面的瞬间，以及茫茫人群中佳人柔情蜜意的匆忙一瞥，都胜过人间无数春光啊！

不行啦，我得回碧色寨去，即便不能在今晚见到秦忆娥，哪怕离她近一点，心情也好受点。或许，我可以今晚就有机会把这玉簪送还给她。

小卡洛斯此刻像一个初恋中的年轻人，再也按捺不住自己野火过山般的思念。他记得六点半县城的火车站还有一班中国人开的寸轨火车去碧色寨，傍晚时就可以赶到碧色寨了，明天他再回蒙自来想办法筹钱。

小卡洛斯要了辆人力车，直奔车站。站台上没有什么人，火车还有半个多小时才会到。小卡洛斯暗自笑自己：为什么那么急？明知道到了碧色寨，秦忆娥也不会来车站接他，他不过是去赴一个无人等候的一厢情愿的约会，不过是想去一个和情人稍微近一点的地方，今晚他连她的身影都看不到。但小卡洛斯相信，回去这一趟是绝对有必要的，他的诗人气质让他在彻底离开碧色寨时，不能不去凭吊一下他们擦出情爱火花的地方——站台、铁道边，网球场，歌胪士的酒吧，野合过的浪漫山冈。碧色寨到处都有秦忆娥的身影，秦忆娥的体香，以及和秦忆娥爱的痕迹，连空气中都飘浮着爱的气息。碧色寨就是秦忆娥的一颦一笑，就是她舒展开的身子，摇荡在小卡洛斯发着爱情高烧的脑袋里，越燃越炽热。

他必须回到那个孤独的村寨里去，不是为了见到自己的情人，只是为了更伤感地面对那不可救药的相思。

他想起年轻时自己和凯蒂小姐谈恋爱时的感觉，那时他也经常乘坐火车去海防和凯蒂小姐见面，但都没有这个晚上那么动情急迫、那么愁肠百结。那时他知道凯蒂小姐会在火车进站时，伫立在站台，朝头等车厢里伸向车窗外的一颗脑袋摇晃手中的白纱巾。常常是车还未停稳，小卡洛斯已经站在站台上张开了双臂，等待凯蒂小姐飞扑进他的怀里。嗯，那也是人生中不多的浪漫时刻，但它像过时的老电影，早已发黄发灰得人影模糊、面目全非了。

每个站台都相似，每趟列车不相同，过尽千舟皆过客，谁人伫立候郎君？小卡洛斯上了火车后甚至天真地想，也许到了碧色寨车站，他会意外发现秦忆娥等候在站台上呢？天若有情，应该让他们有这样的心灵感应；上帝如果赞赏他们的爱，怜悯他们的苦，应该以他无所不在的神力，暗中告诉秦忆娥，你的爱回来了。去吧，去站台上给他一个惊喜吧。去为这笔东西方结合的浪漫爱情增添一笔让圣母也会感动的靓丽色彩吧。

寸轨火车的速度只比一个中国的裹脚老太太行走稍快一些。这条中国人自己修的铁路，从它建成那一天起，碧色寨的西方人就常拿它来开玩笑。说它是一个在大地上摇摇晃晃奔跑的大玩具，是格列佛王国的火车，它爬坡时需要老牛在前面牵引，一个西方人上了这样的火车，得把车厢里狭窄的门框拆除；一阵强风吹来，火车可能会出轨。最经典的笑话其实是中国人自己编的，说一个老太太抱着只母鸡上了车，但母鸡跑了，老太太跳下车，逮住了母鸡，还有时间从容不迫地爬上行驶中的火车。

小卡洛斯倒不想跳下火车赶时间，但他的确有些后悔，早知道这火车不能碾平自己焦虑的心情，他还不如雇一匹快马，还不如走路。十来公里的车程，小卡洛斯认为它走了一个世纪。

碧色寨的站台这个晚上空空如也，天上飘着细雨，站台上的路灯下雨丝似千万根银针，针针扎在小卡洛斯寂寞徘徊的心灵。他下了车，没有看见一个熟人，独自在站台上踌躇了一会儿，火车已缓慢远去，消失在空寂的黑暗中。只有铁道远方的信号灯眨着不眠不休的眼，像小卡洛斯固执愚蠢的翘盼。

你怎么像一个初陷情网的毛头小子呢？小卡洛斯再次自嘲。

他沿着铁路边稀疏的路灯光，落寞地向歌胪士酒楼走去。天气有点冷，小卡洛斯想，到家后他要好好喝一杯，最好把自己灌醉，以便睡觉。

浓密的爱意如鲠在喉，像水獭叼到的一条肥美的鱼，而鱼永远是狡猾的渔夫的。

几个披黑色察尔瓦（斗篷）的彝族人迎面走来，当他们走到小卡洛斯面前时，一只大口袋像鳄鱼忽然张开的大嘴，一下就把小卡洛斯吞噬了。他连叫喊一声的机会都没有，就被笼罩在无边的黑暗中。

第十章　虎年

碧色寨正在发生着悄然的变化，就像一个女人度过了她人生最青春靓丽的时光之后，不经意间就猛然衰老下去了。这种变化不一定是多年以后熟悉她的人猝然相遇，才会感叹时光容易把人抛，就是天天相处的人们，有时也会从某个细节感悟出来：美人终有迟暮那一天啊！

中国军方只用一周的时间，就拆除了从碧色寨到边境车站河口的铁轨，还炸毁了两座大桥，他们连铁轨下的钢枕都拆除了，然后用火车运到昆明，据说是用来修筑从云南到四川的铁路。这些钢枕都是当年从法国海运来的，用了几十年了，依然没有丝毫变形和锈蚀。中国人自己修的寸轨铁路铺的是木枕，费用倒是减少了许多，但在这热带地区潮湿多雨的环境下，几乎年年都看见他们在换铁轨下的枕木。弗朗索瓦曾经自豪地说："我们的铁路，从铺设到他们的土地上那一天起，就是法兰西永不会磨灭的烙印。"

下行方向的铁轨被拆除,就像抽调了弗朗索瓦的魂,也像抽掉了碧色寨车站一半的地基,让它元气大伤、摇摇欲坠。往昔忙碌的车站现在一天也听不到几声火车的汽笛,野草从站台下的铁道上边长出来,铮亮的铁轨上也蒙上一层发黄的铁锈,机车库里老鼠在筑窝,一些废弃的车皮里甚至钻进了山上的野物。野狗在车站周围和铁轨上转来转去,有些狗甚至是从前铁路东边的洋人们的宠物,他们的主人已经不知所踪,这些饥肠辘辘、浑身肮脏的可怜狗们,瞪着无辜的眼睛,打量着荒凉冷清的站台。车站现在像一个倏然衰败了的王朝,到处是繁华褪尽后的凄凉。洋人宿舍区大都人去楼空,花卉凋零,野草疯长。曾经修剪得体的花园,现在连铁路西边彝族人的农家院子也不如。美国人的亚细亚水火油公司自被日本人的飞机炸中库房后,一场大火让这个碧色寨最大的外资公司元气大伤,再也无法恢复往昔日进斗金的盛况,干脆撤走了。歌胪士洋行往昔夜夜莺歌燕舞的八角楼,现在只剩下断壁残垣,一只珍妮弗小姐豢养的老鹦鹉落寞地站在破败的窗沿上,"牛仔,让我看看你还有几颗子弹。"鹦鹉努力地想替主人唤回往昔的辉煌,但那叫声由于无人应答而倍显凄凉,令人心里发瘆。卡洛斯兄弟似乎也无心恢复这个西方人寻欢作乐的天堂——这两兄弟有一周多时间没有在碧色寨露面了,但却没有人注意到这个问题。那个据称是全云南省第一块网球场的地方,小卡洛斯和秦忆娥曾以打网球为名,在这里碰撞出许多爱的火花和激情,现在除了一个还未填平的大弹坑和几双不知被谁丢弃的破烂球鞋,再也听不到清脆厚重的击球声和人们的欢声笑语。而铁路西边几家中国人开的大商号也看不到继续留在这里做生意的任何机会,关门的关门,走人的走人。那些为商人们服务的客栈、餐馆、妓院、裁缝铺等,已经门可罗雀、车马稀少了。蜘蛛网结满了雕花木窗,一度让碧色寨人稀罕不已的玻璃橱窗,早已破碎得四分五裂，在黑暗的窗口前露出峥嵘的刀锋，像无名野兽的牙齿。几个人老珠黄、深知已不可能靠凋零的青春再转战他乡的老妓女，还固执地依靠在翠怡楼的门框旁，从夕阳下山，一直枯等到太阳初升。过去人群熙攘的站台上那些耍八股绳的搬运工也少了许多，这些靠卖苦力吃饭的人现在坐在铁轨上无所事事，盼望着有一辆火车开来，以让他们的筋骨不会像铁轨一样生锈。

"他们可真会旧物利用，揭别人屋顶的瓦，来为自己挡风雨。"

弗朗索瓦站长坐在荒凉冷清的站台上，心情复杂地对电报室的皮埃尔说。他们现在竟然也会像一个中国的乡下老农民一样，就着一杯凉了许久的咖啡，盼望着一列火车开来，以冲破碧色寨死一样的沉寂。

"铁轨拆了，路基还在。"皮埃尔说，"不过，具有讽刺意味的是，昨天我看见一队赶马的中国人，驮着货物沿着路基往河口去。他们把铁路路基当马帮的驿道呢。"

弗朗索瓦苦笑道："战争让人类文明倒退，这倒不失为一个很好的例证。"

皮埃尔忧心忡忡地说："今早我出门时，几株爬藤植物竟然让我推不开门。疯长的野草让我下班后都找不到回家的路了。弗朗索瓦站长，我们该谢幕了。不是吗？"

"当年我们来修这铁路时，中国人称我们为强盗，现在用枪炮打上门来的，才是真正的强盗哩。"弗朗索瓦心酸地说。

"也许不久的将来，该是那些不可一世的日本人在碧色寨享受我们西方人曾经享受到的闲适和辉煌了。"

弗朗索瓦说："我相信，他们打不过来。这个弹丸岛国，野心就像达到了沸点的蒸汽锅炉，却还在拼命往炉膛里填煤，总有一天，'嘭——'，这帮狗娘养的会连自己的尸骨都找不到。"

"弗朗索瓦站长,这里的旅客越来越少啦,没有乘客的火车就像是开往地狱的死亡之车。我不得不很遗憾地告诉你,我要走啦。"

弗朗索瓦望着寂寞的远方,没有说话。皮埃尔一走,车站上的西方人除了垂垂老矣的布格尔神父,就只剩下他一个光杆站长了。他不确定自己会不会像那些正在生锈的铁轨一样,也让自己的人生终老在这个偏远的小村庄。

如果说一场战役失败后,一个面对遍地溃逃士兵的将军剩下的荣誉就是最后一个撤出战场的话,那么,作为法国铁路公司碧色寨特等车站的站长,弗朗索瓦希望自己将是碧色寨车站送走最后一班火车的人,并做它的最后一名旅客。

但是有人似乎不给他这样的机会。黄昏时,一只乌鸦的叫声引来两个装扮怪异的彝族人,他们来到站台上,递给弗朗索瓦一张纸条。弗朗索瓦打开看了看,眼皮急速跳动起来。

"我们的朋友有麻烦了。"他对在藤椅上已经昏昏欲睡的皮埃尔说。

"谁?"

"大卡洛斯。"弗朗索瓦把纸条装进上衣口袋,"我早就预料到这个行事诡异的家伙会惹出祸来,我去看看吧。唉,这个希腊的流浪汉,谁叫我们一起修过这条铁路呢。"

"他怎么了?"

"困在山洞里了。好像是这样。"

"在哪里?我陪你一起去吧。"

"算啦,你还是回去收拾自己的行装吧。这可不是一件好差事。"

皮埃尔看见弗朗索瓦站长在暮色中蹒跚而去,两个彝族人跟在他身后。皮埃尔忽然有种不祥的感觉,因为过去那些彝族人在西方人面前,从来都是低头弯腰的,而这两个来送纸条的人,气宇不凡、神色严峻,就像两个前来捉拿犯人的警察。

皮埃尔本想冲他们的背影喊一句:干嘛不去叫警察?可碧色寨车站自从中国军人接管后,铁路警察分局就撤销了,皮埃尔感到自己很无助。这种无助感其实在巴黎沦陷那天就开始有了,他们现在是没有祖国的弃儿。

直到皮埃尔浪迹天涯回到祖国的许多年后,他还回想得起这个乌鸦聒噪的寂寞黄昏,回想得起弗朗索瓦孤独的背影,在空空的站台随着两个彝族人越走越远,越远越模糊,越模糊越寒碜孤单。曾经在碧色寨车站风光十足的弗朗索瓦站长,就这样像一个在暮色苍茫中的空旷大舞台上寂然离去的主角,永远从西方人的视线中、从这条他服务了一生的铁路线上消失了。

"杀人是不思不虑发生的事情,拐人媳妇是机心谋求的结果。"

黑暗中传来一个阴沉的声音,小卡洛斯从昏迷中醒过来了,但他不知道自己身在何方,之前又发生了什么事。他的头仍然被一块黑布罩着,双手和双脚则被捆在一根木桩上。好像是这样。

想起来了,他天黑时回到碧色寨,他在铁路边被人打昏后劫持了。但是不知道自己究竟昏迷了多长时间。

是一场噩梦吧?

那个声音又在说:"因此,在我们这里,杀死一个人,赔银子就是了。每条人命都有价的。而拐人家的媳妇,那就不是银子可以解决的事情啦。"

"你是谁?"小卡洛斯有气无力地问。

"翻墙越院,非奸即盗。你翻了谁家的墙,偷走了哪家的宝贝呢?"那个声音像一个狡猾阴险的法官,明明所有的证据他都掌握了,但他就是要人犯当堂招供。似乎这是每个审讯者最大的快乐。

"我没有。"小卡洛斯还是昏沉沉的，努力在捋清思绪，究竟发生了什么事？这是在梦里还是梦外？

"嘴还像犁头一样硬！给我揍他！"

小卡洛斯感到自己的脸、胸、腹被人像打沙袋一样狠狠地击打，嘴里满是咸咸的血，这倒让他清醒了，这不是在噩梦里，是在地狱里啊！

"请住手。是……是土司……先生吗？"小卡洛斯用最后的力气喊道。他明白落在谁手里了，就不打算活了。

"先生，哼！"普田虎土司自己上前来，一把扯掉小卡洛斯头上的黑布，"你们这些把蜜抹在嘴巴边的洋老咪，认不认得这样一个道理，太阳高高挂在天上，地上的什么事情它都看得清楚。你以为隔山做坏事，人们就不知道？地保佑你三天，天保佑你三天，人间保佑你三天，三三九天后，必定要暴露。"

小卡洛斯慢慢适应了周围的环境，他似乎是在一间很黑的屋子里，周围有几个彝族汉子打着火把，普田虎土司因愤怒而扭曲的脸在火光中忽明忽暗。

"我很抱歉……"小卡洛斯有气无力地说。

"哈，你把人家的香火案都打翻了，还跑上去撒尿。这是畜生都不会干的事情！抱歉？你说得像蒲公英那样轻啊！就像你们洋老咪当年来修铁路，说是只要三尺宽的地，却让我们的牛羊都找不到回家的路了。我到现在都没有听到一句道歉的话哩。"

小卡洛斯努力让自己镇定下来，他已经不感到害怕了，既然已经落到了老虎嘴里，怕又有何用？

"土司先生，请听我说，我本来是想来找你好好谈一谈的。我们或许可以找到一个解决问题的方法。"

"谈什么？没有哪个小偷偷了人家的东西，还转回来给主人家谈判的。你再羞辱我，老爷我一刀砍下你的头。"

"请别用'偷'这个词好吗？我们都是有教养的人。"

"哼，有教养的人会干非奸即盗的事情吗？我们彝族人的规矩是：你偷走人家的猪，砍一只手；牵走人家的牛，砍一只脚。错事做了三十件，要遭蛇咬，坏事做了一百二十件，要被雷轰。而偷人家的女人，砍头都算是轻的了。女人导致的事情大，野猫引起的山火旺。你知不知道，女人经常引起我们氏族之间的战争？"

土司抽出了腰间的刀，横在小卡洛斯的脖子前，他转动着刀把，阵阵寒光咄咄逼人。但与刀锋的锐利相比，普田虎土司的眼光却在犹豫。

小卡洛斯透过刀锋敏锐地捕捉到了普田虎土司的怯弱，他在中国生活几十年了，深知作为一个洋人拥有的尊贵和优越，洋人不是那么好杀的。摇曳的火光中土司显得失落而憔悴，脸色像被霜打过的枯叶一般，深刻的皱纹被恼怒的肌肉挤压得横七竖八、左右跳动。这个当年战败过八角楼的珍妮弗小姐的野蛮人，现在也老了，不得不用他那些土族人的原始法律来吓唬人了。他在这个地方拥有国王一样的权力，但他却没有守住自己的女人，更没有得到女人的爱情。这就像一个常胜将军，却打输了最后一场战争。因此他才显得苍老、愤怒、孤独。

"尊敬的土司先生，你可以砍下我的头，我无怨无悔，因为我是为我的爱情而死。我只是请求你怜悯你的妻子，她有权利得到爱情。请不要迁怒于她，把所有的惩罚都加在我的身上吧。"

普田虎土司冷笑道："嘿嘿，你小看我们彝族人了。我们男人们之间，可以为女人杀得血流成河，但女人的头发我们都不会动一根的。"

小卡洛斯看到了一丝希望,"嗯,你们倒是知道荣誉的野蛮人。我很佩服你们的高尚。尊敬的土司先生,请允许我告诉你,这样有伤一个男人尊严和名誉的事情,如果发生在我们洋人身上,要么你们自行商议离婚,受到伤害的一方得到相应的赔偿,要么我们去找法官解决。"

"哈,老爷我就是这里的法官,彝家人夫妻争吵,邻里纠纷,土地分割,老爷我想怎么判案就怎么判案。"

"土司先生,我相信你的公正。可是,这是涉及到你自己的事情,你怎么可以做到公正判案呢?在我们那里,这种情况下法官是要回避的。你即便判我被砍头,你会由此而感到骄傲吗?像这样捆住我的手脚砍杀我,是懦夫才做的事情。"

普田虎土司愣了一下,他的软处被小卡洛斯击中了,就像他拥有无上权力的骄傲被人踩在了脚下。他不自信地嘀咕道:"可是,可是谁都看出来了,你偷走了我的女人,你羞辱了一个土司的脸。"

小卡洛斯就像帮人出点子解惑一样,殷勤地说:"土司先生,还有一个办法可以为你找回尊严和骄傲,那就是我们决斗。"

"决斗?"

"是的,决斗。我们一对一争胜负,就像你们彝族人过火把节时摔跤一样。你靠自己的勇气与力量打败了我,你才真正找回了自己的面子和荣誉。"

普田虎土司逼近的刀锋离小卡洛斯远了,他定定地瞪着眼看小卡洛斯,似乎在想,以他现在的老迈之躯,能否杀死这个身板还硬朗的洋人。他已经很多年没有舞刀弄枪了,他在女人身上已经消耗尽了男人的大部分元气。火车开通以后,他连马都很少骑了。一条汉子马背上的雄风、疆场上的厮杀、面对仇家的血性,这些年都被财富、女人以及舒适的生活侵蚀消弭得恍如昨日之梦啦。

"你们用什么决斗？"土司显得有些好奇。

"刀或者枪，由受到伤害的一方决定。也就是说，如果你愿意赢回自己的荣誉的话，由你来定。"小卡洛斯现在就像不是在谈自己的生死问题，而是在商议一笔买卖。连他自己都为这份从未有过的勇气感到自豪，这样的果敢和冒险精神，从前只有他的兄长大卡洛斯才具备。

普田虎土司将刀收回刀鞘，围着小卡洛斯转了一圈，仿佛在打量他这个对手到底有多大能耐。小卡洛斯暗暗地嘘了口气。

土司忽然又说："凭什么要以你们洋人的方式来了断我们两个的仇呢？"

小卡洛斯冷笑道："你害怕了？"

普田虎土司果然被激怒了，他抓着小卡洛斯的衣襟低吼道："你这狗日的洋老咪，老爷我的生命中从来就没有'害怕'这个词！我要用我们的方式和你决斗。"

他又转身对手下的人豪迈地说："给他解开绳子，给他酒，肉，荞麦粑粑，让这个明天就要被我杀死的人好好吃喝。"

"谢谢你的慷慨。"小卡洛斯微笑着说，"尊敬的土司先生，我会奉陪到底的。即便我将在决斗中被你杀死，我还有一个请求。"

"说！"

"请让我见秦忆娥一面，可以吗？"

"别想！"

普田虎土司说完转身就走，在走到牢房门口时，他忽然停住了脚步，慢慢转过身来，"你……你真的愿意为她去死？"

小卡洛斯缚在身上的绳索已经被解开了，他站了起来，挺起了胸，攥紧了拳头，他从来没有像现在这样感觉到，秦忆娥就是他生命中的女人。如果说刚追求秦忆娥时带有某种情感游戏的成分，不过是一个精力旺盛的中年男人耐不住妻子不在身边的寂寞，以及对前一场爱情的失望和对东方女子的猎艳，那么此刻的小卡洛斯就是一个标准的为爱而战的情种。他以一生中从来没有过的豪迈和勇气说：

"我愿意。"

普田虎土司有些张皇地瞪着小卡洛斯，一时找不到话讲。两人在昏暗的牢房中较着眼力，最后普田虎土司败下阵来，他再次转身离去时嘀咕了一句：

"真不明白你们这些洋老咪，总觉着什么都是别人的好。好多年前，我还参加过你的婚礼。他妈的，这么些年来，我把豺狼当了朋友。"

小卡洛斯冲土司的背影说："土司先生，我还把你视为朋友。在我们看来，朋友是一回事，爱情又是一回事。"

"去你妈的，老爷我再不跟畜生养的做朋友啦。"普田虎土司头也不回地说。

毕摩独鲁从来没有面临过如此艰难的抉择，是维护独鲁氏族的荣誉，还是继续当一个颜面扫地的毕摩。维护荣誉就要死人，继续当毕摩则形同猪狗。毕摩独鲁必须做出选择。

很多年很多年以来，彝族人以氏族为单位生存繁衍在这片土地上，碧色寨的毕摩独鲁这个氏族像一棵根深叶茂的大树，庇荫着有着同样血脉的子孙。他们中有放牧的、种地的、经商的，而当毕摩的家族，向来为独鲁氏族的骄傲。现在，这份骄傲不在了。

因为毕摩独鲁唯一的儿子阿凸死了。

毕摩独鲁的香火要断绝了，这让他一夜之间花白了头——大卡洛斯那天早晨还以为是毕摩头上的霜呢。

毕摩独鲁被大卡洛斯救下来后，一直不知道碧色寨那边的消息。到和大卡洛斯出来寻宝，借宿在本氏族人家中时，才知道这个噩耗。尽管这些年来阿凸迷上了洋人的火车，还当了火车司机，但毕摩独鲁始终坚信，阿凸终有一天会回来的。彝族人说：不吃不行的是粮食，不养不行的是牛羊，不护不行的是氏族。氏族中的成员一人有事，整个氏族的成员有钱出钱，有力出力，赴汤蹈火在所不惜。没有哪个彝族人会忘记自己的血脉，他们是鹰的子孙，虎的后代。天上的鹰在飞，地上的老虎在跑，彝族人就知道回家的路。

是洋老咪杀死了阿凸。毕摩独鲁当时欲哭无泪，心如死灰。魔鬼的狞笑回响在空旷的灵魂深处，把人的魂、魄、灵往寂静虚无的地狱里赶。毕摩看到了自己的末日。

那天晚上，氏族里的人们都来安慰毕摩独鲁，一个氏族里的阿老俵说："狗日的东洋鬼，在天上杀人，我们要找他们报仇都够不着。"

毕摩独鲁木木地说："不是东洋鬼，是西洋鬼杀了阿凸啊！呜……呜呜……"

他终于哭出来了，在黑暗中像失去幼崽的野狼的嗥叫。"他们就是站在冥河里向阿凸招手、诱惑他去开火车的鬼啊！他们修进来铁路，开进来火车，把我们的一切都改变了。他们的心不是人心，是鳄鱼蓝色的心，因此他们用铁路、火车，吞吃了我们的财富，吞吃了我们的孩子。多少年前我就说要斩杀他们的铁路，可是我的法力还不够啊，呜呜……"

在大卡洛斯在跳蚤的疯狂进攻中依然酣睡的那个晚上，独鲁氏族的人们在一个活了103岁的老者召集下，开了一个关乎氏族名誉的家族会议。毕摩独鲁的香火断了,源远流长的家族传承被残酷地斩断,他们必须报仇。

有人提出既然阿凸的死要算在洋老咪头上,那就把隔壁的那个大块头捆来杀了,用他的小命来祭奠阿凸。但毕摩独鲁不同意,一则作为毕摩,他不能杀人,二则他和大卡洛斯并没有什么仇,更不用说大卡洛斯还把他从枪口下救出来了呢。他只对碧色寨火车站的弗朗索瓦站长有仇,并且不共戴天。

103岁的长者说:"独鲁氏族没有受到过这样大的打击和侮辱,我们以后到哪里去找你这样博学的毕摩?我们独鲁氏族的人今后送祖灵、把亡者的灵魂超荐回祖先之地时,没有了本氏族的毕摩诵经引路,亡灵将如何找到归乡之路?活着的人脸上的光彩又在哪里?毕摩独鲁,人说有金银不如有武器,有武器不如有田地,有田地不如有奴隶,有奴隶不如有儿子。你失去了一个彝族男人最紧要的东西了,你得给祖先有个说法。"

毕摩独鲁哭丧着脸说:"可是毕摩不能杀人。"

103岁的长者耳清目明,循循善诱:"你不是说洋人的心是蓝色的吗?那说明他们不是人,是闯来这个地方的另一种野物。可能他们连长掌动物都不是,尽管他们也有人的样子,有手有脚,可魔鬼也有鼻子有眼哩。人心就是一个鸡蛋,平常被外壳包裹着,里面的蛋黄就是人的心脏啊。蛋黄如果不是红色的,那它会孵化出什么样的物种呢?不是魔鬼就是妖怪。你当毕摩的,上管天上雷,下管地上鬼。斩杀妖魔鬼怪,是你做的正事。阿凸年纪轻轻的就死了,你得为氏族切断凶性路,不能让洋人魔鬼再来危害我们了。"

那个时代死亡是彝族人小心敬畏着的事情,既与人的命运有关,也由神鬼控制。彝族人把不同性质的死亡分为四类:幼年夭折,中年病故，凶性死亡，年迈逝世。凶性死亡是横死、暴死，被认为是最不吉利、最可恶可悲的死亡，就是被"站在冥河里向岸上的人使迷惑之术的鬼诱骗去的"。有人家遇到这样的事，就要请毕摩来驱魔赶鬼，为生者禳灾祈福。

看来，为了氏族的荣誉，毕摩独鲁不得不做出一个悲伤万分的决定：为自己的儿子来做这场"诅咒凶死鬼，切断凶性路"的法事，它必须用魔鬼蓝色的心来祭奠。他也知道，这将是他当毕摩一生中的最后一场法事。

经过氏族里急于复仇的人们周密的策划，他们利用大卡洛斯寻宝的急迫心情，把他引入那个山洞困起来，然后让他给弗朗索瓦站长写求援信。当弗朗索瓦见到大卡洛斯时，才发现自己就像一脚踏入十八世纪的美洲印第安野蛮人部落，周围都是赤裸着上身、腰间围着用草编裙子的野蛮人。他们古铜色的身子上，左右两处胸肌上用浓重的红、白、黑三色画成大小不一的同心圆——看上去像女妖的乳房，腹部再画一个，有的还在脸上、脖子处涂满五颜六色的神秘符号。他们仿佛要极力把自己打扮成原始人的模样，以吓唬弗朗索瓦这样的现代人。在弗朗索瓦还没有来得及欣赏这令人眼花缭乱的史前部落风俗展示时，原始人一拥而上，把弗朗索瓦放倒，将他捆了个结实，然后绑在一棵树上。而大卡洛斯已经被绑在旁边的一棵树上了。

这是一片生长得很密实的松树林，一些古松看上去至少有数百年了。天已黑尽，但树林里被彝族人的火把照得恍如白昼。弗朗索瓦一时不清楚自己是在梦里还是在梦外。他看见了旁边的大卡洛斯，脸色苍白，蓬头垢面，目光呆滞，像挂在树上丢失了灵魂的一堆烂肉。

"嗨，你干了什么好事，让他们这样对待我们？"弗朗索瓦问。

大卡洛斯垂头丧气地说："弗朗索瓦站长，我很抱歉。"

"抱歉有什么用,他们要干什么?"

"我不知道。我发现了他们祖先生活过的一个山洞,没有找到一丝宝藏的影子,他们却把我劫为人质,是他们让我写信给你的。这些谎话连篇的野蛮人,我被他们骗了,哪里有什么宝藏啊?看看他们穿的,吃的,用的,就该明白这是一个多么穷困的民族。只有原始人才会这样,把所有的财富都穿在身上。他妈的,我们在这里生活了几十年,还是不了解他们。"

"唉,难怪你要冒那么大的风险救毕摩,你就会给我找麻烦。那个毕摩怎么不来帮我们?"

"帮我们?"大卡洛斯苦笑道:"这一切都是这个装神弄鬼的家伙操控的,我们今天恐怕要被砍头了。"

"为什么?"弗朗索瓦惊讶得大张了嘴。

"为了斩杀人间的魔鬼。"一个声音从弗朗索瓦的侧面传来,他费力地转过头去,看见了老毕摩独鲁。他的打扮更奇特,头上缠着黑包头,两块红色的麻绳编织物挂在耳边,脸上用浓重的红白黑三色一边画一个同心圆,鼻子、眉毛画成红色的,嘴唇则画成白色的。毕摩的身上披一件土制白麻布大褂,腰间用草绳系紧,没有穿裤子,赤着一双坚硬枯瘦的脚,看上去像一个印第安部落的酋长。

"噢,我的朋友,您这是又要赶鬼了吗?"弗朗索瓦故作轻松地说。他倏然想起多年前自己得的那场怪病,毕摩独鲁到他家里来赶鬼做法事。那时他身边的西方人以看小孩子做游戏——或者看马戏——的心态来对待之。不过弗朗索瓦直到现在也没有弄明白,自己的病是不是被毕摩独鲁所说的鬼引起的,又被他赶走的。

"洋老咪,今天要赶的是你了。"毕摩独鲁显出厌恶的神情,弗朗索瓦从来没有发现这个认识多年的老朋友如此傲慢。

"哈哈，你的幽默可不是时候，我的朋友。快放了我们，我会原谅那些捆绑我们的野蛮人的。"

"野蛮人？"毕摩独鲁忽然亮出了手中一把三尺长的尖刀，让弗朗索瓦和大卡洛斯都吓了一跳，"是，你说得不错。从你们来到我们这里时起，就把我们看作是野蛮人。我们不认得铁路是怎么回事，火车又是什么东西；我们也不认得你们带来的那些水火油、会唱歌的饼子、隔着大山说话的话匣子。我们只认得，你们把一条恶龙引到我们的土地上来了，没日没夜地吸走我们的财富，让我们的牛羊找不到回家的路，让我们的儿子不认父亲，让我们的香火……断了传承。"

"唉，可怜的毕摩，这么多年过去啦，你还是不喜欢我们的火车带给你们的改变。"弗朗索瓦哀叹道。

"这山，自古就有，这水，自古就流，为什么要改变呢？只有魔鬼才想改变它们，因为魔鬼跟我们人有不一样的心，就像你们。"

"我们？"弗朗索瓦高声说，"我们和你们不都是人吗？我，还有富有勇气的大卡洛斯先生，不是冒着巨大的风险从刑场上救下你的命来了吗？尊敬的毕摩，我们都是有爱心的人啊。请不要再把我们当你神话故事中的魔鬼了。"

毕摩独鲁愣了一下，似乎被弗朗索瓦的话打动了某根神经。他双手握住手里的尖刀，微闭双眼，仰头望天，口中念念有词。他在祈求天神的护佑，氏族里的青壮汉子们都在四周望着他，希望他做一个毕摩应该做的事情——斩杀魔鬼。但是他与这两个洋人几十年来的恩恩怨怨，以及他作为一个彝族祭司的职业操守，让他真不知道该如何像在虚拟的法事仪轨中斩杀想象中的魔鬼那样，杀一个洋人。

"看起来你们像是跟我们一样的人，但你们做的事情，却没有一件不是魔鬼喜欢的。"毕摩喃喃地说，仿佛进入了某种迷幻状态。

"主啊！我们究竟做什么了，让你如此对待我们？"弗朗索瓦仰天长叹。

毕摩忽然像从梦中醒来一样，严肃得就像指认一个罪犯。"你就是那个站在冥河里的鬼，勾引走了我的儿子阿凸。先是迷惑了我儿子的灵魂，再夺走了他的命。我毕摩独鲁，一生斩杀了那么多魔鬼，跟他们结了仇，他们就派你这种长有蓝色的心的鬼来害我。"

弗朗索瓦有些明白了，他们今天受到如此"礼遇"，并不是因为他在国民政府那里诬指毕摩为通敌的汉奸，而是阿凸之死的账，看来要算在他的头上了。

"尊敬的毕摩，对您儿子的死，我很遗憾。但即便您今天杀死我，我也要告诉您，我们西方人跟你们一样，不是什么魔鬼，也没有蓝色的心。我，大卡洛斯，所有在碧色寨工作生活的西方人，你们所说的洋老咪，都和你们一样，是一颗血肉做成的心。"

弗朗索瓦心底里忽然升华出耶稣殉教般的悲壮和苍凉，他高声说："如果您非要证明这一点，您划开我的胸膛看看就知道了！"

"天神也是这样告诉我的。"毕摩独鲁脸上的肌肉剧烈地抖动起来，那是一个人内心的矛盾挣扎搅得五脏六腑都骚动不安，才牵扯到人的面部和五官都错了位。毕摩持刀抵近了弗朗索瓦，一把扯开了他衣襟的纽扣，露出弗朗索瓦苍老多毛的胸膛。树林里的空气仿佛一下就燃烧起来了，彝族人挥舞着手中的火把和兵器，发出了围捕猎物时的尖叫，"呜嘀嘀——杀了他。"

大卡洛斯这时在一边急得高喊："嗨，毕摩独鲁，别干蠢事！我可以对我们的天主发誓，弗朗索瓦站长对你的儿子十分爱戴，让他实现了自己的梦想。你应该为他感到骄傲。"

这句话帮了倒忙，激怒了毕摩独鲁，"骄傲？今后我独鲁家连为我送祖灵的人都没有了！这就是你们给我的骄傲？"

毕摩独鲁转身从一个族人手中接过一碗酒，仰头喝了，然后一口喷在弗朗索瓦赤裸的胸膛上，浓烈的酒让弗朗索瓦睁不开眼。待他忍着刺痛费力睁开眼睛，他看见人们脸上的愤怒，看见一束束火把在跳跃晃动，像一颗颗燃烧的心，看见毕摩手上不断晃动的尖刀，以及他眼睛里毅然决然的目光，还看见大卡洛斯颓丧地摇头，以及在多年前面对暴动的筑路劳工架在脖子上大刀，都未曾有过的绝望。

他问大卡洛斯："他们真的要杀了我们？"

大卡洛斯悲凉地看着弗朗索瓦，像布格尔神父在教堂里朗诵《圣经》一样说："时辰到了，人子的光荣就要得到见证。弗朗索瓦站长。"

毕摩的刀锋逼到弗朗索瓦的胸膛时，他灰蓝色的眼珠都快掉出来了，但他很快恢复了一个火车站站长的尊严。

"主啊！请你宽恕我。我们的铁路修到一个神话王国里去啦！主，请你告诉我，这不是一个真实的世界。"

小卡洛斯终于见到他日思夜想的秦忆娥了，但这次见面两个情人就像站在银河的两端，携子之手，与子偕老，可不那么容易。

那时，他被推到一个圆圆的土坑之下，四周的坑壁约有三四米高，圆坑四周都站着土司荷枪实弹的卫队。秦忆娥被土司手下的人看管着，哀戚地望着他，而普田虎土司则坐在一张藤椅上，捧着他的水烟枪，面无表情。

小卡洛斯没有在秦忆娥身上看到受到殴打的痕迹，这让他很欣慰。但爱的折磨比皮鞭和拳头更残忍。恋人瘦了，憔悴了，脸色苍白，眼窝发黑，目光凄楚，往日美丽绝伦的面庞上柔和的线条仿佛被残酷的现实之刀砍得七零八落了，圆润精致的下巴也成了"V"字形，小卡洛斯曾经长久地含着它,就像含着一块试图将之融化的甜美巧克力。这东方美人身上的一切都是温软的、柔和的、香甜的,令人沉醉的。那些相依相偎、纵情狂欢的时光,那些浪漫烛光下的凝视、湖边杨柳下的徜徉,就像天堂里的美景,现在连想象一下内心都会发颤。

"别老盯着别人的老婆看了,不该看的看多了,眼睛会长疮。时辰到了,你准备好了吗?"普田虎土司鄙夷地说。

小卡洛斯定了定神,是的,现在他要为自己的爱情而战了。这是他一生中从来没有遇到过的关键时刻,是生命的转折点。

"我准备好了。你呢,土司先生?"

"我?哈哈,我早为你准备好了。"普田虎土司扬了扬手,他身后的卫队闪向两边,一个大汉用铁链牵着一头半大的老虎,赫然立在圆坑边上。

"嗨,你这是干什么?"小卡洛斯的头发都立起来了。

"你不是要决斗吗?这是你的对手。"

"啊?你这是罗马的角斗场吗?"小卡洛斯没有想到普田虎土司竟然会出这一招。昨晚土司说要用他们的方式决斗,小卡洛斯穷尽了自己在碧色寨几十年的经历,想象他们将如何用彝族人的方式一决高低。他参加过彝族人的火把节、祭龙节、祭火节、猎神节等多种节日。这是一个喜欢过节的民族,如果你愿意,每一周你都可以在各个彝族村寨参加人神共娱的不同节日和祭祀活动。小卡洛斯见识过彝族人在这些节日里的摔跤、斗牛、赛马、射箭。他认为这些竞赛方式都很温和,不至于伤及性命。其实他并不希望在这场决斗中有人死亡,不论是他还是土司。如果双方能非常绅士地定出输赢,那就再好不过了。

"你不知道老爷我和尊贵的老虎是同一个家族吗?彝族人都知道,这老虎不是我的爹,也不是我的兄弟,它就是我。我睡觉时,它帮我守着我的领地,我醒来时,它藏在我的身体里。谁让老爷我不高兴了,他就会被老虎吃掉。所以嘛,今天它代表我出战。"

秦忆娥曾经在小卡洛斯怀里哭诉说,她是在跟一头老虎睡觉。当时小卡洛斯认为,这不过是指土司的兽性,一个在美色面前不知道如何尊重女性、取悦女性的乡下佬。可现在面对一只和土司同时出现的老虎,小卡洛斯也难免心里犯嘀咕:难道这个家伙真和老虎是同一种动物?

"卑鄙无耻的家伙!懦夫!"小卡洛斯喊道。

"卑鄙无耻的是你。害怕了吧?嘿嘿,如果你答应我,明天滚出碧色寨,再也不要回来,老爷我就不吃你了。"

"卡洛斯……"秦忆娥扑向了坑边,但被土司手下的人死死压住,她双手伸向坑内,悲伤欲绝地哭喊道,"答应他吧!答应他。"

在一张泪流满面的脸和一头凶猛咆哮的老虎面前,旷世情种小卡洛斯宁愿被老虎吃掉。

"绝不!"他痴迷地望着秦忆娥,轻声而果敢地说。

圆坑上所有的人都被这声不大的回答震住了,普田虎土司好像不相信似的,再次倾身问:

"你再说一遍。"

小卡洛斯已经看到了秦忆娥脸上的惊愕和感动。这就够了,为爱而死的人是有福的。他豪迈地说:

"把你的老虎放下来吧。"

普田虎土司颓然倒向椅子,就像身上中了一枪。"女人引起的事情,真是麻烦。"他往后挥了一下手。

咆哮的老虎跳进坑内时,小卡洛斯才猛然想起自己犯了一个致命的错误:刚才只注意秦忆娥的泪脸了,竟然忘了跟土司要一件和老虎搏斗的兵器——刀或者剑,哪怕有根木棒也行啊!

一个五十岁的男人能赤手空拳战胜一只老虎吗?真像骆驼穿过针的眼那样难。这时他想起他的哥哥大卡洛斯说了一辈子的话:强悍的是命运。生命中你遇到的女人,和生命中你必须去战胜的一只猛虎,都是命运。

那老虎刚跳下坑时,还没有把对面的人当成进攻的对象,它刚刚解脱了束缚,在坑内团团打转,似乎在证实自己的确自由了。

小卡洛斯下意识地在身上找可以抵御老虎的东西,身上的手枪、小刀甚至连一串钥匙都被土司的人搜走了,但他忽然在西服的内衣口袋里摸到一件硬硬的东西。

是秦忆娥的那支玉簪!

仿佛是神的启示,小卡洛斯想起了那玉簪用黄金镶嵌的比刀尖还锐利的尖头。即便它比堂吉诃德去挑战风车的那支矛更不经用,但是,来吧,让这爱情的信物支撑我。他把那玉簪紧紧攥在手心里。

幸亏大卡洛斯喜欢养美洲鳄鱼和土豹一类的凶猛动物,小卡洛斯去他哥哥家时,常常会跟那头被驯化了的豹子嬉戏,这让他了解了一些猫科动物的习性,知道在它们扑人时,人应该如何规避躲闪。主,但愿这头老虎也是被驯化过的。

圆坑上面土司的手下开始吆喝起来,"去呀!扑他!""咬呀,咬死这个洋老咪!"秦忆娥吓得不敢看了,捂着自己的脸,但又担心小卡洛斯,便又放开手来;老虎一跳跃,她再捂脸。

那头老虎似乎受到了刺激,虎视眈眈地注视着它的对手。小卡洛斯猫腰、屈膝,张开双臂,脑子转得比火车轮子还要快。刚才他的腿还在发抖,现在他已经站稳了脚跟。它不过是一只大猫而已,顶多跟大卡洛斯养的那头温顺的豹子一样。或者,就相信土司所说的,它就是普田虎。可你看看那个臃肿肥胖的家伙吧,上一步台阶都要喘三口气。来吧,孬种!来啊,懦夫!

老虎感觉到了小卡洛斯的挑战,它左右转了两转,带着一股腥风扑了过来。小卡洛斯敏捷地往侧面一闪,老虎从他的身边像道闪电划过。小卡洛斯听到秦忆娥的尖叫,他急速地往上瞄了一眼,秦忆娥双手捂紧了自己的脸,而普田虎土司似乎很失落,前倾着身子似乎等着挨打。小卡洛斯那时还有心情蔑视对手:懦夫,难怪你一辈子找不到真爱。

接下来的情况就很严酷了,老虎飞快转过身,一巴掌向小卡洛斯扇来,小卡洛斯急忙用手去挡,那虎掌就像一块拍过来的沉重砖头,打得小卡洛斯一个趔趄,手肘上的皮肉被撕扯下一大块来。他翻身倒在地上,老虎趁势扑到了他身上……

虎口赫然呈现在眼前,小卡洛斯慌乱中用双手撑住了虎脖子,老虎的前爪抓住了小卡洛斯的双肩,像钉进去了无数颗钢针,痛得小卡洛斯眼冒金星。

"爬起来啊卡洛斯!"

是秦忆娥的声音。这一声呼唤太重要了,小卡洛斯想起了那把玉簪,他唯一的武器!糟糕了,手心的玉簪不知什么时候掉了。

主啊,如果你怜悯我的爱,应该让我找到玉簪。

小卡洛斯一只手撑着虎头,一只手急速地在地上摸。感谢主、感谢这片土地上的所有仁慈的神。他抓到了!小卡洛斯攥紧玉簪,把尖头从拳头的食指和中指间露向外面,一拳打在老虎的脖子上。如果老虎的颈动脉和大卡洛斯养的那头豹子的颈动脉大体在同一个位置上的话……

就像下了一场血雨,小卡洛斯几乎要被腥臭的虎血淹没了。但他没有停止挥拳,他已经看到了胜利的曙光,更看到了自己从未有过的勇气。老虎想从他手中挣扎出来,两只锋利的前掌在小卡洛斯的身上像刀子一样乱抓乱划。不管是老虎抱住他在地上翻滚,还是它痛得跳跃起来,把小卡洛斯带飞到半空中,小卡洛斯都死死拽住它脖子下的皮不松手。此刻他比老虎更疯狂、更暴戾、更血腥,战场杀红了眼的士兵有多凶狠,小卡洛斯此刻就有多兽性。他呐喊,击打,和强悍的命运搏杀。有两次他的拳头竟然挥到虎口里去了,虎牙都被他打掉两颗!老虎险些没有一口将他的手咬断,将拳头咬碎。但上帝今天站在有勇气的人一边,他愣是夺回了自己落入虎口的拳头。

那老虎终于气泄了,血也流尽了,高昂的虎头慢慢低垂下来,偏向了一边。但它还把小卡洛斯压在身下,就像一个誓与敌人同归于尽的骄傲士兵。

小卡洛斯再也挥不动拳头了,不要说掀开身上这只沉重的死老虎,就是抬手抹一把脸上的血的力气都没有啦。他游过了死亡之河,却连登上胜利的彼岸那一小步都迈不动了。

圆坑上的人们目瞪口呆,日本人的飞机扔下炸弹时,他们也没有这样惊呆过;大地沉陷了,他们也不会如此惶惶不安。在彝族人的传说里,老虎是不可战胜的,既是他们的祖先,更是他们的图腾。大地上的一切,都是由虎的各个部分化成的,所谓虎尸解体生万物,高山是老虎的头,岩石是老虎的骨,大海是老虎的血,平原是虎皮化成的,森林是老虎的毛散落四方,而天上的星星,则是老虎的眼。

"卡洛斯——"一声尖叫打破了仿佛是末日来临时的死寂。秦忆娥多年以后回想起这惊心动魄的一幕时,也梳理不清自己如何挣脱了土司手下人的束缚,又如何溜下了三四米深的圆坑壁。她就像长了翅膀的天使,也像在梦中出现的佳人,一下就飘到小卡洛斯和那头死老虎面前。她没有惧怕，没有犹豫，像一个巨人那样将死虎一把抓过来，掀翻在一边。地上的鲜血淹没了她的脚背，污染了她的裙边，她将浑身是血的小卡洛斯抱在怀里，声声呼唤徘徊在地狱边的情人——

"卡洛斯，卡洛斯，你是我的武松！"

此刻星月无光，大地沦陷。圆坑上的彝族人被一种深刻的失败感、屈辱感所击倒，不论是普田虎土司，还是他手下的剽悍卫队。卫队长沙呷"哗啦"一声将枪栓拉开了，举枪瞄准了坑中的两个人。

普田虎土司用悲伤的眼光看着自己忠诚的卫队长，"如果你在摔跤场被摔倒了，你得体面地站起来，为胜者戴花敬酒。你不能杀死一个比你更有勇气的人。"然后他缓缓站起来，不失风度地宣布：

"洋老咪卡洛斯，这个女人是你的了。我们走。"

"老爷，求求你等一等！"秦忆娥忽然哭喊道，"老爷啊，求求你。卡洛斯的肠子都出来了，要赶快把他送进医院去啊！老爷，发点慈悲吧。看在我们曾经夫妻一场的分上，帮帮我……"

秦忆娥无助哀怜的样子，还有圆坑里那个已经辨不出人样的情敌，让普田虎土司的心莫名地软下来了，尽管当他阻止沙呷开枪时，差点恨得把牙都咬碎了。但他既然已经迈过了服输的这道坎，就得像一个真正的男人那样，输得体面大方、坦荡磊落。他对沙呷努努嘴，"你，带两个人，送他们去洋人的医院。"

"老爷……"沙呷不解地说。

"像条彝家汉子！"普田虎土司喝道，"快去！"

离碧色寨约四十来公里的开远铁路警察医院在过去连护士都是西方人，院长则是法国来的一个医学博士、胸外科专家让·布鲁东先生。在他远东也待了十多年了，但他还是第一次见到一个被老虎所伤的病人。小卡洛斯送到医院时已经奄奄一息，让·布鲁东医生走向手术室时问："怎么回事？"

患者家属哀戚戚地说："老虎伤的。"

让·布鲁东医生又问："打猎时伤到的？"

"不，是和老虎决斗。"

让·布鲁东医生停下脚步，以确信自己没有听错。他仔细打量这个患者家属，尽管她面容憔悴，仿佛刚刚经历了一次大劫难，但他不得不在心里感叹：这是他在中国见到的最漂亮的东方美人。

秦忆娥哀恸地抓住了让·布鲁东的手，"医生，求求您救救他吧。他是为了爱我，才去和老虎搏斗。"

"噢，女士，这可是我听到过的最勇敢的爱情。"

布鲁东医生没有时间多问。他在手术台上才具体体会到了一只老虎的威风和一个人的勇气。患者身上几乎没有一块好肉，腹部被虎爪抓开了，好在肠子和肝脏还没有破裂，更神奇的是大多数伤口都是些皮外伤，没有一处咬伤，因此就没有伤及骨头和重要的器官。不过单是缝合那些遍布全身裂开的伤口，布鲁东医生就用了整整四个多小时。有两次布鲁东医生都以为患者要死在手术台上了，但患者在清醒过来的瞬间，除了在喊着一个人的名字，血肉模糊的脸上竟然还呈现出一个笑容，这让布鲁东医生大为感动。他相信这个大难不死的欧洲同胞为此付出的一切都是值得的。

七个小时后，布鲁东医生出现在手术室外的走廊上，"女士，我荣幸地告诉您，你先生没有问题了。"

秦忆娥站起来，脸上现出了百感交集的复杂表情后，一头栽倒在布鲁东医生怀里。医生不得不又开始了另一场救治。

一个月后小卡洛斯才可以下床走路，他就像换了一个人，体重掉了二十多公斤，脸上三条深刻的抓痕从额头划过眼眉一直斜伸到右耳下边，像爬着三条蚯蚓。出院前的一天，大卡洛斯终于出现在他兄弟的病床前，他看上去比他从死亡边缘挣扎回来的兄弟更虚弱、沮丧、灰心丧气。但他在病人面前尽量掩饰自己的失败感。

"噢，我们的打虎英雄，你可比当孩子时淘气多了。"

那时小卡洛斯一只眼睛还包着纱布，他伸出了手，"哥哥，是你吗？你终于来了。秦忆娥找了你好久。"

"你放心养病吧。医药费我已经结清了。"大卡洛斯当然知道这对情人现在不要说付清药费，连吃饭都成问题了。布鲁东医生曾跟大卡洛斯说，你兄弟至少应该在医院里疗养半年，但大卡洛斯的回答是："医生，现在是战争年代啦。"

小卡洛斯心里涌上一股酸楚，尽管他不知道他哥哥也跟他一样，刚刚经历了一场生死考验，但他也明白现在他们面临的经济窘境。"那么，你打算接我们回碧色寨吗？"

"我可不想你再去和土司的老虎搏斗了。先在万国饭店住下吧，我跟他们的经理说好了，那里已为你们准备了一个房间。"

万国饭店是开远最早的一家专为滇越铁路沿线的西方人服务的饭店，生意曾经十分红火，法国铁路公司的俱乐部就设在这家饭店内。那里能提供正宗的法式大餐，意大利比萨饼和面条，荷兰的奶酪，德国汉堡面包，美国的烤火鸡。但自从日本飞机轰炸滇越铁路后，饭店里的西方客人日益减少，连意大利经理安东尼都撤离了，将生意交给一个中国人打理。小卡洛斯和秦忆娥上次从昆明回来临时决定逗留在开远期间，他们在万国饭店度过了两个缠绵之夜。也就是在这家饭店里两人做出了私奔的决定。现在，这对伤痕累累的情人自由了，不知他们还有没有面对餐桌上摇曳的烛光、轻慢的音乐，举起红酒杯为浪漫干杯的情怀。

"谢谢,我亲爱的哥哥。你也打算离开中国了吗?"

"也许。等露易丝医生的医院开业以后吧。"

"唉,亲爱的哥哥,你有没有想到,你是在日本飞机的轰炸下建一所医院?"

"有轰炸,就更需要有医院了,露易丝医生还在轰炸下守护一座桥哩。战争嘛,谁都不知道下一颗炸弹会不会落在自己头上。哦,忘了告诉你,弗朗索瓦站长死了。"

"被炸死的?"

"被毕摩独鲁杀死的。"

"为什么?"

"大概……为了他的荣誉吧。毕摩也被中国政府枪毙啦。这个世界真是混乱透了。"

小卡洛斯没有继续追问下去,他在想普田虎土司,"经历了这么多事情,我才明白,彝族人是最知道荣誉是什么的民族。"

大卡洛斯不想多说什么了。在这战火纷飞的乱世,荣誉、尊严是奢侈品,死亡则是太稀松平常的事情,人们谈论死亡就像谈论一杯咖啡的味道。枪毙毕摩前一天,大卡洛斯去死囚监狱探望他。毕摩独鲁没有为自己即将再次被绑赴刑场恐惧,而是懊丧地对大卡洛斯说:"原来你们的心不是蓝色的。"毕摩的固执和小卡洛斯不得不与老虎搏斗,让大卡洛斯似乎总算认清了这片土地,火车也好,西方的生活方式也罢,或许可以给它带来某些改变,但这就像落在大地上的雨水,浸湿了它的表面,可能会催生出一些植物,太阳一出来,大地还是从前那个模样。弗朗索瓦站长曾经引以为自豪的欧罗巴印记,顶多留下一些斑驳陆离的陈年往事、昨日辉煌。这个国家太庞大、太古老、太神秘了。

　　大卡洛斯给他兄弟留下一小笔钱，不多，大约可够他在万国饭店支撑半个月。小卡洛斯以一个苦涩的笑脸答谢了他的哥哥。大卡洛斯说，他还要去一趟人字桥，争取说服露易丝医生回到碧色寨，因为那里经常遭轰炸。尽管中国军方已经把从碧色寨到河口的铁轨拆毁了，下行的火车已经停开，但日本飞机似乎跟那座桥较上了劲，三天两头地去轰炸。也许日机飞行员把不易炸中的人字桥作为一个训练课目？露易丝医生和一些苗族人在每当有日本飞机飞来时，就在人字桥周围的山头上点燃一堆堆烟火，指望弥漫的浓烟能遮挡日机飞行员的视线。大卡洛斯想，难道他们就不知道这正好让日本人把炸弹扔他们头上吗？大卡洛斯已经计划好了，这次去那里，就是雇顶中国人的轿子，也要把露易丝医生抬回来。理由很充足，碧色寨的医院已经建好了，等待露易丝医生去开门营业呢。如果说三十多年前波登先生设计的人字桥拴住了露易丝医生的爱的话，那么，现在大卡洛斯为她建好了一座医院，想必也应该打动她一颗苍凉的心！

　　没有火车了，现在大卡洛斯只得跟随一队马帮沿着拆除了铁轨的路基走路。过去坐火车大半天工夫就可到人字桥，现在要走两天。大卡洛斯疲惫不堪地走在山道时想：只有上帝才知道人们什么时候才能让这条铁路重新恢复起来，那时谁又是它的主人呢？西方人修这条铁路，真有点像那个推着石头上山的西绪弗斯。

　　而自己又何尝不是这样，做着徒劳无功的事情，从对露易丝医生的爱，到跟随毕摩独鲁去寻找那根本就不存在的宝藏。那天在监狱里，他问毕摩独鲁，从一开初你就知道我的那张图不是一张藏宝图。你一直在骗我，不是吗？毕摩脸上现出一个狡黠的微笑，你们骗了我们几十年了，我干嘛不可以学学你们的招数？不过呢，你的那张图，让我们找到了一个消失了很久的氏族。我们彝族人，过去跟着牛羊走，哪里水草好，就在哪里安家，官府又到处驱赶我们，住得太分散了，很多勇敢的氏族，只有祖先才知道他们到过的地方。人的一生太短暂，祖先才会把我们重新召集在一起。大卡洛斯当时说了一句像他兄弟说的话，爱情才把人召集在一起，从爱上一个女人，到和她结婚成家，再融入到一个社会。人不过是被爱召唤的一颗种子。但毕摩独鲁把大卡洛斯自己该说的话说出来了：对于你们洋老咪来讲，是财富把你们召集在一起。大卡洛斯的回答则更像一个情圣，财富教人误入歧途，爱情才让人的一生完美。他妈的，如果这世界上有真正的爱情的话。

是的，卡洛斯兄弟都活成情圣了。不知道这是不是卡洛斯家族强悍的命运。老卡洛斯当年为爱情私奔时，可没有他的小儿子爱得那样艰难。社会在进步，人们要找到一份真爱，却越来越不容易了。火车开到了世界上最偏远蛮荒的地方，爱情却抵达不了一个朝夕相处的人的心灵。那颗痴情守望的心，不是隔着一片大海，就是被高山阻隔、被浓雾掩藏。

过去乘坐火车去人字桥要翻越一座大雾山，大卡洛斯从没有留意过它的险峻神奇。他已经忘记了，当年铁路修到这一段时，筑路的中国劳工如何被这山上神秘莫测的浓雾吞噬，又如何在浓雾的掩盖下逃亡和暴动。他们的阴魂如今还飘荡在浓雾里，寻找回家的路。昨天晚上大卡洛斯随着马帮露宿在山脚下的一处密林中时，他似乎听到了穿越树林风声中的哭泣。他问一个赶马人：

"是谁在风中哭啊？"

一个常年赶马走夷方的赶马大哥说："是当年那些修铁路的外乡人。"

这个回答勾起了大卡洛斯罪孽深重的回忆。那些被瘟疫弥漫后遭焚烧的工棚,那些就像在地狱的边缘抬着铁轨、挥着大锤、背着钢枕与死亡抗争的筑路劳工,还有那些被浓雾裹挟走的人们,飘浮在密不透风的雾里就像随水而去的一片树叶,一根稻草。洋人工地主任们的手棍搭救不了他们,子弹也阻挡不了他们在雾中的消失。有些时候这些浓雾甚至因他们而起,大卡洛斯记得有一天一片厚重的云雾从他的身前飘过,把他撞了一个趔趄,让他跌倒在地,他爬起来时,几个穿着笨重蓝色长袍的劳工就像驾着云雾飞翔的鸟,已经飘飞过了前面的一条深涧,消失在对面山上的密林中了。

　　当然,在沉重而深邃的忆旧陷阱里,大卡洛斯不会忘记他与那个成了暴动的筑路劳工刀下鬼的莫里斯的赌局——滇越铁路线上的云雾会变成龙卷风,席卷不可一世的洋人工地主任;更不会忘记自己为什么会走上这条没有结局的爱情之路。当露易丝医生面对那群手持砍头刀的暴动劳工,说大卡洛斯是她的未婚夫时,一个坏蛋的命运由此被改变,但拯救他的灵魂,却花了一生的时间。即便是三十多年后的今天,露易丝医生似乎还是不相信,她的一句话,会改变一个人强悍的命运。

　　上周末大卡洛斯和露易丝医生通了很长时间的电话,向她通报了弗朗索瓦站长的死。让大卡洛斯感到惊讶的是露易丝医生表现得很镇定,而且还说她早就预料到会有这一天。不是在铁路刚修进来之时,就是在铁路被拆除、西方人失去在这片土地上的优越感之后。大卡洛斯问为什么。露易丝医生回答说:"一个弱者为了捍卫自己的尊严,必定会走向常人难以理喻的极端。"

　　大卡洛斯想了片刻,才明白这个道理。像他这样强悍的人,是很少有人胆敢挑战他的尊严的,尤其是在远东。就像所有在中国的西方人一样,他们是强者,由他们在此地制定游戏规则,因此看上去他们像是文明人,他们不会走向极端,不会铤而走险武装暴动,不会把人的心脏挖出来,不会让人和老虎搏斗。他们靠文明就可以捍卫自己的尊严,这样他们就更显得高贵、典雅、知书达理、高高在上。他们在这里从来没有过被欺凌的感受,没有过被强迫改变生活方式的剧痛,没有过被掠夺、被奴役的失落与自卑,更没有过信仰、灵魂被扭曲、诋毁、嘲笑、轻蔑的深刻屈辱。一个强者的尊严无须刻意地捍卫,他咳嗽一声,人家就知道他的存在了;而一个弱者,则要用自己全部的生命。

那晚露易丝医生在电话里说:"我为弗朗索瓦站长感到伤心,但我也为毕摩独鲁感到悲哀。他可能不知道,弗朗索瓦站长是多么同情他,多么想帮助他。真是一场悲剧,就像这条铁路,有一万个修建它的理由,但也有一万条不该修的道理。"

大卡洛斯不好跟露易丝医生辩论,弗朗索瓦站长对毕摩独鲁的帮助,恰恰是对他的伤害。毕摩这个职业在独鲁家族传了十几代人了,弗朗索瓦站长的火车无情地碾断了这个家族链,对于讲究香火传承的中国人来说,没有比这更残酷的事情啦。

"弗朗索瓦站长死啦,该走的人也都走光啦,碧色寨都快被荒草淹没了,我们的医院以后为谁看病呢?"

露易丝医生的回答是:"卡洛斯先生,请不要忘记,我建这个医院就是为中国人服务的。这是我们的救赎。"

"是我的救赎,露易丝医生。但愿你能接受。"

电话那头再没有了声音,似乎大卡洛斯这话是说给从不回答人们祈求的上帝听的。但是在露易丝医生面前真情表白之后面对的沉默,大卡洛斯这几十年遇到得太多太多了,如果偶尔有所回应,他倒会认为不可思议了,就像上帝的恩宠那样千年一遇。

在大雾山的这个晚上，大卡洛斯罕见地失眠，明天翻过这座山，就进入南溪河谷，前面就是人字桥了。大卡洛斯睡意蒙眬中想：这座桥倒不是铁路建桥史上的奇迹，而是一个圣女凝结的爱，以及她和半个圣徒的故事——如果自己的后半生还做了点有意义的事情的话，当半个圣徒还是称职的。

马帮一般都起得很早，启明星还没有爬上山头时，他们就起来生火做早饭了。大卡洛斯在睡袋中被一股温暖唤醒时，才发现自己就像浸在一条冰冷的河里。山林里湿气很重，睡袋虽然防潮，但在这连雾都可以像盆里的水那样捧一把来洗脸的地方，睡袋不过是浸泡在水里的船。马帮点燃的篝火传递过来的热量，反倒把在寒冷中睡了一晚上的大卡洛斯暖和醒了。

他看到在那些篝火四周晃动的人影，一些人在整理头天晚上卸下来的马驮子，吃完早饭就得把它们重新架到马背上去；一些人在给马喂饲料，去打山泉水的一般都是些还未长成人的少年，年龄大的人则在篝火边做饭。一个约莫十多岁的孩子让他想起了刚来远东时的小卡洛斯，他们都是年少时就承受起生活的重担，只不过那时的小卡洛斯虽然尚未成年，但却是来当中国人的老爷的，而这个赶马的少年，人生中也许永远不会知道当老爷的滋味。

一只大铁锅里煮了一只火腿，大卡洛斯闻到了浓郁的肉香。马帮们的伙食一般都不错，而且吃得特别油腻。因为他们马上就要爬大山了，早晨起来的一大碗酒和一大坨肉，可以让他们的脚更有力气。

火腿的醇香让大卡洛斯忽然觉得肚子饿得直想咽口水。他爬出睡袋，穿好衣服去宿营地旁边的一条溪流边洗脸漱口。溪水冰冷刺骨，像刚从冰柜里拿出来的冰冻水。大卡洛斯忽然在缓缓流动的溪流中看到一张面色苍白、虬髯及胸、目光凶狠的人脸。

如果是在大白天，在清澈见底的溪水中看到自己的倒影，那是再正常不过的事情。但此刻天还没有亮，连晨曦都不见，一切还朦胧不清，大卡洛斯连溪流下面的石头都看不清楚。一张人脸怎么会出现在黑暗中的水里？但这还不是最可怕的，要命的是，大卡洛斯认出来了，这张脸是几十年前在铁路工地上年轻时的自己！就像电影放映机映出的一个画面，在黎明前的黑暗中漂浮在溪流里，由远及近，再慢慢地漂走了。

大卡洛斯惊得一屁股坐在地上，呆呆地看着那张脸在溪流中渐行渐远。他开初以为这是梦里才会有的事情，待他伸手到溪流里，捧一把水浇到脸上，再次感受到溪水的寒冷刺骨，他的心就真正凉透了。

大卡洛斯回到篝火边时，就有些失魂落魄了。人们盛给他火腿红豆汤，他喝了一口，竟然感受不到一点火腿的香味，明明热气蒸腾的一碗汤，他却喝得心里发凉。他茫然地看着那些在篝火前忙碌的人们，每一个人的脸都模糊不清，也都像多年前那些在铁路工地上死去的筑路劳工。他倏然想起当年有一个眼睛细小的中国劳工，被他命令去排哑炮，但复炸的哑炮把他的胳膊炸飞到离大卡洛斯五米远的地方。刚才那个递给他火腿汤的赶马人，眼睛小得也只剩下一条缝。

"难道这不是一个真实的世界？"大卡洛斯嘀咕道。这是弗朗索瓦临死前说的最后一句话，这些日子来他一直不明白也可算个中国通的弗朗索瓦站长为什么要这样说。人生或许走到某个紧要关头时，才不确定自己究竟是谁，又在哪里。

毕摩独鲁说的人在肉体之内的魂、魄、灵三样东西，他大概找不到了。他的手脚冰凉，头上却在冒着虚汗，他的牙齿在颤抖，脸色泛着吓人的灰绿色光芒，目光惊慌得像被追赶的野兔。一个赶马大哥递给他一碗酒，说他被寒气侵害了，让他用酒驱驱寒。但一向酒量不错的大卡洛斯一闻到酒味，差点把五脏六腑都吐出来了。

马帮们后来说，这个洋老咪是被常年飘浮在大雾山的阴魂缠住了。他过去一定欠下了许多孽债，现在这些冤魂找他索命来了。这些赶马人走南闯北，见多识广，经常和山道上的阴魂擦肩而过，但他们都是些善良的人，跟阴间的冤魂从不结仇，除了给飘浮在大雾山上的孤魂野鬼烧几炷指路的高香，还经常拿出自己的粮食给那些不期而遇的阴魂们吃，甚至还和他们摆家常，说些让他们高兴的话，这样他们就可以顺利地通过由阴魂们盘桓的地区。而这个洋老咪就不同了，一则他不识本地水土，二则他可能在阴间积怨甚多。

鬼要来讨债，躲是躲不过的。

那个阴霾的早晨，浓雾照常笼罩了一切，黏稠得林子的鸟儿都飞不起来，但马帮们必须出发上路。他们让看上去很虚弱的大卡洛斯抓着一匹骡子的尾巴，并告诫他无论如何不要松手。那是一头身高体壮的温顺骡子，多次随马帮们走夷方，即便没有赶马人，它自己也找得到回家的路。

大卡洛斯本来想放弃了，等身体状况好了再去人字桥。但那些用怜悯的眼光看着他的人们，忽然让他心中升起一股豪情：妈的，强悍的是命运。我大卡洛斯就是被人捉去砍头，也不要中国人的怜悯。

由于那天在电话里大卡洛斯说建医院是他的救赎时，没有得到露易丝医生肯定的答复，他便一直耿耿于怀。他甚至又怨恨起露易丝医生来，他更在心里呐喊：难道你真的要像毕摩独鲁挖出弗朗索瓦站长的心脏那样，才可以知道一个人的爱心也是由血肉做成的吗？可每当他越是怨恨露易丝医生，就越对这份爱锲而不舍。这样的爱恨交织，几乎伴随了他的一生。他怀疑上帝就是这样惩罚一个罪人的，让他在无穷无尽的失望、打击和忏悔中不断寻找救赎，直到生命终结的一天。

上帝你这个吝啬鬼,你的恩宠就像被浓雾淹没了的太阳。

或许,露易丝医生的沉默就是一种默许,就是坚如磐石的信念出现了某种松动。别指望他们现在还会像青春年少时代,面对一份厚礼和感动,会激情相拥,倾诉衷肠。但是,如果他忽然站在了露易丝医生的面前,递给她新建的医院大门的钥匙,她会怎样呢?

这个想法支撑着大卡洛斯一定要在今天翻越大雾山,他相信自己可以做到,相信在夕阳西下的黄昏中的一道风景,是他壮士暮年最后的辉煌与浪漫。

在小卡洛斯可以下床走路之前,秦忆娥已经开始在变卖随身佩戴的首饰了。玉手镯、黄金项链、金耳环、玉坠,连和普田虎土司结婚时那颗翡翠戒指都进了典当铺。她和小卡洛斯相好时,除了那年圣诞节的那根黄金项链,就几乎没有得到过他的任何礼物了。有次在昆明时,小卡洛斯想给她买颗贵重的钻戒,但被她婉拒了。"我想得到的可不是一个钻戒,你的爱就是最大的礼物。"秦忆娥说这话时,绝对是真诚的,因为她内心深处的爱,刚刚被唤醒,也刚刚才认识到,世界上原来还有如此美妙的爱情。

但似乎所有美好的爱情都经不起苦难的折磨、俗世的尘埃,都短暂得像花开一季,月圆一夜,孔雀开屏,燕子衔泥。那时候两个情人已经搬出了万国饭店,秦忆娥说,在这里一天的房费,够我们在外面一个月的房租了。小卡洛斯问:我们在外面如何生活?秦忆娥惨然一笑,人家生活得下去,我们也活得下去的。小卡洛斯当时很愧疚地说,我很抱歉,当我真正拥有自己心爱的女人时,却不能给她带来幸福。但那时秦忆娥表现出了一个中国女子的贤良,她说:"幸福是需要付出代价的,你已经付出过了,现在该轮到我啦。"

小卡洛斯每天需要去医院换药打针,他们在开远城租了一楼一底的两间房子,是过去的铁路职工宿舍。现在随着法国铁路公司的撤走,火车开得少了,铁路上也裁员不少,这片铁路职工住宅区车马稀少、门庭冷落,小巷拐角处的垃圾都堆成了小山,往昔在城里颇为自豪的铁路工人,现在也灰头土脸的,不知自己能否在这战争年代保住自己的铁路饭碗了。

而秦忆娥仿佛回到了儿时当父亲和继父相继过世后的窘迫岁月,她对这样的生活有着深刻的惧怕。人说由贫到富易,由奢到简难,过惯了住小洋楼、穿金戴银、绫罗绸缎、美味佳肴日子的人,现在住进了贫民窟,在一个陌生的城市举目无亲,她就像被突然放逐到荒野中又丧失了生存能力的低能儿。更不用说还要服侍一个病人,安排每天的吃喝拉撒,穿土布旗袍,在菜场和引车卖浆者讨价还价,操心着油盐柴米,计算着口袋里的那日益减少的铜板,和典当铺的老板讨价还价,面对那些在国难当头的日子里还能衣着光鲜、香车宝马的达官贵人的蔑视,每天早上端着便盆穿过两条小巷去公共厕所,家里用的每一口水都要提一只水桶从几百米远的地方拎回来。常常是一桶水提回家中时,气喘吁吁、腰酸背痛以及手上的血泡再次被磨破,都还不会让秦忆娥有大哭一场的感受,最让她伤心欲绝的是,这一路上摇摇晃晃的挣扎,桶里的水通常只剩下一小半了。

刚开始遇到这些困难时,秦忆娥总是鼓励自己:别怕,等大卡洛斯回来后,就会好起来的。这就是自由的代价,这就是浪漫的生活。

但有的人并不喜欢别人的自由,也看不惯人家令人眼红的浪漫,因为这个世界的自由都有紧箍咒,浪漫都有陷阱。秦忆娥的母亲黄老孃带着这两样东西不合时宜地出现在两个为自由和浪漫而战的情人面前。她见了女儿的第一句话,似乎比关心小卡洛斯的伤势更关注他的财务状况。

"你说哪样？他破产了？就是瘦死的骆驼也比马大么，难道你们现在穷到连房费都交不起？天老爷啊，我们母女俩咋个就那么背时倒灶哦！尽碰到些命衰的男人。他被老虎咬死倒好了，至少你还有个男人可依靠……"

"妈！你怎能这样说！"

"不是我说哪样就是哪样，生活就是这么一回事。我早就告诉过你了，爱情不过是戏里唱来骗人的，钱财才是生活中每个人都终身离不开的东西。老娘唱了一辈子的戏，还不知道它骗了多少人？"

"我的妈妈呀，我没有被哪个骗。前一场婚姻才把你的女儿骗进了火坑啊！"

黄老孃高声说："火坑？你竟敢说坐过'米其林'专列、住在小洋楼里的人是生活在火坑里？别不惜福啦。爱情不能当饭吃，当钱花。爱情只是冬天里嗑着瓜子、喝着茶，坐在自家的花园里，把天上的太阳当多加的一件衣服。太阳总是要落山的，爱情总是要老的，天冷了的时候，还是裘皮大衣好。我的憨姑娘啊，人不要说饿着肚皮，就是口袋少一个子儿，爱情都是馊的，连富人家的一堆狗屎都不如。"

"妈，当初你不是也很喜欢小卡洛斯先生吗？"

"当初是当初，现在是现在。你是土司家的太太，跟着人家当土司的，吃香的喝辣的，哪点不好？天塌下来了，日本人打过来了，人家有房子有地，还有成群的仆人奴隶，照样过有钱有势的日子。我可不能让我的女儿嫁给一个流浪汉。你个憨头日脑的傻姑娘，你倒是跟着一个流浪汉浪漫去了，你把你的老妈丢在昆明，吃哪样喝哪样？"

那时小卡洛斯躺在楼上的床上，听着楼下母女俩的争吵。他不是完全听得懂她们的昆明话，但大体意思应该是听明白了。尽管他一开初就不喜欢这个老女人的世故和圆滑，她和小卡洛斯打过交道的许多精于算计的中国人一样，是他甚为厌恶并避之不及的，但她是秦忆娥的母亲，小卡洛斯不明白，为什么中国人的母亲会那么在意自己女儿的爱情。

小卡洛斯望着窗外那一方小小的蓝天，不知道该在哪方天地放飞自己好不容易争取来的爱情。

大卡洛斯本来跟他兄弟说，等他接露易丝医生回碧色寨后，就到开远来接他们。他们原来的计划是，当小卡洛斯不用打针换药后，就住到蒙自县城的歌胪士酒楼去，先养一段时间再作安排。但半个多月过去了，他们没有大卡洛斯的任何消息。搬出万国饭店后，秦忆娥曾去开远火车站打铁路电话，可人字桥那边接不通，说是线路前些天被日本飞机炸断了。

秦忆娥在一个早上和她母亲一起出去买菜，然后就再也没有回来。小卡洛斯那时勉强可以走路了，他等到暮色降临，也没有听到楼下的开门声和那一声"亲爱的，我回来了，你今天好些了吗？"的问候。他撑着一根拐杖下来，忍着饥饿站在大门口，外面的小巷只有拐角处有一盏昏暗的路灯，几乎少有行人。黄昏中凄凉的阴风卷起尘埃、卷起一地的落叶，鬼鬼祟祟地相互追逐，在死气沉沉的小巷中像一场逃亡的同谋。

在第一个孤独守望的晚上，小卡洛斯想到了报警求助。但他现在这样一个连风都会把他吹倒的病人，到哪里去找警察呢？各种推测他都想到了：去看朋友了？抑或被本地的土匪劫持了？或者因为去找医生而耽搁了时间？前两天秦忆娥说她打听到开远城里有个老中医，吃他的中药可以让他虚弱的身子尽快恢复起来。但小卡洛斯担忧那个所谓的老中医不过是碧色寨的毕摩独鲁玩的那些花样。如果现在秦忆娥手里拎着大包小包的中药回来，小卡洛斯眉头都不会皱一下，会把她煎熬的中药全喝下去的。

但是，爱人，你怎么还不回来？

在挨过一个不眠之夜后，小卡洛斯愈发感到自己成了一头饥饿的困兽。他在楼下的厨房里到处寻找能吃的东西，锅里还有一碗冷饭，但他不会生火，只能用暖壶里尚还有余温的开水泡了吃。橱柜里再没有吃的东西，他们搬过来后，一直在尴尬的生活窘境中挣扎，菜碗里多一片肉都会显得奢侈。小卡洛斯在翻箱倒柜中忽然发现：前天秦忆娥帮他洗的一堆衣服，现在叠得整整齐齐地放在衣柜里，连袜子都熨烫得平平整整。在这摞衣服旁边，他发现了两个大洋，以及，那只挽救了他的性命和爱情的玉簪。

被背叛的阴影像头顶飘过的一朵乌云，屋里到处是挥别的手和哀戚的泪脸。从打扫得纤尘不染的房间、各归其位的厨具、不再燃烧的灶膛，到细心留下的钥匙，以及钥匙下压着的一张纸上草草画上的哭泣的人脸……

不会吧？小卡洛斯忧心如焚地想。

三天后，急得快要发疯的小卡洛斯终于收到了一封并非期待中的信。秦忆娥在信中说，她是被她的母亲硬逼着离开了小卡洛斯的。不然她的母亲就会吊死在她的面前，让他们奔向浪漫自由的步子跨过她的尸体。她不得不可怜她苦命的母亲，听从她的命令，回到了碧色寨。普田虎土司原谅了她们母女俩，说兵荒马乱的年月，多少人找片瓦遮挡风雨都找不到，这儿给你盖的一大栋洋楼，空着还不是空着啊。年轻时哪个不干点荒唐的事情，彝族人对这样的事有他们自己的解决方式，给和别人睡过觉的女人做一场"消娟法事"就是了。只是现在碧色寨没有了毕摩，普田虎土司从外面请了一个年轻毕摩来，他做的这场法事就像小孩子做游戏。让她和土司隔着一条小河，中间搭一木桥，上面用树枝覆盖，然后毕摩在一边念经驱赶淫邪鬼，然后他们夫妻走过那座桥，就和好如初了。亲爱的卡洛斯，我是没有办法啊，我稍有不从，不是土司会把我怎样，是我的妈妈她寻死觅活的啊！我又没有第二个妈，她也没有第二个女儿不是？卡洛斯，我会想着你的。你给我的爱，已经足够我回想一生了。

小卡洛斯看完这封信时，第一个念头是去普田虎土司家要回自己的爱人，第二个念头是终于解脱了。不用再为一个女人负责、为一场苦难万分的爱情感到愧疚了。一个流浪汉是不配有爱情的。

小卡洛斯彻底被击倒了，比普田虎土司的那只老虎迅猛的一击还更让他猝不及防、彻底崩溃。他瘫倒在病床上，不吃不喝，也不出去换药，任凭已经慢慢愈合的伤口重新发炎、溃烂，肌肤的疼痛和他内心的痛比起来，腹中的饥饿和他失落的爱情比起来，都不算什么了。让死神来得更快一些吧！

直到有一天，露易丝医生像个最后的拯救者，推开臭气熏天的房门，出现在瘦得只剩下一把骨头的小卡洛斯面前时，他才听到露易丝医生的一声惊叹：

"主啊！求你怜悯这苦命的俩兄弟。"

露易丝医生将奄奄一息的小卡洛斯重新送回铁路警察医院，布鲁东医生查看了小卡洛斯的病情，对露易丝医生耸耸肩，"这是为什么？我前些日子的努力都白费了。"

露易丝医生说："求求您救活他。主不会轻易抛弃一个为爱赎罪的人。"

半个月后小卡洛斯才重新活了过来，露易丝医生为他请了一个专门的护士，他受到精心的护理。在一个阳光灿烂的上午，露易丝医生

带着一捧鲜花出现在小卡洛斯的病床前,她说:

"小伙子,你恢复得很不错啊!"

小卡洛斯从露易丝医生强作欢颜的笑脸中看出了她的悲凉。他问:"露易丝医生,请实话告诉我吧,我的哥哥呢?"

露易丝医生踌躇片刻,问:"你认为你的心可以再次经受住一次打击吗?"

小卡洛斯撇了撇嘴,"这颗心已经麻木了。"

关于大卡洛斯的消息,是马帮们带给露易丝医生的。他们说,在带这个洋老咪过大雾山时,他已经病得很严重了。可是,那匹拖着他翻大雾山的骡子在山道上走得好好的,忽然就被一团厚重的浓雾卷走了。马帮们先是听到骡子的铃铛声在浓雾里急促地乱响,还听到大卡洛斯沉重的呼吸,就像被人勒住了脖子。跟在他身后的一个赶马人拼命地吆喝骡子,他甚至一度追进浓雾里,竟然伸手不见五指,黏稠得让人像游在水里,但骡子的铃铛声一直在雾里不紧不慢地响,那赶马人就顺着铃声的方向追。可等他从浓雾里钻出来时,不但什么也没有发现,他自己却已从山的这一面,到了山的那一边。

"我以为他是被土匪劫持了,便联系了当地驻军。他们在山上搜了一个多星期了,一无所获。"露易丝医生摊开双手,"我很遗憾,卡洛斯,这些日子,发生了这么多事。"

"这么说,他失踪了?"小卡洛斯问。

"嗯。"露易丝医生扶着小卡洛斯的肩头,"请不要着急,卡洛斯。我雇了几个本地的山民,还在继续寻找。"

在死亡边缘走了两个来回的小卡洛斯,已经深刻洞悉了他们兄弟俩不可改变的命运。他说:"别找啦,露易丝医生。你忘了当年那些暴动的中国劳工,就是在大雾山上把我们劫为人质的吗?"

露易丝医生倏然想起了被推到刀斧手面前跪着的大卡洛斯，想起了自己在救人心切时说出的那句改变了大卡洛斯一生的话，想起在那些峥嵘血腥的岁月里，他们都那样年轻，从来不知道敬畏，从来不把这里的一座山、一场雾、一声惊雷以及一条条鲜活的生命看得有多重要。

露易丝医生小心地问小卡洛斯："那你认为……"

"强悍的是命运。"

尾　声

　　碧色寨的秋天本来并不凄凉，一些植物在凋零，但更多的树木花草在这个季节里还显得万物葳蕤、郁郁苍苍。不过，铁路东边那些掩映在荒草丛生中的断壁残垣和人去楼空的洋人楼房，结满了蜘蛛网的门窗，打算沉默一千年的锈锁，以及日渐锈蚀的铁轨，停放在车站轨道上被日本人飞机轰炸扫射得千疮百孔、东倒西歪的车辆，还有大卡洛斯刚刚为露易丝医生建起来的新医院，日本人用几颗炸弹就将一个人的救赎重新夷为平地。所有这一切在战争铁蹄下的踩躏和衰败，都不是一个小小的车站，一颗坚韧的心能够容纳得下的。露易丝医生坐在新医院的废墟上默默流了一晚上的眼泪，只有大卡洛斯那只无人领养的德国老牧羊犬陪着她。然后，人们就再也没有看见过她的身影了。有人说她回人字桥去守护她的那座桥去了，有人说她去了昆明，从那里回欧洲去了，因为这里再没有一个她的洋人同胞了。

　　但她还不是最后一个离开碧色寨的洋老咪，也不是乘坐最后一班离去的列车的坚守者。弗朗索瓦曾经认为自己会有这样的荣誉，那是对一个当了一辈子火车站站长的人最后安慰，但毕摩独鲁不给他这样的机会。不过当有谁真的有幸成为一个地方最后的离去者和告别者时，却不一定会有多少自豪，可能更多的是永远也无法忘却的伤感和凄凉。那些人生中留下过的深刻足迹和爱情映照在五彩大地上鲜明的烙印，点点滴滴，绵绵长长，即便是一列火车，也载不动拉不走了。

鉴于日机的轰炸日趋频繁，碧色寨开往昆明方向的最后一趟上行列车，在秋日里的这个黄昏即将发出。站台上还踟蹰着一个孤单的乘客，是小卡洛斯。再没有其他的乘客了，只有一只猫徘徊在他的左右，用瓦蓝的眼睛时不时瞄他几眼，似乎在问：你的情人呢？

小卡洛斯从开远回到了碧色寨后，和趁火打劫的银行经理们结清了所有的债务，勉强凑齐了出门远行的盘缠。小卡洛斯情愿把碧色寨作为离开中国的起点，以让自己晚年的回忆更多一些伤感和忧郁的财富。当火车开到这个偏远的小村寨时，那么多的欧洲人像挖到黄金的冒险家一样，云集在这个偏远的小村寨，把它建成远东的"小巴黎"，建成了一个梦想成真、财富滚滚的西方人的乐园。现在，这里只剩下他这样一个两手空空的珍稀动物了。碧色寨这个欧洲人曾经的天堂，如果不是真实的，至少也是虚幻的。

"没有关系的，至少我还有一双完好的靴子。当年我来远东时，连脚下的靴子都是破的呢。"

小卡洛斯在秋风中裹紧了自己的风衣，对着身边那只跟他若即若离的野猫说，权当自我安慰。

难道就没有一个朋友来送行吗？他又伤感地想。

一股希望再见秦忆娥一面的念头强烈地攫住了他的心。他手里紧攥着那支玉簪，眼睛望着站台上的那座三面钟，还有一个小时火车才开呢。这钟曾经是碧色寨车站的骄傲，是它的一张高傲的脸。弗朗索瓦曾经对前来看稀奇的普田虎土司说：我们要给你们重新安排时间。多年以前，碧色寨的季节被打乱，时间被腰斩，人间的爱情结出错误的果实；多年以后，大地重新归于宁静，万物依然按季节轮替莺飞草长、春华秋实，错乱的时间重新归于有序，空留下高傲的三面钟孤独地守望着早已流逝的时间，以及不再回来的火车、不再拥有的爱情。

小卡洛斯还有时间再见到自己的爱人么？从站台上可以望见铁路对面那幢小洋楼，过去小卡洛斯曾经在歌胪士洋行的办公室里对它日夜窥探、朝思暮想。现在他只要跨过铁轨，走上一条小道，绕过两片菜地，进入那个古老的村寨，再穿过一条小巷，迈上三十多级的台阶，然后他就可以拍开自己爱的大门，勇敢地面对土司家看门狗的狂吠、面对成排子弹上了膛的枪口、面对背叛的女人，还有扑过来的一只老虎。如果普田虎土司真的和老虎是同一种动物的话。他还有勇气用手里的玉簪——这爱情的见证——去战胜强大的敌人、夺回自己的爱吗？

可是，这不是一件需要勇气的事情，而是一个值不值得去做的难题，是一个年过半百的男人的荣誉和尊严，是否该在这个时刻去保护和坚守。秦忆娥的来信其实已经深深伤害了小卡洛斯，他不相信一个成熟女子的爱情，会由她的母亲来决定；他也不相信从虎口中夺过来的爱情，竟然会被一个老女人的恐吓再抢回去；他更在心底里嘲笑那场所谓的"消娼法事"，就可以把一场刻骨铭心的爱情，在一个莫名其妙的祭司装神弄鬼的法事中消解泯灭掉！倘若这样，这个世界就没有真正的爱情啦；倘若这样，这个女人就不值得自己终生守候。这是怎样善变的一个女人！这是怎样软弱的一个女人！亲爱的，你要知道，就是跪在神父面前的忏悔,也抹擦不掉人内心深处爱的痕迹呢。东方人的爱情里没有爱神,只有自己吓自己的鬼!爱神已经眷顾他们了,他们还把爱神的影子当成鬼。

走吧,孤独地离开吧。强悍的是命运,孱弱的是爱情。从大卡洛斯一厢情愿的执着,到他得而复失的爱,他们两兄弟都逃脱不了家族史中爱的失败宿命。

火车进站了,喘着粗气趴在站台边,像头垂死的巨兽。还是只有小卡洛斯一个乘客,他还在引颈张望,似乎怀着一颗固执且绝望的心,在等自己虚拟的旅伴在车轮启动的最后一刻,跑上站台,一把拉住他的手,跃上奔向自由浪漫新生活的火车。

这浪漫的一幕,必将被残酷的现实、被冰冷的车轮碾碎。碧色寨最后一趟列车的司机似乎也是反对一切浪漫爱情的同谋。发车的时间到了,车站上的铃声孤独地响起。火车司机看到那唯一的乘客上了车,站在车厢的踏板上还在翘首张望,看到他身后寂寞的站台,除了那个孤单的站台值班员,连鬼影子都不见一个了;火车司机还看到站台以远云层堆积的灰暗天空,他时常担心日本飞机从那些云层里钻出来——现在滇越铁路线上跑车的火车司机,不是行驶在两条钢轨上,而是在死亡的阴影下开着火车走钢丝。

火车司机冷漠地拉响了汽笛,发出生离死别、撕心裂肺的哭喊。火车就像个一步一回头的伤心人儿,在哭泣中慢慢远去。小卡洛斯游魂一般在空荡荡的车厢里找不到自己的座位,就像找不到自己灵魂的野鬼。这是一趟驶往衰老、孤独、怀念、忆旧、忏悔、赎罪之地的列车,是一趟再没有返程的单向列车。汽笛继续哀鸣,车窗外景物飞驰,把过去无情地抛弃,把虚幻真实地呈现,把碧色寨像一坨从心头慢慢挖去的肉,无情地抛撒在旷野里,让它在寂寞中纠结成